MANFRED BRAUNGER

NEBELGRAUER BODENSEE

MANFRED BRAUNGER

NEBEL GRAUER BODEN SEE

KRIMINALROMAN

KOMMISSAR ZOFFINGERS VIERTER FALL

VERLAG STADLER

Grafik/Umschlag: Manuel Pollanka – Irgendwas mit Grafik, Deizisau
Satz: Satzteam Dieter Stöckler, Konstanz
Gesamtherstellung: Florjančič tisk d.o.o., Maribor (SI)

Bildnachweis:
Umschlag; Foto © Landschaftsfotografie Holger Spiering/

Verlag und Vertrieb:
Stadler Verlagsgesellschaft mbH
Max-Stromeyer-Straße 172
78467 Konstanz
www.verlag-stadler.de

1. Auflage 2022

© Copyright by
Verlag Friedr. Stadler GmbH & Co. KG, Konstanz

Die Wiedergabe oder die Veröffentlichung der Texte und Bilder des Buches,
ist nur mit ausdrücklicher Zustimmung des Herausgebers oder des Verlages
gestattet. Personen und Handlung sind frei erfunden. Ähnlichkeiten
mit lebenden oder toten Personen sind rein zufällig und nicht beabsichtigt.

ISBN 978-3-7977-0763-5

»Mordermittlungen sind wie Achterbahnfahrten –
mal rauf, mal runter, mal hin und her –
und immer die bange Hoffnung,
bloß nicht aus der nächsten Kurve zu fliegen.«

Kommissar Paul Zoffinger

1
MR. NOBODY

»Wieder mal auf Mörderjagd, Herr Kommissar?« Paul Zoffinger schüttelte den Kopf, als ihm die Kellnerin den Krug mit frisch Gezapftem hinstellte.

»Ausnahmsweise bleiben die bösen Buben heute von mir verschont. Nur eine Verabredung zu einem harmlosen Brunch steht an. Ich warte noch auf zwei Freunde.«

Er kannte die leutselige Bedienung schon lange. Hin und wieder genoss er es, mit Blick auf den Yachthafen im Biergarten an der Hafenstraße unter den Kastanienbäumen zu sitzen und die unbeschwerte Atmosphäre zu genießen – ausnahmsweise ohne Hiobsbotschaften und Horrormeldungen.

Seine beiden Brunchpartner hätten schon seit einer Viertelstunde da sein müssen. Für Florian Faller war die Verspätung untypisch, weil er zwar ein unangepasster Freigeist war, auf Pünktlichkeit aber Wert legte. Beim »Seekurier« hatte er seinen Job für ein Sabbatjahr an den Nagel gehängt, um sich endlich einem lang gehegten Traum zu widmen – einen Krimi zu schreiben, mit dem er allerdings nur schleppend vorankam.

Paul Zoffinger war an diesem Vorhaben nicht ganz unbeteiligt. Seit Jahren war der ausgebuffte Chef der Konstanzer Kriminalpolizei für den Journalisten eine inspirierende Informationsquelle, wenn es sich um krumme Umtriebe und schwere Jungs handelte. Vielleicht war Florian an diesem Tag von einem Geistesblitz so sehr getroffen worden, dass er seine zündende Idee sofort in seinen Computer hacken musste und deshalb Zoffinger warten ließ.

Dass Rolf Riedle zu spät kam, war die Regel. Genau betrachtet lebte er auf seinem eigenen Planeten, nach eigenen Gesetzmäßigkeiten. Ordnung und Pünktlichkeit betrachtete er als Bremsklötze für Kreativität und Schaffenskraft. Für geniale Geister wie ihn war es unabdingbar, dass sie sich ungezwungen durch Raum und Zeit treiben ließen. Chaos, Unordnung und Sprunghaftigkeit waren für ihn unverzichtbare Tugenden. Seit Jahren arbeitete er für Radio Grenzland und hatte es mit manchmal witzigen, häufig aber abstrusen Beiträgen zu Kultstatus gebracht. Seine Hörer teilten sich in zwei strikt getrennte Gruppen – einerseits Kritiker, die keinen guten Faden an ihm ließen und schon mal seine Zurechnungsfähigkeit anzweifelten, andererseits eine überzeugte Fangemeinde, die in der Vergangenheit sogar schon verhindert hatte, dass der Sender den Radiomann ohne viel Federlesens an die frische Luft setzte.

Zoffingers erstes Bier ging bereits zur Neige, und Florian war noch immer nicht auf der Bildfläche erschienen. Neuigkeiten austauschen, übers Wetter lästern, Klatsch und Tratsch über wer mit wem, sich das Maul über die Dinge des Lebens zerreißen – nichts von alledem hatte Eile. Aber einfach herumzusitzen und auf jemanden warten zu müssen, war nicht Zoffingers Lieblingsdisziplin. Der Kommissar wollte gerade nach seinem Smartphone greifen, als Florian um die Ecke bog und sich schnaubend auf einen Stuhl fallen ließ.

»Sorry, dass ich dich habe warten lassen. Aber mir kam etwas Unausweichliches dazwischen.«

»Das hört sich dramatisch an«, vermutete der Kommissar.

»Nein, nichts Schlimmes. Ganz im Gegenteil. Es hat mit Vergesslichkeit zu tun.«

»Das Problem kenne ich. Ich bin kürzlich nachts schweißnass aufgewacht, weil mir ums Verplatzen nicht mehr einfallen wollte, ob Pinguine Knie haben.«

Beide krähten vergnügt über den Scherz. Florian ließ sich auch nicht lumpen.

»Ich vermutete vor Kurzem, dass sich bei mir Alzheimer anbahnt. Ich konnte mich tagelang nicht mehr erinnern, in welchem Jahr das Nudelholz erfunden wurde.«

Die Blödelei war erledigt, weil Zoffinger endlich den Grund für die Verspätung seines Freundes erfahren wollte.

Florian sah sich um, als müsse er Sorge tragen, dass ihn niemand belausche. Dann beugte er sich über den Tisch.

»Ich habe bei Karin übernachtet. Als wir bei einem ersten Schluck Kaffee barfuß in der Küche standen, trat sie mir vorsichtig auf die Zehen, sah mir erwartungsvoll in die Augen und raunte mir zu, sie trüge weder Slip noch Tanga.«

Zoffinger grinste.

»Und? Was hast du geantwortet?«

Florian zog eine Schnute.

»Ich sagte: Du wirst auch immer vergesslicher.«

Zoffinger brauchte einen Wimpernschlag lang, bis er den schlüpfrigen Gag begriff und sich wiehernd auf die Schenkel schlug.

»Alles gut!«, meinte er, als er wieder zu Atem kam. »Unter solchen Voraussetzungen sei dir deine Verspätung verziehen. Hahaha! Warum hast du Karin eigentlich nicht mitgebracht? Keine Lust auf das Neueste aus dem Bekanntenkreis?«

»Sie hat sich für einen privaten Wellnesstag entschieden. Entspannung in der Aromabadewanne, karibisches Papaya-Peeling im Duftkerzenschein, Bio-Avocado-Gesichtsmaske aus den Tropen, Maniküre und Pediküre mit anschließender Profilackierung, Olivenöl-Zitronen-Haarkur ...«

Der Kommissar kam aus dem Staunen nicht heraus.

»Baaaaah! Solche Expertise hätte ich dir gar nicht zugetraut.«

Florian tat das Kompliment mit einer Handbewegung ab.

»Der moderne Mann weiß, was Frauen freut.«

Die Kellnerin schob dem durstigen Kommissar sein zweites Bier über den Tisch, als sich Rolf Riedle den Weg durch den Biergarten bahnte.

»Sorry für meine Verspätung. Aber ich hatte eine Art Filmriss.«

»War das zwölfte Bier gestern Abend schlecht?«, erkundigte sich Florian.

Riedle winkte ab.

»Ich war mit dem Auto auf der Fahrt hierher. Natürlich pünktlich! Dann fiel mir ein, dass ich etwas vergessen hatte. Als ich zu Hause ankam, wusste ich nicht mehr, was ich holen wollte.«

Er saß zwar erst seit drei Minuten am Tisch, hatte aber schon das erste Bier gestürzt.

»Mir scheint, du hast es verdammt eilig«, kommentierte Florian den kräftigen Zug seines Tischnachbarn.

Riedle wischte sich mit dem Hemdsärmel den Schaum von den Lippen.

»Wie sagt der Volksmund treffend? Der Klügere kippt nach!«

Zoffingers Telefon klingelte. Ein Kollege war dran. Im Hegau waren zwei Polizisten auf einen offensichtlich orientierungslosen Mann in einem verlassenen Schafstall gestoßen. Den Beamten gegenüber konnte der Unbekannte weder Angaben über seine Identität noch darüber machen, wie er überhaupt dorthin gekommen war.

»Und deswegen rufst du mich am Sonntagmorgen an? Wahrscheinlich ist er ein Patient aus einer Klinik oder ein dementer Pflegefall aus einem Seniorenstift. Dass hilfsbedürftige Menschen gelegentlich die Fliege machen, kommt ja nicht gerade selten vor.«

»Das haben wir uns auch gedacht«, antwortete der Anrufer. »Die nächstliegenden Einrichtungen haben wir bereits kontaktiert. Ohne Erfolg. Nirgendwo ist jemand abgängig. Außerdem haben uns zwei Details zu denken gegeben. Der Mann hat eine verkrustete Kopfverletzung und am linken Handgelenk blutunterlaufene Stellen. Die sehen aus wie Fesselungsspuren. Das kam uns eigenartig vor. Könnte ja sein, dass mehr dahintersteckt.«

»Was habt ihr mit ihm gemacht?«

»Wir haben ihn ins Hegau-Bodensee-Klinikum nach Singen gebracht. Dort wird er im Augenblick untersucht. Die Ärzte meinten, dass man morgen mehr über seinen Zustand sagen kann.«

Am Montagmorgen bat der Kommissar die beiden Polizisten, die den Mann ohne Gedächtnis aufgefunden hatten, in die Singener Klinik zu kommen. Dann fuhr er selbst dorthin, um sich ein eigenes Bild vom Gedächtnislosen zu machen.

»Wo genau habt ihr den Mann aufgefunden?«, wollte er von seinen Kollegen wissen.

»Einem Bauern in Duchtlingen haben Wildschweine den Garten umgepflügt und ein paar Zäune niedergerissen. Wir wollten hin, um uns den Schaden anzusehen. Auf dem Weg sind wir an dem am Waldrand gelegenen Stall vorbeigekommen, eigentlich kein richtiger Stall, sondern eher ein auf zwei Seiten offener Unterstand. Der Mann hockte auf dem Boden davor. Erst dachten wir, dass sich ein Wanderer ausruht. Aber er hatte kein Gepäck bei sich und sah auch nicht aus wie einer, der zum Spaß durch die Gegend stolpert. Eher wie einer, der einen Knacks weghat.«

»Wie seid ihr darauf gekommen, dass er sich an nichts erinnert?«

»Na ja, wir haben ihn gefragt, wer er ist und woher er kommt. Eben ganz normale Fragen. Er meinte, er könne sich weder an seinen Namen noch daran erinnern, wie er überhaupt in den Stall gekommen war.«

»Mit euch reden konnte er?«

Beide nickten.

»Ganz normal. Er antwortete freundlich, nichts Aggressives oder Außergewöhnliches an ihm. Eigentlich ließ nichts darauf schließen, dass er verwirrt war. Außer seiner verschütt gegangenen Erinnerung.«

»Habt ihr in der Umgebung andere Personen gesehen oder vielleicht ein Auto?«

»Wir mussten über einen ausgewaschenen Feldweg fahren, um überhaupt zum Hof des Bauern mit dem Wildschweinschaden zu kommen. In der ganzen Gegend gibt es nichts außer Wald und Wiesen, Wiesen und Wald. Leute haben wir nicht gesehen. An Autos kann ich mich auch nicht erinnern.«

»Wisst ihr, in welchem Zimmer der mysteriöse Unbekannte in der Klinik liegt?«

»Ich glaube, sie haben ihn in die Psychotherapie gebracht. Am besten, du erkundigst dich an der Anmeldung.«

Auf dem Flur kam Zoffinger ein Arzt entgegen und schüttelte ihm die Hand.

»Ich bin Dr. Lüders. Man hat mich über Ihren Besuch informiert. Wir haben hier offensichtlich einen nicht alltäglichen Fall.«

Zoffinger nickte.

»Ich hoffe, dass die Medizin mittlerweile mehr weiß als die Polizei. Ich selbst habe gerade erst von Ihrem Patienten erfahren. Können Sie schon irgendetwas Erhellendes über ihn sagen?«

»Wie mir scheint, haben wir es mit einem belesenen Menschen zu tun«, erklärte der Arzt. »Er drückt sich eloquent aus, was auf eine ordentliche Bildung schließen lässt. Sein Wissen hat mich erstaunt. Um mich ihm vorsichtig zu nähern, haben wir zunächst einen belanglosen Smalltalk geführt, bis er auf den Kunstdruck eines Gemäldes aufmerksam wurde, das in seinem Zimmer in einem Rahmen hängt. Er wusste sofort, dass es sich um das Stillleben ›Äpfel und Kekse‹ von Paul Cézanne handelt. Er erzählte mir sogar, vor einigen Jahren das Geburtshaus des Malers in Aix-en-Provence besucht zu haben. Aber nicht nur über Malerei, sondern auch über andere Themen weiß er Bescheid. Von einem verwirrten Zustand also keine Spur. Bis auf seinen ganz speziellen Gedächtnisverlust.«

Zoffinger war kein Schwarzmaler und auch kein Unheilsprophet. Aber er zählte sich zu den Skeptikern. Zu oft hatte ihm seine Kundschaft schon ein X für ein U vorgemacht. Glaubensbekenntnisse gehörten für ihn in eine andere Kategorie, hatten jedenfalls mit ernsthafter Polizeiarbeit nichts zu tun. Es ging um Beweise oder zumindest Indizien, die in eine bestimmte Richtung wiesen. Davon abgesehen hatten außergewöhnliche Ereignisse nicht selten ungewöhnliche Ursachen, die auf Anhieb nicht erkennbar waren.

»Mir geht es ähnlich wie Ihnen«, sagte Zoffinger an den Arzt gewandt. »Spuren- und Motivsuche würde helfen. Ist es denkbar, dass unser Kandidat sein fehlendes Erinnerungsvermögen nur vortäuscht?«

»Wir sind mit unseren Tests noch längst nicht am Ende. Aber im Augenblick scheint es so, dass er tatsächlich sein autobiografisches Gedächtnis verloren hat. Wir unterscheiden prinzipiell drei mögliche Ursachen. Erstens eine organische Erkrankung, neurologische Veränderung etwa durch eine Durchblutungsstörung, vielleicht Schlaganfall, Tumor oder Demenz; zweitens Formen einer Schizophrenie; drittens psychodynamische Prozesse, ausgelöst beispielsweise durch ein traumatisches Erlebnis, dauerhaften Stress, Angst oder Depressionen. In solchen Fällen sprechen wir von dissoziativer Amnesie wie bei dem unbekannten Patienten. Man muss sich das wie eine Schutzfunktion des Gehirns vorstellen, das eine stark belastende Erinnerung einfach ausblendet, ein schreckliches Erlebnis, einen Unfall oder eine horrorhafte Begegnung.«

»Die Kopfverletzung haben Sie garantiert auch untersucht. War sie vielleicht die Ursache für seinen Gedächtnisverlust?«

Dr. Lüders war sich sicher.

»Nein, auf keinen Fall. Es handelt sich um eine unbedeutende Blessur, als hätte er sich den Kopf angestoßen. Hätte er mit einem harten Gegenstand einen Schlag erhalten, würde die Wunde anders aussehen. Mit seiner Amnesie kann die Verletzung nach menschlichem Ermessen nichts zu tun haben.«

»Kann er darauf hoffen, sein Gedächtnis jemals zurückzugewinnen?«

»Der Verlust seiner Identität kann heute Nachmittag vorüber sein oder in zehn Jahren noch bestehen. Mit gewöhnlicher Vergesslichkeit hat das nichts zu tun. Sein früherer Zustand ist meiner Meinung nach reversibel und kann unter Umständen mithilfe von Medikamenten oder Hypnose wiederhergestellt werden. Es gibt allerdings auch Menschen, die ihr Leben lang John oder Jane Doe bleiben.«

»John was?«, wunderte sich Zoffinger.

Dr. Lüders hob entschuldigend die Hände.

»Sorry! Tut mir leid. Das ist mir eben nur so herausgerutscht. Im anglo-amerikanischen Raum spricht man von John oder Jane Doe, wenn es sich um eine männliche oder weibliche Person mit ungeklärter bzw. unbekannter Identität handelt.«

»Ähnlich wie Kaspar Hauser in unserem Sprachraum?«

»Ja, so ungefähr.«

»Haben Sie sonst noch irgendwelche Auffälligkeiten entdeckt?«

Der Arzt nickte.

»Auf der Innenseite seines linken Oberarms trägt der Mann eine ziemlich neue Tätowierung – ein schwarzes Dreieck mit einem unleserlichen Symbol in der Mitte. Ich habe ein Foto davon gemacht.«

Er holte sein Handy aus der Tasche und zeigte Zoffinger das Bild.

»Das muss ich überprüfen lassen. Würden Sie mir die Aufnahme bitte zuschicken?«

Als Zoffinger das Krankenzimmer betrat, lag der Patient in einem blassblauen Flügelhemd da wie einer, der irrtümlich zur Bettlägerigkeit verurteilt worden war. Einzig ein Pflaster über seiner rechten Schläfe ließ vermuten, dass er seinen Krankenhausaufenthalt nicht ganz freiwillig angetreten hatte. John Doe war schätzungsweise Mitte 40, besaß ein auffallend kantiges Kinn und hatte seine dunkelbraunen Haare in der Mitte gescheitelt. Er streckte seine Hand zum Gruß aus.

»Tut mir leid, dass ich mich nicht vorstellen kann, aber ich habe meinen Namen vergessen.«

Dass er keinen Witz machte, sah Zoffinger seinem ernsten Gesicht an.

»Können Sie sich ausmalen, was es heißt, plötzlich ein Niemand zu sein? Was ich über mich weiß, haben mir Ärzte und Schwestern erzählt. Ich führe ein Leben quasi aus zweiter Hand.«

»Tut mir wirklich leid für Sie«, antwortete der Kommissar. »Aber Ihren Gemütszustand kann ich mir beim besten Willen nicht vorstellen.«

Jegliche Erinnerung verloren? Eigentlich hatte Zoffinger mit einem verstörten Individuum gerechnet, das auf Fragen gar keine oder nur konfuse Antworten geben kann. Zu seinem Erstaunen lernte er aber einen Mann kennen, der weder verschlossen noch unsympathisch war und sich durchaus gewählt ausdrückte.

»Helfen Sie mir bitte, meine Erinnerung wiederzubekommen«, appellierte der Unbekannte an seinen Besucher. »Sie können sich nicht vorstellen, in was für einem inneren Zustand ich mich befinde. Immer wenn ich versuche, meine Erinnerung zu aktivieren, komme ich mir vor wie in einer Endlosschleife, wie auf einem Blindflug im Zeitlupentempo durch eine dichte Nebelwand.«

»Wir werden alles tun, Ihnen aus dieser Nebelwand herauszuhelfen«, versprach Zoffinger. »Ohne Ihre tatkräftige Mithilfe wird das jedoch nicht funktionieren. Also! Wenn Ihnen irgendetwas einfällt, was zur Aufklärung Ihrer Identität beitragen könnte, müssen Sie mich unbedingt darüber informieren. Wir arbeiten gemeinsam an diesem Puzzle, dessen Teile wir in mühevoller Kleinarbeit zusammensetzen müssen. Ich helfe Ihnen, Sie helfen mir. Das ist die einzige Chance, dass Sie in Ihr altes Leben zurückfinden.«

Der Mann im Bett nickte heftig.

»Ich habe beschlossen, mir selbst einen Namen auszusuchen, solange ich mich an meinen richtigen nicht erinnern kann. Mein Leben in einem Vakuum macht mich verrückt. Was halten Sie davon?«

Der Kommissar dachte nach. Ein erfundener Name allein konnte eine verlorene Identität nicht ersetzen. Aber es ging darum, die Fixpunkte des eigenen Lebens zurückzugewinnen, ob man eine Familie hatte, was für einer Arbeit man nachgegangen war, wo man gelebt hatte. Alles zu verlieren, was einen als Mensch ausmachte, musste eine fürchterliche Erfahrung sein.

»Vielleicht keine schlechte Idee«, meinte der Kommissar nach einer Bedenkzeit. »Aber vielleicht sollten Sie Ihr Vorhaben besser mit den Ärzten und Psychologen abklären. Sie befinden sich in einem verwundbaren Zustand. Wissen Sie übrigens, dass man Sie hier in der Klinik John Doe nennt?«

Zoffinger setzte gerade an, den fiktiven Namen zu erklären, als ihm der Patient ins Wort fiel.

»Ich weiß, woher der Name kommt. John Doe! Daran habe ich noch gar nicht gedacht. Wenn die Polizei in den USA mit namenlosen Individuen oder Leichen zu tun hat, taufen sie diese häufig John Doe, quasi mit einem Platzhalternamen. Mit John Doe bin ich erst einmal einverstanden.«

Entschlossen glättete er die Bettdecke mit Händen, die nicht so aussahen, als hätten sie jemals mit körperlicher Arbeit zu tun gehabt. Zoffinger tippte eher auf einen Schreibtischarbeiter, Programmierer, Lehrer oder Bauzeichner. Dann beschloss er, den Patienten auf ein Thema anzusprechen, das ihn in seiner Eigenschaft als Kriminalkommissar besonders beschäftigte.

»Ihr Arzt glaubt, dass möglicherweise ein schrecklicher Vorfall, ein schlimmes Ereignis oder eine tragische Erfahrung Ihre Erinnerung blockiert, irgendetwas, was zu unbegreiflich ist, um sich daran zu erinnern.«

»Gütiger Himmel!«, japste der Patient. »Was, wenn ich tatsächlich eine Vergangenheit habe, an die ich mich gar nicht erinnern will?«

Zoffinger sparte sich eine Antwort. Längst ging ihm der Verdacht durch den Kopf, dass vor ihm vielleicht ein Krimineller im Bett saß, der seinen Gedächtnisverlust nur vortäuschte. Aber warum ein solches Manöver? Aus Selbstschutz? Aus Reue?

»Ich würde gerne eine Amerikareise unternehmen«, sagte der Unbekannte plötzlich. »Keine Ahnung, warum gerade in die USA. Aber der Gedanke geht mir schon dauernd durch den Kopf. Vielleicht war ich in meinem alten Leben schon einmal dort. Möglicherweise sind das aber auch nur Erinnerungsfetzen an eine TV-Sendung, an einen Bildband oder einen Hollywoodfilm.«

»Da muss ich Sie enttäuschen«, meinte Zoffinger.

»Ohne Pass keine Reisen. Und einen Pass bekommen Sie nicht ohne Geburtsurkunde. Und eine Geburtsurkunde kriegen Sie erst, wenn Sie wissen, wo Sie geboren wurden.«

Wieder stieg in Zoffinger der vage Verdacht hoch, dass mit John Doe etwas nicht stimmte. Hatte er den Reisewunsch nur erwähnt, um zu sondieren, ob bzw. wie er an neue Dokumente und einen Reisepass kommen könnte? Verfolgte der Kerl eine abgefeimte Strategie, um eine neue Identität zu bekommen und damit von einem Gewaltverbrechen abzulenken? Zoffinger hatte schon Pferde kotzen sehen und in seiner beruflichen Laufbahn mehr als einmal die Erfahrung gemacht, dass Täuschen und Tarnen im Werkzeugkasten von bösen Buben selten fehlten. Von Mr. Nobody würde er sich jedenfalls keinen Sand in die Augen streuen lassen, auch nicht von seinem harmlosen Opfergetue.

»In erster Linie sind Sie natürlich ein Kandidat für Psychologen und Medizinmänner«, urteilte der Kommissar. »Aber aufgrund Ihrer geheimnisvollen Amnesie, Ihrer Kopfwunde und der Fesselungsspuren an Ihrem Handgelenk kann eine wie auch immer geartete strafbare Handlung nicht ausgeschlossen werden, in die Sie vielleicht verwickelt waren. Deshalb hat man mich auf den Plan gerufen. Können Sie sich an irgendetwas erinnern, was Sie aus der Bahn geworfen haben könnte?

John Doe langte nach einem Glas Wasser.

»Glauben Sie mir. Wenn ich auch nur die geringste Ahnung hätte, was mit mir passiert ist, würde ich es Ihnen sagen. Aber in meinem Gehirn klafft ein abgrundtiefes Loch. Dinge, die ich etwa seit meiner Einlieferung ins Krankenhaus erlebt habe, sind mir durchaus präsent. Aber alles, was früher war, ist gelöscht, als hätte ich stundenlang die Delete-Taste meiner Tastatur gedrückt. Ich weiß nicht einmal, ob ich Familie oder Verwandte habe.«

»Ich nehme an, dass Sie verheiratet sind. Ihr Ehering lässt das vermuten. Allerdings hat Sie Ihre bessere Hälfte noch nicht als vermisst gemeldet.«

Der Mann im Bett riss erschrocken die rechte Hand hoch, spreizte die Finger und starrte auf seinen Ring.

»Gottverdammich! Das ist mir noch gar nicht aufgefallen.«

Er versuchte, den Ring vom Finger zu ziehen, scheiterte aber.

»Mich würde interessieren, ob ein Datum oder ein Name eingraviert ist. Ich versuche es mal mit Seife oder sonst etwas.«

Nach seinem Krankenhausbesuch fiel Zoffinger auf der Fahrt zurück nach Konstanz wieder der rätselhafte Findling Kaspar Hauser ein. Im 19. Jahrhundert tauchte er als verstörter Jugendlicher in Nürnberg auf, nachdem er offenbar jahrelang bei Wasser und Brot in einem Verlies eingesperrt worden war. Aber diese alte Geschichte lag anders. John Doe war kein körperlich und geistig zurückgebliebenes Individuum, sondern ein eloquenter, aufgeweckter Mensch, dem ungewöhnliche Winkelzüge zuzutrauen waren.

Spurensuche war angesagt. Sie begann mit dem Einzigen, was im Augenblick verfügbar war: mit den Klamotten, die John Doe am Körper getragen hatte. Sein schwarzer Hoodie hatte ein kleines Wappen am linken Ärmel, das auf einen bekannten Hersteller verwies, der seine Ware nur über teurere Boutiquen verkaufte. Trotz Kapuzenpulli passte der Unbekannte, an seinem äußeren Erscheinungsbild gemessen, weder in eine subversive Revoluzzergruppe noch in die verruchte Rapperszene. In einer Tasche des Pullis befand sich ein No-Name-Plastikchip für Einkaufswagen und der Kassenbon eines Supermarktes in Singen, wo sich Mr. Nobody am Tag seines Auffindens morgens um 9:17 Uhr zwei Bananen, zwei Brezeln und ein Fläschchen Apfelsaft gekauft hatte.

Zoffinger schickte einen Beamten mit John Does Foto nach Singen. Eine Angestellte des Discounters konnte sich an den Mann erinnern, weil er eine ganze Weile planlos zwischen den Regalen herumspaziert war und einen sonderbar weltfremden Eindruck hinterlassen hatte. Nach dem Verlassen des Supermarktes hatte sie noch gesehen, wie er von zwei Männern angesprochen wurde, die ihn dann immer mehr bedrängten und versuchten, ihn über den Parkplatz zu bugsieren. Als zufällig ein Streifenwagen vorbeikam, ließ das Duo von Mr. Nobody ab und verdünnisierte sich. Wohin der seltsame Kunde danach verschwand, stand in den Sternen. Auch darüber, wie die beiden Männer aussahen, gab es keine brauchbaren Angaben. Die beiden Streifenpolizisten hatten die Auseinandersetzung gar nicht mitbekommen und schieden als Augenzeugen aus.

Was der Kollege an Informationen aus Singen mitbrachte, bestätigte Zoffingers Vermutung, dass John Doe in krumme Geschäfte verstrickt war. In der Kriminaltechnik hatten die Kollegen die Lederstiefel des Mannes untersucht und herausgefunden, dass sie von einem amerikanischen Hersteller für Cowboykleidung stammten und ausschließlich in den USA verkauft wurden. Folglich waren John Does Reiseträume nicht völlig aus der Luft gegriffen. Wahrscheinlich war er doch schon einmal über den großen Teich gereist. An den Sohlen stellten die Kriminaltechniker Anhaftungen von Erde fest, anhand derer nachgewiesen werden konnte, dass sich der Träger in einem bestimmten Gebiet im Hegau aufgehalten haben musste.

Rätsel gab Zoffinger das dreieckige Tattoo auf der Innenseite von John Does linkem Oberarm auf, weil er keine blasse Ahnung hatte, wem oder was er das Symbol zuordnen sollte. Er hatte zwar keine große Lust auf einen Abstecher in die ihm ohnehin fremde Welt der Körpermodifikationen. Aber unter den wenigen Hinweisen, die er im Fall von John Doe überhaupt hatte, erschien ihm das Tattoo als die beste Chance, Licht ins Dunkel der mysteriösen Angelegenheit zu bringen. Nachdem Zoffinger die Inhaber aller Tattoostudios im Hegau ergebnislos interviewt hatte, ging er in einem einschlägigen Studio in der Konstanzer Altstadt auf Spurensuche. Er hielt dem gepiercten Kerl hinter dem Tresen das Foto unter die Nase, das ihm Dr. Lüders auf sein Handy geschickt hatte.

»Haben Sie in letzter Zeit möglicherweise dieses Tattoo gestochen?«

Der Freak warf nur einen Sekundenblick auf das Bild und schüttelte sich geradezu angewidert.

»Ich muss schon sehr bitten! Wir sind ein anerkanntes Klassestudio und keine Hinterhofklitsche. Solche Symbole stechen sich vielleicht Knastbrüder mit Sicherheitsnadeln und Kugelschreibertinte. Wir haben schon Wettbewerbe gewonnen und sind stolz auf unsere Tattookunst und auf unsere Cover-ups. Schauen Sie sich um. Die Wand dort drüben ist mit unseren Urkunden und Preisen tapeziert.«

»Könnten Sie einem Tattoomuffel wie mir vielleicht erklären, was ein Cover-up ist? Bei diesem Begriff stehe ich auf dem Schlauch.«

»Manche Kunden kommen mit dämlichen Uralt-Tätowierungen daher, Jugendsünden oder Sufftaten, die man gerne loswerden würde. Statt sie zu entfernen, kann man sie überstechen, also covern. Das heißt, man legt ein neues Tattoo darüber.«

Zoffinger bedankte sich.

»Eine letzte Frage noch. Haben Sie eine Idee, was dieses dreieckige Tattoo auf meinem Handy zu bedeuten hat?«

»Lassen Sie mich das Ding noch mal sehen.«

Dieses Mal schaute er sich das Symbol genauer an.

»Könnte ein japanisches Irezumi-Symbol sein, ein chinesisches Emblem oder sonst etwas. Tut mir leid. Da kann ich Ihnen nicht helfen. Asiatischer Körperschmuck ist nicht mein Ding.«

»Ich habe irgendwo gelesen, dass chinesische Gangs solche Tattoos tragen«, meinte Zoffinger. »Haben Sie auch schon so ein Tattoo fabriziert?«

»Verdammt noch mal!«

Der Tattoostecher wurde zusehends widerspenstiger.

»Ich sagte doch schon, dass ich mit so einer Primitivsymbolik nichts zu tun habe. Mafia, Camorra und Cosa Nostra sind verglichen mit chinesischen Triaden harmlose Häkelkreise. Die Kerle sind, was man so hört, humorlos bis zum Abwinken. Ich jedenfalls möchte mit dieser Kundschaft nichts zu tun haben, überhaupt nichts. Stellen Sie sich mal vor, Ihnen unterläuft bei einem Triadenboss ein winziger Kunstfehler. Das kann Sie locker die Rübe kosten.«

Als Zoffinger die Studiotür hinter sich ins Schloss zog, hatte er zwei Erkenntnisse gewonnen. Der Bodydekorateur hatte vermutlich noch nie ein chinesisches Gang-Tattoo gestochen, und vor Triadenmitgliedern hatte er einen höllischen Bammel. Aus gutem Grund. Die Ermittlungen vorangebracht hatte der Besuch im Tattoostudio nicht. Dr. Lüders hatte behauptet, dass John Does Symbol wegen der noch nicht vollständig erfolgten Abheilung vor nicht allzu langer Zeit gestochen worden war. Da es sich an der verdeckten Innenseite des Oberarms befand und primitiv aussah, war eine schmückende Funktion auszuschließen. Auch war nicht denkbar, dass sich Mr. Nobody das Tattoo selbst angebracht hatte. Dazu war es zu ebenmäßig und befand sich an einer Körperstelle, die er selbst schlecht hätte bearbeiten können. Also blieb die Frage, warum er diese Tätowierung trug, wer sie gestochen hatte und was sie bedeutete.

John Doe ließ den Kommissar auch nach Feierabend nicht los. Er setzte sich mit seinem Laptop auf den Balkon, um im Internet über asiatische Triaden und ihre Symbole zu recherchieren. Hinten im Wohnzimmer dudelte Radio Grenzland Discohits aus den 1980er-Jahren von Modern Talking bis Falco, die Zoffinger genauso verabscheute wie die damaligen letzten Modeschreie von Karottenjeans und Puffärmeljacken bis Netzhemden. Zu bequem, um aufzustehen und den nervigen Sender abzudrehen, bereute Zoffinger zutiefst, seine Dienstwaffe nicht bei sich zu haben, mit der er sein Dampfradio mit einem gezielten Schuss zum Schweigen hätte bringen können. Zu allem Überfluss kam eine Minute später Kultmoderator Rolf Riedle zum Zug.

Meine heutige Sendung widmet sich dem Thema »Gedächtnisverlust – Mut zur Lücke«, und zwar aus gutem Grund. Die Superspürnasen von der Konstanzer Kriminal-

polizei haben es gegenwärtig mit einem mysteriösen Findling zu tun. Das bislang nicht identifizierte Individuum kann sich weder an seinen Namen noch an seine Adresse und nicht einmal an seine Kragenweite erinnern. Nicht weiter schlimm! Wenn ihr glaubt, Gedächtnisverlust sei ein beklagenswertes Manko, seid ihr auf dem falschen Dampfer. Glotzt euch im Badezimmerspiegel eines Morgens plötzlich ein wildfremder, ungestalter Organismus ins Gesicht oder wisst ihr nicht mehr, wo ihr im letzten Sommer euer Honigbrot hingelegt habt? – Keine Panik, das kann von Vorteil sein. Keine Erinnerung an die Botoxbehandlung im Kiosk um die Ecke, die euch Schlauchbootlippen bescherte, keine Erinnerung an die Begegnung mit eurem Stadtteilpfarrer im Eroscenter, Zugangscodes für euer Vierthandy vergessen, das Hausverbot im Supermarkt wegen unautorisierter Warenentnahme wie weggeblasen – besser kann es doch gar nicht kommen. Vergesslichkeit ist ein Geschenk des Himmels und bietet die Chance auf einen Neuanfang. Wenn ein Computerprogramm spinnt, installiert man es schließlich auch neu …

Zoffinger schlurfte ins Wohnzimmer, warf dem Radioapparat einen vernichtenden Blick zu und würgte Rolf Riedles Verlautbarungen ab, um sich im Internet wieder ungestört dem Thema Triaden widmen zu können. Generelle Informationen darüber gab es in Hülle und Fülle. Die Aktivitäten solcher Clans und Geheimbünde konzentrierten sich auf Schutzgelderpressung, Menschenschmuggel, Geldwäsche, Drogenhandel und Zigarettenschmuggel. Auskünfte über Gang-Umtriebe im Bodenseegebiet waren eher dürftig, wahrscheinlich weil sich das Gaststättenmilieu und die Chop-Suey-Branche in der Region für Schutzgelderpressungen als nicht profitabel genug erwiesen.

Nach langem Suchen fand er tatsächlich eine Webseite, auf der John Does Tätowierung nahezu identisch abgebildet und einer Triade mit dem Namen WX11 zugeordnet war. Die drei Seiten des Dreiecks, so hieß es, stünden für Himmel, Erde und Menschheit. Aufschlussreich war der Hinweis, dass diese locker organisierte Gang hauptsächlich in ländlichen bzw. kleinstädtischen Regionen tätig war und sich weniger auf Schutzgelderpressung wie in den Chinatowns von London oder Paris, sondern in erster Linie auf Konsumgüterfälschung kaprizierte.

Internetrecherche war das eine, kriminalistische Ermittlung im richtigen Leben etwas anderes. Zoffinger wusste, dass er eine harte Nuss zu knacken hatte, wenn er dem wahren Grund für John Does Tattoo auf die Spur kommen wollte.

Der Patient war nach einigen Tagen aus der Singener Klinik entlassen worden. Körperlich fehlte ihm nichts. Seine Amnesie sollte von einem niedergelassenen Psychologen behandelt werden. Da man ihn nicht auf die Straße setzen wollte, verschaffte ihm die Stadt Konstanz eine Einzimmerwohnung und gewährte ihm Sozialhilfe, mit der er sich über Wasser halten konnte.

Zoffinger war kein Pessimist und schon gar kein argwöhnischer Mensch, der jedem und allem mit Skepsis begegnete. Aber sein Job hatte ihn über die Jahrzehnte geprägt und ihm gesundes Misstrauen bei der Lösung von Kriminalfällen beigebracht. Weder Verdächtigen noch Zeugen konnte man ohne Weiteres über den Weg trauen. Das galt in seinem aktuellen Fall auch für den mysteriösen Mann ohne Gedächtnis.

Mit einem Problem wie diesem hatte der Kommissar noch nie zu tun gehabt. Von der ersten Sekunde an war ihm John Doe suspekt vorgekommen. Möglicherweise hatte er tatsächlich seine Erinnerung verloren. Aber warum hatte er das Sprechen, das Gehen oder das Zähneputzen nicht verlernt? Warum konnte er sich so gewählt ausdrücken und machte einen durchaus belesenen Eindruck? Dass der Verlust seiner Identität eine ganz spezielle Ursache hatte, war denkbar. Falls das tatsächlich zutraf, was war der Auslöser gewesen?

Zoffinger hoffte, dem Rätsel auf die Spur zu kommen, indem er John Doe im Auge behielt. Eine ständige Überwachung kam nicht infrage, weil Aufwand und Nutzen in keinem Verhältnis gestanden hätten. Aber hin und wieder kommandierte er Kollegen ab, um herauszufinden, was Mr. Nobody tagtäglich trieb und ob er sich eventuell mit Leuten traf. Bald stellte sich heraus, dass er häufig ziellos durch die Straßen schlenderte, als wollte er sich mit seiner Umgebung vertraut machen. Im Laufe der Zeit wurden die Stadtbummel eher Erkundungstouren, auf denen John Doe offensichtlich seiner Erinnerung auf die Sprünge helfen und herausfinden wollte, wo er früher gelebt hatte.

Ein anderer Zeitvertreib stand bei ihm ebenfalls hoch im Kurs. Tagelang schmökerte er in der Stadtbibliothek in der Wessenbergstraße, wartete manchmal sogar schon vor dem Eingang, bevor das Haus um zehn Uhr öffnete. Nachforschungen ergaben, dass er sich vor allem für zwei Themenbereiche interessierte: Technik bzw. Computer und alles Lesbare, was mit fremden Ländern zu tun hatte. Nach Schließung der Bibliothek machte er meistens einen Abstecher in einen Supermarkt, besorgte ein paar Sachen und igelte sich bis zum nächsten Morgen in seiner Miniwohnung ein.

Eines Abends kam eine Streife zur Nachrichtenzeit gegen 20 Uhr an John Does Haus vorbei. In seiner Wohnung brannte nicht wie üblich Licht, was den Kollegen auffiel. Eine Stunde später kehrten sie auf ihrer Kontrollfahrt nochmals zurück. Die Fenster waren immer noch dunkel. Zoffinger hatte seinen Leuten eingeschärft, wie wichtig es war, auf alles Außergewöhnliche zu achten und zeitnah Meldung zu machen. Am folgenden Morgen schloss er eben seine Bürotür auf, als die beiden Streifenfahrer mit ihren Neuigkeiten auftauchten. Wann John Doe seine Wohnung verlassen hatte, war nicht bekannt. Aber von seinem nächtlichen Ausflug war er erst gegen 23:30 Uhr zurückgekehrt.

Zoffinger hätte der Beobachtung seiner Kollegen keine große Bedeutung zugemessen, wäre in der betreffenden Nacht nicht weit von John Does Wohnung eine junge Frau auf dem Heimweg von einer Geburtstagsfeier von einem Mann angegriffen worden. Sie hatte Glück, weil auf ihre Hilfeschreie in der Nachbarschaft Fenster aufflogen und sich der Angreifer davonmachte. Als der Kommissar von dem nächtlichen Überfall erfuhr, fiel ihm sofort John Does ungewohnte Abwesenheit ein. Er ließ sich von den Kollegen, bei denen die Frau Anzeige erstattet hatte, das Protokoll bringen. Sie konnte den Angreifer zwar nicht genau schildern, ihrer Beschreibung nach hätte der Kerl aber John Doe sein können.

Als er noch in der Singener Klinik behandelt worden war, hatte Zoffinger Mr. Nobody ein Notizbuch geschenkt, in das er seinen Tagesablauf und eventuelle Erinnerungen eintragen sollte. Als ihn der Kommissar jetzt nach seinen Aufzeichnungen fragte, zog John Doe ohne Zögern das Büchlein aus der Tasche. Akkurat hatte er nach Tageszeit aufgelistet, wann er wo gewesen war und an was er sich zu erinnern glaubte. Sein Alibi für die fragliche Nacht war wasserdicht. Im CineStar-Kino im Lago-Shoppingcenter hatte er sich den Science-Fiction-Thriller ›Tenet‹ von Regisseur Christopher Nolan angeschaut und sich hinterher im Shamrock Irish Pub in der Bahnhofstraße ein paar Chicken Wings und zwei Kilkennys einverleibt. Das Kinoticket hatte er noch. Den Kneipenbesuch hätte er natürlich erfinden können. Aber da die Kneipe Personal suchte, hatte sich John Doe mit einem Mitarbeiter, der sich an den Gast erinnern konnte, über einen eventuellen Job als Servicekraft unterhalten.

Im Bürgerbüro der Konstanzer Stadtverwaltung war John Doe mittlerweile ein bekanntes Gesicht. Mehrmals war er dort vorstellig geworden, um sich nach Möglichkeiten zu erkundigen, wie er an persönliche Dokumente kommen könnte. Zoffinger hatte ihm bescheinigt, dass die Erfolgsaussichten dafür ohne Geburtsurkunde gegen null tendierten. Mr. Nobodys Auftritte im Bürgerbüro wurden drängender und von den Mitarbeiterinnen und Mitarbeitern als immer renitenter wahrgenommen.

»An meine Vergangenheit kann ich mich beim besten Willen nicht erinnern, und meine Zukunft kann ich ohne Papiere nicht planen«, protestierte er lautstark bei seinem letzten Auftritt im Amt. »Können Sie sich eigentlich vorstellen, was das bedeutet?« Um seinem Anliegen Nachdruck zu verleihen, griff er nach einem Blumentopf auf der Fensterbank und ließ ihn demonstrativ auf den Boden fallen.

Von dem Zwischenfall erfuhr Zoffinger zwei Tage später, als John Doe auf der Marktstätte in Konstanz eine Plastikplane ausbreitete, eine Matratze aus einem Kinderbett, ein Kissen und einen Schlafsack darauflegte und mit einem selbst gemalten Schild Auskunft über seine Protestaktion gab: »Hungerstreik gegen Behördenwillkür! Gebt mir meine Identität zurück.« Weder die Verkehrspolizei noch das Ordnungsamt waren in der Lage, John Doe von seinem Vorhaben abzubringen. Schließlich nahm sich Zoffinger der Sache an, weil er mittlerweile ein schon fast kumpelhaftes Verhältnis zu Mr. Nobody entwickelt hatte. Mit Engelszungen redete er auf ihn ein. Die Stadt habe ihm schließlich schon eine Wohnung zugewiesen und unterstütze ihn auch finanziell, womit bewiesen wäre, dass man sich sehr wohl um ihn kümmere.

Der nächste Tag kündigte sich mit Nieselregen an. Auf dem Weg ins Büro dachte Zoffinger an den Hungerstreiker auf der Marktstätte, der wahrscheinlich eingeweicht und durchgefroren einem neuen Katastrophentag entgegensah. Eine Lösung musste her. In seiner Mittagspause griff der Kommissar tief in die Trickkiste. Bei einem Kurzbesuch des mittlerweile mies gelaunten Protestlers redete er auf ihn ein, die sinnlose Aktion abzubrechen, weil sich die Stadt in einem solchen Kleinkrieg nicht erpressen lassen konnte. Er versprach, alle Hebel in Bewegung zu setzen, um John Does Identitätsproblem so schnell wie möglich zu lösen. Beiläufig stellte er eine mitgebrachte Plastiktüte neben den ausgehungerten Bleichling, aus der das verführerische Aroma eines Brathähnchens aufstieg. John Doe ignorierte den Beutel zunächst, wurde dann aber immer zappeliger. Zoffinger sah ihm an, dass er mit sich kämpfte und über Sinn oder Unsinn seiner Protestaktion zu grübeln begann. Wahrscheinlich machte er sich augenblicklich über den knusprigen Bratvogel her, nachdem der Kommissar gegangen war. Später am Tag meldete sich das Ordnungsamt. Der Protestler hatte seinen Streik abgebrochen und war mit Sack und Pack in seine Wohnung transportiert worden.

Seit bei John Doe das Triadentattoo am Oberarm entdeckt worden war, spukten Zoffinger wilde Vermutungen, man könnte auch sagen Verschwörungstheorien, durch den Kopf. Die Bodenseegegend hatte sich als Operationsgebiet fernöstlicher Geheimgesellschaften und Verbrechersyndikate noch nie sonderlich hervorgetan. Solche Aktivitäten konzentrierten sich bekanntlich auf große Städte und Ballungszentren, in denen die Zahl asiatischer Restaurants und Firmen höher war als im ländlichen Raum.

Ein aktueller Fall in Karlsruhe ließ den Kommissar aufhorchen. Ein vietnamesischer Foodtruck-Besitzer war mit eingeschlagenem Schädel aufgefunden worden. Vermuteter Hintergrund: Schutzgelderpressung. Vor der Gewalttat war der Besitzer des rollenden Gourmettempels auch an unterschiedlichen Standorten im Bodenseekreis aktiv gewesen.

Von seinen Kollegen wusste Zoffinger, dass der Mittwoch für John Doe Lesetag war. Der Kommissar machte sich auf den Weg in die Stadtbibliothek, weil er damit rechnete, den Tattooträger dort anzutreffen. Tatsächlich hockte der Bücherwurm, in ein IT-Handbuch versunken, in einer Ecke und schien die Welt um sich herum vergessen zu haben.

»Sorry, wenn ich Sie bei Ihrer Lieblingsbeschäftigung störe. Es dauert nur einen Augenblick. Aber die Frage brennt mir unter den Nägeln. Können Sie sich tatsächlich nicht erinnern, wie Sie zu Ihrer Tätowierung gekommen sind? So eine Körpermalerei ist schließlich kein Vorgang, den man regelmäßig über sich ergehen lässt. Außer dem magischen Dreieck tragen Sie keine anderen Tattoos. Also muss das Zeichen etwas Besonderes, einen Sonderfall darstellen.«

John Doe klopfte sich mit den Fingerknöcheln der rechten Hand an die Schläfe, als wolle er in seinem Gehirn eine schlummernde Erinnerung aufwecken.

»Sie können mir glauben! Nichts wäre mir lieber, als mich daran zu erinnern, wo ich das verdammte Ding herhabe. Aus freiem Willen habe ich mir das blöde Symbol jedenfalls nicht stechen lassen.«

2
EIN FALL MIT FRAGEZEICHEN

Zoffinger hatte John Doe hoch und heilig versprochen, sich um seinen Fall zu kümmern und ihm zurück in ein reguläres Leben zu verhelfen. Aber nicht nur deswegen setzte der Kommissar alle Hebel in Bewegung. Nach wie vor trieb ihn das unbestimmte Gefühl um, dass Mr. Nobodys Erinnerungsdebakel einen nicht ganz hasenreinen Hintergrund hatte.

Um endlich Licht ins Dunkel des Falles zu bringen, schlugen die Kollegen vor, mit einem Foto von John Doe an die Öffentlichkeit zu gehen. Wenn er, wie zu vermuten war, irgendwo am westlichen Bodensee oder in einem der benachbarten Landkreise gelebt hatte, würde ihn garantiert jemand erkennen. In erster Linie müsste er jedoch selbst mit der Fahndung einverstanden sein. Als Zoffinger ihm den Vorschlag unterbreitete, überlegte Mr. Nobody nur kurz.

»Mein Konterfei in sämtlichen Zeitungen, auf Suchplakaten an jeder Hauswand? Vielleicht sogar im Fernsehen? Manche würden mich wahrscheinlich zum Zombie vom Bodensee erklären. Auf so eine Stigmatisierung habe ich absolut keinen Bock. Schließlich will ich ein normales Leben führen und nicht wie einer aus der Klappse behandelt werden. Können Sie das verstehen?«

»Kann ich verstehen«, meinte der Kommissar, »andererseits könnte eine öffentliche Fahndung Ihr Identitätsproblem von heute auf morgen lösen. Ratzfatz wären Sie im Falle eines Erfolgs die quälende Unsicherheit los, nicht zu wissen, wer Sie eigentlich sind.«

»Unsicherheit! Ein entscheidendes Schlagwort«, trompetete John Doe. »Haben Sie in einem früheren Gespräch nicht darauf angespielt, dass ich meinen Gedächtnisverlust unter Umständen der Tatsache schulde, dass ich in ein Verbrechen verwickelt wurde? Was wäre, wenn mir kriminelle Knallchargen auf den Fersen sind? Wenn mein Foto nicht nur im Seekurier, sondern auch in Aktenzeichen XY publik gemacht wird? Jeder im Land würde auf mich aufmerksam. Meine persönliche Sicherheit hinge unter Umständen am seidenen Faden.«

Der Einwand war nicht von der Hand zu weisen, wenngleich es für Zoffingers Spekulation über eine Verstrickung von John Doe in eine Gewalttat bislang keinen einzigen Beweis gab. Der Plan für eine Öffentlichkeitsfahndung verschwand im Kommissariat in einer Schublade.

Was Zoffinger Kopfzerbrechen bereitete, waren John Does familiäre Verhältnisse. Bisher hatte niemand einen Mann vermisst gemeldet, der John Doe auch nur im Entferntesten ähnelte. Sein Ehering ließ darauf schließen, dass er verheiratet war. Aber hätte eine Ehefrau nicht schon längst Alarm geschlagen, wenn ihr Göttergatte plötzlich von der Bildfläche verschwunden war? War John Doe geschieden und hatte seinen Ring aus Gewohnheit oder noch bestehender emotionaler Verbindung nicht abgenommen, sah die Sache natürlich anders aus. Aber selbst von Verwandten, Nachbarn, Freunden und Arbeitskollegen war keine Vermisstenmeldung eingegangen. Dr. Lüders hatte erzählt, dass Angehörige helfen können, das Gedächtnis durch das Auffrischen von Erinnerungen wiederzuerlangen. Aber solche persönlichen Beziehungen existierten offenbar nicht. John Doe schien auf dem Planeten ein Einsiedlerdasein geführt zu haben. Ein Eremitenleben passte allerdings überhaupt nicht zu seiner umgänglichen Art. Warum war keiner Menschenseele sein Verschwinden aufgefallen – ein überquellender Briefkasten, nicht bezahlte Rechnungen, vertrocknete Blumenkästen oder aus der Reinigung nicht abgeholte Kleidungsstücke? Aber nichts dergleichen. Der Kerl war ein Buch mit sieben Siegeln.

Als wäre der Fall nicht ohnehin schon vertrackt genug, meldete sich John Doe eines Abends telefonisch bei Zoffinger.

»Sorry, dass ich Sie nach Feierabend störe. Sie werden es nicht glauben. Aber bei mir wurde eingebrochen. Dabei habe ich noch mordsmäßig Schwein gehabt. Wäre ich nicht gerade zum Kiosk um die Ecke unterwegs gewesen, hätte die Begegnung mit den Ganoven ungünstig für mich ausgehen können. Ich frage mich nur, was die Typen gesucht haben. In meiner Notunterkunft hätte man höchstens die Tapeten klauen können.«

»Vielleicht wollten die gar nicht klauen, sondern Sie selbst waren das Ziel«, vermutete Zoffinger. »Allerdings frage ich mich, warum jemand hinter Ihnen her ist und wie die Typen auf Ihre Spur gekommen sind.«

»Keine Ahnung!«, meinte John Doe. »Ich habe mir kein Plakat um den Hals gehängt, dass ich der Mann ohne Gedächtnis bin, der brisante Geheimnisse mit sich herumschleppt.«

»Mir kommt eben eine Idee«, sagte Zoffinger. »Vielleicht haben Sie mit Ihrem Hungerstreik in ein Wespennest gestochen. Möglicherweise sind die Häscher durch Ihre Aktion auf der Marktstätte alarmiert worden und haben Sie nach Beendigung Ihres Streiks nach Hause verfolgt. Dass jemand von der Stadtverwaltung Ihren Aufenthaltsort verraten hat, kann ich mir nicht vorstellen. Wo sind Sie jetzt eigentlich?«

»In meine Wohnung traue ich mich nicht. Ich stehe vor meinem Haus und wäre Ihnen dankbar, wenn Sie jemanden schicken könnten.«

Zoffinger stellte sein Abendessen inklusive Mostkrug in den Kühlschrank, rief die Kollegen von der Spurensicherung an und machte sich auf den Weg. John Doe hockte unter einer Straßenlampe auf einem Mäuerchen. Seine Wohnungstür zeigte deutliche Einbruchsspuren, was den Kommissar wunderte, weil ein Semiprofi das Schloss sogar mit einer Nagelfeile hätte knacken können. Im winzigen Flur hätte man im ersten Augenblick auf die Idee kommen können, die Wände seien mit Schnittmusterbögen tapeziert worden. In Wahrheit handelte es sich aber um grafische Darstellungen von Örtlichkeiten und Datumsangaben, mit denen John Doe seiner Erinnerung auf die Spur zu kommen versuchte.

»Beeindruckend!«, kommentierte der Kommissar die Galerie. »Ich hoffe, Ihre Sisyphusarbeit zahlt sich aus. Sind Sie eigentlich sicher, dass nichts gestohlen wurde?«

Die Frage war eher theoretischer Natur. Außer einem schmalen Bett, einem Resopaltisch, zwei Stühlen, einem Kleiderschrank, einer Kochnische und einem Kofferradio aus dem Präkambrium gab es in der armseligen Butze nichts. Mitfühlende Einbrecher wären eher animiert gewesen, das eine oder andere Möbelstück noch mitzubringen.

Während die Spurensicherer die Wohnungstür inspizierten, meldete sich ein älterer Mann aus der Nachbarwohnung. Er war durch seltsame Geräusche aufmerksam geworden und hatte durch den Türspion zwei Männer beobachtet, die sich Zutritt zu John Does Wohnung verschafften. Als das Duo schon nach wenigen Minuten das Haus verließ, schoss er mit seinem Handy aus dem Küchenfenster heimlich zwei Fotos. Zoffinger ließ sich die nicht sonderlich scharfen Bilder, auf denen vor allem ein glatzköpfiger Hüne ins Auge stach, auf sein eigenes Handy schicken, um sie am nächsten Tag technisch optimieren und ausdrucken zu lassen. Seine Idee: Vielleicht konnte sich im Singener Supermarkt die Angestellte doch noch an die beiden Männer erinnern, die John Doe auf die Pelle gerückt waren. Die Kassiererin konnte zwar nicht helfen, hatte aber einen Geistesblitz.

»Der Haupteingang unseres Marktes wird videoüberwacht. Vielleicht hilft Ihnen das weiter.«

Das Video war glücklicherweise noch nicht gelöscht worden und zeigte die beiden Männer, wie sie John Doe ansprachen und immer zudringlicher wurden, bis der Streifenwagen vorbeirollte. Allem Anschein nach handelte es sich tatsächlich um dieselben Typen, die John Does Nachbar fotografiert hatte. Aber noch etwas anderes fiel Zoffinger auf. Mr. Nobody trug eine braune Lederjacke, die er bei seiner Auffindung im Schafstall aber nicht mehr bei sich hatte.

Zoffinger ließ in Google Maps eine ungefähre Route zwischen dem Supermarkt und dem ca. fünf Kilometer entfernten Schafstall entwerfen, die John Doe nach seinem Einkauf zurückgelegt haben könnte. Zwei Kollegen überprüften die durch offenes Wiesengelände führende Strecke und stießen tatsächlich auf eine Stelle, an der zwei

Bananenschalen und eine Bäckereitüte liegen geblieben waren. Über einem Zaunpfahl nebenan hing John Does Jacke. Außer einem Papiertaschentuch steckten in einer Außentasche zwei Schlüssel mit eingestanzten Firmennamen des Herstellers, aber keine Sicherheitsnummern, was die Identifizierung unmöglich machte. In der Brusttasche der Jacke fanden die Spurensicherer einen Zettel mit einer kryptischen Notiz »Hegau 20.09. 15 Uhr«. Dass sich Hegau auf die Gegend bezog, in der der Mann ohne Gedächtnis aufgefunden wurde, lag auf der Hand. Vermutlich handelte es sich um ein Mini-Memo für einen noch drei Wochen entfernten Termin, an den sich John Doe trotz langem Grübeln nicht erinnern konnte. Der Schriftvergleich bewies jedoch, dass er den Vermerk selbst zu Papier gebracht hatte.

Zoffingers Team stürzte sich auf die nebulöse Notiz. Die Kollegen kontaktierten im ganzen Hegau Orts- und Stadtverwaltungen, Vereine, Fremdenverkehrsorganisationen, Sportclubs und Pfarrämter, um herauszufinden, ob am betreffenden Tag ein Fest, eine Versammlung oder ein sonstiges Event geplant war. Außer einer Hochzeit im engsten Familienkreis und einem lokalen Tischtennisturnier gab es nichts, was den Argwohn der Schnüffler erregt hätte.

John Doe musste einmal pro Woche nach Singen in die Klinik, um sich therapieren und aus seinem dunklen Erinnerungsloch befreien zu lassen. Mit dem Nahverkehrszug Seehaas war der Kurztrip in einer knappen Dreiviertelstunde erledigt. Vom Bahnhof führte ihn anschließend ein halbstündiger Spaziergang bis ins Hegau-Bodensee-

Klinikum. Häufig ließ er sich Zeit und flanierte durch den Stadtpark, um sich von Gedanken an Krankenhausflure, Behandlungszimmer und Desinfektionsmittelgeruch abzulenken. An besagtem Tag kam jedoch alles anders.

Er hatte das Klinikgelände bereits erreicht, als aus dem weißen Kleintransporter eines Malereibetriebs zwei Männer in Arbeitsoveralls ausstiegen, die Seitentür des Wagens öffneten und sich auf John Doe stürzten, als der nur wenige Schritte entfernt die Stelle passieren wollte. Der Überfallene wehrte sich so heftig, dass alle drei zu Boden gingen. Zwei Passanten wurden auf das Gerangel aufmerksam und machten sich lautstark bemerkbar. Die beiden Angreifer ließen daraufhin von ihrem Opfer ab und sprangen in ihr Auto. Ein zufällig vorbeikommender Jogger wollte das Fluchtauto mit dem Handy fotografieren, musste sich aber durch einen Hechtsprung in eine Hecke in Sicherheit bringen. Das Nummernschild des Fluchtwagens konnte er der alarmierten Polizei allerdings mitteilen.

Trotz einer kleinen Schramme an der Stirn und einer Platzwunde am Ellbogen absolvierte John Doe seine Behandlung im Klinikum. Zoffinger ließ sofort, nachdem er von dem Vorfall erfahren hatte, nach dem Lieferwagen und den beiden Malergesellen fahnden. Dass es sich um keine echten Handwerker handelte, wurde spätestens klar, als ein Anwohner in einer Nebenstraße am Stadtrand von Singen zwei Männer beobachtete, die Klebefolien mit dem Firmenzeichen eines Malerbetriebs von einem Transporter abzogen, den Wagen auf einem in der Nähe vorbeiführenden Feldweg parkten und sich von einem Pkw abholen ließen.

Obwohl die Spurensicherer den Lieferwagen peinlich

genau inspizierten, fanden sie außer einem Porträtfoto von John Doe keine verwertbaren Spuren. Offenbar hatten die falschen Maler bei ihrem Kidnapping-Versuch Handschuhe getragen. Bis einer der Kollegen in einer versteckten Ecke unter dem Beifahrersitz einen angebissenen Müsliriegel entdeckte, auf dessen Verpackung ein Fingerabdruck identifiziert wurde. Aber es kam noch besser. Über die Polizeidatenbank konnte der Abdruck einem alten Bekannten zugeordnet werden, der wegen kleinerer Delikte zwar polizeibekannt, aber noch nie im Zusammenhang mit schwereren Verbrechen aufgefallen war. Zoffinger ordnete sofort eine Fahndung nach dem Zweimeterriesen an, der Holger Tischler hieß, in kleinkriminellen Kreisen wegen seiner unübersehbaren Schwäche für Bergstiefel aber unter dem Spitznamen Sherpa bekannt war.

Unter seiner bekannten Adresse wohnte er nicht mehr. Eine Nachbarin erzählte, er sei vor einem halben Jahr nach Hegne umgezogen und arbeite jetzt für eine Inkassofirma. Zoffingers Kollegen machten sich auf die Suche und wurden schnell fündig, weil der Kerl wegen seiner Körpergröße in der 1000-Einwohner-Gemeinde bekannt war wie ein bunter Hund. Er hauste auf dem Campingplatz direkt am See in einem Wohnwagen, den ein Dekofreak mit bunten Blumen in ein Domizil wie zu besten Hippiezeiten verwandelt hatte. Mürrisch, aber widerstandslos ließ sich Tischler ins Kommissariat bringen, wo ihn Zoffinger in Empfang nahm.

»Ich hätte ein paar Fragen, Herr Tischler. Wenn Sie vielleicht so freundlich wären!«

»Sie können mich Sherpa nennen. Jeder nennt mich Sherpa.«

Menschenkenner Zoffinger war von Anfang an klar, dass der Kerl zwar groß gewachsen war, die Entwicklung seines Verstandes in diesem Wachstumsprozess aber nicht Schritt gehalten hatte.

»Also, Sherpa! Fangen wir mal harmlos an. Sie sind vor drei Tagen mit einem gestohlenen Kleintransporter in Singen unterwegs gewesen. Der Wagen war mit Klebefolien als Firmenfahrzeug eines Malerbetriebs getarnt. Ein Zeuge hat beobachtet, wie Sie zusammen mit Ihrem Kompagnon die Folie abgezogen und das Fahrzeug einfach stehen gelassen haben. Wem Sie die Karre geklaut haben, wissen wir. Wer Ihr Begleiter war, wissen wir noch nicht. Jetzt sind Sie dran.«

Der Hüne rieb sich die Augen.

»Ich verrate keinen Kumpel. Das können Sie getrost vergessen. Schreiben Sie den Fahrzeugklau auf meine Rechnung. Ist mir scheißegal. Aber einen Partner verrate ich nicht.«

»Na ja, ganz so einfach ist die Sache nicht«, gab der Kommissar zu bedenken. »Dass Sie den Transporter gestohlen haben, ist die eine Sache. Schwerer ins Gewicht fällt, dass Sie vor dem Klinikum in Singen versucht haben, einen Menschen zu entführen.«

Sherpa sprang wie elektrisiert auf. Sein Stuhl kippte nach hinten.

»Langsam, langsam, Herr Polizeipräsident! Von wegen Entführung! Wir wollten den Kerl nur befragen. Mehr war da nicht.«

»Und wegen einer harmlosen Befragung kam es zu einer Rangelei, bei der Sie zu dritt zu Boden gegangen sind?«

»Wahrscheinlich haben wir uns bei dem Treffen ungeschickt angestellt und sind ins Stolpern geraten. Mehr war da nicht.«

»Mich interessiert, warum Sie gerade besagten Mann ausgesucht haben. Ein Zufallsopfer wird er nicht gewesen sein. Also: Wen haben Sie überfallen? Ich will seinen Namen wissen.«

»Den Namen kannten wir nicht. Wir hatten nur ein Foto der Zielperson und den Auftrag, ihn zu einer bestimmten Zeit am Klinikgelände abzupassen und zu befragen.«

»Sie hätten Märchenonkel werden sollen«, urteilte Zoffinger. »Wozu wollten Sie ihn befragen? Ich nehme nicht an, dass Sie sich für seine Schuhgröße oder seine Lieblingsmusik interessierten. Um was ging es?«

Sherpa starrte auf die Tischplatte und malte mit dem Zeigefinger Verlegenheitskringel.

»Er hat Schulden. Deshalb wollten wir mit ihm reden.«

»Sind Sie so etwas wie ein Schuldeneintreiber?«

»Ich habe kürzlich ein kleines Inkassobüro eröffnet und verhelfe Gläubigern zu ihrem Recht – und zu ihrer Kohle.«

»Wie lautet die Adresse und der Name Ihres Unternehmens?«

»Einen Firmennamen habe ich noch nicht. Wie gesagt: Das Büro gibt es erst seit Kurzem. Die Adresse kennen Sie bereits: Campingplatz in Hegne.«

»Ihr Büro befindet sich also in Ihrem Caravan?«

»Klein anfangen, groß herauskommen. Meine Devise.«

»Inkassobüros arbeiten meines Wissens im Auftrag. Wer hat Ihnen das Mandat für den aktuellen Fall erteilt? Um welche Art von Schulden handelt es sich eigentlich? Ich nehme an, dass Ihnen eine gültige Vollmacht Ihres Auftraggebers vorliegt.«

Holger Tischler alias Sherpa wurde mit jeder Minute

hilfloser. Betrieb er überhaupt eine Inkassofirma, handelte es sich garantiert um einen Laden mit höchst zweifelhaftem Ruf, was in diesem Geschäftsfeld keine Ausnahme war. Es wimmelte von schwarzen Schafen, die undurchsichtigen bzw. falschen Forderungen durch Einschüchterung, Drohungen und sogar massive Gewalt Nachdruck verliehen.

»Ich sagte doch gerade, dass ich neu im Geschäft bin«, räumte der Bergstiefelträger ein. »Das hier ist mein erster Fall. Ich habe den Auftrag angenommen, um Knete für meine Firmengründung aufzubringen. Zugegeben: Organisatorisch muss ich alles erst noch auf die Reihe kriegen.«

Zoffingers Team fand heraus, dass es ein auf Holger Tischlers Namen laufendes Inkassobüro gar nicht gab. Keine große Überraschung, da der Kommissar ohnehin mit keiner regulären Firma gerechnet hatte. Aber für das ganze Inkassogeschwätz interessierte er sich ohnehin nicht sonderlich, sondern hatte gehofft, von Sherpa einen hilfreichen Hinweis auf die Identität von John Doe zu bekommen. Er hätte eine Woche lang sein geschätztes Leberwurstvesper verwettet, dass es sich bei der vermeintlichen Schuldeneintreibung nur um einen Vorwand handelte. Sherpa war mit Sicherheit nur ein Handlanger, ein Wasserträger, der für jemanden die Drecksarbeiten erledigte. Aber warum war jemand so stark an dem Mann ohne Gedächtnis interessiert, dass er zwei unnütze Idioten auf ihn ansetzte?

So ziemlich alles, was Holger Tischler bei seiner Vernehmung einräumte, war laue Luft. Vom Autodiebstahl und dem Einbruch in John Does Wohnung abgesehen, war Sherpa nicht viel vorzuwerfen. Bei dem Gerangel vor dem Singener Klinikum hätte es sich um eine persönliche Auseinandersetzung handeln können. Für eine versuchte

Entführung fehlten schlüssige Indizien oder Beweise. Dennoch war der Überfall für Zoffinger ein nachvollziehbarer Beweis, dass es irgendjemand auf den Mann ohne Gedächtnis abgesehen hatte. Die Frage war nur, warum. Wusste Mr. Nobody etwas, was anderen gefährlich werden konnte oder besaß er etwas, was andere um jeden Preis haben wollten?

3
EINE LEICHE AM FRAUENPFAHL

Freitagmorgen – kein Tag wie jeder andere. Zoffinger kam pudelnackt aus dem Bad, als er in der Wohnung seltsame Geräusche vernahm. Es hörte sich an, als fielen Tropfen in regelmäßigem Rhythmus auf einen harten Untergrund. Plötzlich war das Geräusch weg. Beruhigt begann er, sich auf die Suche nach seinen Klamotten zu machen. Seine Hose hatte er bereits gefunden, das Hemd fehlte noch, als das fremde Geräusch erneut einsetzte. Im Schlafzimmer war alles o. k., im Flur auch. Als er die Küche betrat, traf ihn fast der Schlag. Ein fast zwei Quadratmeter großes Stück Tapete, von dem Wasser tropfte, hatte sich von der Decke gelöst und hing nur noch an zwei Stellen fest. Wie angewurzelt blieb er stehen, um sich den seltsamen Schaden genauer anzuschauen. Plötzlich riss die Raufaser geräuschvoll ab, ein Schwall eiskaltes Wasser ergoss sich über den bibbernden Nackedei, bevor sich im nächsten Augenblick das Tapetenstück wie ein schlabberiger Poncho über Kopf und Rücken stülpte.

Ohne Schuhe, aber notdürftig bekleidet, stürmte er die Treppe hinauf zur oberen Wohnung, in der eine Krankenschwester wohnte. Sie war von ihrer Nachtschicht erst am frühen Morgen zurückgekommen und hatte sich todmüde hingelegt, ohne den Wasserschaden zu bemerken.

Zoffinger klingelte Sturm, hetzte an ihr vorbei in die Küche und stellte den Haupthahn ab. Mit Handtüchern und Bettlaken half er ihr, die Überschwemmung aufzutrocknen. Hinterher wäre er am liebsten wieder ins Bett gestiegen, aber das aufsässige Klingeln seines Handys hielt ihn davon ab.

»Wo klemmt es schon so früh?«

»Guten Morgen, Paul!«, flötete der Kollege. »Wir versuchen, dich seit über einer halben Stunde zu erreichen. Was ist los?«

»Ich war beim Putzen bei meiner Nachbarin.«

»Nennt man das jetzt so?«, wollte der Kollege kichernd wissen.

»Ein Wasserrohrbruch in der Wohnung über mir. Meine Küche steht auch unter Wasser. Ich muss mich drum kümmern. Was ist eigentlich los?«

»Wir haben eine Wasserleiche«, meldete der Anrufer. »Die Hauptarbeit haben bereits Wasserschutzpolizei und Taucher erledigt, der Staatsanwalt hat wegen der ungeklärten Todesursache eine Untersuchung angeordnet. Die tote Frau liegt bereits bei Dr. Herrlinger auf dem Tisch. Fluchtgefahr besteht nicht. Du kannst deine Putzorgie also in aller Ruhe zu Ende bringen. Hahaha!«

Der Kommissar beeilte sich, weil ihm ein Gedanke durch den Kopf schoss, kaum dass er das Telefongespräch beendet hatte. John Does Ehering ließ darauf schließen, dass er verheiratet war. Seine bessere Hälfte war jedoch von der Bildfläche verschwunden, als gäbe es sie gar nicht. Das konnte viele Gründe haben, kam Zoffinger jedoch merkwürdig vor. Grund genug zu vermuten, dass sie entweder nicht ganz zufällig untergetaucht oder sogar nicht mehr am Leben war.

Ein ungutes Gefühl trieb ihn um, als er die Rechtsmedizin betrat, weil er befürchtete, John Doe eine schlechte Nachricht überbringen zu müssen. Dr. Herrlinger hockte auf einem Schemel und wedelte mit seinem grünen Arbeitskittel herum, als wolle er Signale ins Reich der Verblichenen schicken.

»Offensichtlich treiben sich in meinem Institut Scherzkekse herum«, moserte er. »Irgendjemand hat die Ärmel meines Kittels zugenäht. Sehr witzig!«

»In Ihrer Garderobe hängt garantiert ein zweites Exemplar«, schlug Zoffinger vor und nickte der Leiche zu, die unter einem grünen Tuch auf dem Edelstahltisch lag.

»Was ist mit ihr eigentlich passiert?«

»Sie wurde zufällig von Sporttauchern in einer Tiefe von drei Metern im Bodensee entdeckt. Nach meiner ersten Einschätzung ist sie höchstens seit drei Tagen tot.«

»Gewaltverbrechen? Suizid? Unfall?«

Dr. Herrlinger fuchtelte mit den Händen in der Luft herum.

»Konzentrierte, zielgerichtete Arbeit verlangt Zeit. Die hatte ich aber noch nicht. Sobald ich definitiv Bescheid weiß, schicke ich Ihnen eine Nachricht. Einverstanden?«

»Trägt die Tote einen Ehering?«

Dr. Herrlinger stutzte, lüftete dann das Abdecktuch.

»Kein Verlobungs- und kein Ehering. Nur ein Silberring mit einem blau-grünen Stein, schätzungsweise ein Opal. Wie kommen Sie überhaupt auf diese Frage?«

»Das hat mit der Identifizierung der Frau zu tun. Ich will ausschließen, dass sie etwas mit meinem gegenwärtigen Fall zu tun hat. Sonstige Hinweise, die mir die Suche nach dem Tatort erleichtern würden?«

»Punkt 1: Sowohl an der Kleidung als auch an den Händen der Frau haben wir Spuren eines Reinigungsmittels gefunden, das hauptsächlich auf Schiffen Verwendung findet. Das lässt vermuten, dass die Tote auf einem Schiff attackiert wurde und auf frisch gereinigtem Boden zu liegen kam.«

»Und Punkt 2?«

Dr. Herrlinger griff nach einer Edelstahlschale mit ekelhaftem Inhalt.

»Die Tote muss ca. eine halbe Stunde vor ihrem Ableben noch etwas zu sich genommen haben. Ich konnte in ihrem Magen Kalb- und Schweinefleisch, Kochsalz statt Nitritpökelsalz, Zitronenschale, Muskat, Koriander, Kardamom und Sahne identifizieren. Um was für eine Mahlzeit es sich handelte, dürfen Sie herausfinden. Ich tippe auf eine besondere Wurstsorte.«

»Spuren von süßem Senf? Dann würde ich auf bayerische Weißwurst tippen.«

Dr. Herrlinger schüttelte den Kopf.

»Kein süßer Senf! Fragen Sie den Metzger Ihres Vertrauens nach Wurstrezepten. Vielleicht hilft der Ihnen auf die Sprünge.«

Aufschlussreicher als der Termin in der Rechtsmedizin war ein Besuch bei den Kriminaltechnikern. Eine Gruppe drehte jede Faser der Kleidung der Frau um, eine andere recherchierte per Telefon oder stöberte im Internet. Auf dem Flur saßen drei ziemlich geknickte Männer.

»Das sind die drei Taucher, die zufällig auf die Leiche gestoßen sind. Wir dachten, dass du dich mit ihnen unterhalten willst.«

»Fangen wir mal mit dem Fundort an«, begann Zoffinger das Gespräch. »Wo genau sind Sie auf die Leiche gestoßen?«

»Ein Tauchunternehmen hat uns per Boot zum Seezeichen 99 gefahren«, erklärte einer.

»Warum gerade zu dieser Stelle?«

»Richtung Westen zieht sich von dort ein bis zu 100 Meter tiefer Canyon durch den Seeboden. Auf den hatten wir es abgesehen. Leider ist es dazu nicht gekommen. Kaum waren wir abgetaucht, machten wir schon die gruselige Entdeckung. Die Begegnung steckt mir jetzt noch in den Knochen.«

»Seezeichen 99? Handelt es sich dabei nicht um den berühmt-berüchtigten Frauenpfahl, der ein paar Steinwürfe vom Stadtgarten entfernt aus dem Wasser ragt?«

»Stimmt. Man erzählt, dass dort im Mittelalter straffällige Frauen ertränkt wurden. Dass wir gerade dort auf die Wasserleiche stießen, könnte aberwitziger kaum sein.«

»Wie genau haben Sie die Leiche gefunden? Trieb sie an der Oberfläche, schwebte sie unter Wasser oder lag sie auf Grund?«

»Im ersten Augenblick dachten wir, sie sei in drei oder vier Metern Tiefe an den Pfahl gebunden worden. Hätte ja sein können, dass sie jemand nach mittelalterlichem Prozedere bestrafen wollte und sich deshalb den Frauenpfahl aussuchte. Als wir genau hinsahen, war klar, dass sie mit ihrer Kleidung am Seezeichen hängen geblieben war. Die Strömung an der Stelle ist ziemlich kräftig.«

»Was ein Hinweis darauf sein könnte, dass sie nicht dort, sondern an anderer Stelle ins Wasser gestoßen wurde oder gesprungen ist«, dachte Zoffinger laut nach.

»Meinen Sie, die Frau ist einem Gewaltverbrechen zum Opfer gefallen?«

»Wissen wir noch nicht. Ich erwarte jede Minute einen Anruf aus der Rechtsmedizin.«

Das Tauchertrio war eben gegangen, als sich Dr. Herrlinger meldete.

»Wir beide haben es mit einem neuen Mordfall zu tun. Ich konnte bei der Wasserleiche eine Halswirbelsäulenfraktur diagnostizieren, also einen Genickbruch. Ursächlich für den Tod war die Fraktur allerdings nicht.«

»Wenn sie den Genickbruch überlebt hat, woran ist sie dann gestorben?«

»Hautkratzer und Hämatome an ihrem Oberkörper lassen darauf schließen, dass sie angegriffen wurde und mit dem Kopf gegen eine harte Kante schlug. Danach hat man sie wehrlos, aber noch lebend ins Wasser geworfen. Todesursache: Ertrinken. Ein sicherer Beweis dafür ist ein sogenannter Schaumpilz in den Atemwegen, der sich bildet, wenn sich Luft mit dem eiweißreichen Sekret der Atemwege verbindet.«

»Gewissermaßen ein Mord auf Umwegen!«, konstatierte Zoffinger.

Dr. Herrlinger stimmte ihm zu.

»Noch etwas weist auf Ertrinken hin: Asterionella formosa und Fragilaria crotonensis.«

»Natürlich!« bestätigte der Kommissar. »Auch für mich der schlüssigste Beweis.«

Dr. Herrlinger zuckte zusammen, als hätte er auf einen Viehweidezaun gepinkelt.

»Sie wissen, um was es sich dabei handelt?«

»Nein, natürlich nicht. Nur ein kleiner Scherz am Rande. Sie werden mir die Lösung des Rätsels gleich anbieten, nehme ich an.«

Der Gebieter über das Totenreich räusperte sich für eine neue Runde Fachkompetenz.

»Es handelt sich um mikroskopisch kleine Kieselalgen, die über die Lunge in die Blutbahn kommen, sobald die ertrinkende Person Wasser einatmet. Die Algen werden vom Blut in sämtliche Organe und das Gehirn getragen und lassen sich dort nachweisen. Unsere Wasserleiche hat definitiv noch geatmet, als man sie schwer verletzt ins Wasser warf.«

Der rechtsmedizinische Befund war aufschlussreich. Blieb die Frage, wer die tote Frau war und wer sie wo und warum angegriffen und in den See geworfen hatte. Zoffinger wusste nicht, wo er mit seinen Ermittlungen ansetzen sollte, bis ihn die Meldung nach einer vermissten Frau erreichte. Sie hatte an einem Lehrgang auf dem Bodenseeschiff MS Hegau teilgenommen und war seit zwei Tagen nicht mehr gesehen worden. Nachdem sie sich auch nicht krankgemeldet hatte, wandte sich der Seminarleiter an die Polizei.

Zwei Kollegen vom Kommissariat machten sich auf den Weg, um auf dem Bodenseeschiff Informationen zu beschaffen. Da die MS Hegau nicht im Hafen lag, sondern etwa zwei Kilometer entfernt ankerte, wollten sie sich von der Wasserschutzpolizei übersetzen lassen, was allerdings gründlich misslang.

»Die Pfeifen auf dem Schiff weigerten sich standhaft, uns ohne Durchsuchungsbeschluss oder spezielle Autorisation auf ihren Kahn zu lassen«, berichtete einer der Beamten. »Die stellten sich an, als sei an Bord die Pest ausgebrochen.«

»Haben sie einen Grund genannt, warum sie euch nicht an Bord ließen?«

»Es hieß, bei der Veranstaltung handele es sich um ein

Regierungsmeeting unter speziellen Sicherheitsvorkehrungen, bla, bla, bla … Hätten sie zugegeben, dass an Bord ein finsteres Geheimdienstgemauschel oder eine Modenschau für Schlapphut- und Trenchcoat-Träger über die Bühne geht, hätten wir Bescheid gewusst.«

»Gab es irgendwelche konkreten Hinweise für euren Verdacht?«

Die beiden brachen in Gelächter aus.

»Wir waren auf dem Boot der Wasserschutzpolizei noch mit den Typen an Bord der MS Hegau am Diskutieren, als plötzlich neben uns zwei Taucher in Neoprenanzügen aus dem See auftauchten. Einer unserer Wapo-Begleiter wollte wissen, ob die beiden überhaupt eine Taucherlaubnis hätten. Die Frage erübrigte sich. Nach langem Hin und Her stellte sich heraus, dass zu der konspirativ wirkenden Veranstaltung auf dem Schiff auch der Einsatz von Kampfschwimmern der Marine gehörte, die das Aufspüren von Haftminen trainieren sollten.«

Zoffinger zerbrach sich über das seltsame Event auf der MS Hegau noch den Kopf, als sich telefonisch der Staatsanwalt meldete und um eine Unterredung bat – in seiner Privatwohnung.

»Jetzt sofort? Sind Sie krank?«, hakte der Kommissar nach.

»Nein, ich bin nicht krank«, kam die Antwort. »Aber wir müssen uns quasi privat treffen, weil über unser Gespräch nichts nach außen dringen darf.«

Zoffinger wunderte sich, was so vertraulich sein konnte, dass man sich nicht wie üblich im Polizeipräsidium zusammensetzen konnte. Dass das Meeting mit seinem aktuellen Mordfall zu tun hatte, kam ihm gar nicht in den

Sinn. So sehr er sich auch den Kopf über das Treffen zerbrach, fiel ihm kein Grund für die Geheimniskrämerei des Staatsanwalts ein.

Im Wohnzimmer des Hausherrn saßen zwei stocksteife Typen in dunklen Straßenanzügen, amtlich wie Mahnbescheide vom Finanzamt.

»Die Herren sind von einer regierungsnahen Bundesbehörde in Berlin und würden Sie gerne über eine Situation in Kenntnis setzen, die mit Ihrer jüngsten Mordermittlung in Zusammenhang steht.«

Zoffinger zwinkerte den beiden zu.

»Ahaaa! Militärischer Abschirmdienst? Verfassungsschutz? Bundesnachrichtendienst?«

»Das spielt im Augenblick keine Rolle«, antwortete einer der beiden. »Es geht um übergeordnete …«

»Ich glaube schon, dass es eine Rolle spielt, wer mir sagt, wo es langgehen soll«, unterbrach ihn Zoffinger.

Der Staatsanwalt mischte sich ein.

»Lassen wir diesen Hickhack. Hören Sie sich einfach an, was die Herren zu sagen haben.«

Der Unterbrochene nahm den Faden wieder auf.

»Auf dem Bodenseeschiff MS Hegau findet seit einigen Tagen eine auf zwei Wochen anberaumte Veranstaltung statt, die wir weitestmöglich aus dem Fokus der Öffentlichkeit heraushalten wollen. Diskretion ist das Gebot der Stunde.«

»Wir hängen unsere Ermittlungen grundsätzlich nicht an die große Glocke – außer es gibt einen triftigen Grund dafür«, entgegnete Zoffinger. »So komplett, wie von euch gewünscht, wird es mit der Diskretion in diesem Fall nicht klappen. Die Veranstaltung hat bereits Fragen aufgeworfen, weil die im Inselhotel einquartierten Teilnehmerinnen und Teilnehmer Tag für Tag von schwarzen

Limousinen morgens abgeholt und abends ins Hotel zurückgebracht werden. Dass es sich auf der MS Hegau um kein Betriebsjubiläum und auch um keine Pyjamaparty handelt, liegt auf der Hand. Auf unsere Nachfragen beim Hotelmanagement hat man uns gesagt, dass es sich um eine hochrangige Klimakonferenz handelt. Das halte ich mittlerweile für einen ausgemachten Schmarren, weil meine Kollegen zufällig Zeugen eines Kampfschwimmereinsatzes bei der MS Hegau geworden sind.«

Die Typen auf dem Sofa schüttelten die Köpfe.

»Wir selbst haben die Veranstaltung als Teil einer Ausbildung für zukünftige Diplomaten ausgegeben, weil wir Aufmerksamkeit unbedingt vermeiden wollen. Das war übrigens auch der Hauptgrund, warum wir den Lehrgang in das eher unauffällige Konstanz und nicht in eine Großstadt verlegt haben.«

Zoffinger runzelte die Stirn.

»Sie machen eine solche Heimlichtuerei um einen Diplomatenlehrgang? Das nehme ich Ihnen nicht ab. Seit ein paar Stunden habe ich es mit einem Mordfall zu tun, bei dem die MS Hegau als möglicher Tatort eine nicht unerhebliche Rolle spielt. Sind Sie immer noch der Meinung, sich über den wahren Sinn und Zweck des Events ausschweigen zu müssen? Ich denke, dass es für unsere Ermittlungen unverzichtbar ist, dass wir erfahren, um was es bei diesem sonderbaren Treffen wirklich geht.«

Die Dame des Hauses kam mit einem Tablett voller Teegeschirr herein und schaltete die Männerrunde augenblicklich auf stumm. Zoffinger griff nach einem Keks und knabberte vorsichtig daran. Ingwerplätzchen konnte er nicht ausstehen, würgte einen Teil hinunter und ließ den Rest unauffällig in seiner Jackentasche verschwinden.

»Greifen Sie ruhig zu«, ermunterte ihn die Frau des

Staatsanwalts. »Ingwer wirkt antibakteriell und trägt zu einer gesunden Darmflora bei.«

Zoffinger aktivierte standardmäßig sein Herzensbrecherlächeln.

»Ich weiß, ich weiß. Ingwer soll auch gegen Haarausfall und Denkschwäche helfen.«

Die Hausherrin holte einen Handstaubsauger aus einem Schränkchen und beseitigte auf dem Tisch ein paar Krümel.

»Hoffentlich fängt sie jetzt nicht auch noch mit Fensterputzen an«, dachte der Kommissar.

»Ist schon gut, Liebes«, flötete der Staatsanwalt. »Du hast bestimmt noch in der Küche zu tun.«

»Kehren wir zu unserem Thema zurück«, setzte er die Unterhaltung fort. »Ich denke, dass wir Herrn Zoffinger über die wahre Natur des Symposiums auf der MS Hegau informieren sollten.«

Das Schiff war vom Bundesnachrichtendienst für einen Lehrgang zum Thema Geheimdienst- und Sicherheitsstudien ausgewählt worden, quasi ein Bootcamp für Nachwuchsspione. Die Veranstalter hatten dafür eigens die MS Hegau ausgewählt, um für maximale Sicherheitsvorkehrungen und Abschottung sorgen zu können. 25 junge Frauen und Männer, von denen einige bereits Erfahrungen bei der Bundeswehr oder dem militärischen Nachrichtendienst gesammelt hatten, sollten unter scharfen Sicherheitsbedingungen auf ihre zukünftigen Einsätze im Ausland vorbereitet werden – und zwar möglichst ohne großen Wirbel.

Zoffinger hatte während des Gesprächs den Eindruck gewonnen, dass es den beiden humorresistenten BND-Außendienstlern am liebsten gewesen wäre, er hätte auf die Ermittlungen im Fall der ermordeten Seminarteilnehmerin ganz verzichtet. Am Ende war den beiden Betonköpfen einleuchtend, dass man den Fall nicht einfach unter den Teppich kehren konnte. Der Kommissar willigte ein, die Sache so weit wie möglich unter dem Radar zu halten, und sicherte zu, sein Team zum Stillschweigen zu vergattern und nichts über das Event auf der MS Hegau nach außen dringen zu lassen. Einer der beiden BND-Mitarbeiter wollte nicht darauf verzichten, den Kommissar noch auf ein grundsätzliches Problem aufmerksam zu machen.

»Da wir im Augenblick noch nicht definitiv wissen, ob es sich bei der Ermordung der Lehrgangsteilnehmerin an Bord der MS Hegau um eine Angelegenheit mit geheimdienstlichem Hintergrund handelt, verzichten wir momentan darauf, die weiteren Ermittlungen an uns zu ziehen. Wir haben uns eingehend über Sie informiert und uns mit Ihrer respektablen Aufklärungsquote vertraut gemacht. Sie sind uns gegenüber mit Ihrer Kenntnis der Örtlichkeiten und lokalen Mentalitäten im Vorteil. Deshalb räumen wir Ihnen Zeit ein, den Mord diskret und unauffällig aufzuklären. Sie sind jedoch verpflichtet, uns zeitnah über Ihre Ermittlungserfolge auf dem Laufenden zu halten.«

»Muss ich stündlich zum Rapport antanzen oder reicht ein täglicher schriftlicher Lagebericht mit fünf Kopien?«, giftete Zoffinger.

Der Staatsanwalt, mit der Verbissenheit und Hartnäckigkeit seines besten Pferdes im Stall seit Jahren vertraut, verdrehte die Augen und fühlte sich sichtlich unwohl in seiner Rolle. Nach einem halben Ingwerkeks, einer Tasse befremdlichen Fencheltees und einer zähflüssigen Aufklärung in Sachen MS Hegau schob der Kommissar seine Teetasse von sich und stand auf.

»Wir sind schätzungsweise durch mit der Befehlsvergabe. Ich würde mich jetzt gerne meinem Job widmen, wenn Sie nichts dagegen haben. Noch einen schönen Tag am Bodensee.«

Eine Antwort blieb das BND-Duo schuldig.

Draußen vor dem Haus angelte er den Autoschlüssel aus seiner keksbröseligen Jackentasche und grübelte auf der Fahrt ins Büro darüber, was ihm die beiden Berliner Abgesandten widerstrebend über das nebulöse Hegau-Seminar berichtet hatten.

Mit vier Experten von der Spurensicherung im Schlepptau und einer telefonisch an die MS Hegau übermittelten Autorisation machte sich der Kommissar nach dem seltsamen Briefing auf den Weg, um sich persönlich ein Bild von der schwimmenden Schulungsveranstaltung zu machen. Auf dem Hauptdeck stieg ihm ein unangenehmer Mief in die Nase. Sein skeptischer Blick streifte drei ausgediente Feuerlöscher in einer Drahtbox.

»Hat es hier gebrannt?«

»Willkommen an Bord der MS Hegau«, begrüßte ihn der Kapitän. »Gute Beobachtungsgabe. Wir hatten es tatsächlich mit einer technischen Störung zu tun. Keine große Sache, weil wir die Ursache schnell entdeckt haben. Hätte aber ein Problem werden können.«

»Was ist denn passiert?«

»Durch eine kaputte Leitung ist Diesel auf heiße Motorteile getropft. Fazit: starke Rauchentwicklung und ein ätzend riechender Nebel.

Nach einem Seitenblick auf die Feuerlöscher fuhr er fort.

»Wir hatten das Problem aber schnell im Griff und haben den Bagatellschaden behoben.«

Ein Beamter der KTU muckte auf.

»Für mich hört sich das nicht nach Bagatellschaden an. Kann ich die beschädigte Leitung bitte mal sehen?«

Nach wenigen Minuten war der Techniker zurück und rieb sich die Hände mit einem Lappen ab.

»An der Kraftstoffleitung hat sich eine Lötstelle gelöst. Spuren lassen darauf schließen, dass die Stelle manipuliert wurde. Von selbst ist der Schaden nie und nimmer entstanden.«

»Irrtum ausgeschlossen?«, erkundigte sich Zoffinger.

»Irrtum ausgeschlossen!«, bestätigte der Techniker.

Dem Kapitän fiel die Kinnlade herunter.

»Wollen Sie behaupten, dass jemand absichtlich einen Brand auslösen wollte? Ein Feuer hätte das gesamte Schiff in Gefahr gebracht.«

Zoffinger schüttelte den Kopf und signalisierte damit, dass er mit der Kapitänssicht der Dinge nicht einverstanden war.

»Wir sind hier, weil auf Ihrem Schiff möglicherweise ein Verbrechen verübt wurde. Jetzt erfahre ich auch noch von einer technischen Sabotage! Jeder denkende Mensch fragt sich, ob es einen Zusammenhang gibt. Stimmt meine Vermutung, bleibt die Frage nach dem Warum.«

Das Oberdeck der MS Hegau war mit Arbeitstischen, Laptops und moderner Präsentationstechnik in einen Tagungsraum verwandelt worden. An der Wand hing ein Transparent mit dem Sinnspruch »Ein Hoch auf Intelligenz und Kombinationsgabe«. Zwei Servicekräfte einer Cateringfirma hantierten an einem Buffet mit Getränken und kleinen Speisen herum. Auf einem Grill brutzelten hellhäutige Würste vor sich hin. Zoffinger erinnerte sich, was ihm Dr. Herrlinger über die letzte leibliche Stärkung der Wasserleiche berichtet hatte.

»Was sind das für Leckerbissen?«

»Feine St. Galler Bratwurst, eine kulinarische Spezialität aus der Schweiz«, antwortete einer der Servierer. »Wollen Sie probieren?«

Zoffinger winkte ab.

»Mich würde interessieren, was für Zutaten in der Wurst verarbeitet werden. Kennen Sie sich da aus?«

»Das Brät besteht im Grunde genommen aus Kalb- und Schweinefleisch, das gut gekühlt unter Zusatz von Eis zerkleinert wird. Auf Pökelsalz wird verzichtet, damit die Wurst schön weiß bleibt.«

»Und Gewürze?«

»Kardamom ist mit von der Partie, Zitronenabrieb, Muskat, Koriander und natürlich Sahne oder Milch. Es gibt natürlich unterschiedliche Rezepte. Wollen Sie nicht doch probieren?«

Zoffinger hatte andere Pläne. Er ließ auf dem Seminardeck ein Porträt der Toten durch die Reihen gehen. Alle erkannten sie und reagierten mit Bestürzung. Es handelte sich um die 28-jährige Leonie Landruth aus Engen, die an dem Kurs teilgenommen hatte, ohne aufzufallen. Nach der Todesnachricht folgte der zweite Schock. Als die Studenten erfuhren, dass ihre Kommilitonin weder durch einen Unfall noch durch einen Suizid ums Leben gekommen war, sondern allen Anzeichen nach ermordet worden war, stand manchen die Panik im Gesicht. Im Lauf der Befragung stellte sich heraus, dass am Seminar nicht alle ständig teilnahmen. Eine Kursteilnehmerin war zwei Tage lang wegen einer Erkältung im Hotel geblieben, eine andere war vorzeitig wegen einer plötzlichen Erkrankung ihrer Mutter abgereist. Außerdem war der Kurs an manchen Tagen in Kleingruppen aufgeteilt, sodass unklar blieb, wo und wann Leonie Landruth zum letzten Mal lebend gesehen worden war.

Da naheliegend war, dass die Frau an Bord attackiert und von dort ins Wasser geworfen worden war, machte sich auf dem Schiff ein deutlich spürbares Gefühl der Verunsicherung breit. Zoffinger ließ seine Experten von der Spurensicherung jeden noch so versteckten Winkel unter die Lupe nehmen. War Leonie Landruth tatsächlich an Bord angegriffen worden, konnte der oder konnten die Täter nach menschlichem Ermessen nur aus den Reihen der Schiffscrew, der Lehrkräfte oder der Seminaristinnen und Seminaristen stammen, weil die MS Hegau zu Seminarzeiten von Sicherheitspersonal abgeschottet wurde.

Auf dem Oberdeck hatten die Organisatoren Boxen aufgebaut, in denen die jungen Leute ihre persönlichen Sachen einschließen konnten. In Leonies Fach lagen Arbeitsmaterialien, ein Tablet, ein Schminktäschchen, ein Schlüsselbund, ein Fläschchen CBD-Öl und ein niedlicher Plüschpinguin im Kleinformat mit interessantem Innenleben: ein passwortgeschützter 32-GB-USB-3.0-Speicherstick.

Nach zwei Tagen hatten die Kriminaltechniker den Datenspeicher geknackt. Allerdings ließ die Auswertung noch auf sich warten. Zoffinger blätterte durch die schriftlichen Unterlagen, bei denen es sich um Arbeitsblätter, Multiple-Choice-Tests und Informationsbögen handelte.

An der MS Hegau machten planmäßig zwei Pendelboote fest, die die Lehrgangsteilnehmer jeden Spätnachmittag in den Hafen zurückbrachten, wo der schwarze

SUV-Konvoi bereits auf die Kursteilnehmer wartete. Die Befragung der Studentenschar durch Zoffingers Kollegen war an Bord nur schleppend vorangekommen, sodass man für den folgenden Tag eine Fortsetzung der Gespräche im Inselhotel vereinbarte, wo die Seminaristen untergebracht waren. Aber auch diese zweite Runde brachte im Grund genommen nichts, was die Mordermittlungen vorangebracht hätte. Außerdem mauerte der Seminarleiter und verwies darauf, dass die Teilnehmerinnen und Teilnehmer zu striktem Stillschweigen verdonnert worden waren. Auf dem in Leonies Schließfach gefundenen Tablet entdeckten die Experten neben uninteressanten privaten Dateien einen Internetlink auf ein Rätsel, in dem es um die Entschlüsselung eines geheimnisvollen Codes ging. Was die Leute von der KTU zunächst alarmiert hatte, stellte sich am Ende als harmlose Denksportaufgabe der Seminarleitung heraus, mit der die Teilnehmerinnen und Teilnehmer des Lehrgangs ihr persönliches Punktekonto aufstocken konnten.

Bei der Analyse des Fläschchens CBD-Öl machten die Leute von der KTU allerdings eine aufschlussreiche Entdeckung.

»Auf dem Etikett steht 20% CBD Full Spectrum Oil«, berichtete der Kollege. »Aber wo CBD-Öl draufsteht, muss nicht notwendigerweise CBD-Öl drin sein.«

»Mach es nicht so spannend«, forderte Zoffinger ihn auf. »Was war drin?«

»CBD-Öl ist ein Extrakt aus Blüten und Blättern der Hanfpflanze – ohne THC, also ohne psychedelische Wirkung. Stattdessen fanden wir farb- und geruchlose K.-o.-Tropfen. Ein mit diesem Zeug geimpfter Cocktail oder ein Glas Bier, und du kippst bombensicher aus den Latschen.«

Zoffinger stattete Dr. Herrlinger einen Besuch ab, um Genaueres über den Todeszeitpunkt von Leonie Landruth zu erfahren.

»Ich habe bereits auf Sie gewartet. Auf Ihre Frage auch«, posaunte der Rechtsmediziner. »Schließlich ist eine möglichst präzise Schätzung des Todeszeitpunkts ein Grundpfeiler der kriminalistischen Ermittlung. Meine Betonung liegt auf Schätzung. Mehr kann mein Befund nicht sein.«

Was folgte, war die übliche Predigt über Leichenerscheinung, Verwesungsprozess, Waschhaut, Fettwachsbildung, Abbaumuster von Proteinen und vieles mehr, von dem Zoffinger so viel verstand wie von Kernfusion oder Strickmustern und deshalb nur mit halbem Ohr zuhörte.

»Kommen wir zu Ihrer Schätzung«, versuchte er, das Prozedere zu verkürzen. »Wie lange lag die Tote im See?«

»Mindestens zwei Tage«, orakelte Dr. Herrlinger, dem die Eile des Kommissars nicht verborgen geblieben war.

Zoffinger fing im Büro zu rechnen an, um Leonie Landruths Todeszeitpunkt herauszufinden, gab das Hin und Her aber nach einer Weile auf, weil er es mit zu vielen Variablen zu tun bekam. Das Inselhotel auf der Dominikanerinsel war zwar kein Tatort, konnte aber bei der Aufklärung des Falles eventuell eine Rolle spielen. Eine Hotelangestellte sagte aus, dass ihr bei der üblichen Reinigungstour vor zwei Tagen zum ersten Mal das unbenutzte Zimmer von Leonie Landruth aufgefallen war. Auch danach habe der Hotelgast dort nicht mehr übernachtet. Die Spurensicherer nahmen sich die Dominikanerinsel vor, die sich nur durch den Stadtgraben getrennt quasi an den Altstadtbezirk Niederburg anlehnt.

Während seine Leute am Morgen ausschwärmten, ließ sich Zoffinger auf der Seeterrasse als Ersatz für sein gewohntes Zehn-Uhr-Leberwurstbrot ein fürstliches Frühstück servieren. Schon am Tag zuvor hatte er bei den lokalen Taxiunternehmen nachfragen lassen, ob in den vergangenen Tagen eine junge Frau, deren Beschreibung auf Leonie Landruth passte, ein Fahrzeug bestellt hatte. Der Kommissar köpfte gerade ein weiches Ei, als sein Smartphone klingelte. Tatsächlich konnte sich ein Taxifahrer erinnern, dass er vor drei Tagen abends einen weiblichen Hotelgast auf der Insel abgeholt und zur Karaokebar »Freispruch« im Industrieviertel gefahren hatte.

»Der Herr Kommissar lässt es sich gut gehen, während unsereins die Insel abgrast«, lästerte einer aus dem Team, der auf der Seeterrasse auftauchte.

»Der Eindruck täuscht«, maulte Zoffinger. »Ich habe eben herausgefunden, dass die Ermordete vor drei Tagen per Taxi ins Industrieviertel gefahren ist. Sagt dir die Karaokebar ›Freispruch‹ etwas?«

Der Kollege verdrehte die Augen.

»Falls dir deine Ecstasy-Pillen ausgegangen sind, du auf Etablissements stehst, die man besser nur mit Gummistiefeln an den Füßen betritt, oder du auf der Suche nach einem illegalen Schießprügel bist – diese Spelunke ist der Ort deiner Wahl. Falls du in dem Laden eine Razzia planst: Die wäre längst überfällig.«

»Ich frage mich, was eine Frau, die einen Spionagelehrgang absolviert, in so einer dubiosen Kaschemme zu suchen hat.«

»Vielleicht singt sie gern«, frotzelte der Spurensicherer. »Oder sie hat eine Schwäche für halbseidene Typen. Vielleicht versprach sie sich von ein paar Tropfen Gamma-Hydroxy-Buttersäure einen enthemmten Abend.«

»Verdammt, verdammt, verdammt!«, fluchte Zoffinger. Eben fällt bei mir der Groschen. Wir haben in ihrem Spind auf der MS Hegau ein Fläschchen mit K.-o.-Tropfen gefunden. Vermutlich hat sie sich das Zeug in der Underground-Kaschemme beschafft.«

Komplizierter ging es nicht. Der mysteriöse Fall John Doe war schon undurchsichtig wie eine Betonmauer. Jetzt kam auch noch der Mord an der Seminaristin hinzu. Ein verwegener Gedanke spukte durch Zoffingers Kopf. Hatten seine beiden neuesten Fälle eventuell miteinander zu tun? Augenblicklich verwarf er die Idee, weil es dafür keinen einzigen Anhaltspunkt gab. Schade, dass Leonie Landruth darüber keine Auskunft geben konnte, weil sie tot war. Auch John Doe nicht, weil er zwar noch zappelte, sich aber an nichts erinnern konnte. Mr. Chefermittler kam sich vor wie ein Blinder, der vorhatte, einen Optiker von seiner Sehkraft zu überzeugen.

Im Zimmer von Leonie Landruth im Inselhotel drehten die KTU-Beamten jedes Staubkorn um, was keine große Sache war. Entweder hatte die Putzkolonne bereits sauber gemacht oder Leonie war eine extrem ordentliche Frau gewesen: Mehr picobello ging nicht. Auf dem Nachttisch lag ein Umschlag mit einem am PC geschriebenen Abschiedsbrief, indem sie sich bei allen Verwandten, Freunden und Bekannten für ihren Abschied aus dem Leben entschuldigte, aber keinerlei Gründe für einen Suizid nannte.

»Was für ein absolut dilettantischer Versuch, eine falsche Spur zu legen«, echauffierte sich Zoffinger. »Manche Leute scheinen uns für komplette Versager zu halten.«

Ein Kollege wunderte sich.

»Können wir einen Selbstmord ohne Wenn und Aber ausschließen?«

Der Kommissar geriet in Wallung.

»Ich bitte dich! Die rechtsmedizinische Untersuchung hat eindeutige Spuren festgestellt, dass Leonie Landruth angegriffen wurde und bei einem Sturz einen Genickbruch erlitt. Wie hätte sie sich die Verletzung deiner Meinung nach selbst beibringen sollen? Hechtsprung eine Treppe hinunter, und danach kletterte sie über die Schiffsbrüstung, um sich zu ertränken? Eher unwahrscheinlich!«

Am Ende bestand die wichtigste Ausbeute der Spurensuche in einem aufschlussreichen Adressbuch.

»Ich nehme an, dass wir uns mal wieder tagelang mit den aufgeführten Namen und Adressen beschäftigen dürfen«, vermutete ein Kollege missmutig. »Du weißt ja, dass solche Überprüfungen zu unseren Lieblingsbeschäftigungen zählen.«

»Hilft nix«, antwortete Zoffinger, »Kopf einziehen und durch!«

Im hinteren Deckel des Büchleins steckte in einer Plastikhülle ein Foto. Darauf ein Mann, der an ein Auto gelehnt die rechte Hand mit gespreiztem Zeige- und Mittelfinger hob. Im Hintergrund waren die Alte Rheinbrücke und die Spitze des Rheintorturms in Konstanz zu erkennen. Als der Kommissar genauer hinsah, traute er seinen Augen nicht. Bei dem Kerl mit dem Victoryzeichen handelte sich ohne jeden Zweifel um einen alten Bekannten: John Doe. Auf die Rückseite der Aufnahme hatte jemand die Zahlen 20.09. gekritzelt.

Wie vom Schlag getroffen hockte Zoffinger über dem

Foto. Was in aller Welt hatte die ermordete Seminaristin mit dem Mann ohne Gedächtnis zu tun? Mit allem hätte er gerechnet, aber damit nicht. Gab es zwischen seinen beiden Fällen also doch eine Verbindung? War Leonie Landruth etwa John Does verschwundene Ehefrau, eine Freundin oder Bekannte? Was hatte es mit den kryptischen Zahlen auf der Rückseite des Fotos auf sich, über die er sich schon mehr als einmal den Kopf zerbrochen hatte? Fragen über Fragen, die ihn umtrieben und die Nebelbänke über seinen Fällen immer dichter und undurchdringlicher werden ließen. Eine Weile spielte er mit dem Gedanken, John Doe mit dem gefundenen Foto zu konfrontieren. Dann verwarf er den Plan, weil er zunächst mehr über die Tote herausfinden wollte, die nach wie vor ein unbeschriebenes Blatt war.

Unterstützung kam von unerwarteter Seite. In der Rechtsmedizin tauchte ein Mann auf, der sich als Bruder der Ermordeten vorstellte und sich nach der Freigabe der Leiche erkundigte. Eine Streife brachte ihn zur Befragung aufs Kommissariat.

Zoffinger blätterte durch den Reisepass seines Besuchers, mit dem er sich auswies.

»Sie sind also Ingo Landruth, Leonies Bruder. Herzliches Beileid. Wie haben Sie vom Tod Ihrer Schwester erfahren?«

»Für die Medien war die Gewalttat offensichtlich ein gefundenes Fressen. Ein Mordopfer am berüchtigten Frauenpfahl! Man hätte meinen können, der Leichenfund sei eigens für die sensationshungrige Boulevardpresse inszeniert worden. Der Fall wurde jedenfalls in sämtlichen Medien genüsslich breitgetreten.«

»In welcher Beziehung standen Sie zu Ihrer Schwester? Hatten Sie regelmäßig Kontakt? Waren Sie sich grün?«

»Wir waren uns sogar dunkelgrün, soll heißen, wir haben uns bestens verstanden. Ich bin drei Jahre älter als sie und hatte schon als kleiner Bub das Bedürfnis, mich um meine kleine Schwester zu kümmern. Zwischen uns passte kein Blatt Papier.«

»Was können Sie mir über die Tätigkeit und den Umgang Ihrer Schwester verraten? In welchen Kreisen bewegte sie sich? Dass sie an einem Seminar über Cybersecurity auf einem Bodenseeschiff teilnahm, ist Ihnen wahrscheinlich bekannt. Die Organisatoren des Lehrgangs äußern sich nur sehr schmallippig über ihre Schäfchen. Können Sie mir weiterhelfen?«

Ingo Landruth knetete sein Kinn.

»Sie ist erst vor einem knappen Jahr aus Hongkong zurückgekommen. Eine Zeitlang hat sie dort im deutschen Generalkonsulat gearbeitet. Zurück in der Heimat wurde ihr ein Job bei einer Hightechfirma am Bodensee angeboten. In Hongkong fühlte sie sich nicht mehr wohl, weil sich die Lebensumstände veränderten, seit Peking die Autonomie der Sonderverwaltungszone beeinträchtigt.«

»In welchem Bereich war sie im Generalkonsulat tätig?«

Ingo Landruth lächelte.

»Offiziell hatte sie mit dem Thema Kulturaustausch zu tun. In Anbetracht ihrer Begeisterung für Informatik und allem, was damit zu tun hat, vermute ich jedoch, dass der Kulturjob nur vorgeschoben war und sie tatsächlich mit IT-Sicherheit oder Ähnlichem zu tun hatte. Warum man darüber Stillschweigen bewahren wollte, weiß ich nicht.«

»Hat sie sich über ihre berufliche Tätigkeit nie konkret geäußert?«

»Ich habe sie mehrfach darauf angesprochen, jedoch

meist nur schwammige Antworten erhalten. Irgendwann verstand ich, dass sie über ihren Job nicht reden wollte, vielleicht auch nicht durfte.«

»Vermuteten Sie eine verdeckte Tätigkeit?«

Ingo Landruth winkte ab.

»Ich wollte damit nicht sagen, dass ich ihr einen geheimdienstlichen Job zugetraut hätte. Aber IT-Sicherheitskonzepte waren schon lange ihre große Leidenschaft.«

»Vermutlich hat sie auch deshalb an der Fortbildung auf der MS Hegau teilgenommen. War sie eigentlich auf dem Sprung in ein neues Beschäftigungsverhältnis?«

»Sie hat davon gesprochen, ein Start-up gründen zu wollen. Aber die konkrete Umsetzung scheiterte wohl am Geld – trotz ihres Vermögens.«

»Hatte sie geerbt und kam an ihr Kapital nicht heran?«

Ingo Landruth kaute auf der Unterlippe.

»Ich hätte dieses Thema besser nicht anschneiden sollen. Es geht um eine wirklich bizarre Angelegenheit.«

Zoffinger blieb hartnäckig.

»Sie haben mich neugierig gemacht. Also! Was wollen Sie mir nicht erzählen? Ich erinnere Sie daran, dass ich den Mord an Ihrer Schwester aufklären will.«

Es dauerte, bis sich Ingo Landruth überzeugen ließ, die Geschichte zu erzählen. Seine Schwester hatte vor Jahren einem kleinen Spielehersteller ein Computerprogramm geschrieben und war dafür mit Bitcoins entlohnt worden. Die Kryptowährung war seinerzeit nur Peanuts wert, legte über die Jahre aber eine geradezu atemberaubende Wertsteigerung hin.

»Für ihren Job bekam sie damals ca. 3000 Bitcoins, nach dem damaligen Wert also ungefähr 7000 US-Dollar«, erzählte der Bruder. »Gut zehn Jahre später ging die Währung durch die Decke und stieg bis auf 60 000 US-

Dollar an, nachdem sich Teslachef Elon Musk seine E-Autos mit der Kryptowährung bezahlen lassen wollte. Ihr damaliges Honorar belief sich zu diesem Zeitpunkt – halten Sie sich fest – auf fast 200 Millionen US-Dollar. 200 Millionen! Das muss man sich mal vorstellen. Mir wird schwindlig, wenn ich daran denke.«

»Nicht schlecht!«, meinte Zoffinger. »200 Millionen US-Dollar müssten für eine Firmengründung doch locker reichen. Woran scheiterte das eigene Start-up also?«

»Da liegt der Hund begraben«, erzählte Ingo Landruth mit belegter Stimme. »Leonie deponierte die Bitcoins in einer digitalen Schatzkiste, die sie mit einem sogenannten IronKey verschloss. Dieses Schloss lässt sich nur mit einem Passwort öffnen.«

Er machte eine Pause und sah den Kommissar fragend an.

»Muss ich weitererzählen?«

»Lecko mio!«, jammerte Zoffinger. »Sie hat das Passwort vergessen?!«

Ingo Landruth nickte wie ein Wackeldackel auf der Hutablage.

»Ursprünglich hatte sie das Passwort auf einem Zettel notiert, den sie nach ein paar Jahren nicht mehr finden konnte. In letzter Zeit hat sie mehrmals Passwörter versucht, die ihr im Gedächtnis geblieben waren – ohne Erfolg. Das Blöde an der Sache ist nur, dass der IronKey maximal zehn Versuche zulässt und dann für immer und alle Zeit dicht macht. Nach dem achten Fehlversuch war für sie Feierabend – vor lauter Bammel, ihr Riesenvermögen für immer zu verlieren.«

»Das kann doch wohl nicht wahr sein!«, stöhnte Zoffinger. »Nur ein paar Buchstaben und Symbole trennen dich von einem gigantischen Batzen Geld, der dein Leben grundlegend verändern würde. Wie ist Leonie mit dem Desaster umgegangen?«

»Na ja, sie hatte zu Lebzeiten die Hoffnung nicht aufgegeben, doch noch an ihren Tresor heranzukommen.«

»Da Sie der einzige Erbe Ihrer Schwester sind, nehme ich an, dass Sie die Schatzkiste bereits aus ihrer Wohnung geholt und in Sicherheit gebracht haben.«

»Irrtum!«, antwortete Ingo Landruth. »Ich war natürlich mit dem Zweitschlüssel, den sie bei mir deponiert hatte, in ihrer Wohnung. Den betreffenden Datenspeicher habe ich nicht gefunden. Ich dachte, dass ihn vielleicht die Polizei bereits konfisziert hat.«

Der Kommissar schüttelte den Kopf.

»Wir haben bei der Durchsuchung der Wohnung kistenweise Material mitgenommen. Wir haben schließlich einen Mord aufzuklären. Ich kann mir nicht vorstellen, dass meine Kollegen den Bitcoin-Datenspeicher übersehen haben.«

»Vielleicht hat ihn sich jemand unter den Nagel gerissen. Bei 200 Millionen würde sich das lohnen.«

»Falls Sie damit auf meine Leute anspielen: Für mein Team lege ich beide Hände ins Feuer. So etwas passiert bei uns nicht. Ich werde mich aber auf die Suche machen. Sie bekommen Bescheid.«

Zoffinger wäre keine ausgebuffte Spürnase gewesen, hätte er nicht augenblicklich erkannt, dass ihm Ingo Landruth ein klassisches Motiv für den Mord an seiner Schwester geliefert hatte: Habgier. Dem Bruder traute er eine solche Tat eigentlich nicht zu. Aber er war sich sicher, dass in Anbetracht der geradezu unfassbaren Bitcoin-

Menge auch ein fehlendes Passwort verbrecherische Abzocker nicht vom Versuch abhalten würde, an Leonies Dollarberg heranzukommen. Eine interessante Frage war, wer außer Ingo noch etwas über den verschütteten Schatz wusste.

»Hat Leonie aus ihrem Vermögen ein Geheimnis gemacht oder wussten außer Ihnen auch andere davon?«

Ingo Landruth wusste Bescheid.

»Aus ihrem ›Künstlerpech‹ hat sie keinen Hehl gemacht. Viele wussten von ihrem potenziellen Riesenvermögen. Sie kontaktierte über das Internet kluge Köpfe und hoffte auf die Hilfe von einschlägigen Firmen, um den Verschlüsselungsalgorithmus zu knacken. Viele wussten, dass sie die Arschkarte gezogen hatte, und boten ihr Hilfe an.«

»Dann beglückwünsche ich Sie herzlich als neues Mitglied im Bodenseeclub der Multimillionäre«, meinte Zoffinger, »auch wenn Ihnen der ganze Zaster im Augenblick nicht viel nützt. Vorausgesetzt, dass der Datenspeicher samt Passwort wieder auftaucht.«

»Ach du dickes Ei!«, seufzte Ingo Landruth, »Dass ich als einziger Verwandter den ganzen Plunder erbe, ist mir noch gar nicht in den Sinn gekommen.«

»Das hätte ich fast vergessen«, meinte der Kommissar, bevor er sich verabschiedete. »Kennen Sie diesen Mann?«

Er zeigte seinem Besucher das Foto von John Doe, das seine Leute im Adressbuch von Leonie gefunden hatten.

»Ein Freund oder Bekannter meiner Schwester? Ich kenne den Kerl nicht.«

»Schade«, antwortete Zoffinger. »Eine positive Antwort hätte meinen Ermittlungen helfen können.«

Während der Unterhaltung hatte Zoffinger die Ohren gespitzt, als Ingo Landruth Hongkong erwähnte. Augenblicklich kam ihm John Does Triadentattoo in den Sinn. Bei Internetrecherchen war er auf Informationen gestoßen, dass kriminelle Clans aus der ehemaligen britischen Kronkolonie längst in Europa fußgefasst hatten und sich nicht mehr nur mit Schutzgelderpressungen von Restaurantbetreibern zufriedengaben. War Leonie Landruth im fernen Osten mit Triaden in Kontakt gekommen? Was hatte sie mit John Doe zu tun? Ging es um etwas Persönliches?«

Zoffinger hätte mit seinen offenen Fragen ein Dutzend Quizsendungen ausstatten können. Abends fuhr er ins Inselhotel, um mit dem Leiter des Workshops auf der MS Hegau zu reden.

»Ich bin bei den Ermittlungen zum Tod von Leonie Landruth leider noch kaum vorangekommen und wäre auf Ihre Hilfe angewiesen. Ich knoble an einem aus vier Zahlen bestehenden Rätsel. Sagt Ihnen die Zahlenfolge 20.09. etwas?«

Der Seminarleiter überlegte.

»Handelt es sich dabei um einen Code, um ein Datum oder sonst etwas?«

»Wissen wir nicht!«

Der Coach brummelte vor sich hin und legte die Stirn in Falten.

»Auf Anhieb fällt mir nichts dazu ein«, antwortete er nach einer längeren Pause.

»Könnten die Zahlen mit Ihrem Seminar zu tun haben? Sind sie unter Umständen Teil einer Aufgabe oder weisen sie auf eine Besonderheit hin?«

»Nicht, dass ich wüsste. Unser Workshop endet nach zwei Wochen Dauer am 20. September. Dann ist Schluss auf der MS Hegau. Aber das hilft Ihnen vermutlich auch nicht weiter.«

Zoffinger stutzte.

»Ist für den letzten Seminartag etwas Spezielles geplant? Ein Umtrunk, ein Ausflug, eine Besichtigung, eine Auswertung der Seminarergebnisse, eine Schlussrunde?«

»Am letzten Tag steht nachmittags der abschließende Vortrag eines ausgewiesenen Experten auf dem Programm. Die Vorlesung wird mit Hochspannung erwartet, weil der Referent als Koryphäe auf dem Gebiet der Cybersicherheit gilt. Der Workshop endet gegen 17 Uhr. Dann ziehen wir ins Inselhotel um, wo eine Abschlussveranstaltung mit Sektempfang stattfindet. Nach der offiziellen Verabschiedung am folgenden Morgen machen sich die Teilnehmerinnen und Teilnehmer auf die Heimreise. Basta!«

4
LEBENSRETTERIN NUDELSUPPE

Tägliche Routine. Am späteren Vormittag überflog Zoffinger die neuesten Polizeimeldungen, als es klopfte. John Doe stand in der Tür.

»Ich will Sie nicht stören. Ich war gerade in der Nähe und wollte mich nur erkundigen, ob Sie auf der Suche nach meinem früheren Leben schon vorangekommen sind.«

Der Kommissar verschränkte die Arme vor der Brust und sah seinen Besucher an.

»Ich weiß, wie sehr Ihnen Ihr Problem auf der Seele brennt. Nichts wäre mir lieber, als Ihnen sagen zu können, dass wir bei der Lösung des Rätsels vorangekommen sind. Aber ...«

John Doe unterbrach ihn.

»Schon gut, schon gut. Ich will Sie auch nicht unter Druck setzen. Ich vertraue Ihnen, und ich weiß, dass Sie mir wirklich helfen wollen. Dafür bin ich Ihnen von Herzen dankbar. Ich dachte nur, ich komme kurz vorbei. Hätte ja sein können, dass es Neuigkeiten gibt.«

Der Kommissar schaute auf die Uhr.

»Fast Mittagszeit. Was halten Sie davon, wenn ich Sie zu einem Lunch einlade?«

John Doe strich sich mit beiden Händen über den Bauch.

»Ich könnte tatsächlich einen Bissen vertragen. Sie wählen das Restaurant aus. Ich bin Allesesser – von Schlangen, Maden und Krabbeltieren abgesehen.«

Zoffinger entschied sich für das kleine Chinarestaurant Chengdu nicht weit vom Präsidium entfernt. Mit Kollegen war er schon mehrfach dort gewesen, wenn es darum ging, den Akku schnell und ohne Schnickschnack aufzuladen.

John Doe machte einen seltsam abwesenden Eindruck, seit sie das Restaurant betreten hatten. Sein Blick wanderte über die Wände, als müsste er sich für eine neue Tapete entscheiden. Natürlich fiel dem Kommissar das eigentümliche Verhalten seines Gastes auf. Aber beim Mann ohne Gedächtnis entsprach vieles nicht der Norm. Zoffinger lenkte sich ab, indem er durch die Speisekarte stöberte, während John Doe den Menüangeboten null Beachtung schenkte und keinen Blick in die Karte warf.

»Ist Ihnen der Hunger plötzlich vergangen?«

Mr. Nobody zog eine Schnute.

»Ich habe mich schon entschieden. Meine Wahl steht fest: Nr. 72.«

Zoffinger glotzte seinen Tischnachbarn verdutzt an.

»Sagen Sie bloß, Sie erinnern sich, schon einmal hier gewesen zu sein!«

»Keine Ahnung. Aber es kommt mir vor, als hätte ich die Wand dort drüben mit der chinesischen Berglandschaft schon einmal gesehen.«

Zoffinger starrte seinen Tischnachbarn an wie ein Wesen von einem anderen Stern.

»Ihre Bestellung irritiert mich. Warum gerade Nr. 72? Wissen Sie überhaupt, was sich dahinter verbirgt?«

»Hu Tieu Nam Vang. Das Rezept stammt aus Phnom Penh in Kambodscha – eine Nudelsuppe mit Tintenfisch,

Shrimps, dreierlei Schweinefleisch und Röstzwiebeln. Fragen Sie mich bloß nicht, woher ich das weiß: Ich habe null Ahnung!«

Zoffinger musterte John Doe argwöhnisch wie den Außendienstler einer Drückerkolonne. Sollte er ihm glauben oder war das eine an den Haaren herbeigezogene Geschichte? Der Kerl konnte sich nicht einmal an seinen Namen erinnern und kam jetzt mit einem zirkusreifen Kabinettstückchen aus der Flashback-Schublade daher. Vorsichtig, als handele es sich um einen nicht ganz astreinen Gegenstand, schmökerte er durch die Speisekarte. Beim Menüpunkt Nr. 72 blieb sein Blick hängen: Nudelsuppe Hu Tieu Nam Vang nach Phnom-Penh-Art.

Eine Szene im hinteren Teil des Lokals fesselte die Aufmerksamkeit des Kommissars. In einer Ecke saßen zwei gut gekleidete Herren über einer üppigen Batterie von Tellern, Schüsselchen und Töpfen. Statt der Bedienung kümmerte sich die Chefin um die beiden, die ihr offensichtlich wichtig waren. Als sie frischen Tee brachte, entspann sich eine immer hitziger werdende Diskussion. Aufgebracht kehrte sie mit der Kanne hinter ihren Tresen zurück, kramte genervt in Schubladen und Fächern herum, kam zu den beiden Gästen zurück und warf ihnen einen zusammengefalteten Zettel auf den Tisch. Einer der beiden klappte ihn auf, nickte und steckte ihn ein. Zoffinger zielte heimlich an John Doe vorbei und schoss mit seinem Handy zwei Fotos, ehe die beiden unvermittelt aufstanden und das Lokal verließen.

»Schutzgelderpressung!«, war der erste Gedanke, der dem Kommissar durch den Kopf schoss. Kurz entschlossen visierte er die Toilette an, weil er dabei dicht am Tisch der beiden vorbeimusste. Die Wirtin buckelte hinter der Theke herum, was Zoffinger Gelegenheit gab, sich unbeobachtet einen benutzten Löffel zu greifen und in seiner Jackentasche verschwinden zu lassen. Auf dem Klo steckte er ihn in eine Plastiktüte, wenngleich er sich eingestehen musste, eventuell vorschnell über etwas geurteilt zu haben, was unter Umständen völlig harmlos war.

Zurück im Lokal servierte die Bedienung eben die beiden Gerichte.

»Zweimal Nam Vang für die Herren. Ich wünsche guten Appetit!«

Aus einem kleinen trüben Bouillonsee erhob sich in Zoffingers bemalter Terrine eine Insel aus weißen Reisnudeln, kurzgeschnittenem Grünzeug, hauchdünnen Schweinefleischscheiben und gerösteten Zwiebeln. An den Strand der Nudelinsel hatte die Brühe zwei orangerote Shrimps geschwemmt. Zoffinger beugte sich über den würzigen Nebel, der aus der Schüssel aufstieg, und sog den Duft mit geschlossenen Augen ein.

»Hammermäßig!«, war sein einziger Kommentar. »Das Aroma würde mir das Toupet vom Kopf heben, falls ich eines aufhätte.«

Als Zoffinger nach seinen Essstäbchen griff, fiel sein Blick auf John Doe. Bewegungslos fixierte er seine Mahlzeit, als hätten sich seine Shrimps in Kaulquappen verwandelt. Dann ließ er den Kopf nach hinten fallen. Mit beiden Händen fasste er sich ins Gesicht, drückte mit Mittel- und Zeigefinger die Augen zu und schüttelte sich. Schwer atmend ließ er dann das Kinn auf die Brust sinken und hockte da wie von einer Schlafattacke überwältigt. Zoffinger wollte ihn gerade auf sein seltsames Verhalten ansprechen, als John Doe die Augen aufriss und den Brustkorb spannte.

»Hol mich doch der Teufel! Mir ist eben eingefallen, wer ich bin. Ich heiße Eddie Lammer, bin 43 Jahre alt, geboren in Konstanz am 16. Mai, meine Frau heißt Christine. Kinder haben wir keine. Ich erinnere mich sogar an die Adresse meiner Wohnung.«

Scheppernd fielen Zoffingers Essstäbchen in die Suppenschüssel.

»Was ist los? Was haben Sie gerade gesagt?«

Aus John Does Gesicht war das letzte Farbpigment verschwunden. Bleich wie ein blutarmer Vampir hockte er auf seinem Stuhl, als sei ihm gerade der Leibhaftige erschienen. Mit einer fahrigen Handbewegung schob er seine Suppenschüssel zur Seite, um auf dem Tisch Platz für seine Unterarme zu schaffen und Halt zu finden, um nicht vom Stuhl zu kippen. Zoffinger fingerte bereits nach seinem Handy, um im Fall der Fälle einen Notarzt rufen zu können.

»Das ist der Wahnsinn: Mir ist eben eingefallen, wer ich bin«, stammelte er. »Verdammt und zugenäht! Ich weiß endlich wieder, wer ich bin.«

Der Kommissar sah seinen Tischnachbarn ungläubig an.

»Ich hoffe, Sie nehmen mich nicht auf den Arm.«

»Mein Leben ist zurück!«, hauchte John Doe. »Ich kann es nicht fassen! Mein Leben ist zurück. Himmel, Arsch und Zwirn. Mein Leben ist zurück!«

Die Gäste an anderen Tischen wurden auf den Jubelkasper aufmerksam, der seine Arme hochriss und sich die Haare raufte. Die Restaurantchefin schickte einen Schwarm argwöhnischer Blicke über den Tresen.

»Menschenskind, Zoffinger! Können Sie sich vorstellen, was eben mit mir passiert ist? Lassen Sie nachprüfen, ob ich tatsächlich Eddie Lammer bin. Erkundigen Sie sich auf dem Standesamt, auf dem Einwohnermeldeamt, bei der Führerscheinstelle oder sonst wo. Ich weiß nicht, was in meinem Kopf passiert ist. Das gibt es doch gar nicht.«

Der Kommissar bremste ihn.

»Doch, so etwas gibt es. Ihr Arzt in der Singener Klinik hat mir von sogenannten Triggern erzählt. Darunter versteht man Impulse, die unter Amnesie leidende Personen an vergangene Schauplätze oder Begebenheiten erinnern und das Erinnerungsvermögen schlagartig reaktivieren können. Vielleicht ist das Lokal so ein Impuls, oder die Suppe, vielleicht auch ihr Aroma oder sonst etwas, was in Ihrem Gehirn klick gemacht hat.«

»Eine Nudelsuppe bringt mir mein altes Leben zurück? Schräger geht es doch gar nicht.« John Doe schüttelte den Kopf.

»Ich bin gespannt, was Ihre Erinnerung sonst noch zutage fördert«, meinte Zoffinger, als sie draußen auf der Straße standen. Dass er in erster Linie an seine Ermittlung dachte, erwähnte er in diesem Augenblick lieber nicht. Schließlich gönnte er seinem Begleiter den Triumph, befürchtete aber, dass seine Euphorie einen Dämpfer erhalten könnte, sobald die übrigen Erinnerungen zurückkehrten. Irgendetwas Krasses, Einschneidendes oder Unfassbares musste John Doe miterlebt, gesehen oder erfahren haben, was ihm die Erinnerung ausgeknipst hatte wie einen Lichtschalter.

»Wie soll ich Sie in Zukunft eigentlich nennen?«, fragte der Kommissar. »Der Name John Doe war nur eine Verlegenheitslösung.«

»Mir hat er ganz gut gefallen. Aber der Einfachheit halber sollte ich zu meinem richtigen Namen zurückkehren – auch um den deutschen Amtsschimmel nicht zu überstrapazieren.«

Zoffinger begleitete Eddie Lammer zurück zu seiner Notwohnung. Pausenlos quasselte er vor sich hin, weil sich in seinem Kopf alles zu überschlagen schien. Vor dem Haus setzten sie sich auf ein Mäuerchen, weil der Wiedergeborene seinen Mitteilungsbedarf nicht stoppen konnte. Gespannt hörte der Kommissar zu. Endlich sah er in seinen Ermittlungen Licht am Ende des Tunnels.

»Erinnern Sie sich, wo Sie früher gewohnt haben?«

Lammer stoppte seinen Redeschwall.

»Natürlich erinnere ich mich. Ich muss so schnell wie möglich hin, raus aus diesem Loch, das mir die Stadt zugewiesen hat. Trotzdem mein ehrliches Dankeschön, weil Sie sich dafür eingesetzt haben, dass ich diese Unterkunft bekommen habe.«

Zoffinger bremste seinen Gesprächspartner.

»Langsam, immer langsam. Sie sind leider noch nicht dran. Sie müssen sich noch gedulden. Ich hoffe, Sie haben nichts dagegen, dass ich erst zusammen mit der Spurensicherung einen Blick in Ihre Wohnung werfe. Schließlich sind die Hintergründe Ihres Gedächtnisverlustes und der Übergriffe auf Sie noch ungeklärt. Ihr Umzug muss noch ein Weilchen warten.«

»Ein, zwei Tage werde ich es in meiner Butze noch aushalten«, willigte Eddie Lammer ein.

Zoffinger schnitt ein anderes Thema an.

»Ist Ihnen mittlerweile eingefallen, was Sie vor Ihrem Gedächtnisverlust gearbeitet haben? Können Sie sich an Ihren Arbeitsplatz erinnern?«

»Zu meinem siebten oder achten Geburtstag hat mir jemand eine mobile Spielekonsole geschenkt und damit das Ende meiner Kindheit eingeläutet. Das Präsent hat mich mit einer neuen Leidenschaft infiziert. Nur zu spielen war mir bald nicht mehr genug. Ein Computer verhalf mir auf den nächsten virtuellen Level. Mit 14 trat ich einem Computerclub bei und stand wenige Jahre später bei einer europäischen Hacker-Challenge im Finale. Ältere Kollegen verdienten auf diese Weise schon Geld. Ich war überzeugt, mein Talent auf ähnliche Weise nutzen zu können.«

»Und? Hat es geklappt mit der neuen Karriere?«

Eddie Lammer grinste verlegen.

»Computerfreaks haben nicht den besten Ruf. Böse Hacker, sogenannte Black Hats, spüren Sicherheitslücken auf, greifen Log-in-Daten und Kreditkarteninformationen ab, um Kohle zu machen. Sie hacken alles, was nicht bei drei auf den Bäumen ist. Zugegeben! Eine Zeitlang habe ich mich in diesen Kreisen herumgetrieben. Bis mir klar wurde, dass ich mit dieser illegalen Hackerei riskiere, über kurz oder lang im Knast zu landen.«

»Hat die Verwandlung vom Saulus zum Paulus hingehauen?«

»Ich hab's nicht so mit religiösen Vergleichen. Tatsächlich habe ich die Seiten gewechselt. Immer mehr Firmen haben in der Vergangenheit sogenannte Bug-Bounty-Programme ins Leben gerufen. Das bedeutet, sie ließen Schwachstellen in ihren eigenen und IT-Systemen ihrer Kunden von externen Hackern aufspüren. Werden solche Lücken verifiziert, gibt es Finderlohn.«

Er druckste herum.

»Würden Sie mich jetzt bitte entschuldigen? In meinem Kopf herrscht Chaos wie in einem Hühnerstall. Ständig kommen Erinnerungen hoch, die ich erst einmal sortieren muss. Ich brauche Zeit. Geben Sie mir noch einen Tag. Sobald ich wieder den Durchblick habe, melde ich mich bei Ihnen.«

Nicht nur Eddie Lammer hatte mit dem Kuddelmuddel in seinem Kopf zu kämpfen. Zoffinger befand sich in einem ähnlichen Zustand, weil er es plötzlich mit einer neuen Sachlage zu tun hatte. Im Kommissariat war Telefonrecherche angesagt. Das Einwohnermeldeamt hatte sämtliche personenbezogenen Daten im Melderegister. Zoffinger brannte darauf, die richtige Wohnung von Eddie Lammer alias John Doe in Augenschein zu nehmen, weil er sich davon einen Durchbruch in seinen Ermittlungen erhoffte.

Im Kommissariat fischte er die beiden Schlüssel aus der Schreibtischschublade, die in Lammers Jacke gefunden worden waren und trommelte das KTU-Team zusammen, um Eddie Lammers richtiger Adresse einen Besuch abzustatten. Einer der Schlüssel passte zur Haustür, der andere zur Wohnungstür. Der Briefkasten im Flur war zum Platzen vollgestopft. Werbepostillen und Gratiszeitungen lagen auf dem Boden. Gespannt schloss der Kommissar im ersten Obergeschoss die Wohnung auf, aus der ihm eine Wolke abgestandener, muffiger Luft entgegenschlug, weil seit Wochen kein Fenster mehr geöffnet worden war.

Der Haushalt machte einen gutbürgerlichen Eindruck. In der modernen Küche stand ein Topf mit kalten abgekochten Nudeln auf dem Herd. Obenauf hatten die Teigwaren einen Dürregrad wie nach einem längeren Aufenthalt in der Wüste Gobi angenommen. Im unteren Teil schimmelte es wie an einer feuchten Kellerwand – ein untrügliches Zeichen dafür, dass seit der letzten Kochsession Wochen vergangen sein mussten. Im Wohnzimmer stand eine angebrochene Flasche Rotwein auf einem Couchtisch. Eine letzte Pfütze funkelte in einem benutzten Glas. Im Schlafzimmer steckte in der Schublade eines Schminktischchens in einem ledernen Geldbeutel ein auf den Namen Christine Lammer ausgestellter Personalausweis, dazu ein Reisepass und ein gelber Impfausweis.

Die gesamte Wohnung machte einen alltäglichen Eindruck, bis auf ein abgedunkeltes Zimmer, in dem Regale und Schränke bis an die Decke mit Kabeln, technischen Kleinteilen und Datenträgern vollgestopft waren wie in einem chaotischen Elektronikladen. Auf dem riesigen Schreibtisch standen mit Notizzetteln beklebte Monitore, mehrere Rechner und Tastaturen, zwischen denen alles herumlag, was einen Arbeitsplatz zum Katastrophengebiet macht. Fehlte mit einer halb verputzten Pizza im Karton und einem versabberten Kaffeepott nur noch ein Ausstattungsmerkmal, mit dem in TV-Serien gerne das Bild vom übernächtigten, Fastfood mampfenden Hacker vermittelt wird. An der Wand hingen eingerahmte Urkunden, die bescheinigten, dass es sich bei Eddie Lammer um keinen x-beliebigen Experten handelte, sondern um einen Hackerguru von Rang und Namen.

Interessanter als die technische Ausstattung waren für die KTU-Beamten die Inhalte der Datenträger sowie die Ordner voller Papiere, die Aufschluss über Eddie Lammers Tätigkeit gaben. Aufgrund seiner Steuerunterlagen stellte sich heraus, dass er sich als IT-Spezialist vor fünf Jahren selbstständig gemacht hatte und in einschlägigen Fragen Firmen beriet. Offenbar nahm er regelmäßig an Workshops und Konferenzen im In- und Ausland teil und stand in ständigem Austausch mit anderen Oberschlaubergern seiner Branche.

Während die KTU in der Wohnung herumschnüffelte und unter anderem Beweise dafür fand, dass der Wohnungsbesitzer tatsächlich verheiratet war, lümmelte sich

Zoffinger im Wohnzimmer auf die Couch und grübelte über Eddie Lammer nach, der für den Kommissar nach wie vor eine Denksportaufgabe war. Cybersecurity war in Zeiten der digitalen Revolution ein brisantes Thema. Kein Tag verging, ohne dass in den Medien Angriffe auf private Rechner, aber auch staatliche Einrichtungen bekannt wurden.

Ein Spurensicherer kam mit einem kleinen Zettel in der Hand aus dem Bad.

»Erinnerst du dich an die Notiz, die wir in John Does Jacke fanden? ›Hegau 20.09. 15 Uhr‹.«

Zoffinger nickte.

»Am Spiegel über dem Waschbecken im Bad klebte die gleiche Notiz. Ich habe mich umgesehen und im Arbeitszimmer einen Wandkalender gefunden, auf dem am 20. September um 15 Uhr ein Termin eingetragen ist. Nicht im Hegau am westlichen Bodensee, wie ursprünglich von uns angenommen, sondern auf dem Seminarschiff MS Hegau. Willst du raten, wer den Abschlussvortrag des Cyber-Security-Workshops an diesem Tag halten wird?«

»Nein, will ich nicht«, blaffte ihn der Kommissar an. »Hör auf mit diesen dämlichen Rate-mal-Spielchen. Sag schon!«

»Letzter Dozent des Spionagelehrgangs ist dein spezieller Freund Eddie Lammer alias John Doe.«

Der Kommissar sprang auf.

»Jetzt wird es interessant. Hatte Leonie Landruth mit Eddie Lammer ein persönliches Problem? War sie auf den Hackerguru, von wem auch immer, angesetzt worden und sollte ihn mit den K.-o.-Tropfen außer Gefecht setzen? War ihr bei der Umsetzung dieses Plans jemand in die Parade gefahren und hatte sie umgebracht – und vor allem warum?

Zoffinger trommelte sich auf die Brust wie ein zu allem entschlossener Zoobewohner in der Primatenabteilung.

»Freunde! Zeit, Nägel mit Köpfen zu machen.«

Er zupfte die im Adressbuch von Leonie Landruth aufgefundene Fotografie von einer Pinwand und stürmte aus dem Kommissariat, um mit dem Schnappschuss seine Ermittlungen zu beschleunigen. Verschlafen öffnete Eddie Lammer in Jogginghose die Tür.

»Sorry. Ich konnte heute Nacht nicht schlafen und hab mich nochmals hingelegt. Sie bringen hoffentlich gute Nachrichten. Kann ich endlich zurück in meine eigene Wohnung?«

»Morgen Vormittag schicke ich Ihnen einen Kollegen, der Sie mit Ihrem Plunder nach Hause bringt. Was ist mit Ihrem bandagierten Arm? Sind Sie aus dem Bett gefallen oder hat jemand auf Sie geballert?«

Eddie fixierte seinen Besucher kopfschüttelnd.

»Sind Sie unter Ihren Kollegen eigentlich bekannt für Ihre sanfte, einfühlsame Art? Angeschossen! Geht's eigentlich noch?«

»Mensch, Lammer!«, entgegnete Zoffinger. »Spielen Sie doch nicht das Sensibelchen. Als Jammerlappen habe ich Sie noch gar nicht kennengelernt. Also! Was ist mit Ihrem Arm?«

Der Jogginghosenträger druckste herum.

»Über mein Tattoo wissen Sie ja Bescheid. Mir geht die Brandmarkung seit Langem auf den Zeiger. In einem heroischen Selbstversuch habe ich gestern probiert, das dämliche Symbol loszuwerden.«

»Wie haben Sie das angestellt?«

»Mit Nähnadel und hochkonzentrierter Milchsäure. Gebracht hat der Versuch nichts – außer Schmerzen und Verdruss.«

»Erinnern Sie sich mittlerweile eigentlich, wie Sie zu dem Tattoo überhaupt gekommen sind?«

Eddie machte mit seinem unverletzten Arm eine einladende Bewegung.

»Kommen Sie rein. Wir müssen uns nicht im Treppenhaus unterhalten.«

Zoffinger zögerte.

»Ich habe eine bessere Idee. Ziehen Sie sich an und wir fahren zu mir. Vielleicht hätten Sie gegen das eine oder andere Gläschen nichts einzuwenden.«

Der Kommissar hätte die Einladung nicht ausgesprochen, wäre Eddie Lammer kein sympathischer Typ gewesen. Aber er fühlte sich wohl in seiner Gesellschaft, weil er ein angenehmer Gesprächspartner war, der nicht nur viel zu erzählen hatte, sondern auch zuhören konnte.

»Sie haben die Wahl«, bot Zoffinger an, als sie seine Wohnung erreicht hatten. »Couch im Wohnzimmer oder Tisch in der Küche.«

Eddie Lammer schüttelte den Kopf.

»Eigentlich bin ich eher der Küchentyp. Woher diese Vorliebe kommt, weiß ich nicht. Wir können uns jedoch auch in Ihr Wohnzimmer setzen.«

Zoffinger entschied sich für die Küche und bot die nächste Alternative an.

»Bier, Wein oder etwas Stärkeres?«

»Was ist denn Ihr Hausgetränk?«

»Apfelmost. Ich mag den rustikalen Geschmack. Seit Jahren beziehe ich mein Lieblingstonikum von einem Obstbauern in der Nähe von Bodman – weder gestreckt mit Wasser noch ›aufgehübscht‹ mit Zusatzstoffen, auch keine sogenannten Veredler oder Aroma- bzw. Farbstoffe, nur 100 Prozent vergorener Apfelsaft. Das war's!«

Eddie Lammer überlegte einen kurzen Moment.

»Wenn ich Sie richtig einschätze, hätten Sie bestimmt einen Bodenseewein in petto.«

Sein Blick fiel auf ein gerahmtes Foto an der Wand.

»Ihre Tochter oder Ihre Frau?«

»Sie lassen aber brutal den Charmeur heraushängen«, entgegnete Zoffinger gekünstelt aufgeregt. »Meine Lebenspartnerin. Wir führen eine tolle Beziehung, wohnen aber getrennt. ›Living apart together‹, wie man neudeutsch sagt. Aber gut, dass Sie dieses Thema angeschnitten haben. Sie sind offenbar verheiratet, aber Ihre Frau scheint ein unsichtbares Phänomen zu sein. In Ihrer regulären Wohnung lässt vieles darauf schließen, dass Sie kein Einsiedlerleben geführt haben. Was ist mit Ihrer besseren Hälfte?«

Eddie Lammer tauchte den Zeigefinger in einen Tropfen Wein, der auf den Tisch gefallen war und ließ den feuchten Finger um den Rand seines Glases kreisen, bis es zu singen anfing. Die Frage schien ihn zu verunsichern. Zoffinger blieb nicht verborgen, dass er sich lieber um das Thema gedrückt hätte.

»Verstehen Sie mich recht: Ich will nicht in Ihrer privaten Beziehung herumstochern. Aber in meinen Ermittlungen spielt es eine nicht unerhebliche Rolle, mit wem Sie zu tun haben, wer zu Ihrem privaten Umfeld gehört, wie Ihre Familiensituation aussieht.«

5
RÄTSELHAFTES KIDNAPPING

Eddie Lammer tat sich schwer, über sich und seine Frau zu reden. Er schwadronierte über seine früheren Hackererfolge, quasselte über Hobbys und Urlaubserlebnisse und redete ständig um den heißen Brei herum. Schon zum dritten oder vierten Mal hatte der Hausherr seinem Gast das Glas nachgefüllt, ehe der Kerl endlich auftaute.

»Ich hätte Ihnen die Geschichte schon längst erzählt. Aber bis zu unserem gemeinsamen Restaurantbesuch hatte ich Probleme, meine Erinnerungsfetzen in die richtige Reihenfolge zu bringen. Natürlich habe ich daran gedacht, Sie einzuweihen. Aber das fällt mir ausgesprochen schwer.«

»Trauen Sie mir nicht?«

»Doch, doch. Ich weiß, dass ich Ihnen trauen kann. Aber vorrangig war für mich, weder meine Frau noch mich selbst in Gefahr zu bringen.«

»Das müssen Sie mir erklären«, forderte Zoffinger. »Hatten Sie Angst? Wurden Sie unter Druck gesetzt?«

Eddie Lammer kaute unentschlossen auf der Unterlippe, knetete sich mit beiden Händen das Gesicht und setzte nach einem tiefen Seufzer zu seiner Beichte an.

»Wie Sie wissen, bin ich in der IT-Security-Branche in einem äußerst sensiblen Bereich tätig. Durch meine Arbeit für unterschiedliche Unternehmen verfüge ich über Zugang zu empfindlichen Firmeninterna, die in der Regel mit allen verfügbaren Möglichkeiten nach außen geschützt werden. In der Vergangenheit habe ich hin und wieder verlockende finanzielle Angebote bekommen, mein Wissen mit finsteren Elementen zu teilen, was ich grundsätzlich abgelehnt habe. Andere ›Interessenten‹ waren weniger zurückhaltend.«

»Soll heißen, dass man Sie bedroht hat?«

Eddie Lammer nickte.

»Richtig. Aber glauben Sie mir: Ich bin nicht erpressbar. Schon mehr als einmal habe ich gelesen, dass einer Erpressung in der Regel die zweite folgt. Ich hätte mich in die Fänge von kriminellen Sippschaften oder mafiösen Clans begeben, aus denen ich mich nie wieder hätte befreien können.«

»Kamen die kürzlichen Angriffe bzw. der Einbruch in Ihre Notunterkunft aus dieser Ecke?«

»Ich habe die Typen zwar nicht gekannt und konnte sie deshalb nicht zuordnen. Aber wer sonst sollte mir ans Leder wollen?«

Eddie Lammers Griff nach dem Grauburgunder wurde häufiger. Als sich allmählich seine Zunge löste, lüftete er zögernd sein wohlgehütetes Geheimnis über seine Frau.

»Vielleicht erinnern Sie sich, dass ich nach unserem Restaurantbesuch ziemlich durch den Wind war. Das hing auch damit zusammen, dass ich mich nach und nach daran erinnerte, dass meine Frau offenbar entführt wurde.«

Zoffinger zuckte zusammen.

»Was erzählen Sie mir da? Ihr Frau wurde entführt?«

An einem Donnerstagabend hatte sich Christine wie jede Woche mit dem Fahrrad auf den Weg in ihr Fitnessstudio gemacht. Als sie zur üblichen Zeit noch nicht zurück war, hatte Eddie im Studio nachgefragt und erfahren, dass sie sich dort schon längst verabschiedet hatte. Gegen Mitternacht hatte sich ein Unbekannter mit verzerrter Stimme per Telefon gemeldet: Christine sei auf der Heimfahrt vom Fitnessstudio vom Weg abgekommen und dringend auf Hilfe angewiesen.

»Ich war wie vor den Kopf geschlagen und dachte zuerst an einen schlechten Scherz. Natürlich erkundigte ich mich, wie es ihr ging oder ob sie verletzt sei. NOCH gehe es ihr gut, antwortete die Stimme mit der Betonung auf ›noch‹. Das müsse aber nicht so bleiben.«

Er atmete tief durch.

»Sie können sich nicht vorstellen, wie mir der Telefonanruf in die Knochen fuhr. Ich erinnerte mich an einen Freund aus der IT-Branche, der vor ein paar Jahren an einer Autobahn-Raststätte von vier Typen aus Litauen entführt und in einem Waldstück umgebracht worden war. Ich setzte mich am betreffenden Abend sofort in meinen Wagen und fuhr die Strecke zum Fitnessstudio ab, um vielleicht das Rad meiner Frau zu entdecken. Fehlanzeige.«

»Verlangte der Anrufer Lösegeld?«

»Von Geld war keine Rede. Deshalb konnte ich mir absolut keinen Reim darauf machen, um was es eigentlich ging. Ich fragte nach, weil ich alles tun wollte, um meine Frau zurückzuholen, bekam aber keine Antwort darauf – nur die ultimative Anweisung, die Polizei aus dem Spiel zu halten, falls ich an Christines Wohlbefinden interessiert sei.«

»Daran haben Sie sich offenbar gehalten.«

»Mehr als einmal habe ich mit dem Gedanken gespielt, die Kripo einzuschalten. Aber jedes Mal verwarf ich die

Idee, weil sie mir zu riskant erschien. Jeder normale Mensch würde in einer solchen Situation doch alles vermeiden, seine Ehefrau oder Partnerin in Gefahr zu bringen.«

»Wann hat sich der Kerl wieder gemeldet?«

Eddie Lammer schüttelte den Kopf.

»Gar nicht, das heißt, ich weiß es nicht genau. Mein Gedächtnisverlust hat mir einen Strich durch die Rechnung gemacht. Ich kann mich nur bruchstückhaft daran erinnern, was nach dem ursprünglichen Anruf des Kidnappers passierte. Ständig hoffe ich, dass man Kontakt mit mir aufnimmt, damit ich weiß, wie es meiner Frau geht und was ich für sie tun kann. Deshalb wollte ich auch so schnell wie möglich in meine eigene Wohnung zurück zu meinem Festnetztelefon, über das mich der Entführer am betreffenden Abend kontaktiert hatte. Die ganze Sache treibt mich in den Wahn. Ich kann schon längst nicht mehr klar denken.«

Vielleicht lag das auch an der dritten Flasche Grauburgunder, in der nur noch eine Restpfütze schwappte. Zoffinger hatte schon mehrfach den Gang in den Keller angetreten, um seinen Mostkrug aufzufüllen. Auf dem Küchentisch sah es mittlerweile aus wie nach einem Vandalenpicknick, weil der Hausherr zu fortgeschrittener Stunde in Verletzung jeglicher Etikette alles Essbare aus dem Kühlschrank nur so hingeschmissen hatte. Der frühe Morgen blinzelte bereits über die Dächer der Stadt, als dem Gelage langsam die Luft ausging.

»Heimweg? Nix da!«, beschloss Zoffinger. »Du nimmst die Couch im Wohnzimmer. Da haben schon andere bequem darauf gepennt.«

Der neue Duzfreund zog sich die Schuhe aus und kickte sie in eine Küchenecke.

»Hättest du für eine durstige Seele vielleicht noch einen Eimer Wasser? Ich müsste dringend meinen Grauburgunder verdünnen.«

Der nächste Morgen nannte sich schon Mittag, als Zoffinger seinen breiten Brummschädel vorsichtig, um nicht anzuecken, durch die Wohnzimmertür zirkelte. Eddie lag bäuchlings, wie von König Alkohol gefällt, auf dem Sofa und tastete sich erst ins wahre Leben zurück, als der Duft von frisch gebrühtem Kaffee die Dunstschwaden von Most und Wein aus der Wohnung scheuchte.

»Hast du eine Ahnung, wo ich meine Hose hingeworfen habe?«

Zoffinger schüttelte den Kopf.

»Allzu weit entfernt kann sie nicht sein. Ich kann mich schwach erinnern, dass du sie noch anhattest, als wir zusammen am Küchentisch saßen.«

So richtig lebhaft gestaltete sich das Gespräch am Frühstückstisch nicht. Die Nachwirkungen der nächtlichen Flüssigkeitszufuhr bewiesen Nachhaltigkeit.

»Der Abend hat mir gefallen, obwohl mein Schädel dröhnt wie ein Schiffsdiesel«, stöhnte Eddie. »Herzlichen Dank für die Pichelorgie, die mich vermutlich die Hälfte meiner grauen Zellen gekostet hat. Ich möchte dir meine Hilfe bei der Suche nach meiner verschwundenen Frau anbieten und will alles Menschenmögliche tun, dich bei deinen Ermittlungen zu unterstützen. In deine Arbeit einmischen will ich mich nicht, aber wenn ich irgendetwas tun kann: Lass es mich wissen.«

»Mir fällt dazu tatsächlich etwas ein«, meinte Zoffinger. »Wir haben in deiner Wohnung Hinweise gefunden, dass du am 20. September bei einem Workshop auf dem Bodenseeschiff MS Hegau ein mit Spannung erwartetes Abschlussreferat halten sollst.«

»Richtig«, bestätigte Eddie, »der Termin ist mir auch wieder eingefallen. Aber mir bleiben noch ein paar Tage Zeit, mir Gedanken zu machen. Warum interessiert dich das überhaupt?«

»Eine Teilnehmerin des Seminars ist umgebracht worden. Ihre Leiche liegt in unserer Rechtsmedizin. In ihrem Adressbuch haben wir ein Foto gefunden, auf dessen Rückseite das Datum deines Vortrags steht. Hier, überzeuge dich selbst.«

Er schob die Aufnahme mit der Rückseite nach oben über den Tisch.

»20.09. Tatsächlich, mein Termin. Darf ich umdrehen?«

»Natürlich. Tu dir keinen Zwang an.«

»Himmel, Arsch und Wolkenbruch!«, brach es aus Eddie heraus. »Das bin ja ich! Christine hat mich damals auf der Seestraße fotografiert. Ihr habt das Bild bei einer ermordeten Frau gefunden? Das gibt es doch gar nicht.«

»Die Frau heißt Leonie Landruth. Kanntest du sie?«

»Nie gehört, definitiv nicht. Ich frage mich, woher sie das Foto überhaupt hatte. Aber eine Aufnahme aus den sozialen Medien zu klauen, ist heutzutage kein Problem.«

»Die Sache mit dem Foto ist nicht die ganze Geschichte. Jedem Lehrgangsmitglied auf der MS Hegau steht ein Spind zu. Im Schränkchen von Leonie Landruth haben wir ein Fläschchen K.-o.-Tropfen gefunden und fragen uns, was sie damit anfangen wollte. Als wir auf dein Foto mit dem Vortragstermin stießen, wollten wir ein Szenario nicht ausschließen. Bestünde die Möglichkeit, dass sie es auf dich abgesehen hatte?«

Eddie war perplex. Verständnislos starrte er Zoffinger an und nippte gedankenversunken an seinem Kaffee.

»Mich aus dem Verkehr ziehen? Was wäre damit bezweckt? Dass ich mein Referat nicht halten kann? Ich verrate doch keine Staatsgeheimnisse und will auch niemandem ans Bein pinkeln. Dass sie mir die Tropfen verabreichen wollte, kann ich mir beim besten Willen nicht vorstellen.«

Zoffinger wusste auch keine Antwort, zumal ihm das Nachdenken und Kombinieren nach dem nächtlichen Gelage einigermaßen schwerfiel. Bevor sich Eddie verabschiedete, versprach er hoch und heilig, Zoffinger sofort Bescheid zu sagen, falls sich Christines Entführer melden. Der Kommissar gab ihm noch einen guten Rat mit auf den Heimweg:

»Versuche dich zu erinnern, was nach der Entführung deiner Frau geschehen ist und was für deinen Gedächtnisverlust verantwortlich sein könnte. Ich werde alle Hebel in Bewegung setzen, deine Christine zu finden. Versprochen!«

Gegen Abend konnte Eddie in Begleitung eines Uniformierten endlich wieder seine eigene Wohnung beziehen.

20. September. Der letzte Tag des Lehrgangs und der Termin von Eddies Schlussreferat. Zoffinger wollte jedes Risiko ausschließen, dass an Bord der MS Hegau etwas Unvorhersehbares passieren würde. Er ließ sich mit drei seiner Leute von der Wasserschutzpolizei auf das Seminarschiff übersetzen. Nach seiner Crew befragt, meinte der Kapitän, dass die Besatzung nur aus den üblichen Leuten

bestehe – bis auf den jungen Mann vom Serviceteam, der vor einigen Tagen bereitwillig das Rezept der St. Galler Bratwurst preisgegeben hatte.

»Die Cateringfirma hat wegen eines Krankheitsfalls einen neuen Servicemitarbeiter geschickt. Sonst gibt es keine personellen Veränderungen.«

Zoffinger unterhielt sich an der Servicetheke eine Weile mit dem Ersatzmann, der bereitwillig seine Papiere zeigte und sogar ein Gesundheitszeugnis dabeihatte. Den kranken Kollegen, für den er eingesprungen war, kannte er kaum.

Eddies Vortrag, in dem es um die Abwehr von Cyberangriffen, Extremismus, Terrorismusbekämpfung und Terrorismusforschung ging, strotzte vor Fachchinesisch. Algorithmen, Botnets, Zombie-PCs und Trojaner waren keine Begriffe und Themen, mit denen der Kommissar allzu viel anfangen konnte. Seine Kollegen waren in allen Teilen des Schiffs unterwegs, um eventuelle Vorkommnisse sofort an ihren Chef zu melden. Zoffinger selbst hatte sich auf dem Seminardeck in die hinterste Reihe gesetzt, um die Teilnehmerinnen und Teilnehmer im Blick zu haben. Auf dem einzigen leeren Tischchen mit dem Namensschild von Leonie Landruth stand eine Vase mit einer roten Rose. An der Bordwand hatten die beiden BND-Knallchargen Platz genommen, die bei der Unterredung in der Wohnung des Staatsanwalts dabei gewesen waren.

Nach dem etwa einstündigen Referat wurde Eddie unauffällig von Bord gebracht. Die Befürchtungen, dass es eventuell zu einer Attacke auf den IT-Experten kommen würde, hatten sich glücklicherweise nicht bestätigt. Zoffinger rief die für das Seminar auf der MS Hegau zuständige Cateringfirma an, weil ihm die plötzliche Erkrankung des Servicemitarbeiters zu denken gab.

»Sobald der Vogel hier wieder auftaucht, drücke ich ihm die Kündigung in die Hand«, meckerte der Chef.

»Darf ich den Grund erfahren?«, erkundigte sich Zoffinger.

»Der Typ hat es nicht einmal für nötig befunden, anzurufen und seinen Einsatz auf der MS Hegau abzusagen. In unserem Briefkasten lag ein abgerissener Fresszettel mit Kaffeeflecken und der handschriftlichen Notiz, er sei dauerhaft erkrankt. Dauerhaft erkrankt! So ein Blödsinn!«

»Hatte der Typ schon längere Zeit für Sie gearbeitet?«

»Erst seit drei, vier Monaten. Ein entfernter Bekannter von mir hat ihn empfohlen, weil ich eine Hilfe suchte, die mit dem Kochlöffel umgehen kann.«

»Konnte er?«

»Daran gab es nichts zu kritisieren. Aber seine hitzköpfige Art gefiel mir gar nicht. Außerdem war Pünktlichkeit für ihn ein Fremdwort. Vielleicht hätten sie ihm Selbstbeherrschung und Disziplin schon während seiner Schrauberlehre beibringen sollen.«

Zoffinger kam der Mord an Leonie Landruth auf der MS Hegau in den Sinn. Gleichzeitig erinnerte er sich an die sabotierte Kraftstoffleitung im Maschinenraum des Schiffes.

»Hat er bei einem Automechaniker gelernt?«

»Das stand jedenfalls in seinem Zeugnis.«

»Schicken Sie mir doch bitte seine Daten. Ich müsste ihn in Zusammenhang mit einem ungeklärten Fall unbedingt als Zeugen sprechen.«

»Wenn Sie ihn finden, sagen Sie ihm, er kann mich kreuzweise. Dauerhaft!«

Der Kerl hieß Hayo Dahl und hatte unter Zoffingers Verdächtigen im Nu einen Spitzenplatz erobert. Zufällig wohnte er in der Nachbarschaft von Rolf Riedle. Da der umtriebige Mitarbeiter von Radio Grenzland durch seine Kommune, in der er hauste, Hinz und Kunz der Undergroundszene kannte, lag für den Kommissar nahe, seinen Freund in Sachen Hayo Dahl anzuzapfen.

»Ich brauche dringend ein paar inoffizielle Infos über einen Kerl, der nur ein paar Häuser von dir entfernt wohnt. Kennst du Hayo Dahl?«

Riedle verzog das Gesicht.

»Nicht unbedingt ein Typ, den eine junge Frau ihren Eltern als Schwiegersohn präsentieren möchte. Außer Vater und Mutter hätten eine ausgeprägte Schwäche für Armleuchter und Schwachmaten.«

»Ist er schon mit dem Gesetz in Konflikt geraten?«

»Er war längere Zeit Mitglied einer nicht ganz koscheren Gang.«

»Was sind das für Typen?«

»Junge Hirnis, die nicht wissen, wie sie ihre Tage totschlagen sollen. Das Geld ist knapp, die Perspektiven noch knapper. Im Industriegebiet haben sie schon vor zwei Jahren ein paar Straßenzüge mit doofen Symbolen als ihr Revier gekennzeichnet. Abends treffen sie sich häufig auf dem Grillplatz Ulmisried, wo sie sich ungestört von Anwohnern im Komasaufen üben können, mit Klappmessern Mutproben veranstalten und mit Schlägereien oder Sachbeschädigungen protzen, die bei ihnen Kultstatus haben.«

»Hayo Dahl mischt in dieser Gang nicht mehr mit?«

»Er hat mitgemischt. Vor ein paar Monaten hat er sich

offenbar ausgeklinkt. Warum, weiß ich nicht. Vielleicht hat er sich einer anderen Gruppe angeschlossen. Jedenfalls scheint er zu Geld gekommen zu sein. Das hat mir ein Bekannter erzählt.«

»Geklaut, verdient, betrogen?«

»Keine Ahnung! Zuletzt hat er für einen Cateringbetrieb gearbeitet. Dass er dort die große Kohle gemacht hat, kann ich mir nicht vorstellen. Wenn du willst, schlüpfe ich mal wieder für Sherlock Holmes in die Rolle des Dr. Watson.«

»Lass lieber die Finger davon«, riet Zoffinger. »Wenn du zufällig etwas über den Kerl erfährst, gibst du mir bitte Bescheid.«

Drei Tage später humpelte Rolf Riedle ins Polizeipräsidium.

»Was ist denn mit dir los?«, erkundigte sich der Kommissar. »Bist du bei einer Ballettstunde ausgerutscht?«

»Von wegen Ballettstunde«, moserte das Hinkebein. »Ich habe mich bei einer heroischen Ermittlung für den Herrn Kommissar verletzt. Aber keine Sorge. Es war meine eigene Schuld.«

»Erzähl mal. Was war das für eine Ermittlung?«

Riedle wischte ein paar Akten zur Seite und nahm auf einer Ecke des Schreibtisches Platz.

»Ich wollte überprüfen, ob Hayo Dahl noch immer bei seiner Gang mitmacht. Letzte Nacht trafen sich die Typen wieder zu einem Saufgelage auf dem Grillplatz. Ich überlegte, wie ich dazustoßen könnte, ohne mich verdächtig zu machen. Aber wer stolpert schon zu mitternächtlicher Stunde grundlos in einer unbewohnten Gegend herum. Dann hatte ich einen astreinen Geistesblitz. Ich bat meine Nachbarin, mir ihren Schäferhund zum Gassigehen auszuleihen.«

»Mitten in der Nacht? Sehr unauffällig!«

»Die Frau ist Krankenschwester und hatte Spätdienst. Früher ging es nicht.«

»War Hayo Dahl mit von der Partie?«

»Nein, der war nicht dabei. Die Spackos waren bereits hackedicht und schmissen sich bei Macho-Ritualkämpfen gegenseitig in den Dreck. Als sie mich in ihre Raufereien einbeziehen wollten, wehrte ich mich. Im Laufe der Rangeleien biss mich der verdammte Kenny plötzlich in die Wade.«

»Kennst du diesen Kenny?«

Riedle nickte.

»Natürlich kenne ich ihn. In unserem Viertel laufen wir uns häufig über den Weg.«

»Wie kommt diese Knallcharge dazu, dich in die Wade zu beißen? Eine ziemlich unübliche Kampftechnik.«

»Ich glaube, da hast du etwas missverstanden. Kenny ist keiner aus der Gang, sondern der Schäferhund meiner Nachbarin.«

Riedles nächtlicher Einsatz trug außer ein paar Spaßmomenten nicht viel zu Zoffingers Erkenntnissen über Hayo Dahl bei. In dessen Wohnung traf ihn eine Streife nicht an, was vermuten ließ, dass seine plötzliche Erkrankung ein Ammenmärchen war. Ein Rentner, der im selben Haus wohnte, steckte den Beamten, dass sich der Kerl häufig in einer Spielothek am Ende der Straße aufhielt. Tatsächlich hockte er dort in einer Ecke und fütterte einen Flipperautomaten.

Auf dem Kommissariat brachten Zoffingers Kollegen den Gast in den Vernehmungsraum, stellten auf Anweisung ihres Chefs einen alten Rekorder auf den Tisch und ließen eine Kassette mit Schlagerhits aus den 1970er- und 1980er-Jahren von »Ein Bett im Kornfeld« bis »Mendocino« herunterdudeln, was den Rapperfan Hayo Dahl bis ins Knochenmark erschüttern musste.

»Machen wir uns eventuell der Psychofolter schuldig?«, erkundigte sich einer aus dem Team.

»Musik entschleunigt und löst innere Anspannungen«, antwortete der Kommissar. »Falls du Bedenken hast, kannst du ihn ja noch mit Pulswärmern, Biofrüchtetee und glutenfreien Nussecken versorgen. Ich schalte den Rekorder vor der Vernehmung rechtzeitig aus, um mich vor körperlichen und seelischen Qualen zu bewahren.«

»Dieses Mal geht es nicht um das Rezept für St. Galler Bratwurst«, eröffnete Zoffinger das Gespräch. »Auf der MS Hegau wurde ein Mord verübt und im Motorraum eine Kraftstoffleitung beschädigt. Da Sie zum Ende des Seminars nicht mehr zum Dienst erschienen sind, frage ich mich warum. Erkrankt, wie Sie Ihren Arbeitgeber wissen ließen, sind Sie offensichtlich nicht. Warum haben Sie den Job urplötzlich hingeschmissen?«

»Haben Sie schon einmal stundenlang an einem heißen Bratwurstgrill gestanden? Selbst nach dem Duschen haben Sie die Aromaschwaden noch in der Nase.«

»Sie kennen sich nicht nur mit Grillgut aus, sondern dank Ihrer Mechanikerlehre auch mit Motoren. Waren Sie auf der MS Hegau jemals im Maschinenraum?«

»Von ölverschmierten Händen habe ich mich verabschiedet. Im Maschinenraum war ich nie.«

»Unsere Kriminaltechniker sind noch dabei, Spuren auszuwerten. Wenn Sie also eine Kraftstoffleitung beschädigt haben, werden Ihnen die Experten den Sabotageakt nachweisen können. Jetzt hätten Sie die Gelegenheit, die Tat zuzugeben.«

Hayo Dahl schwor Stein und Bein, nichts mit der technischen Manipulation zu tun zu haben. Zoffinger wechselte das Thema.

»Kennen Sie Leonie Landruth?«

»Nein, ist mir nicht bekannt. Den Namen habe ich noch nie gehört.«

Zoffinger schob das Foto der Seminaristin über den Tisch.

»Kennen Sie diese Frau?«

Nach einem kurzen Blick gab Hayo Dahl die Aufnahme zurück.

»Sorry! Die kenne ich auch nicht.«

»Das glaube ich Ihnen nicht. Sie gehörte zu den Seminaristinnen auf dem Schiff. Sie haben ihr garantiert eine Wurst gebraten oder ihr einen Kaffee zubereitet. Schauen Sie sich das Bild noch mal genau an.«

Beim zweiten Hinsehen hellte sich Hayo Dahls Miene plötzlich auf.

»Na klar. Jetzt erkenne ich sie. Sie hat Ihren Kaffee immer mit zwei Würfeln Zucker und einem guten Schuss Sahne bestellt. Ich erinnere mich.«

»Hatten Sie jemals mit ihr zu tun abseits Ihrer Servicetheke?«

»Nein, natürlich nicht. Der Lehrgang an Bord war für mich eine Veranstaltung wie jede andere. Die Teilnehmerinnen und Teilnehmer waren für mich und meinen Kollegen tabu.«

Es war keine Vermutung und schon gar kein begründeter Verdacht, eher ein unbestimmtes Gespür, das Zoffinger veranlasste, Hayo Dahl, der schon am Gehen war, aufzuhalten.

»Ich hätte noch eine Bitte. Wären Sie bitte so freundlich, Ihren nackten linken Oberarm zu zeigen?«

Der Kerl drehte sich um und schaute den Kommissar mit einem Gesichtsausdruck zwischen verwundert und indigniert an.

»Was wollen Sie sehen? Meinen linken Oberarm? Geht's eigentlich noch? Soll ich auch noch die Hosen runterlassen?«

»Danke für das freundliche Angebot. Aber ich habe heute Morgen meinen Bedarf an Unwohlsein bereits mit einer Tasse Kaffee samt saurer Milch gestillt. Ein kurzer Blick auf Ihren Oberarm würde mir genügen.«

Hayo Dahl war anzusehen, dass er nicht recht wusste, wie er reagieren sollte.

»So richtig verstanden habe ich Sie eben nicht. Könnte Ihre Bemerkung eine Beleidigung gewesen sein?«

»Das dürfen Sie nicht so eng sehen«, beschwichtigte ihn der Kommissar. »Der deutsche Satzbau gestaltet sich gelegentlich sehr kompliziert. Ich habe ab und an auch meine Schwierigkeiten damit. Also: Wie wäre es mit Ihrem Ärmchen?«

Widerwillig nestelte Hayo Dahl an seinem Hemd herum, knöpfte es bis zum Bauchnabel auf und zog es über die linke Schulter, um seinen Oberarm freizumachen.

»Genügt das?«

Was Zoffinger zu sehen bekam, überraschte ihn, wenngleich er insgeheim damit gerechnet hatte. Das dreieckige Tattoo glich Eddies Tätowierung an der gleichen Körperstelle wie ein Ei dem anderen.

»So ein Tattoo habe ich schon einmal gesehen. Gehören Sie einem Geheimbund, einer Bruderschaft oder einem Mafiaclan an?«, fragte Zoffinger.

»Ich war früher Mitglied einer Straßengang. Das ist

aber lange her. Am liebsten wäre ich das Scheißding los. Aber eine Laserbehandlung über mehrere Wochen wäre mir im Augenblick lästig.«

Was Hayo Dahl erzählt hatte, war nicht sonderlich aufschlussreich. Für polizeiliche Maßnahmen gab es keinen Grund, weil er sich nichts hatte zuschulden kommen lassen und strafrechtlich bislang nicht aufgefallen war. Jedoch ließ Zoffinger das Gefühl nicht los, dass Eddie Lammers Gedächtnisproblem, die Attacken auf ihn, das ungeklärte Verschwinden seiner Frau und die Vorgänge auf der MS Hegau auf undurchsichtige Art und Weise zusammenhingen. Hayo Dahls Tattoo bestärkte ihn darin. Hatte ein Triade die Hände im Spiel, war nach allem, was er über die fernöstlichen Clans wusste, von schwierigen Ermittlungen auszugehen.

6

HORRORTREFF AUF DEM BODANRÜCK

»Paul, ich will endlich meine Frau zurück!«
Eddie klang todunglücklich und verzweifelt.
Zoffinger stellte sein Handy laut und legte es vor sich auf den Schreibtisch.
»Wir haben vor geraumer Zeit schon einmal darüber gesprochen. Ich glaube, wir sollten die Öffentlichkeit einschalten. Vielleicht bekommen wir hilfreiche Hinweise darauf, was mit deiner Frau passiert ist. Du müsstest allerdings mit einem Fahndungsaufruf in den Medien einverstanden sein.«
Eddie stöhnte in sein Smartphone.
»Du kannst mir glauben, dass mir mittlerweile jedes Mittel recht ist. Ich stöbere Tag für Tag in meiner Erinnerung, ob mir vielleicht noch irgendetwas Hilfreiches einfällt. Und ob du es glaubst oder nicht – gestern bin ich in meinem löchrigen Gehirn fündig geworden.«
«Ohaaa!«, entfuhr es Zoffinger. »Ich bin gespannt wie ein Hosenträger. Lass mal hören!«
»Langer Rede, kurzer Sinn: Hättest du ein, zwei Stunden Zeit für einen Abstecher in meine Vergangenheit? Ich würde dich abholen. Den Rest könnten wir dann besprechen.«
Eine Viertelstunde später waren die beiden unterwegs.

Zoffinger hatte keine Ahnung, was sein Chauffeur im Schild führte. Über die alte Rheinbrücke ging es auf die B33, vorbei an Allensbach und Markelfingen. Eddie laberte ohne Punkt und Komma darüber, was sich an jenem Donnerstagabend abgespielt und wie er sich gefühlt hatte, als Christine nicht aus dem Fitnessstudio zurückgekommen war. Er hatte einen derartigen Lauf, dass sich Zoffinger gar nicht traute, das Gebrabbel seines Fahrers zu unterbrechen. Dabei hatte er immer noch keine Ahnung, um was es eigentlich ging.

Bis über beide Ohren mit seinem psychischen Trauma beschäftigt, verpasste Eddie eine geplante Abzweigung und musste den Umweg über Güttingen nehmen. Der auf die Folter gespannte Kommissar konnte seine innere Unruhe kaum mehr bremsen, hielt sich jedoch zurück, bis der spitze Kirchturm von Liggeringen auftauchte. Im Schrittempo rollten sie durch die Ortschaft. Eddie spähte in jeden Hinterhof und jede Hauseinfahrt.

»Wir sind richtig!«, jubelte er, als sie an der Wirtschaft Zum Kranz vorbeikamen. »An das Giebelhaus mit dem hölzernen Vorbau kann ich mich erinnern.«

Auf der Dettelbachstraße Richtung Bodman hörte Eddie endlich auf, um den heißen Brei herumzureden.

»Zwei Tage nach Christines Verschwinden bekam ich von den Entführern eine E-Mail. Sie befahlen mir, auf einer genau beschriebenen Route zu einem alten Bauernhof in die Gegend bei Liggeringen auf den Bodanrück zu fahren. Der Punkt, wo ich von der Dettelbachstraße auf einen Forstweg abbiegen sollte, war mit einem roten Luftballon markiert, der an einem abgestorbenen Baum neben der Straße festgebunden war.«

»Und diese Abzweigung suchen wir jetzt?«, wollte Zoffinger wissen.

»Genau«, antwortete Eddie. »Mag sein, dass der Luftballon nicht mehr dort hängt. Aber den vertrockneten Baum würde ich wahrscheinlich erkennen.«

Er verringerte die Geschwindigkeit und starrte durch die Windschutzscheibe.

»Mir kommt die ganze Sache schleierhaft vor«, murmelte Zoffinger nach einer Denkpause. »Du hast doch erzählt, dass der Anrufer kein Lösegeld verlangt hat. Was sollte dann der Termin auf dem alten Bauernhof? Ich kann mir nicht vorstellen, dass der oder die Kidnapper dich nur kennenlernen wollten. Welche Rolle spielte Christine in der Sache?«

Eddie bremste unsanft und zog den Wagen nach rechts in einen Waldweg.

»Hier! Hier muss es sein. Wenn in etwa einem Kilometer Entfernung eine Lichtung mit einem kleinen Teich folgt, sind wir richtig.«

Zoffinger hob die Stimme.

»Eddie! Ich habe keinen Bock mehr auf Spielchen. Ich will von dir klipp und klar wissen, um was es bei der mysteriösen Entführungsgeschichte eigentlich geht. Du hast mich lange genug hingehalten. Lass jetzt endlich die Hosen runter oder wir brechen unseren Ausflug augenblicklich ab. Das ist mein Ernst!«

Der Wagen rollte an der Lichtung vorbei und näherte sich nach einer scharfen Kurve und einem kurzen Anstieg einem aus einzelnen Gebäudeteilen bestehenden Gehöft, das bereits aus der Entfernung mit zum Teil eingebrochenen Dächern seine Hinfälligkeit signalisierte. Die Zufahrt durch einen hohen Torbogen führte in einen Innenhof. Hüfthohes Unkraut rahmte ein Traktorwrack ein, dem die Vorderräder fehlten. An manchen Wänden der umliegenden Gebäude wucherte Grünzeug bis an die Dachtraufen. Eddie hielt an, schaltete den Motor ab und ließ die Hände in den Schoß sinken.

»Die ganze Angelegenheit hatte mit Lösegeld nichts zu tun«, gestand er nach ein paar tiefen Atemzügen. »Es ging um Informationen. Ich habe dir ja erzählt, dass zu meinen Geschäftskunden im Bodenseeraum mehrere Unternehmen gehören, die ich in Sachen Internetsicherheit berate. Dass ich es dadurch auch mit Betriebsgeheimnissen zu tun bekomme, ist unvermeidlich. Deshalb hat man mich regelmäßig zu striktem Stillschweigen vergattert. Solche Verschwiegenheitsklauseln sind sogar die wichtigsten Bestandteile meiner Arbeitsverträge. Ein Verstoß gegen solche Auflagen hat fatale Folgen, von der Abmahnung bis zur Kündigung oder sogar Geld- oder drastischen Freiheitsstrafen.«

Zoffinger zog erstaunt die Augenbrauen hoch.

»Da liegt also der Hase im Pfeffer! Eine Entführung, um von dir Betriebsinterna zu erpressen. Da haben sich die Kidnapper deiner Frau genau den Richtigen ausgesucht. Hat dir diese Erpressung dermaßen auf den Magen geschlagen, dass du dein Gedächtnis verloren hast?«

Eddie schüttelte den Kopf.

»Steigen wir aus. Ich muss dir etwas zeigen.«

An der Traktorruine vorbei ging er auf einen Gebäudetrakt zu, der im Unterschied zu den anderen Teilen des Bauernhofs aus Ziegeln hochgemauert war. Er öffnete eine schief in den Angeln hängende Tür und trat ins Innere.

»Der Hof war früher im Besitz verschiedener Familien, die vom Holzhandel lebten und die Gebäude über Generationen hinweg gestalteten und bewohnten. Weil das Einkommen aus diesem Geschäft aber nicht ausreichte oder aufgestockt werden sollte, hielten die Besitzer zumindest zu bestimmten Zeiten Vieh. Das beweisen die Stallungen auf der anderen Seite des Gehöfts und Utensilien wie Wagenräder, Werkzeuge und ein über eine alte Holzleiter erreichbarer Heuboden.«

»Mich wundert, dass du dich in dieser Bruchbude so gut auskennst«, meinte Zoffinger. »Hat deine Familie zu den Besitzern gehört?«

»Nein!«, antwortete Eddie. »Ich habe mit dem Hof erst vor Kurzem Bekanntschaft gemacht. Deshalb sind wir hier. Komm mit!«

Sie kehrten in den Innenhof zurück und gingen auf das größte Gebäude zu. Über dem Eingang bog sich ein aus Sandstein bestehender Türsturz mit der eingemeißelten Jahreszahl 1853. Im Flur herrschte das nackte Chaos: heruntergefallener Putz, Berge von Schutt im hinteren Teil, Löcher in der Decke. Eddie steuerte auf eine wenig vertrauenswürdige Holztreppe zu. Im Obergeschoss ging es nach rechts in einen großen Raum mit zwei Fenstern: Teppichboden, den man unter all dem Dreck kaum als solchen erkennen konnte, eine ehemals schöne Holzdecke, ein gemauerter Kamin, ein bis zur Decke reichender Schrank ohne Türen, ein Sofa aus der Bronzezeit.

Zoffinger schob an einem geöffneten Fenster die vergilbten Gardinen zurück und warf einen Blick in den Garten hinunter. Mit etwas Fantasie war unter dem zügellos sprießenden Wildwuchs noch die Einteilung der Gemüsebeete erkennbar. Eddie klopfte mit der flachen Hand auf die Sitzfläche des Kanapees, wartete ab, bis sich die Staubwolken verzogen hatten, und setzte sich.

»Das ist der Tatort, den ich dir zeigen wollte«, sagte er und lehnte sich zurück. »Hier haben mich die Blödmänner festgebunden. Vielleicht erinnerst du dich an die Fesselungsspuren an meinem Handgelenk.«

Auf der linken Seite des Sitzmöbels verlief von der Decke bis zum Fußboden ein massives Eisenrohr, das in etwa einem Meter Höhe mit einer Schelle an die Wand geschraubt war. Über der Befestigung hing ein dickes Seil, das an einem Ende keine saubere Schnittstelle aufwies, sondern ziemlich zerrupft aussah.

Eddie bückte sich und hob vom Boden eine fast handflächengroße Glasscherbe auf.

»Hätte ich dieses Teil nicht zufällig gefunden, wäre mir meine Flucht nicht gelungen.«

Zoffinger setzte sich neben seinen Begleiter.

»Mal ganz langsam! Ich verstehe nicht richtig, was eigentlich passiert ist. Der Entführer hat dich telefonisch in diesen maroden Bauernhof bestellt. Der Grund: Er wollte dich zwingen, Geschäftsgeheimnisse mehrerer von dir betreuter Firmen auszuplaudern. Richtig?«

Eddie nickte.

»War er allein oder hatte er andere bei sich?«

»Es müssen vier oder fünf Männer gewesen sein. Beschreiben kann ich nur den einen, der mich angebunden hat.«

»Nachdem er dich fixiert hatte, wie ging es dann weiter?«

»Ein anderer mit Skimaske hat Unterlagen von mir verlangt, die ich mitbringen sollte. Ich habe ihm einen dünnen Schnellhefter mit Dokumenten gegeben, darunter eine Liste der Firmen, für die ich tätig war, und ein paar Seiten mit allgemeinem Blablabla, aus dem Internet kopiert und ausgedruckt. Etwas Vernünftiges war damit garantiert nicht anzufangen.«

»Das haben sie dir so einfach abgenommen?«

»Leider nicht!«, gab Eddie zu. »Sie brachten mir einen Laptop. Ich sollte belastbare Fakten über vertrauliche Firmenprojekte aufschreiben. Die Typen dachten vermutlich, ich könnte in zehn Sätzen zusammenfassen, was ich weiß. Weltweit toben nicht nur bewaffnete Auseinandersetzungen, sondern global ist ein Informationskrieg in Gang. Hacking ist längst ein zentrales Spionageinstrument. Nicht nur staatliche Regierungen, Geheimdienste und Kriminelle versuchen, sensible Daten zu klauen. Heute muss man keine menschlichen Spitzel mehr einschleusen oder anwerben. Per Tastatur gibt man Befehle ein, Software wie Trojaner führen sie aus. Still und widerstandslos. Am Ende handelt es sich aber um komplizierte Vorgänge, die sich nicht darstellen lassen wie Kochrezepte.«

Er fasste sich an den Kopf.

»Um den Bodensee gibt es über ein Dutzend Firmen samt Zulieferbetrieben, die sensible Kriegswaffen und Rüstungsgüter herstellen – Bordcomputer und Getriebe für Panzer, Elektronik für Kampfflugzeuge, Satelliten und Messinstrumente für den zivilen und militärischen Markt und, und, und … Projekte, die natürlich gehütet werden wie die britischen Kronjuwelen, weil es sich sprichwörtlich um ein Bombengeschäft handelt.«

»Ging es den Entführern um ganz spezifische Informationen?«

»Natürlich. Sie wollten von mir wissen, wie man die Sicherheitsbarrieren von Unternehmen außer Kraft setzt, um den Zugang zu geheimen Projekt- und Konstruktionsplänen frei zu machen.«

»Und? Hast du ihnen etwas verraten?«

»Ich weigerte mich, auch nur einen einzigen Buchstaben zu schreiben, ohne einen Beweis dafür zu haben, dass es meiner Frau gut ging. Meine Sturheit quittierten sie mit hämischem Gelächter und drohten mir. Ob die Gesundheit meiner Frau auf dem Spiel stehe, hänge in allererster Linie von meiner Bereitschaft zur Kooperation ab.«

»Bist du eingeknickt?«

»Von wegen! Weil mir nichts Besseres einfiel, tippte ich eine Viertelstunde lang x-beliebige Namen aus Politik, Sport und Unterhaltung in das Gerät, alles, was mir einfiel. Als mir der Kerl mit dem Motorradhelm über die Schulter schaute, fing ich mir ein paar saftige Backpfeifen ein. Einer seiner Spießgesellen hatte einen kleinen Koffer dabei. Als er ihn öffnete, war mir sofort klar, dass es sich um ein Set für Möchtegern-Tätowierer handelte. Diese bescheuerten Blödmänner hielten mich auf dem Kanapee fest und brannten mir dieses schwachsinnige Dreieckssymbol auf die Innenseite des Oberarms. Länger als fünf Minuten dauerte das dilettantische Machwerk nicht. Genauso sieht es ja auch aus. Die ganze Zeit über dachte ich an Westernfilme, in denen Rancher ihren Viechern Brandzeichen verpassen.«

»Ließen sie dich danach in Ruhe?«

»Das war nur der Auftakt. Wovon ich keine Ahnung hatte: Zu diesem Zeitpunkt hielten die Verbrecher Christine bereits im Erdgeschoss fest.«

»Haben sie dir weiter zugesetzt?«

»Körperlich nicht, aber psychisch.«

Eddie schüttelte sich, als wolle er sich von etwas Ekelhaftem befreien. Die Ereignisse von damals schienen ihn mit Macht einzuholen. Er stand auf und ging im Zimmer auf und ab, kickte ein abgerissenes Stück Tapete zur Seite und starrte aus dem Fenster.

»Mittlerweile bin ich sicher, was meinen Gedächtnisverlust ausgelöst hat«, gestand er nach einer Weile. »Die Typen verschwanden mit ihrem verdammten Tätowierkoffer. Ich hörte, wie sie die knarrende Treppe ins Erdgeschoss hinunterstiegen. Alleine mit meiner Angst und Hilflosigkeit hockte ich auf dem Sofa, bibberte vor mich hin und konnte nicht einmal meine Hände ruhig halten. Mir wurde immer bewusster, dass ich die Drohungen dieser Schweine hätte doch ernst nehmen sollen. Die Minuten verrannen. Nichts tat sich. Dann hörte ich von unten plötzlich einen markerschütternden Schrei.«

Eddie hechelte, beugte sich vornüber, wie um Luft zu schnappen, kam dann wieder hoch und schlug die Hände vors Gesicht.

»Das fürchterliche Geschrei, das Wimmern und Kreischen danach, hat mich fast umgebracht. Mir war sofort klar, von wem die Horrortöne stammten. Ich kam mir vor, als hätte mir jemand das Herz aus dem Leib gerissen. Du kannst dir nicht vorstellen, wie seelentief es einen trifft, miterleben zu müssen, wie einem geliebten Menschen Gewalt angetan wird. Ich weiß nicht, was die Schweine mit ihr anstellten. Eine Horrorvorstellung. Wenn ich ihr bloß hätte helfen können. Firmeninterna waren mir schlagartig scheißegal, Betriebsgeheimnisse vollkommen schnuppe. Ich wollte nur, dass das Geschrei im Erdgeschoss aufhört.«

Zoffinger schwieg, weil er als Mensch mit dem Herzen auf dem richtigen Fleck nachfühlen konnte, wie die Situation Eddie gequält hatte.

»Wie ging es dann weiter?«

»Nach ein paar Minuten kam der Sturmmaskenträger wieder nach oben. Er hatte eine Glasplatte so groß wie ein Serviertablett dabei, darauf ein weißes Tuch, ein silbernes Messer und ein kleines Porzellanschälchen. Zuerst dachte ich, dass in das Tuch ein Monogramm eingestickt sei. Dann erkannte ich jedoch schräg über einer Ecke den Schriftzug Schwarzer Lotus.«

»Um Sushi oder Sashimi ging es mit Sicherheit nicht«, warf Zoffinger ein.

Eddie sah seinen Begleiter kritisch an.

»Ich sei ein renitenter, respektloser Vollidiot, meinte der Kerl. Man müsse mir wohl in allererster Linie Respekt und Gehorsam beibringen. Er legte die Glasplatte auf ein niedriges Tischchen, schob es vor mich hin, legte seine linke Hand mit gespreizten Fingern auf das Tuch, setzte das Messer auf den kleinen Finger und tat so, als würde er mit einer kräftigen Bewegung der freien Hand das vorderste Glied abtrennen.

»Jetzt bist du dran!«, herrschte er mich an.

»Mir ging fast das Licht aus!«

Zoffinger starrte seinen Begleiter entgeistert an.

»Selbstamputation als Zeichen deiner Untertänigkeit und Gefügigkeit? Das ist doch der letzte Irrsinn.«

»Ich kam mir vor wie in den dunkelsten Zeiten des Mittelalters«, stöhnte Eddie. »Der nächste Schritt wäre wahrscheinlich gewesen, mich auf eine Streckbank zu spannen oder mir Daumenschrauben anzulegen.«

Der Kommissar winkte ab.

»Mir fällt statt dunklem Mittelalter etwas anderes ein – ein Ritual japanischer Yakuza. In einem historischen Roman habe ich gelesen, dass Gangster aus Nippon solche Selbstverstümmelungen praktizieren, um Abbitte zu leisten und nach Verstößen gegen Clangesetze um Wiedergutmachung zu bitten.«

»Ich muss mal an die frische Luft«, ächzte Eddie.

»Wie bist du diesem Albtraum eigentlich entkommen?«, fragte Zoffinger auf dem Weg nach unten.

Im Hof blieb Eddie stehen und legte mit geschlossenen Augen den Kopf in den Nacken. Dann knetete er sein Gesicht, wie um wach zu werden.

»Siehst du dort drüben das zerdepperte Tor des Schuppens? Das war vermutlich meine Rettung.«

Zoffinger musterte den Eingang, von dem nur noch lose Bretter in den Angeln hingen.

»Als Christines Schreie im Erdgeschoss kurz verstummten, hörte ich ein Auto näherkommen, schnell und mit überdrehtem Motor. Das Gedröhne wurde immer lauter und endete mit einem Mordskrach. Dann herrschte schlagartig Stille. Lautes Getrampel im Erdgeschoss ließ mich vermuten, dass die Kidnapper ins Freie stürzten. Einer krakeelte, ein Idiot sei mit dem Auto in die Scheune gekracht. Ich hatte schon zuvor auf dem Boden neben meinem Sofa eine Glasscherbe liegen sehen. Es dauerte, bis ich das dicke Seil mit der freien Hand durchgesäbelt hatte. Mir war klar, dass ich in diesem Augenblick nur eine Chance hatte, Christine zu helfen – Hilfe holen. Ich riss das Fenster auf und sprang in den Garten hinunter. An mehr erinnere ich mich beim besten Willen nicht.«

Der Kommissar signalisierte Verständnis.

»Christines Schmerzensschreie, die drohende Selbstverstümmelung ... Durchaus möglich, dass dir der seelische Schock das Gehirn verbogen hat.«

»Ich vermute auch, dass mich die Geschehnisse auf dem Bauernhof traumatisiert haben. Kompletter Blackout! Frag mich bloß nicht, wie ich vom Bodanrück in den Hegau gekommen bin.«

Zoffinger sah sich die zum Schuppen führenden Reifenspuren an. Ein Auto war mit Karacho in den Innenhof gebrettert, hatte sich durch den nach einem Regen aufgeweichten Boden gepflügt und war, außer Kontrolle geraten, in das Gebäudetor gekracht.«

»Entweder war der Fahrer sturzbesoffen oder er hat sich fahrerisch maßlos überschätzt«, überlegte der Kommissar.

»Ich wüsste zu gerne, wer der oder die Besucher waren, was sie wollten und warum sie es so eilig hatten.«

Glassplitter, die verchromte Einfassung eines Scheinwerfers und eine abgerissene Stoßstange lagen herum. An manchen Holzteilen der geschrotteten Tür hafteten olivgrüne Lackspuren des Unfallwagens, die Zoffinger abkratzte und mit anderen Fundstücken in eine Tüte steckte.

»Sehen wir im Haupthaus nach, ob wir Spuren von Christine finden«, schlug er vor. »Falls du lieber hier draußen warten willst, hätte ich Verständnis dafür.«

Eddie winkte ab.

»Schon in Ordnung. Vier Augen sehen mehr als zwei.«

Im Erdgeschoss gab es mehrere von Schutt und zerbrochenem Mobiliar zugemüllte Zimmer, von denen nur eines als Tatort infrage kam. Offenbar hatte jemand den Boden mit einem in der Ecke stehenden Besen gefegt. Auf einem von Brotkrumen übersäten Eichentisch standen drei Pappbecher, die Zoffinger zwecks Spurensicherung verstaute. In der ehemals guten Stube zeugten dunkle, rechteckige Flecken an der Wand davon, dass aufgehängte Bilder schon lange abgenommen worden waren. Das geschnitzte Kruzifix im Herrgottswinkel war vor lauter Spinnweben kaum mehr zu erkennen.

Ganz und gar nicht ins Bild traditioneller bäuerlicher Wohnkultur passte ein Gegenstand, den Eddie unter einer Eckbank entdeckte: ein batteriebetriebener Retro-Ghettoblaster mit zwei Zusatzlautsprechern, in dessen Kassettendeck ein Tonträger steckte. Während Zoffinger auf der Suche nach möglichen Blutspuren über den Dielenboden kroch, stellte sein Begleiter den Rekorder auf den Tisch und schaltete ihn ein. Ein leises Knacksen signalisierte Betriebsbereitschaft. Eddie wollte eben nach einem Radiosender suchen, als ihn ein fürchterlicher Schrei zu Tode erschreckte. Wie vom Blitz getroffen zuckte er zurück. Der grässliche Brüller fuhr Zoffinger, der auf allen vieren unter dem Tisch herumkrabbelte, dermaßen in die Glieder, dass er den Schädel mit einem lauten Knall gegen die Unterseite der Tischplatte donnerte. Die beiden hatten den von der Kassette stammenden Horrorschrei noch in den Ohren, als der nächste folgte. Verstört hielt sich Eddie mit beiden Handflächen die Ohren zu, ehe er mit zitternden Fingern den Aus-Knopf des Rekorders fand.

»Grauenhaft, einfach grauenhaft!«, stammelte er entsetzt. Sein Gesicht hatte den Teint eines Nacktmulls angenommen. »Kannst du mir erklären, was das Horrortheater soll?«

Der Kommissar kniete noch immer neben dem Tisch.

»Ich vermute, die Entführer haben dich an der Nase herumgeführt. Die Schreie, die du oben gehört hast, stammten nicht direkt von deiner Christine, sondern von der Kassette. Wahrscheinlich war deine Frau nicht einmal vor Ort. Sie wollten dir mit der Tonaufnahme nur einen höllischen Schrecken einjagen und deinen Widerstand brechen. Vielleicht war den Haderlumpen zu gefährlich, ihr Opfer mitzubringen. Hätte ja sein können, dass du mit polizeilichem Gefolge hier auftauchst. Ohne die Entführte hätte man den Typen vermutlich gar nichts vorwerfen können.«

Auf der Rückfahrt nach Konstanz zerbrach sich Zoffinger den Kopf darüber, wer das Auto auf dem Bauernhof in die Scheune gesteuert hatte und was die Aktion bezwecken sollte. Eddie war keine Hilfe, weil er von der ganzen

Sache außer dem Krach nichts mitbekommen hatte. Möglicherweise hatte es unter Christines Entführern Meinungsverschiedenheiten gegeben. Vielleicht mischte auch eine rivalisierende Gang mit. In der KTU untersuchten die Spezialisten Glassplitter und Lackreste, die der Kommissar mitgebracht hatte. Auch der Ghettoblaster hatte die Reise nach Konstanz angetreten und wurde auf Fingerabdrücke untersucht. Die Ergebnisse standen noch aus.

»Leute, hört mal her!«, vergatterte Zoffinger sein Team. »Wie mittlerweile bekannt ist, habe ich zusammen mit Eddie Lammer bei meinem Besuch auf dem Bauernhof auf dem Bodanrück keinerlei Beweise dafür gefunden, dass Christine Lammer von den Entführern dort festgehalten wurde. Darüber, dass wir den Ghettoblaster mit der Kassette gefunden haben, darf nichts nach außen dringen. Das würde unsere Ermittlungen in dem Entführungsfall vermutlich komplizierter machen. Eddie Lammer habe ich auch auf Stillschweigen eingeschworen. Also: Klappe halten!«

Am Tag nach seinem Ausflug leierte Zoffinger eine Öffentlichkeitsfahndung an. Ein Aufruf in den regionalen Medien sollte der Suche nach Christine Lammer endlich den notwendigen Nachdruck verschaffen. Eddie hatte nach langem Zögern zugestimmt, weil er keine andere Möglichkeit sah, seine Frau zu finden. Er erklärte sich sogar mit einem emotionalen TV-Appell einverstanden.

»Ich flehe die Entführer an, die qualvolle Situation für meine Frau, aber auch für mich und ihre Freunde und Bekannten zu beenden. Lassen Sie mich um Himmels willen wissen, unter welchen Bedingungen ich Christine zurückbekommen kann. Geben Sie mir ein Zeichen. Ich appelliere an Ihre Menschlichkeit.«

Für die Boulevardpresse war die Angelegenheit ein gefundenes Fressen. Kultmoderator Rolf Riedle klinkte sich in den öffentlichen Appell auf seine Art ein.

Liebe Hörerinnen und Hörer, geschätzte Vielfältige, Diverse und Artenreiche,

die Konstanzer Kriminalpolizei hat eine verschwundene Frau weiblichen Geschlechts zur Fahndung ausgeschrieben, weil sie wie vom Winde verweht bzw. vom Erdboden verschluckt zu sein scheint. Die verflüchtigte Person ist nach dem Besuch eines Fitnessstudios auf dem Heimweg vermutlich von Unbekannten geentert, gehijackt oder auf eine andere Art und Weise verschleppt worden und bis zur Stunde weder persönlich noch telefonisch oder brieflich zu erreichen. Sie ist zwischen 160 und 169 cm groß, ungefrühstückt und ohne Sporttasche 58 kg schwer und hatte als Transportmittel ein zartlilafarbenes, zweirädriges Damenfahrrad der Marke No Future mit selbstfederndem 28-Zoll-Karbonrahmen, frisch gefetteter Blockkette, High-Profile-Lenker und Sattelpflegeset bei sich. Die Dame machte im nichtentführten Zustand einen freundlichen, aufgeschlossenen Eindruck.

Die Polizei bittet die Öffentlichkeit um ersprießliche Hinweise, die der Aufklärung dieses Mysteriums dienen können. Finderlohn kann auf dem Standesamt oder bei der Kfz-Zulassungsstelle schriftlich beantragt werden. Wer eine Entführung plant oder auch nur in Erwägung zieht, findet nützliche Gebrauchsanweisungen zum Thema unter Titeln wie »Aus den Augen, aus dem Sinn« und »Unter die Räder gekommen« im Buchhandel.

Der Vermisstenfall sorgte nach der Bekanntgabe für großes Aufsehen in der Bevölkerung. Mehrere Dutzend Meldungen gingen ein, die vom Team minutiös abgearbeitet wurden. Neben mehreren Funkstreifenwagen setzte die Polizei drei Rettungshundestaffeln, eine Drohne und einen Polizeihubschrauber ein, nachdem aus der Bevölkerung zahlreiche Hinweise eingegangen waren. Vermutungen darüber, warum Christine Lammer seit drei Wochen nicht mehr gesehen worden war, behielt die Polizei für sich. Allerdings sickerte durch, dass ihr mysteriöses Verschwinden unter Umständen in Zusammenhang mit dem Gedächtnisverlust ihres Ehemanns stehen könnte.

An einem Vormittag ließ die Feuerwehr zwei Dummys mit dem ungefähren Gewicht der Vermissten von der alten Rheinbrücke in den Seerhein werfen, um nachzuverfolgen, wohin die Attrappen vom Wasser getrieben wurden. Wo sich beide nach ein paar Stunden an der Uferböschung verfingen, fand die Polizei nichts außer einer Plastiktüte voller Zigarettenkippen. Aus dem Allgäu meldete sich eine Hellseherin und behauptete, die Leiche sei auf dem Reichenauer Damm in der Nähe der Ruine der ehemaligen Burg Schopflen angeschwemmt worden. Hilfskräfte durchforsteten den Abschnitt – ergebnislos. Nach drei Tagen wurde die Suchaktion abgebrochen. Eddie war nur noch ein Schatten seiner selbst und verbarrikadierte sich völlig gefrustet in seine eigenen vier Wände.

Das Motiv für Christine Lammers Entführung lag auf der Hand. Ihr Ehemann sollte als renommierter IT-Spezialist gezwungen werden, auszuplaudern, wie firmeninterne Sicherheitsmaßnahmen überwunden werden können. Was die Täter mit solchen Informationen anfangen wollten, konnte man nur erahnen.

7
KIFFER, CHAOS, KOMASAUFEN

Die Entführung von Christine Lammer hatte Zoffinger sehr in Anspruch genommen. Der Mordfall Leonie Landruth war aus Mangel an hilfreichen Hinweisen liegen geblieben. Ein neuer Anlauf musste her.

»Die Faktenlage ist dünn. Ich komme mir vor wie Indiana Jones, der mit Krückstock und Augenklappe ausgestattet in einer stockdunklen Höhle ermittelt«, klagte er.

Seine Stimmung hellte sich auf, als ihm zwei Kollegen einen großen Pappkarton auf den Schreibtisch stellten.

»Wir sind eben aus Engen zurückgekommen. Die Kollegen haben uns prima unterstützt. In Leonie Landruths Wohnung wurde kein Winkel ausgelassen. Das Ergebnis unserer Schnüffelaktion haben wir in der Kiste mitgebracht.«

Noch bevor er das Mitbringsel öffnete, stieg Zoffinger der intensive Geruch von Cannabis in die Nase.

»Habt ihr eine Rauschgifthöhle ausgehoben oder selbst ein Pfeifchen durchgezogen?«

Die Frage erübrigte sich. Im Paket lagen, durch zerknülltes Zeitungspapier vor dem Zerbrechen geschützt, zwei gläserne Vorratsdosen mit Schraubdeckel, randvoll mit graugrünen Cannabisblüten.

»Für den Eigenverbrauch ein bisschen reichlich«, meinte

einer der Kollegen. »Nicht auszuschließen, dass die liebe Leonie eine Kleindealerin war.«

Zoffinger zog eine Schnute.

»Habt ihr außer dem Cannabis Hinweise gefunden, die diesen Verdacht erhärten?«

»Wir haben uns in ihrem Mehrfamilienhaus bei den Nachbarn erkundigt. Der typische Marihuanageruch ist mehreren aufgefallen. Wir sind dann auf einen jungen Mann gestoßen, der das Zeug offenbar ungeniert Tag für Tag qualmte. Von wem er den Stoff kaufte, war bei einer ersten Befragung nicht herauszufinden. Darum werden sich die zuständigen Kollegen von der Droge kümmern. Er hat zugegeben, dass ihm Leonie in knappen Zeiten mit kleinen Liebesgaben aushalf.«

Außer den beiden Cannabistöpfen hatten die Kollegen eine Schachtel voller privater Briefe und Leonies Tagebuch mitgebracht. Der letzte Eintrag war am Tag vor ihrer Abreise zum BND-Lehrgang in Konstanz verfasst worden. In einem Passus machte sie sich über die unterschiedlichen Tests lustig, die sie im Vorfeld des Seminars auf der MS Hegau hatte durchlaufen müssen. In einem Nebensatz erwähnte sie, dass sie am meisten Bammel vor der amtsärztlichen Untersuchung gehabt hatte. Zoffinger stutzte. Nach allem, was er über den körperlichen Zustand der Ermordeten wusste, war sie fit wie ein Turnschuh. Warum hatte sie sich also vor einem medizinischen Test gefürchtet?

Unter ihren persönlichen Unterlagen hatte sich der Laborbefund einer Engener Arztpraxis mit den routinemäßig abgenommenen Blutwerten befunden. Zoffinger fuhr hin, um herauszufinden, was der Grund für Leonie Landruths Bedenken gegenüber einer ärztlichen Untersuchung gewesen sein könnten.

»Als Arzt darf ich auch gegenüber Polizei, Staatsanwaltschaft oder Justiz keine Auskünfte über Patienten erteilen«, meinte der Mediziner. »Das gilt auch im Fall von Frau Leonie Landruth.«

»Dass Ihre Patientin ermordet wurde, wissen Sie ja«, legte der Kommissar nach.

»Die Verpflichtung zur Verschwiegenheit gilt, wie Sie bestimmt wissen, auch über den Tod einer Patientin oder eines Patienten hinaus.«

Zoffinger nickte.

»Und wie Sie bestimmt wissen, gibt es rechtlich legitimierte Umstände, die eine Aufhebung der ärztlichen Schweigepflicht erfordern. Zum Beispiel eine Mordermittlung.«

Der Arzt hob die Hände, als wolle er sich vor einem imaginären Angriff schützen.

»Vorausgesetzt, ein Richter hat eine Genehmigung ausgestellt. Besitzen Sie eine solche Genehmigung?«

Zoffinger hatte den Affentanz satt. Er wollte seine Ermittlung voranbringen und hatte nicht die Absicht, willkürlich in einer fremden Patientenakte zu stöbern. Dass ein diskreter Umgang mit Patientendaten notwendig war, bezweifelte er keine Sekunde. Aber er hasste die Knüppel, die ihm manchmal zwischen die Beine geworfen wurden. Er wollte lediglich wissen, ob Leonie Landruth unter einer schweren Krankheit litt.

»Eine solche Genehmigung habe ich im Augenblick nicht, könnte sie mir aber schnell besorgen. Wenn allerdings die Gefahr besteht, dass dadurch Beweismittel verloren gehen könnten, also Gefahr im Verzug ist, kann ich sofort beschlagnahmen. Sie haben die Wahl!«

Wortlos riss der Arzt ein Schubfach auf, nahm eine Patientenakte und blätterte sie lustlos durch.

»Ich weiß nicht, auf was Sie es eigentlich abgesehen haben. Frau Landruth kam zu regelmäßigen Vorsorgeuntersuchungen in meine Praxis. Mehr war da nicht. Das einzige medizinische Problem, das sie hatte, war eine entzündliche, zum Teil mit Schmerzen verbundene Darmerkrankung.«

»Die Sie behandelt haben, nehme ich an?«

»Natürlich. Eine Therapie mit Medikamenten wurde unterstützt durch Dronabinol – zumindest eine Zeit lang.«

»Dronabinol? Habe ich schon mal gehört. Handelt es sich dabei nicht um ein Cannabisöl?«

»Korrekt. Eine Weile stimmte die Krankenkasse der Therapie zu. Dann war Schluss, wenngleich der medizinische Nutzen von Cannabis etwa von der Pharmaindustrie mit hohem Interesse verfolgt wird. Das gilt vor allem für die Verdampfung, weil dabei keine schädlichen Verbrennungsprodukte entstehen.«

»Wie hat Frau Landruth auf das Aus seitens der Krankenkasse reagiert?«

»Sie war der festen Überzeugung, dass ihr der THC-haltige Wirkstoff half. Ich hatte den Eindruck, dass sie sich mit der Entscheidung nicht abfinden und alternative Möglichkeiten erschließen wollte.«

»Sich eine andere Versorgungsquelle für Cannabis aufzutun?«

Der Arzt klappte die Krankenakte zu und stand auf.

»Davon gehe ich aus.«

Auf der Rückfahrt nach Konstanz grübelte Zoffinger darüber, wie Leonie Landruth wohl ihre beiden Cannabistöpfe gefüllt hatte. Ihre Vorbehalte gegenüber dem BND-Medizincheck beruhten wahrscheinlich darauf, dass herauskommen könnte, dass sie Cannabis konsumierte. Beim BND wäre das nicht gut angekommen. Er rief auf dem Kommissariat an und erkundigte sich, ob in der Wohnung der Ermordeten irgendetwas darauf hinwies, dass sie gekifft hatte.

»Wir haben zwei tragbare Verdampfer gefunden«, antwortete der Kollege. »Bei einem handelte es sich um das Teil einer E-Zigarette. Der andere roch verdächtig nach Cannabis und wird von den KTU-Kollegen noch untersucht. Auch eine Feinwaage und eine Kräutermühle zum Zerkleinern von Blüten lassen darauf schließen, dass in der Wohnung auf die eine oder andere Art Cannabis konsumiert wurde.«

Woher bezog Leonie Landruth den verbotenen Stoff? Hatte ihre Ermordung mit Drogengeschäften zu tun? Zoffinger wurde hellhörig, als er von einer geplanten Aktion der Kollegen vom Drogendezernat und dem Zollfahndungsamt erfuhr. Im Hegau durchsuchten sie mehrere Wohnungen und andere Objekte, wovon sich der Kommissar eventuell Hinweise auf seinen eigenen Fall erhoffte. Der Zugriff lohnte sich – zumindest für die Spürnasen. In drei Garagen wurde Marihuana, Amphetamin, Haschisch und Kokain mit einem Straßenverkaufswert von über 800 000 Euro sichergestellt. Drei Männer und zwei Frauen wurden festgenommen. Unter den beschlagnahmten Unterlagen befand sich allerdings nichts, was auf eine Verwicklung von Leonie Landruth in Drogengeschäfte der Gruppe hingewiesen hätte.

Rolf Riedle von Radio Grenzland nahm den Schlag gegen die Drogenschieber zum Anlass, um auf zwei beispielhafte Polizeierfolge zu verweisen.

Für Drogenhändler gibt es bis heute keinen offiziellen Ausbildungsweg, kein Fernstudium und auch keine Lehrstellen, weder im öffentlichen Dienst noch in Handwerk oder Industrie. Manchen Dealern merkt man die fehlende Professionalität deutlich an, die sich auch mit nassforschen Verkaufsstrategien nicht wettmachen lässt. So hat die Polizei jüngst den unbedarften Hilfslehrer einer Hundeschule festgenommen, der mit seinem Bio-Bike eine Einbahnstraße in verkehrter Richtung befuhr. Aber es kam noch schlimmer. Als er von einer Polizeistreife gestoppt wurde, fanden die Beamten bei einer Leibesvisitation in seiner Jackentasche einen Zettel, auf dem er sich wegen offenkundiger Erinnerungsschwächen den exakten Lageplan eines Erdloches notiert hatte, in dem er für seine freiberufliche Tätigkeit Stoff gebunkert hatte: 200 Gramm Cannabis, 320 Gramm Kokain, 180 Gramm Amphetamine, 150 Ecstasy-Tabletten, ein Beutel Fruchtgummis und eine nicht angebrochene Zehnerpackung Kondome der Marke Super-Triathlon.

In einem anderen Fall ging den Sicherheitskräften ein weiterer fachfremder Debütant ins Netz. Weil er sich mit Drogen etwas dazuverdienen wollte, aber kein Kokain besaß, zerrieb er abgelaufene Schmerzmittel, Zahnsteinentferner, WC-Tabs und vertrocknete Venensalbe aus dem Badezimmerschrank seiner Oma zu Pulver, verpackte das Material in Tütchen und begab sich in der Altstadt auf eine erste Verkaufstour. Redegewandt bot er Passanten seine Fake-Ware an, griff dabei aber im übertragenen Sinn ins Klo. Einer seiner ersten Kunden war ein staatseigener

Verkehrspolizist in Zivil, der auf dem Weg zu seiner Ernährungsberaterin war. Der Dealernovize wurde zu einer großherzigen Bewährungsstrafe verurteilt, trotz seiner 117 Vorstrafen und obwohl er bereits dreimal wegen räuberischer Erpressung und schwerer Körperverletzung im Knast gesessen hatte. Entscheidend für die gewöhnungsbedürftige Strafe war nach Meinung des Gerichts eine überaus günstige Sozialprognose. Ein Gerichtsdiener wurde sofort nach dem Richterspruch in Haft genommen, weil er die Urteilsbegründung mit einem unüberhörbaren Anfall von Heiterkeit quittierte.

In den persönlichen Unterlagen von Leonie Landruth stießen die Spurensicherer auf den Namen einer Frau, bei der es sich offenbar um eine enge Freundin handelte. Beide hatten sich in Hongkong kennengelernt, Leonie als Mitarbeiterin des deutschen Generalkonsulats, Marie Schönberg als Assistentin eines internationalen Handelsverbandes. Nach Deutschland zurückgekehrt, waren sich die beiden freundschaftlich verbunden geblieben. Zoffinger erhoffte sich von einer Befragung der Frau eventuell neue Erkenntnisse in seiner Mordermittlung, wurde in seiner Erwartung aber enttäuscht. Mit einer Ausnahme. Die Freundin ließ anklingen, dass Leonie vermutlich eine heimliche Beziehung zu einem unbekannten Mann gepflegt hatte. Über die Beziehung habe sie sich – aus welchen Gründen auch immer – konsequent ausgeschwiegen. An manchen Wochenenden sei sie spurlos verschwunden und erst zu Beginn der neuen Woche wieder aufgetaucht. Nur einmal habe sie sich verplappert und erzählt, dass sie sich in der Boutique eines Hotels in Kreuzlingen einen hübschen Fummel gekauft habe.

Hotels mit eigenen Modegeschäften waren in der

Schweizer Grenzstadt dünn gesät und schnell war herausgefunden, welche Labels verkauft wurden. Die Polizei suchte in Leonies Kleiderschrank nach entsprechenden Kleidermarken und wurden fündig. Zoffinger rief seinen Schweizer Kollegen André Odermatt an und bat ihn, im betreffenden Hotel in Kreuzlingen zu recherchieren, ob in den letzten Monaten eine gewisse Leonie Landruth dort abgestiegen war. Volltreffer! Viermal hatte sie in den letzten zwei Monaten in Kreuzlingen übernachtet, im Doppelzimmer. Die Rechnung hatte sie jedes Mal mit ihrer Kreditkarte bezahlt. Wer sie begleitet hatte, ließ sich nicht feststellen.

Bewegung kam in den Fall, als einer Nachbarin die stundenlang offen stehende Eingangstür von Leonie Landruths Wohnung in Engen auffiel. Die alarmierte Polizei stellte fest, dass die Tür aufgebrochen und die Wohnung durchwühlt worden war. Wonach der oder die Einbrecher gesucht hatten, ließ sich nicht einmal vermuten, weil nicht eingeschätzt werden konnte, ob etwas fehlte. Einziger Lichtblick war ein blutiger Fingerabdruck auf der Wassertaste des Spülkastens in der Toilette, der bei der ersten Durchsuchung nicht aufgefallen war, und daher vom jüngsten Einbruch stammen musste. Der Datenbankabgleich brachte ein überraschendes Ergebnis. Der Abdruck stammte von einem Bekannten, der nach der kürzlichen Vernehmung im Präsidium seine Fingerabdrücke abgegeben hatte: Ex-Gangmitglied und Ex-Cateringmitarbeiter Hayo Dahl.

Zoffinger stand vor einem Rätsel. Dass der Kerl ausgerechnet in die Wohnung der Ermordeten eingedrungen war, konnte kein Zufall sein. Um einen »normalen« Einbruch handelte es sich höchstwahrscheinlich nicht. Vermutlich hatte er Leonie Landruth während seines Cateringjobs auf der MS Hegau kennengelernt. Wäre er privat mit ihr verbunden gewesen, hätte er vermutlich einen anderen Weg gefunden, ihre Wohnung auf den Kopf zu stellen. Was hatte er überhaupt gesucht? Schubladen waren herausgerissen, Kleider und Wäsche aus Schränken und Kommoden einfach auf den Boden gekippt und ein gewaltiges Chaos angerichtet. Ein Schmuckkästchen in Form einer Piratenschatzkiste war zwar aufgeklappt, aber vom Inhalt fehlte offenbar nichts. Auch ein teurer Laptop, ein stationärer PC und ein Laserdrucker waren noch vorhanden. Ob irgendwo in der Wohnung Bargeld gelegen hatte, war natürlich nicht festzustellen.

Eine in seine Wohnung geschickte Streife kam unverrichteter Dinge zurück. Nachbar Riedle hatte Hajo Dahl seit Tagen nicht mehr gesehen, meinte aber, der ausgeflogene Vogel könnte sich wieder seiner alten Gang angeschlossen haben. Zoffinger erinnerte sich, dass sich die Typen häufig auf dem Grillplatz Ulmisried zum Komasaufen und zu martialischen Ritualen trafen. Er rief Florian an und verabredete sich mit ihm zu einem nächtlichen Streifzug, was beim Romanschreiber, wie schon bei früheren Einsätzen ähnlicher Art, augenblickliche Euphorie auslöste.

»Stehe zu Diensten, Herr Kommissar«, flötete er. »Wann und wo soll ich zur Aufklärungseinheit stoßen?«

Zoffinger stellte seinen Wagen an der Universitätsstraße weit genug vom Grillplatz entfernt ab. Die Uhr auf dem Armaturenbrett zeigte auf halb eins. Florian drückte die Beifahrertür so leise wie möglich ins Schloss. Schon nach wenigen Metern dröhnte Gejohle durch die Nacht und wies den beiden Kundschaftern den Weg. Da Büsche und Bäume fast bis an die Grillstelle heranreichten, konnten sie sich dem Lagerfeuer nähern, ohne entdeckt zu werden.

Die Szenerie hätte in ein talentfreies Leinwandepos über Schatzsucher im legendären Reich von König Salomon gepasst. Acht Typen tanzten zu gutturalen Oahuahuu-Oahuahuu-Stoßgesängen mit selbst gefertigten Speeren um ein loderndes Lagerfeuer. Einer hockte mit einer Trommel auf einer Bank und gab den Rhythmus vor. Alle hatten Baströckchen um die Hüften gebunden und trugen dekorative Plastikblumentöpfe mit Grasbüscheln im Bodenloch auf den Köpfen.

Florian kicherte vor sich hin.

»Trainieren die für die nächste Fasnacht oder sind die nur bis zur Unterlippe mit Seelentröster abgefüllt?«

»Riedle hat mir von den Zeremonien erzählt«, antwortete der Kommissar. »Meine Zielperson habe ich bereits entdeckt. Der Kerl, der sich den Blumentopf eben abgenommen und am Kopf gekratzt hat, ist Hayo Dahl. Am besten, ich rufe gleich mal die Kollegen. Mit dieser Horde Besoffener und Bekiffter sollten wir uns ohne Verstärkung nicht anlegen. Ich wüsste auch gar nicht, wie wir meinen Kandidaten aus der Runde heraus festnehmen und ins Präsidium bringen könnten.«

Das Gehopse endete, als der stinkbesoffene Drummer nach einem letzten Schluck aus der Pulle rücklings von der Bank kippte und mit seiner Buschtrommel auf dem Bauch regungslos liegen blieb. Niemand kümmerte sich um ihn, weil wahrscheinlich alle mit dem unabänderlichen Prozedere vertraut waren.

Kurze Zeit später preschte ein Streifenwagen mit Blaulicht und Martinshorn über die Universitätsstraße und hielt auf Höhe des Grillplatzes an.

»Menschenskind!«, fluchte Zoffinger. »Ich habe den Pfeifen extra eingeschärft, so unauffällig wie möglich herzukommen.«

Mit Florian an seiner Seite trat er aus dem Gebüsch, als sich die Lanzenträger auf die beiden Streifenpolizisten konzentrierten, die mit gezogenen Waffen über die Wiese stolperten. Der Drummer kehrte einen Augenblick aus seinen Träumen zurück, kippte seinen Mageninhalt einem neben ihm stehenden Tänzer über die Schuhe und legte sich wieder hin. Der Kommissar sah sich um, konnte Hajo Dahl aber nicht mehr sehen, weil der Kerl offenbar Lunte gerochen hatte.

»Klasse gemacht!«, blaffte der Kommissar das Kollegenduo an. »Ich habe am Telefon doch gesagt, ihr sollt euch so unauffällig wie möglich dem Grillplatz nähern! Jetzt hat sich mein Favorit in die Büsche geschlagen.«

»Ahaaa!«, höhnte einer der Pirouettenkönige, »habt ihr Durst oder seid ihr aus dem Erziehungsheim abgehauen?«

Johlendes Gelächter. Ein Kanister mit trübem Inhalt ging von Hand zu Hand. Die Großschnauze baute sich vor Zoffinger auf und rammte seinen Holzspeer in den Boden.

»Falls du das Sagen hast, würde ich gerne wissen, was ihr hier wollt. Sind Grillplatzfeten plötzlich verboten?«

Zoffinger trat einen Schritt zurück, weil ihm der Schamane zu nahegekommen war.

»Bestellt eurem Freund Hayo Dahl, dass er auf unserer Fahndungsliste ab sofort einen prominenten Platz einnimmt. Am günstigsten wäre für ihn, sich zu stellen. Wir kriegen ihn ohnehin über kurz oder lang – falls er sich heute Nacht im Wald nicht den Schädel einrennt.«

Nachdem zwischen den Parteien noch ein paar rustikale Unfreundlichkeiten ausgetauscht worden waren, traten Zoffinger & Co. unter dem höhnischen Gegröle der Blumentopffraktion den Rückzug an. Die Etappe war verloren, der Gesamtsieg schätzungsweise ungefährdet.

Am folgenden Morgen lief die Fahndung nach Hayo Dahl an. Zwei Tage hielt er sich irgendwo versteckt, bis er in einem Geschäft ausgehungert zwei Tafeln Schokolade mitgehen ließ und prompt vom Marktleiter erwischt wurde. Für Zoffinger spielte der Wohnungseinbruch eine untergeordnete Rolle. Ins Gewicht fiel hingegen die Frage, auf was es der Einbrecher eigentlich abgesehen hatte und in welcher Beziehung er zu Leonie Landruth gestanden hatte.

Bei der Vernehmung im Präsidium zeigte sich Hayo Dahl ziemlich zugeknöpft, bis ihm Zoffinger eine Tüte mit drei Schokocroissants über den Schreibtisch schob.

»Sie haben sich von der Lagerfeuerfete klammheimlich verabschiedet«, eröffnete der Kommissar das Gespräch. »Hatten Sie plötzlich keine Lust mehr auf Turniertanz?«

Der Kerl schob sich gerade den letzten Zipfel eines Croissants zwischen die Zähne.

»Ich musste zum Pinkeln. In der Dunkelheit habe ich mich im Wald verirrt und nicht mehr zum Grillplatz zurückgefunden.«

»Netter Versuch! Aber lassen wir das. Ich will von Ihnen wissen, warum Sie in die Wohnung von Leonie Landruth eingebrochen sind. Was haben Sie dort gesucht?«

Hayo Dahl spielte den Überraschten.

»Wie kommen Sie darauf, dass ich irgendwo eingebrochen bin?«

»Weil Sie sich verletzt haben, als Sie die Wohnungstür

aufhebelten. Ihren blutigen Fingerabdruck haben wir auf dem Spülkasten in der Toilette gefunden. Offenbar ist Ihnen das Pinkeln zum zweiten Mal zum Verhängnis geworden.«

Eben wollte Dahl zum zweiten Croissant greifen, als er unbewusst seine linke Hand anstarrte, deren Zeigefinger ein Pflaster trug.

»Fingerabdrücke lügen nicht«, fuhr Zoffinger fort. »DNA-Analysen auch nicht. Aber darauf haben wir aus Kostengründen verzichtet, weil Sie Ihre Tat ohnehin nicht leugnen können. Sie kannten Leonie Landruth von Ihrer Cateringtheke auf der MS Hegau. Es kann also kein Zufall sein, dass Sie gerade bei ihr eingebrochen sind. Also nochmals meine Frage: Auf was hatten Sie es abgesehen?«

Hayo Dahl studierte eine Weile das Pflaster an seiner Hand, ehe er antwortete.

»Ich habe zufällig ein Telefongespräch mitgehört, als sie auf dem Schiff neben der Servicetheke stand. Sie redete mit einer Firma, bei der sie einen Safe bestellt hatte, der allerdings erst in drei Wochen geliefert werden sollte. Mir kam in den Sinn, dass sie vermutlich Geld oder Wertgegenstände zu Hause hatte, Zeug, das jetzt vielleicht noch offen herumlag.«

»Und? Lag etwas Interessantes herum? Was haben Sie geklaut?«

»Gar nichts habe ich geklaut. Gefiel mir alles nicht. Der Einbruch war eine Pleite.«

»Hübsche Geschichte, aber ich glaube Ihnen kein Wort«, platzte Zoffinger dazwischen. »Kann ja sein, dass der Einbruch nicht auf Ihrem privaten Mist gewachsen ist, sondern dass Sie im Auftrag gehandelt haben. Steckt Ihre Gang hinter der ganzen Sache oder hat die Triade damit zu tun, deren Tattoo Sie tragen? Bleibt immer noch die Frage: Um was ging es eigentlich?«

Hayo Dahl verhielt sich zugeknöpft. Also beschloss Zoffinger, einen anderen Weg einzuschlagen.

»Kannten Sie Leonie Landruth schon vor der Veranstaltung auf der MS Hegau?«

Hayo Dahl schüttelte den Kopf.

»Ich habe sie auf dem Schiff zum ersten Mal gesehen. Was hätte ich auch mit einer BND-Tussi anfangen sollen?«

»Vielleicht nahmen Sie den Cateringjob auf dem Schiff nur an, um an die Seminarteilnehmerin heranzukommen. Bleibt die Frage, was Sie von ihr wollten. Dass Sie ein persönliches Interesse an ihr hatten, glaube ich nicht. Meine Vermutung geht in eine andere Richtung. Man weiß, dass asiatische Gangs mittlerweile auch in Europa krumme Geschäfte betreiben. Erinnere ich mich daran, dass Leonie Landruth eine Zeitlang in Hongkong tätig war, will mir die Idee nicht aus dem Kopf, dass sie nach ihrer Rückkehr nach Deutschland am Bodensee vielleicht in die Fänge einer chinesischen Geheimgesellschaft geraten ist. In diesem Zusammenhang kommt mir Ihr Triadentattoo in den Sinn.«

»Völliger Quatsch!«, schnauzte Hayo Dahl den Kommissar an. »Ich habe Ihnen schon mal erzählt, dass ich früher Gangmitglied war. Aus Jux und Tollerei haben wir uns damals diese Tattoos zugelegt. Ich und chinesische Geheimgesellschaften! Das soll wohl ein Scherz sein!«

Zoffinger ahnte, dass es höchste Zeit war, sich mit Triadenaktivitäten im Bodenseeraum zu beschäftigen. Bisher hatte er das Problem auf die lange Bank geschoben, weil er mit vertrackten Ermittlungen rechnete. Von Kollegen, die mit organisiertem Verbrechen Marke Asien mehr Erfahrung hatten, wusste er, dass die Verschlossenheit fernöstlicher Communities Aufklärungsarbeit schwer machte. Aber Kneifen war keine Option.

Er erinnerte sich an den Tag, als er zusammen mit Eddie das Restaurant Chengdu besucht und heimlich Fotos von zwei Asiaten geschossen hatte, die mit der Restaurantchefin in eine Auseinandersetzung geraten waren. Damals dachte er augenblicklich an Schutzgelderpressung, weil asiatische Gangs häufig mit diesem kriminellen Geschäftsmodell in Verbindung gebracht werden. Jetzt lud er die Fotos von seinem Smartphone herunter, druckte sie aus und kramte den geklauten Suppenlöffel aus der Schreibtischschublade, den er völlig vergessen hatte.

In der KTU versuchten die Kollegen, die beiden Fotos mit einer Gesichtserkennungssoftware des Bundeskriminalamtes abzugleichen. Da die Aufnahmen die beiden Asiaten aber nur im Profil zeigten, gab es keinen Treffer. Ein Erfolg hingegen war der Fingerabdruck auf dem Suppenlöffel. Er konnte einem Laoten zugeordnet werden, der seit vier Jahren legal in Konstanz wohnte und in einer Import-Export-Firma arbeitete, die asiatische Lokale mit landesüblichen Nahrungsmitteln belieferte. Was ihn darüber hinaus mit hoher Wahrscheinlichkeit als Schutzgelderpresser ausschloss, war seine untadelige Rolle als Vorsitzender des Deutsch-Asiatischen Kulturvereins. Seine Vita hätte blütenweißer gar nicht sein können.

Bei Zoffinger wuchsen die Zweifel, ob seine Triadentheorie eventuell auf Sand gebaut war. Da auch Eddie das Dreieckssymbol trug, nahm sich der Kommissar vor, seinem neuen Freund nochmals auf den Zahn zu fühlen, um vielleicht Näheres über die Asiatengang herauszufinden.

Der hatte allerdings momentan mit anderen Problemen zu kämpfen. Bei der Öffentlichkeitsfahndung nach seiner Frau war auch sein Name durchgesickert und in den Medien verbreitet worden. Zwei Firmen, die er bislang in IT-Sicherheitsbelangen betreut hatte, kündigten ihm daraufhin, weil sie das Vertrauensverhältnis empfindlich gestört sahen. Eddie tobte, weil man ihm ungerechterweise etwas vorwarf, was er nicht verschuldet hatte.

Zoffinger versuchte, ihn zu beruhigen.

»Unternehmen sind in zunehmendem Maß durch Netzspionage gefährdet. Das erfährt man tagtäglich in den Medien. Dass sich Firmen vor allem in sensiblen Branchen dadurch bedroht sehen, kann ich verstehen. Ich begreife allerdings nicht, warum sie gerade in einer solchen Situation einen Experten wie dich auf die Straße setzen, der dieser lautlosen Gefahr Paroli bieten könnte.«

8
PILGERORT FÜR PUNKS UND SCHRÄGE VÖGEL

»Wenn ich mir die Bemerkung erlauben darf: Du hast auch schon mal gesünder ausgesehen«, posaunte Zoffinger, als eines Morgens Rolf Riedle im Amt auftauchte. Der Kommissar erinnerte sich daran, wie er seinen Freund vor ein paar Monaten nach einer unfreiwilligen Nacht in einem Abfallcontainer körperlich in einem ähnlichen Zustand nach Hause gefahren hatte. Nur roch der Gast dieses Mal besser.

Riedle winkte ausgepowert ab, fast zu groggy, um den Arm zu heben, und ließ sich auf einen Stuhl fallen.

»Lecko mio!«, lamentierte er. »Ich bin komplett im Eimer. Manche Nächte gehen verdammt hart an die Substanz.«

Er erzählte, dass er mit drei Mitbewohnern seiner Kommune an einem Wettbewerb in der Karaokebar »Freispruch« teilgenommen hatte. Ein Sänger war wegen Unpässlichkeit ausgefallen. Um trotzdem als »Felchenquintett« auftreten zu können, scheuchte er Florian telefonisch zu Hause an seinem Computer auf.

»Du wirst es nicht glauben«, jubelte Riedle, »mit unserem Hit ›Marmor, Stein und Eisen bricht‹ sind wir völlig unerwartet aufs Siegertreppchen gestiegen. Platz 1 für unsere erstklassige Performance. Das frenetische Publikum verlangte sogar eine Zugabe. Wir entschieden uns für ›Mambo No. 5‹, verhedderten uns zwar im Text, brachten den Laden aber vollends zum Überkochen. Wir mussten den Song dreimal wiederholen, weil wir keine andere Nummer in petto hatten.«

Er zog sein Smartphone aus der Tasche und blätterte durch eine Reihe von Beweisfotos. Das Felchenquintett hatte sich nicht allein vom Sieg angetörnt vor dem Tresen zu einer Pyramide aufgebaut. Riedle und Florian knieten mit roten, verschwitzten Gesichtern vor ihren drei stehenden Kollegen. Jeder hatte einen Bierkrug in der Hand und jedem war deutlich anzusehen, dass es sich nicht um das erste Erfrischungstonikum des Abends handelte.

Zoffinger riss Riedle das Handy aus der Hand, als er auf einem der Bilder am Regal hinter den fünf besoffenen Vokalisten etwas Spannendes entdeckte: ein auf alt getrimmtes Blechschild mit einem dreieckigen Triadensymbol. Sofort erinnerte er sich an das Tattoo, das sowohl Eddie als auch Hayo Dahl am Oberarm trugen.

»Hat dich eigentlich der Zufall in den Karaokeschuppen verschlagen oder bist du dort Stammgast?«

»Der Laden ist Szenetreff aller Unangepassten, Nerds und Underdogs, eine Pilgerstätte für Rapper, Punks, schräge Vögel ...«

»... und halbseidene Gestalten«, ergänzte Zoffinger. »Auf einem deiner Fotos habe ich hinter dem Tresen ein Triadensymbol entdeckt, auf das ich bei meinen jüngsten Ermittlungen gestoßen bin. Hast du schon einmal mitbekommen, dass sich in der Bar Bandenmitglieder treffen?«

»Ich bin dort kein Stammgast. Aber die Karaokenächte sind einfach ein Bombenspaß.«

»Nett von dir übrigens, mich über euren Sängersieg zu informieren«, meinte der Kommissar. »Aber deswegen hättest du nicht herkommen müssen.«

Riedle winkte ab.

»Das ist auch nicht der wahre Grund meines Besuchs. Meiner Meinung nach laufen dort kreuzkrumme Geschäfte – nicht mit Gras, schwarzgebranntem Schnaps oder illegalen Zigaretten, sondern mit Raubkopien. Als ich heute Morgen auf dem Boden neben meinem Bett aus komatösen Verhältnissen in die Realität zurückkehrte, stutzte ich über mehrere CDs und DVDs, die überall herumlagen. Später erinnerte ich mich, dass mir ein junger Kerl zu fortgeschrittener Stunde Computerspiele, E-Books und Musiktonträger für einen paar Euro angeboten hatte. Als Medienmensch und Radiokommentator ist für mich das Urheberrecht eine heilige Kuh. Abgekupferte Songs und geklaute Literatur finde ich zum Kotzen. Außerdem ist die Qualität von Raubkopien häufig hundsmiserabel.«

Zoffinger staunte.

»Honorabel, sehr ehrenwert, dass du dich für den Urheberschutz in die Bresche wirfst.«

Riedle schien aus seiner Saumseligkeit langsam zu erwachen.

»Das ist noch nicht alles. Am Nebentisch bekam ich zufällig ein Gespräch von drei Kerlen mit. Sie unterhielten sich über die Öffentlichkeitsfahndung nach einer entführten Frau.

Mehrmals war von der MS Hegau und einer dort abgehaltenen Veranstaltung die Rede. Da schoss mir durch den Kopf, dass du an der Aufklärung des Mordes einer Seminaristin auf dem Schiff arbeitest. Trotz meiner langen Ohren bekam ich wegen des Krachs in der Bude nicht alles mit. Aber irgendetwas ist da am Kochen.«

»Identifizieren wirst du die Typen wohl nicht können?«, vermutete Zoffinger.

Riedle grinste.

»Die Typen nicht, aber ihr Fahrzeug. Als das hackedichte Trio aufbrach, folgte ich ihnen und tat so, als würde ich mir eine Zigarette anstecken. Sie schwangen sich in eine dunkelgrüne Karre mit eingedelltem Kotflügel und fehlender Stoßstange.«

Er legte eine kleine Pause ein.

»So, wie ich dich kenne, wirst du dich augenblicklich nach dem Nummernschild erkundigen.«

Als Zoffinger wortlos nickte, streckte ihm Riedle die ausgestreckte Hand entgegen, auf deren Innenfläche er das Kennzeichen gekritzelt hatte. Obwohl die Buchstaben und Zahlen schon leicht zerliefen, war die Schrift noch zu erkennen.

Die Halterabfrage erledigte sich rasch. Es handelte sich um einen Geländewagen der Marke Lada Niva, der auf einen Holger Tischler zugelassen war. Zoffinger erinnerte sich sofort an den Kerl mit Überlänge, der auf dem Campingplatz in Hegne ein dubioses Inkassobüro betrieb. Die Lack- und Glassplitter, die Zoffinger auf dem alten Bauernhof auf dem Bodanrück aufgesammelt hatte, waren inzwischen von der KTU untersucht worden. Als sich der Kommissar bei den Kollegen nach dem Ergebnis erkundigte, reichte ihm einer ein Blatt Papier mit dem Resultat. Die Unfallspuren passten zu einem älteren Lada-Niva-Modell.

Sherpa auf den Zahn zu fühlen, versprach eventuell Hinweise darauf, um was für Umtriebe es sich in dem alten Gemäuer auf dem Bodanrück in Wahrheit handelte. Dass die Entführer von Eddies Frau Christine einer erpresserischen Triade zuzuordnen waren, lag auf der Hand.

Warum Holger Tischler mit seinem Lada in den Schuppen gekracht war und was er dort überhaupt wollte, stand in den Sternen.

Telefonisch war der Baumlange nicht zu erreichen. Zwei Kollegen machten sich auf den Weg nach Hegne, konnten den Caravan des Inkassofritzen auf dem von Zoffinger beschriebenen Stellplatz aber nicht finden. Ein Campernachbar erzählte, zwei Arbeiter einer Autowerkstatt hätten den Wohnwagen wegen fälliger Reparaturen abgeschleppt. Die Beamten waren aus Hegne gerade wieder zurück, als sich telefonisch ein Angler meldete. Er hatte beobachtet, wie zwei Männer am westlichen Ortsausgang von Allensbach einen Caravan nahe ans Ufer manövrierten, vom Zugfahrzeug abkoppelten und eine Böschung hinunter in den See stürzen ließen.

»Ich glaube, mein Schwein pfeift!«, grantelte Zoffinger.

Kurz entschlossen schwang er sich mit zwei Spurensicherern in seine Rostlaube, um sich selbst ein Bild von der Situation zu machen. Nicht auszuschließen war, dass die Kidnapper den Wohnwagen samt Besitzer im See versenkt hatten.

Die Feuerwehr war schon vor Ort. Einzig die Anhängerachse ragte wie eine Kunstinstallation aus dem Wasser. Vom Caravan selbst war nichts zu sehen, weil er offenbar über einen steil abfallenden Uferabschnitt gerutscht war. Die Bergung war in vollem Gang, aber es dauerte, bis der auf einer Seite stark beschädigte Wagen oben auf dem Uferweg stand. Sturzbäche ergossen sich aus allen Fugen, und als einer der Feuerwehrleute die Wohnwagentür aufriss, konnte er sich nur durch einen raschen Sprung zur Seite vor einem Wasserfall in Sicherheit bringen. Sobald das meiste Wasser abgelaufen war, stieg einer der Spurensicherer ins Innere und trat nach ein paar Augenblicken wieder ins Freie.

»Niemand drin!«, verkündete er.

Zoffinger atmete durch. Wäre Holger Tischler mit in den See gekippt, hätte ihm ein wichtiger Zeuge gefehlt, der Auskünfte über den Autocrash auf dem alten Bauernhof und die dortigen Machenschaften geben konnte.

Der Wohnwagen wurde gesichert und neben dem Uferweg abgestellt, um ihn am nächsten Tag, über Nacht von Bodenseewasser entleert, auf einen Autohof abschleppen zu lassen. Womit niemand gerechnet hatte: Die Ruine auf Rädern war am folgenden Tag verschwunden. Irgendjemand musste das demolierte Gefährt bei Nacht und Nebel abgeschleppt haben. Aber warum? Die Spurensicherer hatten das Wrack nach der Bergung nur oberflächlich in Augenschein genommen, weil alles pitschnass war.

Als Zoffinger erfuhr, dass Unbekannte die Karre zum zweiten Mal entführt hatten, war sein erster Gedanke, dass beim jüngsten Kidnapping Sherpa die Hand im Spiel hatte. Dass der Besitzer den Anhänger reparieren lassen wollte, war angesichts der Schäden auszuschließen. Aber Zoffinger wäre nicht Zoffinger gewesen, hätte er hinter dem nächtlichen Klau nicht einen triftigen Beweggrund vermutet. Unter Umständen hatte Sherpa in seiner fahrbaren Büroruine etwas deponiert, was für ihn von Wert war.

Kollegen vom Streifendienst entdeckten den zerbeulten Caravan in einer dafür zu kleinen Garage. Die Deichsel passte nicht hinein und ragte unter dem halb zugezogenen Rolltor heraus. Ein Bekannter hatte Sherpa den Abstellplatz zur Verfügung gestellt. Der Mann wusste sogar, dass sich der Gesuchte auf dem Campingplatz Hegne aufhielt, wo einige Tage zuvor noch sein Inkassobüro auf Rädern gestanden hatte.

Zoffinger musste nicht lange suchen und fand den Riesenkerl auf der Seeterrasse des Restaurants vor einem halb leeren Glas Weizenbier und einem Schnaps. Er hatte seine Bergstiefel ausgezogen, akkurat unter den Tisch gestellt und genoss den Blick auf den Bodensee und das Alpenpanorama wie ein Sommerfrischler. Zwischen Bier- und Schnapsglas trockneten auf dem Tisch ausgebreitete Dokumente in der Sonne.

»Gut, dass ich Sie antreffe«, begann der Kommissar die Unterhaltung und nahm sich einen Stuhl. »Fangen wir von vorne an. Haben Sie einen Verdacht, wer Ihr rollendes Büro abgeschleppt und in den See geschmissen hat?«

»Verdammte Idioten!«, brach es aus Sherpa heraus. »Dass man es als Schuldeneintreiber gelegentlich mit bösartigen Leuten zu tun bekommt, weiß ich. Mit einer so gewalttätigen Aktion hätte ich allerdings nicht gerechnet.«

»Wie haben Sie überhaupt Wind davon bekommen, dass Ihr Caravan einer Kneippkur unterzogen wurde?«

»In einem Facebook-Eintrag habe ich von der Bergung meines Büros in Allensbach erfahren. Später am Abend bin ich hingefahren und habe die Karre abgeholt, um meine Geschäftspapiere zu retten. Von einem Kumpel wusste ich, dass er eine leere Garage besitzt.«

»Viel anfangen können Sie mit dem Wrack wohl nicht mehr. Wir haben uns gewundert, wie schnell Sie sich Ihr Büro aus Allensbach geholt haben.«

»Würden Sie Ihre Schriftstücke eine Nacht lang in einem zerdepperten Wohnwagen einfach herumliegen lassen? Wohl kaum!«

»Ich nehme an, dass es sich unter anderem um diese Unterlagen handelt.«

Zoffinger zeigte auf die feuchten Blätter auf dem Tisch. Sherpa wollte die Dokumente einsammeln, aber Zoffinger hinderte ihn daran.

»Langsam, langsam! Sie sind nicht der Einzige, der sich für den Schreibkram interessiert. Ich kann die Papiere von meinen Kollegen sichten lassen und Sie zur Vernehmung ins Kommissariat bestellen. Das wäre ein unter Umständen langwieriges Prozedere. Wir könnten das Verfahren aber auch abkürzen, indem Sie mir erzählen, was an den Schriftstücken so wichtig ist.«

Sherpa stürzte sein Bier und kippte den Schnaps hinterher.

»Da es sich um nichts Illegales handelt, kann ich Ihnen auch jetzt erzählen, um was es geht.«

Er ließ sich ein weiteres Bier und einen Schnaps bringen.

»Darf ich Sie einladen?«

»Ich bin zwar im Dienst, aber ein Weizenbier könnte nicht schaden. Also erzählen Sie!«

»Dass Sie im Fall der ermordeten Leonie Landruth ermitteln, pfeifen mittlerweile die Spatzen von den Dächern. Die Frau hat mich ein paar Tage vor ihrem Tod angerufen und um meine Hilfe gebeten.«

»Sollten Sie finanzielle Außenstände für sie eintreiben?«

Sherpa winkte ab.

»Nein. Sie wollte mich als Personenschützer engagieren.«

Zoffinger traute seinen Ohren nicht.

»Leonie Landruth hat Sie um Personenschutz gebeten?«

»Richtig. Sie hat offenbar über eine Zeitungsanzeige, die ich vor geraumer Zeit im Seekurier veröffentlichen ließ, erfahren, dass ich der richtige Mann für solche Jobs bin.«

»Hat sie sich bedroht gefühlt?«

»Sie fühlte sich verfolgt und meinte, ich solle nach Ende des Seminars auf der MS Hegau ein paar Tage lang auf sie aufpassen. Aber der Auftrag hat sich mittlerweile ja erledigt. Tut mir leid um sie, ehrlich.«

»Hat sie sich darüber geäußert, von wem sie sich bedroht fühlte? Sind Namen gefallen? Hat sie Ihnen einen Grund für ihre Angst genannt?«

»Wir wollten uns nach der Erteilung eines offiziellen Personenschutzauftrags noch unterhalten. Aber dazu ist es aus bekanntem Grund nicht mehr gekommen.«

Zoffinger entschloss sich, sein Ding durchzuziehen.

»Wo waren Sie am Tag des Todes von Leonie Landruth?«

»Sie fragen mich nach einem Alibi?«, entrüstete sich Sherpa. »Genau aus diesem Grund wollte ich meine Unterlagen in Sicherheit bringen und vermeiden, dass die Polizei von meiner geschäftlichen Verbindung mit der Ermordeten erfährt. Jeder denkende Mensch vermeidet es, einen unbegründeten Verdacht auf sich zu lenken. Das bringt nur Ärger und Verdruss. Bestes Beispiel ist Ihre eben erfolgte Anspielung, dass ich mit dem Tod von Leonie Landruth etwas zu tun haben könnte.«

»Ich habe Sie lediglich nach einem Alibi für die Tatzeit gefragt. Nicht mehr und nicht weniger. Sagen Sie mir, wo Sie gewesen sind, und die Angelegenheit ist vom Tisch.«

»Ich war um die fragliche Zeit vier Tage lang in Würzburg und habe einem Freund beim Renovieren geholfen. Er ist beim Tapezieren von der Leiter gefallen, hat sich das linke Bein gebrochen und konnte die begonnenen Arbeiten deshalb nicht zu Ende bringen. Ich schreibe Ihnen seinen Namen, Adresse und Telefonnummer auf. Er wird Ihnen auch bestätigen, dass wir zusammen fast zwei Kästen Bier ausgesoffen haben, falls Sie das interessiert.«

»Eine andere Bestätigung wäre mir lieber«, gab Zoffinger zu bedenken. »Sie hatten auf einem maroden Bauernhof auf dem Bodanrück einen Autounfall. Sie fahren ein älteres Lada-Modell, von dem ich Lack- und Glasspuren an einem zerdepperten Scheunentor gefunden habe. Was ist passiert?«

»Was wäre, wenn ich eine weitere Sufftat zugeben würde? Bin ich dann meinen Zettel los?«

Zoffinger winkte ab.

»Das ist mir vollkommen wurscht. Ich will nur wissen, wie der Unfall geschehen ist und was Sie dort zu suchen hatten.«

Holger ›Sherpa‹ Tischler leerte seine Getränke, als müsse er eine Demonstration seiner Trinkfestigkeit abliefern.

»Ich hatte einen über den Durst getrunken und bin im Innenhof des Gehöfts vom Bremspedal gerutscht. Der Schaden an dem Schuppen war vollkommen egal, da das ganze Gemäuer ohnehin abgerissen gehört. Meine Freunde und ich wollten dort einen netten Abend verbringen, ohne anderen auf den Senkel zu gehen.«

Zoffinger verabredete sich mit Rolf Riedle und Florian zu einem zwanglosen Besuch in der Karaokebar »Freispruch«. Zoffinger hatte noch nie einen Fuß in den Laden gesetzt, was nichts mit Berührungsängsten vor dubiosen Etablissements zu tun hatte, auch nicht mit den dort verkehrenden zweifelhaften Gästen, mit denen er schon während seiner ganzen beruflichen Laufbahn zu tun hatte. Im Gegenteil. Hin und wieder gönnte er sich den Spaß, in Bumskneipen herumzuhängen, weil er in derartigen Niederungen näher am Puls seiner tagtäglichen Klientel war als in respektablen Gastronomiebetrieben. Häufig absolvierte er solche Abende im Alleingang, weil er seiner Lebenspartnerin Lore Exkursionen in solche Gefilde nicht zumuten wollte. Bei Rolf Riedle und Florian waren solche Bedenken überflüssig. Außerdem hatten beide in dem Laden zusammen mit drei anderen Chansonniers beim letzten Karaokewettbewerb den Hauptgewinn abgeräumt und waren gewissermaßen Gewährsleute, die für Zoffingers Leumund geradestanden.

Operation Freispruch startete an einem späten Samstagabend, als sich der Großteil der Konstanzer Stadtbevölkerung bereits wohlig in den Betten wälzte. Schon nach der ersten Minute verstand Zoffinger die zentrale Message des Ladens: Toben und bechern, bis Notarzt und Pathologe im Duo aufschlugen. Karaoke fand an diesem Abend nicht statt, was die Gäste nicht davon abhielt, ihr Sangestalent zu testen. Der Lautstärkepegel hätte jedem Schallpegelmesser den Zeiger verbogen. Zoffinger bedauerte, weder Schiefertafel noch Kreide dabei zu haben, um der knüllen Fachkraft hinter dem Tresen seinen Getränkewunsch weiß auf schwarz unmissverständlich mitteilen zu können.

»Bist du vom Gesundheitsamt oder vom diakonischen Werk?«, wollte ein Gast von Zoffinger wissen.

»Sehe ich so aus?«

»Ich tippe auf Gesundheitsamt, Arbeitsschutz oder Lebensmittelüberwachung«, witzelte sein Begleiter. »Oder von den Zeugen Jehovas.«

Zoffinger wartete das Gewieher der beiden ab.

»Bei euch beiden bin ich mir auch nicht sicher. Hattet ihr einen Unfall in einem Piercingstudio oder seid ihr in einer Eisenwarenhandlung in ein Nagelregal gefallen?«

Die beiden glotzten sich unschlüssig an.

»Könnte das eine Beleidigung gewesen sein?«, hakte der eine nach.

Rolf Riedle mischte sich ein.

»Nix Beleidigung. Warum sollte mein Freund dich beleidigen? Das war eine ganz normale Frage. Vielleicht will er sich ja auch piercen lassen.«

Von seinem Hocker am Tresen hatte Zoffinger das Blechschild mit dem Triadensymbol, das er schon von Riedles Foto kannte, direkt vor Augen. In einem kurzen Zeitfenster, als der Radau in der Bar abflaute, wandte er sich an den Tresenbeauftragten.

»Ich sammle außergewöhnliche Autokennzeichen. So eines wie hinter dir am Regal habe ich noch nie gesehen. Aus welchem Land stammt das Schild?«

Über die Dämlichkeit seines Ansinnens war er sich durchaus bewusst. Da er in Gestalt des Bartenders aber nicht unbedingt mit der hellsten Kerze im Lokal rechnete, war ihm die Frage einen Versuch wert.

»Das ist kein Nummernschild, sondern ein Clubsymbol. Noch ein Bier?«

In einer Ecke des Lokals bahnte sich eine Rauferei zwischen mehreren Gästen an. Ein Sicherheitsmensch am Ende des Tresens, der Zoffinger im Getümmel noch gar nicht aufgefallen war, steckte sich eine Trillerpfeife zwischen die Zähne und gab ein schrilles Signal von sich, das jeder im Laden zu kennen schien.

»Nach draußen! Sofort!«, brüllte er, ohne sich von seinem Hocker zu erheben.

Offenbar war die Verfahrensweise jedem Gast bekannt. Die Streithähne schubsten sich noch herum und zogen dann mit ihrer jeweiligen Entourage im Schlepptau johlend nach draußen. Die Hälfte der unbeteiligten Gäste zuckelte in Erwartung einer mitreißenden Prügelei euphorisch hinterher.

»Pass auf mein Bier auf«, tuschelte der Kommissar Florian zu. »Ich bin gleich wieder da.«

Die Tür zum Klo führte in einen Gang, an dessen Ende sich die Toiletten befanden. Auf einer Seite stapelten sich leere Bierfässer und Bierkästen. Die andere Seite war mit Dutzenden Bildern als Schauwand dekoriert, auf denen Gäste ihre Suffköpfe in die Kamera hielten. Zoffinger traf fast der Schlag, als er auf einer der Aufnahmen ein bekanntes Gesicht entdeckte. In einem bayerischen Dirndl lehnte Leonie Landruth, flankiert von zwei Männern, lässig am Tresen. Der eine war der wuschelköpfige Barkeeper, der eine rote Papiermütze mit der Zahl 36 trug. Auf dem Bilderrahmen klebte ein Schildchen, das darüber Auskunft gab, dass der Kerl an diesem Tag seinen 36. Geburtstag gefeiert hatte. Er war auch auf weiteren Fotos zu sehen, aus denen der Kommissar schloss, dass der Typ nicht nur die Verteilung alkoholischer Getränke organisierte, sondern auch als Rapper bei Konzerten auftrat.

Schon früher war Zoffinger in Zusammenhang mit einem bei Leonie Landruth gefundenen Fläschchen K.-o.-Tropfen darauf gestoßen, dass sich die BND-Seminaristin offenbar in der Karaokebar »Freispruch« mit dem Zeug versorgt hatte. Das jetzt entdeckte Foto ließ vermuten, dass sie die Barbeschäftigten besser kannte, weil sie sonst nicht einträchtig mit dem Barkeeper und dem anderen Typen aufgenommen worden wäre. War Leonie Landruth doch kein so unbeschriebenes Blatt, wie der Kommissar ursprünglich vermutet hatte?

Zoffinger sah sich in dem Flur weiter um. Ein Raum war verschlossen, aber die dünne Brettertür war so instabil, dass Zoffinger sie am oberen Ende ein kleines Stück aufdrücken und durch den schmalen Spalt ins Innere sehen konnte. Von irgendwoher fiel schummriges Licht auf ein Regal an der Wand. In durchsichtigen Plastikkisten stapelten sich vom Boden bis an die Decke DVD-Rohlinge in runden Boxen und in Pappverpackungen, offenbar ein Zwischenlager für Speichermedien, die darauf warteten, verkauft oder irgendwo anders gebrannt zu werden. Rolf Riedle hatte recht gehabt, als er den Verdacht eines Handels mit illegalen Datenträgern äußerte.

»Mission accomplished!«, raunte Zoffinger Florian zu, als er an den Tresen zurückkehrte. »Ich erzähle dir alles auf dem Heimweg.«

Rolf Riedle blieb noch. Im Gefolge zweier Goldkettchenträger schneite gegen später eine Country-Sängerin herein, die selbst aus gebührender Entfernung für Aufruhr in Riedles Hormonspiegel sorgte. Zoffinger und Florian räumten das Feld, um dem Lauf der Dinge nicht im Weg zu stehen.

In der neuen Arbeitswoche setzte Zoffinger sein Team mit einem staatsanwaltlichen Durchsuchungsbeschluss auf die Karaokebar an. Dass Leonie Landruth dort mehr war als ein x-beliebiger Gast, beruhte auf purer Vermutung. Und dass Triagenmitglieder die Bar eventuell als Treffpunkt nutzten, war ebenfalls reine Spekulation. Belastbarere Anhaltspunkte auf mögliche Geschäfte mit Raubkopien gab es hingegen definitiv, seit der Kommissar das Rohlingdepot entdeckt hatte.

Während ein Teil des Teams den Laden auf den Kopf stellte, beschäftigten sich andere Beamte mit den am frühen Abend noch wenigen Gästen. Pächter der Bar war in

Personalunion der Barkeeper, den Zoffinger von seinem ersten Besuch kannte. In seinem Büro lagen Stapel von Autogrammkarten, die der Rapper bei seinen Konzerten an seine Fans verteilen ließ. Mit bürgerlichem Namen hieß er Patrick Melzer, war unter Eingeweihten aber nur als Patty bekannt. Erste Tat der Einsatztruppe war, ihm sein Handy wegzunehmen, was sich im Nachhinein als Volltreffer herausstellte. In seiner Anrufliste befand sich sowohl die Nummer von Hayo Dahl als auch von Holger ›Sherpa‹ Tischler, dem Inkassofritzen. Ein weiterer Kontakt ließ Zoffinger jubeln. Die Nummer gehörte Leonie Landruth. Patty hatte sie am Tag vor ihrer Ermordung angerufen.

Für Ordnungsfanatiker wäre das Büro des Spelunkenwirtes der unaufgeräumte Vorhof der Hölle gewesen. Nerds und IT-Freaks hingegen hätten das heillose Chaos für einen mustergültigen Arbeitsplatz gehalten. Die Sachlage war eindeutig. Patty kannte sich nicht nur mit unterschiedlichen Bier- und Schnapssorten aus, sondern bewies auch am Rechner sein Talent. So wie die Ausstattung der Butze aussah, war hier kein Amateur zugange, der sein Mütchen mit Hassmails kühlte. Alles wies auf einen Freak hin, der professionelle Fähigkeiten mitbrachte.

Zwischen Monitoren hockte ein dickbauchiger Teddybär mit einem Bluetooth-Headset auf den Plüschohren. Die Wände zierten großformatige Matrix-Poster. Wo noch Platz war, hingen T-Shirts mit mehr oder weniger einfallsreichen Sprüchen. Zoffinger ließ einpacken, was nicht niet- und nagelfest war, darunter zwei Laptops, mehrere Festplatten und zwei Ordner mit Papierkram.

Im Raum mit den unbeschriebenen CDs und DVDs lagerten zwei Beutel mit getrockneten Cannabisblüten, ein Dutzend gepresste Haschischplatten und eine

Fläschchenbatterie K.-o.-Tropfen, wie man sie im Spind von Leonie Landruth auf der MS Hegau gefunden hatte.

In einem Nebengebäude standen die Beamten vor verschlossener Tür, hinter der sich jemand verschanzt hatte. Trotz mehrfacher Aufforderungen zu öffnen, passierte nichts.

»Gefahr im Verzug!«, schnauzte Zoffinger, um sein unverzügliches Handeln zu rechtfertigen. »Vielleicht tut sich der Kerl da drinnen etwas an.«

Ein Kollege half mit einem Brecheisen nach. In dem höchstens zehn Quadratmeter großen versifften Zimmer hockte ein völlig verängstigter Asiate auf einer Matratze. Auf dem Boden lagen tote Fliegen und Käfer, Schimmel hatte Löcher in die Wände und die Zimmerdecke gefressen. Das vergitterte, vor Dreck starrende Fenster war zugeschraubt. Der Kerl war seit über einem Jahr illegal im Land, nachdem er von einer Schleuserbande von Vietnam über die Slowakei nach Deutschland gebracht worden war und jetzt für einen Hungerlohn für den Barpächter arbeiten musste. Patty hatte ihm den Pass abgenommen, um ein Druckmittel gegen ihn in der Hand zu haben. Da der Kerl relativ gut Deutsch sprach, stellte sich schnell heraus, dass er von einem Vermittler mit dem Versprechen eines 1000-Euro-Monatslohnes nach Europa gelockt worden war. Nach seiner Befreiung zeigte sich der Verschleppte auskunftsfreudig. Er sei zusammen mit etwa zwei Dutzend Frauen nach Deutschland gekommen, von denen die meisten zur Prostitution gezwungen wurden oder in Nagel- und Massagestudios malochen mussten.

»Verflucht noch mal«, tobte Zoffinger. »Das ist moderne Sklaverei. Was für eine Schweinerei, aus purer Geldgier so mit Menschen umzugehen!«

Er fackelte nicht lange und ließ den Barpächter auf das Kommissariat verfrachten.

»Soll ich Sie Patrick Melzer nennen oder lieber Patty?«, begann Zoffinger das Gespräch in freundlichem Ton, obwohl er mit seinem Gegenüber viel lieber rustikaler umgesprungen wäre.

»Patty ist okay. An meinen richtigen Namen kann ich mich manchmal schon gar nicht mehr erinnern.«

»Sind Sie eigentlich mehr Wirt oder mehr Computerfreak? Ihre Büroausstattung hat in mir Zweifel geweckt.«

»Mein Geld verdiene ich mit der Bar. In meiner Freizeit beschäftige ich mich gerne mit dem Computer, surfe im Internet und informiere mich, was in der Welt so los ist.«

»Nach Freizeitbeschäftigung sieht Ihre technische Ausstattung aber nicht aus. Sind Sie ein Hacker?«

»Sehr witzig!«, höhnte Patty. »Jetzt sind Sie mir auf die Schliche gekommen, dass ich im Nebenberuf das amerikanische Verteidigungsministerium, die chinesische Regierung und den russischen Geheimdienst anzapfe. Sehr witzig!«

»Begeben wir uns auf tragfähigen Boden«, machte Zoffinger dem Herumgehampel ein Ende. »Fangen wir mal mit Ihrem Datenträgerdepot an. Reguläre Rechnungen für die CDs und DVDs haben wir in Ihren Unterlagen nicht gefunden. Hinweise belegen jedoch, dass Sie Ihr Rohmaterial aus zweifelhaften Onlinequellen beziehen.«

»Was heißt schon zweifelhafte Quellen?«, entrüstete sich Patty. »Wir haben versucht, die Ware zu einem möglichst günstigen Preis zu bekommen. Sie kaufen Ihre Zahnpasta doch auch nicht in der Apotheke!«

Zoffingers Smartphone klingelte. Ein Kollege war dran.

»Hier spricht die Konstanzer Blitzaufklärung!«, blödelte der Anrufer. »Ob du's glaubst oder nicht: Wir sind bereits fündig geworden, obwohl wir mit der Sichtung des Materials aus der Karaokebar erst angefangen haben.«

»Und? Was habt ihr gefunden?«

»Der konfiszierte Laptop befand sich noch im Standby-Modus. Glück für uns. So kamen wir um eine Passwortsuche herum. Wir haben mehrere Dateien gesichtet, die darauf schließen lassen, dass dieser Kneipenpächter mit einer Organisation namens Schwarzer Lotus zu tun hat. Wenn du mich fragst, hört sich das nach organisierter Kriminalität an.«

Zoffinger atmete tief durch. Hatte ihn sein Bauchgefühl also doch nicht getrogen, als er bei seinem ersten Besuch in der Bar auf das Triadensymbol hinter dem Bartresen aufmerksam geworden war.

»Sonst noch etwas Auffälliges?«

»Der Karaokehäuptling arbeitet allem Anschein nach mit dem Kopierladen Copy-Express in der Konstanzer Altstadt zusammen. Zwei Kollegen kümmern sich bereits vor Ort um das Geschäft.«

Der Kommissar legte das Telefon zur Seite, um sich wieder Patty zu widmen.

»Apropos Speichermedien. Aus welchem Grund horten Sie solche Mengen an CDs und DVDs? Wo kommt das Material her?«

»Als wir einen Posten zu einem Spitzenpreis angeboten bekamen, haben wir zugeschlagen. Was mit den Datenträgern passieren soll, ist noch nicht entschieden. Aber das Angebot war zu verlockend, als dass wir es hätten ablehnen können.«

»Sie reden ständig von ›wir‹. Wen meinen Sie damit eigentlich? Sind nicht Sie alleiniger Pächter der Karaokebar?«

»Doch. Aber mir steht eine Gruppe von Leuten zur

Seite, die sich an unterschiedlichen Deals beteiligen, beispielsweise an dem Schnäppchen mit den Datenträgern. Wir investieren gemeinsam und teilen uns hinterher die Gewinne.«

»Dann bin ich mal gespannt, ob meine Kollegen in Ihren Unterlagen Nachweise finden, dass Sie Ihre Gewinne ordentlich versteuern.«

Unübersehbar rutschte Patty das Herz in die Hose, obwohl er sich darum bemühte, keine Reaktion zu zeigen. Mit Genugtuung registrierte der alte Hase Zoffinger, dass es ihm gelungen war, einen Wirkungstreffer zu landen. Aber er beschloss, auf dem Thema nicht weiter herumzureiten, weil ihn Pattys windige Geschäfte nur am Rande interessierten. Etwas anderes war viel wichtiger.

»Sie erwähnten eben eine Gruppe von Leuten, die Ihnen zuarbeitet. Sind das Gäste, Freunde, Familienmitglieder?«

»Wir haben uns schon vor Jahren auf gemeinsamen Motorradtouren kennengelernt. Als ich dann die Bar pachtete, halfen mir die Freunde zu Beginn bei der Finanzierung und waren immer da, wenn ich Hilfe brauchte.«

Zoffinger nickte bedächtig.

»Erinnern Sie sich an meinen ersten Besuch? Mir war damals ein Blechschild hinter Ihrem Tresen mit einem seltsamen Symbol aufgefallen. Ich habe Sie darauf angesprochen, weil ich das Teil für ein exotisches Autokennzeichen hielt. Sie meinten, es sei ein Clubsymbol.«

»Ich erinnere mich«, meinte Patty. »Club, Gruppe oder sonst etwas. Meine Freunde und ich dachten, wir suchen uns ein außergewöhnliches Symbol aus. Irgendjemand stieß im Internet auf das dreieckige Zeichen.«

Der Kommissar warf seinem Gegenüber einen abschätzigen Blick zu.

»Schon eigenartig, dass Sie sich ein Symbol aussuchten, das in Asien von kriminellen Vereinigungen verwendet wird. Mit Schwarzer Lotus haben Sie auch gleich noch einen passenden Namen gefunden. Warum gerade Schwarzer Lotus und nicht Schwarzer Rhabarber oder Lila Petersilie?«

Patty hatte Zoffingers Steuerhinweis noch nicht verarbeitet, als ihn die nächste Breitseite traf. Der Vorwurf krimineller Machenschaften schien den Thekenheini kalt zu erwischen. Dass der Kommissar den Gangnamen Schwarzer Lotus kannte, verunsicherte den Wirt zutiefst. Fahrig rutschte er auf seinem Stuhl hin und her, zupfte an seinen Ohrläppchen und knetete die Hände, bis die Knöchel weiß hervortraten.

»Der Clubnamen sollte ungewöhnlich sein, vielleicht ein bisschen mysteriös und exotisch. Da kam uns Schwarzer Lotus gerade recht. Das war pure Spielerei.«

»Oder Sie stellten ganz bewusst eine Assoziation mit der fernöstlichen Unterwelt her. Genauso gut hätten Sie sich nach den japanischen Verbrechenssyndikaten Yakuza benennen können. Mir kommt das vor, als versuchten Sie, ein alternatives Geschäftsmodell aufzubauen: So tun, als handele es sich um eine Triage, nur um eine in die Irre führende Spur zu legen.«

Patty wurde der Boden augenscheinlich langsam zu heiß.

»Ich sage jetzt gar nichts mehr. Kein Ton mehr ohne Anwalt. Ich weiß überhaupt nicht, was Sie von mir wollen.«

»Da kann ich Ihnen auf die Sprünge helfen«, meinte Zoffinger. »Punkt 1: Wir haben Hinweise, dass Sie illegale Geschäfte mit Datenträgern tätigen. Der konkrete Verdacht: Sie stellen Raubkopien her. Punkt 2: Sie haben sich des Menschenhandels bzw. des Schleusertums schuldig gemacht. Sie beuten einen illegal im Land befindlichen Vietnamesen auf schamlose Weise aus. Punkt 3: Um wen und was es sich bei dem dubiosen Schwarzen Lotus handelt, werden wir noch herausfinden.«

»Jetzt halten Sie aber mal die Luft an!«, muckte Patty auf. »Sie hauen mir hier einen Vorwurf nach dem anderen um die Ohren, ohne auch nur den geringsten Beweis zu haben.«

»Irrtum, Herr Melzer«, entgegnete der Kommissar ruhig. »Wir sind dabei, die Funde aus Ihrem Büro zu sichten, und die ersten Anzeichen lassen auf reiche Beute hoffen.«

Er klappte den vor ihm liegenden Ordner zu.

»Sie versuchen, sich als unbeschriebenes Blatt zu präsentieren? Dass ich nicht lache! Sie bleiben zunächst einmal unser Gast. Dann können Sie sich in aller Ruhe Gedanken machen, wie Sie mich von Ihrer Unschuld überzeugen.«

Ein Polizist führte Patty bereits aus dem Vernehmungsraum.

»Noch eine letzte Frage«, rief ihm Zoffinger hinterher. »Kennen Sie Leonie Landruth?«

Patty stemmte die Arme in die Hüften.

»Wenn ich mich mit jeder Tussi beschäftigen würde, die an meinem Tresen herumhängt, hätte ich viel zu tun.«

»Auf der Feier zu Ihrem 36. Geburtstag war sie dabei. Sie haben sich mit ihr zusammen sogar fotografieren lassen. Die Aufnahme hängt an der Bilderwand im Gang zu den Toiletten.«

»Na und? In meinem Laden herrscht ein ständiges Kommen und Gehen. An meinem Geburtstag habe ich ein paar Runden geschmissen und mich mit meinen Gästen fotografieren lassen. Oder hätte ich dafür eine Genehmigung gebraucht?«

Der Kommissar überhörte die spitze Bemerkung.

»Wenn Sie Leonie gar nicht kannten, frage ich mich, warum wir ihre Handynummer auf Ihrem Smartphone gefunden haben.«

Patty zuckte mit den Schultern.

»Vielleicht hat sie mal angerufen, einen Tisch reserviert oder sich nach dem Wasserstand im Bodensee erkundigt. Vielleicht habe ich ihre Nummer versehentlich behalten.«

»Vielleicht versuchen Sie im Augenblick auch, mir einen Bären aufzubinden«, antwortete Zoffinger. Wir können anhand Ihrer telefonischen Verbindungsdaten nachweisen, dass Sie am Tag vor Leonie Landruths Ermordung mit ihr gesprochen haben. Aus diesem Grund bin ich hochgradig daran interessiert zu erfahren, in welchem Verhältnis Sie zu dem Mordopfer standen. Ich werde Ihnen so lange auf die Pelle rücken, bis ich herausgefunden habe, was Sie mit Frau Landruth zu tun hatten. Nachweislich hat sie Ihre Bar öfters besucht.«

»Wollen Sie mir jetzt auch noch den Mord an dieser Lady in die Schuhe schieben?«, regte sich Patty auf.

»Ich schiebe Ihnen gar nichts in die Schuhe. Ich werde gegen Sie ermitteln, weil es schon jetzt danach aussieht, dass Sie jede Menge Dreck am Stecken haben. Abführen!«

Zoffingers Team hatte an mehreren Fronten zugleich zu tun. Zwei Kollegen in Zivil machten sich an die Überprüfung des Kopiergeschäfts Copy-Express. Offenbar handelte es sich um einen ganz normalen Kopierladen, wie es im Stadtgebiet mehrere gab. Die Beamten waren mit ihrer

Inspektion gerade fertig und wollten sich auf den Weg zurück ins Kommissariat machen, als zwei Männer eine kleine, in Folie eingeschlagene Holzpalette aus dem Kellergeschoss in einen Kleintransporter schleppten.

»Soll ich euch die Autotür aufmachen?«

»Das wäre prima«, antwortete einer der Blaumänner. »Dann müssen wir die Scheißpalette nicht abstellen und wieder hochheben. Das geht ins Kreuz.«

»Was schleppt ihr denn da? Dem Gewicht nach könnte es sich um Goldbarren handeln.«

»Wären es Goldbarren, würden wir uns damit in die Büsche schlagen«, flachste der Arbeiter. »Da es aber nur um frisch gebrannte Tonträger geht, machen wir lieber unseren Job.«

Frisch gebrannte Tonträger? Zoffinger zählte eins und eins zusammen, als ihm die Kollegen davon erzählten. Eine Nachprüfung ergab, dass es in der gesamten Innenstadt keine Brennfirma gab. Der Verdacht drängte sich auf, dass Softwarepiraten im Kellergeschoss unter dem Kopierladen eine Raubkopierwerkstatt eingerichtet hatten und der Barpächter Patty mit von der Partie war. Der Kommissar ließ das Objekt zwei Tage lang beobachten, um zu erfahren, wie viele Angestellte dort arbeiteten, was für Waren angeliefert und abtransportiert wurden.

An einem Spätnachmittag schlug das Team zu. Im Untergeschoss lagen vier Räume, die weniger einem Keller als vielmehr einer gepflegten Büroetage ähnelten. Vier osteuropäische Beschäftigte ließen sich widerstandslos festnehmen. In einem Zimmer lagerten Rohlinge, in einem weiteren stapelten sich versandfertige Ton- und Datenträger, obenauf eine Liste, um was es sich handelte: deutsche und internationale TV-Serien, Kinofilme von Schwarzeneggerklassikern bis Mittelgebirgsromanzen, Softpornos für

Anfänger, Rappersongs, Rock- und Pophits und vieles mehr. In den beiden übrigen, größeren Räumen reihte sich Equipment zur Herstellung von Raubkopien aneinander, darunter insgesamt 15 professionelle PC-Anlagen mit Brennausstattungen und zwei Laserdruckern.

Parallel zur Razzia in der illegalen Softwareschmiede ließ Zoffinger Pattys Privatwohnung wegen des Verdachts auf mehrere Straftaten durchsuchen. An der Aktion nahm er persönlich teil, weil ihm die Ermittlungen in Sachen Schwarzer Lotus und Leonie Landruth wichtiger waren und das Domizil des windigen Barpächters eher Anhaltspunkte für weitere Ermittlungen versprach.

Patty logierte im Seitentrakt eines abgetakelten Industriegebäudes, das – aus welchen Gründen auch immer – von der Abrissbirne verschont geblieben war. Zoffinger hatte sich bei seinem Untersuchungshäftling die Schlüssel besorgt. Der Kerl rückte sie erst heraus, nachdem der Kommissar die Zwangsöffnung androhte.

»Wenn Patrick Melzer alias Patty tatsächlich etwas mit dem Mordopfer Leonie Landruth zu tun hatte, müssen dafür Beweise existieren«, überlegte Zoffinger. »Mein Bauchgefühl sagt, dass es sich zwischen den beiden um keinen oberflächlichen Zufallskontakt handelte, sondern dass mehr dahintersteckt. Zweite Baustelle: Achtet auf alles, was uns ein klareres Bild von der Gang Schwarzer Lotus verschafft. Jede Wette, dass es in dieser undurchsichtigen Clique nicht nur um illegale Geschäfte mit Raubkopien geht. Durchaus möglich, dass wir es mit einem versierten Hackerclub zu tun haben. Also Augen auf. Gehen wir es an!«

Das Team hatte mit der Durchsuchung noch nicht richtig angefangen, als plötzlich eine Nachbarin im Flur stand.

»Hoffentlich ziehen Sie dieses Subjekt endlich aus dem Verkehr«, moserte sie. »Der Kerl terrorisiert mit seinem verdammten Gedudel die ganze Nachbarschaft. Besonders laut geht es zu, wenn sein Hofstaat anreist.«
»Kennen Sie die Kerle?«, erkundigte sich Zoffinger.
»Natürlich nicht. Mit so einem Gesindel möchte ich auch nichts zu tun haben.«
»Können Sie sie beschreiben?«
»Wahrscheinlich gehört das Gesocks zu einer Motorradgang. Jedenfalls parken sie ihre Zweiräder jedes Mal so saudumm vor unserer Haustür, dass man fast darüberfällt.«
»An ein Kennzeichen können Sie sich wahrscheinlich nicht erinnern, oder?«
»Aber hallo! Ich habe sämtliche Nummernschilder aufgeschrieben und zur Polizei gebracht. Passiert ist nix.«
Zoffinger fotografierte den Zettel der Lady und schickte das Bild zwecks Halterabfrage an die zuständige Stelle. Um die Motorradfreaks würde er sich nach der Hausdurchsuchung kümmern.
In einem Schöner-Wohnen-Wettbewerb wäre Pattys Bleibe vermutlich auf dem letzten Platz gelandet. Aus jeder Zimmerecke glotzte Langeweile, das Mobiliar schien aus Sperrmüllbeständen zusammengewürfelt und war offenbar nur ausgesucht worden, um zu funktionieren. Bahnhofshallenatmosphäre eben. Hübsche Accessoires, private Fotos, Bilder an den Wänden: Mangelware. Das einzig Dekorative im ganzen Haushalt waren ein reizendes Jadeamulett und zwei längliche, hölzerne Klötzchen aus hellem Holz, in deren Unterseiten Symbole eingeritzt waren. Zoffinger drehte die Gegenstände hin und her und entdeckte auf der Rückseite des Amuletts den Schriftzug Yau Ma Tei. Im Internet fand er eine Erklärung. Es han-

delte sich um einen bekannten Jademarkt in Hongkong. Was die beiden seltsamen Klötzchen zu bedeuten hatten, wusste er nicht. Er hatte nicht einmal eine Idee, wonach er im World Wide Web suchen sollte. Ein Kollege konnte aushelfen.

»Wenn mich nicht alles täuscht, handelt es sich um fernöstliche Namenssiegel, mit denen in früheren Zeiten Dokumente offiziell abgestempelt, also besiegelt wurden.«

»Und wo hat man diese Klötzchen als Stempel verwendet?«

»Vor ein paar Jahren habe ich auf einem Rückflug von den Philippinen einen Zwischenstopp in Hongkong eingelegt. Auf einem Souvenirmarkt habe ich dort ähnliche Stempel gesehen. Ich tippe auf Hongkong.«

Zoffinger kam eine glorreiche Idee.

»Habt ihr schon Pattys persönliche Dokumente gefunden?«

»Sind bereits eingetütet.«

»Ist auch ein Reisepass dabei? Wenn ja, schaut mal nach, ob ein Hongkong-Einreisestempel drin ist.«

Der Pass ließ keine Rückschlüsse auf große Auslandsreisen zu. Nur in Israel und in der Türkei war Patty in den letzten Jahren gewesen. Hongkong? Fehlanzeige! Zoffinger fiel augenblicklich Leonies Tätigkeit beim Deutschen Generalkonsulat in Hongkong ein. Hatte sie ihm die Reisemitbringsel geschenkt? Wenn ja, war das ein weiterer Beweis dafür, dass sie sich nicht nur gut kannten, sondern vielleicht sogar liiert waren. Oberflächlich betrachtet passten sie nicht sonderlich gut zusammen – sie, die Dame von Welt mit BND-Kontakten; er, der Thekenzausel mit illegalem, zumindest zweifelhaftem Geschäftsgebaren. Aber wo die Liebe nun mal hinfiel …

Aufschlussreich erwiesen sich ein paar Funde in der

Wohnung. In einer Schublade lagen ein als Taschenlampe getarnter Elektroschocker und drei ältere Handys. Als kreatives Drogenversteck stellte sich eine Metalldose in Form eines Playstation-Controllers heraus. Vermutlich wären die Spurensicherer nicht darauf gestoßen, hätte die an der Durchsuchung beteiligte Spürhündin Mimi nicht den entscheidenden Tipp gegeben. Einer der Beamten versuchte, einen stationären PC hochzufahren. Weil er vom Strom getrennt war, wollte er den Netzstecker mit der Steckdose verbinden. Da fiel ihm der Bluff auf. Die Zweierbuchse war ein Fake aus in Wandfarbe gestrichenem Sperrholz und ließ sich einfach abziehen. Im dahinter liegenden Hohlraum verbargen sich 40 000 Euro, 11 000 Schweizerfranken, eine 2,5-Zoll-SSD und ein seltsam aussehender USB-Stick. Zoffinger drehte das Fundstück in den Händen, weil er einen solchen Flash Drive noch nie gesehen hatte.

Im Kommissariat stürzten sich die Experten erwartungsvoll auf die Fundstücke. Wählte jemand für Datenträger ein so gut getarntes Versteck, lag ihm offenbar viel daran, die darauf gespeicherten Daten geheim zu halten.

»Das ist kein normaler USB-Stick«, wusste einer der IT-Experten. »Ledger Nano S ist eine Crypto-Hardware-Geldbörse zur Sicherung und Verwaltung von Kryptowährungen.«

»Dann wird sich schnell herausstellen, ob dieser Patty auf einem sagenhaften Bitcoin-Schatz sitzt«, vermutete der Kommissar.

»Da muss ich dich enttäuschen. Niemand bunkert den Zugang zu seinen Bitcoins ohne ausgeklügelte Sicherheitsmaßnahmen. Und wenn uns der Besitzer des Datenträgers sein Passwort nicht verrät, haben wir keine Chance, an die Daten zu kommen. Solange du keinen Beweis dafür hast, dass Patty den digitalen Zaster geklaut hat, ist die Kryptowährung unantastbar.«

Kryptowährungen waren für Zoffinger ein Buch mit sieben Siegeln und ein guter Grund, sich Hilfe zu holen. Wie man die Währung schürfte, verwahrte und was mit ihr anzufangen war, hatte er bewusst das erste Mal mitbekommen, als Leonie Landruths Bruder vom gewaltigen Bitcoin-Schatz seiner Schwester erzählte. Unter den Kollegen im Wirtschaftsdezernat war Jan Winkler als ausgemachter Spezialist in Sachen Finanzgeschäften bekannt. Zoffinger suchte ihn, zwecks einer Nachhilfestunde in Sachen Kryptowährung, in dessen Büro auf.

»Ahaaa! Der Herr Kollege interessiert sich für das digitale Gold des 21. Jahrhunderts«, tönte Winkler. »Lockt dich das schnelle Geld?«

»Immer langsam!«, bremste ihn Zoffinger. »Eigentlich geht mir das ganze Getue um Kryptowährungen am Sogenannten vorbei. Zugegeben: Das hat damit zu tun, dass der Hype für mich ein Rätsel ist. Aber Bitcoins könnten in meinem jüngsten Fall eine Rolle spielen. Deshalb wollte ich dich um ein paar klärende Worte bitten.«

Winkler legte die Stirn in Falten.

»Hast du schon einmal versucht, in vier oder fünf Sätzen einer Erstklässlerin Einsteins Relativitätstheorie zu erklären?«

»Mehr als das Allernötigste muss ich nicht wissen«, meinte Zoffinger. »Mach es so einfach wie möglich. Also bitte keinen Informatiklehrgang.«

»Hierzulande kannst du in immer mehr Geschäften mit der Kryptowährung Bitcoin bezahlen – sowohl online als auch offline. Manche Lieferdienste bringen dir gegen Bitcoins den Gaumenschmaus deiner Wahl ins Haus. In

Berlin akzeptiert bereits eine ganze Reihe von Bars und Restaurants die Währung.«

»Mir sind Münzgeld und ein paar Scheine immer noch lieber.«

»Also!«, setzte der Experte neu an. »Bitcoins sind elektronisches Geld. Du kannst es nicht nur kaufen, sondern selbst via Grafikkartenprozessor herstellen, also errechnen. Diesen Vorgang nennt man Bitcoin-Mining. Mit einem normalen Desktop-PC funktioniert das in der Regel nicht, weil die anfallenden Stromkosten viel zu hoch wären. Deshalb nutzen Miner, also Computerbesitzer, spezielle Geräte, sogenannte ASIC-Miner. Für einen Appel und ein Ei sind diese hochpreisigen Rechner allerdings nicht zu haben.«

»Was mich am meisten interessiert: Wenn ich auf einem Sack Bitcoins sitze – was mache ich damit?«

Winkler schaute seinen Kollegen amüsiert an.

»Du kannst dir eine Südseeinsel kaufen, eine schwimmende Luxusvilla oder vielleicht …«

Der Kommissar unterbrach ihn.

»Das habe ich nicht gemeint. Bargeld kann ich in den Geldbeutel oder die Hosentasche stecken. Mit einem digitalen, also nicht-physischen Zahlungsmittel, kann ich mir das schlecht vorstellen.«

»Es funktioniert aber ähnlich. Der Unterschied besteht darin, dass Bitcoins in digitalen Geldbörsen, sogenannten Wallets, verwahrt werden. Genau genommen speichern solche Wallets aber keine tatsächlichen Bitcoins, sondern digitale Schlüssel, sogenannte Keys, die deine Berechtigung und den Besitznachweis auf die Bitcoins beinhalten.«

»Bedeutet also, solange ich den Schlüssel hüte wie meinen Augapfel, sind auch meine Bitcoins sicher?«

Winkler nickte.

»Könnte man so sagen. Wichtig wäre noch zu erwähnen, dass eine Wallet beispielsweise auf einem USB-Stick verschlüsselt und damit sicher verwahrt und mit einem nicht zu knackenden Passwort geschützt werden sollte. Verliert oder vergisst jemand sein Passwort, sind die Bitcoins weg.«

»Ich muss also einen ausgeklügelten Sicherungsplan erstellen. Denn wenn ich als Bitcoin-Besitzer von einem flüchtigen Mörder erschossen werde und niemand weder den Speicherort meiner Wallet noch mein Passwort kennt, wird mein Bitcoin-Vermögen vom Winde verweht.«

Winkler schlug die Hände zusammen, als klappe er ein offenes Buch zu.

»Futschikato! Perdu! Verschütt und verschollen!«

Am Ende des Gesprächs wusste Zoffinger zugegebenermaßen nicht wesentlich mehr über Kryptowährungen als zuvor.

Außer dem Ledger-Nano-S-Speicher hatten die Spurensicherer auch die SSD-Festplatte mitgenommen. Sie war zwar geschützt, doch ließ sich das Passwort mit einer speziellen Software knacken. Mit dem Karaokebetrieb und Raubkopien hatten die gespeicherten Dateien nichts zu tun. Mit Pattys IT-Arbeit schon. Erste Vermutungen bestätigten sich nach und nach. Schwarzer Lotus schien eine Hackergruppe zu sein, deren Ziel Cyberattacken auf Behörden und Unternehmen waren, nicht um Lösegelder zu erpressen, sondern um sensible Daten abzugreifen, die sich meistbietend versilbern ließen.

Bei der Datenauswertung stieß das Team auf eine weitere Überraschung. Zahlreiche Schriftwechsel und

E-Mails deuteten darauf hin, dass nicht Patty, sondern ein in den Unterlagen nur Capo genannter Obermufti beim Schwarzen Lotus aus dem Hintergrund die Strippen zog. Nirgends tauchte ein Klarname auf, keine Adresse und kein sonstiger Hinweis, um wen es sich bei der grauen Eminenz handeln könnte. Auf die Pinwand in der KTU, wo die Konterfeis von Verdächtigen, Komplizen und undurchsichtigen Spießgesellen hingen, hatte jemand ein leeres rotes Rechteck gemalt und ein Foto vom ehemaligen US-Präsidenten Donald Trump in die Mitte geklebt – als Platzhalter für den zwielichtigen Dunkelmann.

9
AUSGETRICKST

Nach den ersten Ermittlungen im Dunstkreis von Patty war klar, dass der Kerl bezüglich Cyberkriminalität kein unbeschriebenes Blatt war. Das galt allen Anzeichen nach auch für seine Kumpels vom Schwarzen Lotus. Was der Barbetreiber mit Leonie Landruth zu tun hatte, war für Zoffinger momentan die Schlüsselfrage. Das Mordopfer war in Hongkong ebenfalls im IT-Bereich tätig gewesen. Also lag der Verdacht nahe, dass die beiden an der Hackerfront eventuell am selben Strang gezogen hatten. Der Kommissar machte Druck bei seinen Kollegen, die das konfiszierte Material aus Pattys Bar und seiner Privatwohnung sichteten.

»Irgendetwas Aufschlussreiches wird sich doch finden lassen. Ich verwette meinen Kopf samt schwindender Haarpracht darauf, dass die beiden Computerfreaks in die gleiche Richtung arbeiteten. Ihr müsst unbedingt etwas finden, was unseren Ermittlungen auf die Sprünge hilft.«

»Eines ist jetzt schon klar«, behauptete einer aus dem Team. »Leonie Landruth hat sich an Patty gewandt, um eventuell Hilfe beim Knacken ihres Datenspeichers zu bekommen, auf dem der Zugang zu ihrem Bitcoin-Schatz gesichert ist. Auch im Internet hat sie zahlreiche Versuche gestartet, Hilfe zu finden. Patty, der selbst über Bitcoins verfügt, konnte ihr nicht helfen, hat ihr aber mehrere Kontakte vermittelt. Das ist aus seinen Unterlagen ersichtlich.«

Zoffinger kam Eddie in den Sinn. Wenn einer sich in IT-Fragen auskannte, dann er. Der Zufall wollte es, dass sich die beiden um die Mittagszeit im Restaurant Chengdu in die Arme liefen, wo der damalige John Doe über einer fernöstlichen Nudelsuppe sein Gedächtnis zurückgewonnen hatte.

»Das muss Vorsehung sein!«, meinte Zoffinger. »Ich hätte dich heute ohnehin noch angerufen.«

Eddie lachte.

»Man glaubt es kaum, aber ich war schon auf dem Sprung zu dir ins Kommissariat, als sich mein leerer Magen meldete.«

»Wie wäre es mit einer Neuauflage Hu Tieu Nam Vang?«

»Natürlich Nr. 72«, antwortete Eddie. »Was denn sonst?! Vielleicht findet die Suppe doch noch etwas, was in einer Ecke meines Gehirns verschüttet liegt.«

Zoffinger berichtete über seine neuesten Ermittlungen in Hackerkreisen, in denen er eventuell das Motiv für den Mord an Leonie Landruth zu finden glaubte.

»Bei meinen Recherchen fühlte ich mich unvermittelt an dich und deine Tätigkeit erinnert.«

Eddie muckte auf.

»Ich hoffe doch sehr, dass du nicht versuchst, mich mit deinem Mordfall oder verdächtigen Hackerkreisen in Verbindung zu bringen. Ich habe mit solchen Nerds längst nichts mehr zu tun.«

Der Kommissar winkte ab.

»Nein, natürlich nicht. Aber durch mein Gehirn spukt die Idee, dass du ebenso wie einer meiner Verdächtigen quasi dasselbe Geschäftsfeld beackerst. Du arbeitest im Auftrag mehrerer Unternehmen daran, Computerspionage zu verhindern. Die Hacker, die ich im Auge habe, lassen wahrscheinlich nichts unversucht, firmeninterne Sicherheitsvorkehrungen zu überwinden. Eure Zielrichtung ist quasi dieselbe – mit umgekehrten Vorzeichen.«

»Dass ich wie manche Hacker im IT-Bereich tätig bin, heißt noch lange nicht, dass ich ebenso wie diese Jungs in trübem Wasser fische. Würde ich mir meinen Kunden gegenüber etwas zuschulden kommen lassen, wäre ich meinen Job schneller los als ich ›dumm gelaufen‹ sagen könnte.«

Zoffinger wedelte mit den Händen.

»Um Himmels willen! Mir geht es doch nicht darum, dir ans Bein zu pinkeln. Ich wollte mich bei dir als IT-Experten nur schlaumachen, ob du irgendwelche Hinweise auf unstatthafte Hackeraktivitäten in unserer Region hast. Du kennst dich doch aus, hast deine Ohren am Puls der Nerd-Gemeinde und kriegst vermutlich am ehesten mit, was sich in Kreisen von Computerfreaks so tut.«

Eddie legte die Stirn in Falten.

»Kein Tag vergeht, ohne dass ein Cyberangriff auf eine Behörde oder ein Unternehmen stattfindet. In sozialen Netzwerken wird gemobbt und gedroht, was das Zeug hält. Das Darknet hat sich zu einem rabenschwarzen Marktplatz entwickelt – für Waffen, Drogen, Falschgeld, Schadsoftware, geklaute Kreditkarten und, und, und … Dass in unserer Gegend schwarze Schafe unterwegs sind, ist naheliegend. Auf Anhieb wüsste ich allerdings nicht, um welche Gruppen oder Individuen es sich handelt.«

Zoffinger hatte den Schwarzen Lotus und den Kneipenwirt Patty mit Bedacht nicht erwähnt, weil er einem Außenstehenden gegenüber nicht aus dem Nähkästchen plaudern wollte. Um das Thema abzuschließen, zog er mit der Hand einen imaginären Schlussstrich in der Luft.

»Reden wir über dein Problem. Was liegt an? Weshalb wolltest du mich eigentlich sprechen?«

Eddie fasste in seine Jackentasche und schob seinem Gegenüber einen ausgebeulten Umschlag über den Tisch.

»Die Postsendung habe ich heute Morgen im Briefkasten gefunden. Kein Adressat, kein Absender, nicht einmal eine Briefmarke. Also muss jemand das Ding letzte Nacht persönlich eingeworfen haben.«

»Darf ich reinschauen?«, wollte Zoffinger wissen.

Eddie nickte. Der Kommissar langte in den bereits aufgerissenen Umschlag und förderte einen pechschwarzen Plüschvampir zutage, der seine Flügel ausbreiten konnte und mit blutroten Eckzähnen eher ulkig als gefährlich aussah.

»Meine Frau hatte den Blutsauger immer an ihrer Sporttasche hängen, wenn sie ins Fitnessstudio ging. Dass man mir den Dracula jetzt zugeschickt hat, gibt mir neue Hoffnung, dass ich Christine doch noch zurückbekomme.

Zoffinger drehte seinen Kopf langsam hin und her.

»Ein Beweis dafür, dass sie noch lebt, ist das leider nicht. Sorry, wenn ich das so sagen muss.«

»Das weiß ich wohl«, hielt Eddie dagegen. »Ich bin aber absolut happy, dass sich die Entführer überhaupt wieder gemeldet haben.«

»Keine weitere Nachricht?«

»Im Umschlag liegt noch ein Zettel.«

Auf den unbedruckten, abgeschnittenen Rand einer Zeitung waren zwei Sätze gekritzelt: »Was ist dir deine

Frau wert? Angebot auf der Plakatsäule auf dem Bodanplatz in spätestens drei Tagen unter Codewort Christine.«

»Ich glaube, ich kriege die Motten!«, stöhnte Zoffinger. »Eine Entführung ist ohnehin schon ein ekelhaftes Verbrechen, das fassungslos macht. Die Gefühle von Angehörigen auch noch emotional zu manipulieren, ist bodenlos.«

Zoffinger kannte den Bodanplatz natürlich. Trotzdem wollte er sich ein präzises Bild von der Werbesäule und der unmittelbaren Umgebung machen. Der gepflasterte, von zwei Hotels und mehreren Geschäften gesäumte Platz war für einen Nachrichtenaustausch nicht schlecht gewählt. Ständig herrschte dort ein Kommen und Gehen. Neben der Säule parkten Fahrräder und Motorräder, und auf einer Seite standen im Kreis aufgebaute Sitzbänke für Passanten. Auf der Plakatierfläche eine Nachricht zu hinterlassen oder sie unbeobachtet abzulesen, war ein Klacks.

Die Frage, was Eddie seine Frau wert war, erinnerte den Kommissar an eine Kindesentführung in den 1980er-Jahren, von der er irgendwo gelesen hatte. Damals hatten die Entführer exakt dieselbe Formulierung verwendet. Das Mädchen konnte damals freigekauft werden, die Kidnapper wurden nie gefasst. Dass es sich um dieselben Täter handelte, war nach ca. vier Jahrzehnten allerdings wenig wahrscheinlich.

Eddie war nach der Lösegeldforderung völlig durch den Wind. Jedenfalls hatte ihn Zoffinger noch nie so aufgewühlt erlebt. Hin- und hergerissen von der Entscheidung, die Polizei miteinzubeziehen oder das Problem im Alleingang zu lösen, hatte er sich letztendlich doch dazu durchgerungen, die Hilfe des Kommissars in Anspruch zu nehmen. Am Tag nach dem Treffen im Restaurant Chengdu rief er Zoffinger an.

»Ich war heute Nacht auf dem Bodanplatz und habe meine Offerte handschriftlich auf der Werbesäule abgegeben. Ich kam mir vor, als würde ich bei der Versteigerung meiner Frau mitbieten. So etwas zerreißt einen geradezu. ›Was ist dir deine Frau wert?‹ Allein die Frage jagt mir Angst ein. Kann ich in Geld bewerten, wie lieb und teuer mir meine Frau ist? Hingabe und Seelenverwandtschaft lässt sich doch nicht gegen schnöden Mammon hochrechnen. Aber darum geht es diesen Schweinen gar nicht. Sie wollen mir Schuldgefühle auflasten, falls ich zu wenig für Christine bezahlen will. Eine größere Niederträchtigkeit hätten sich die Typen nicht einfallen lassen können.«

»Ich traue mich kaum, dich zu fragen, wie viel du den Kidnappern angeboten hast. Ich will auch nicht klammheimlich auf den Bodanplatz spazieren und auf der Säule nachsehen. Aber bei der Aufklärung des Falles wird der Betrag ohnehin die eine oder andere Rolle spielen. Ich garantiere dir auch, dass ich von der Höhe des angebotenen Lösegeldes nicht auf die Qualität deiner Beziehung mit Christine schließen werde. Also: wie viel?«

Eddie schlug die Hände vors Gesicht und schüttelte sich angewidert. Es dauerte, bis er antworten konnte.

»Ich habe … meine Güte! Ich habe 100 000 Euro angeboten. Auf dem Heimweg wäre ich um ein Haar umgekehrt, um den Betrag zu verdoppeln. Dann machte ich mir klar, dass das Lösegeld mit meiner Beziehung absolut nichts zu tun hat und ich nicht den geringsten Grund habe, mich den Geiselnehmern gegenüber zu rechtfertigen.«

»Wie soll die Angelegenheit jetzt weitergehen?«

»Keine Ahnung. Ich hoffe, dass sich die Banditen möglichst schnell melden, um die Modalitäten einer Lösegeldübergabe zu vereinbaren.«

»Das ist bei jeder Entführung der magische Augenblick, an dem der Frosch ins Wasser springt«, meinte Zoffinger. »Warten wir ab, was passiert. Ich werde meine Leute in Bereitschaft halten. Das einzig Positive ist bislang, dass nicht mit dem Tod der Entführten gedroht wird.«

Zwei Tage nach dem Gespräch meldeten sich die Entführer. Sie hatten einen Zettel unter den Scheibenwischer von Eddies Wagen geklemmt, als er sich nachmittags eine Auszeit nahm und auf dem Waldparkplatz Brandberg parkte, um eine Runde durch die Gegend zu drehen. Er erinnerte sich, dass dort mehrere Autos standen, er aber weder auf dem Parkplatz noch auf seinem Spaziergang einer Menschenseele begegnet war. Für Zoffinger stand fest, dass die Entführer ihn längere Zeit observiert haben und ihm gefolgt sein mussten, was auf eine gewisse Professionalität hinwies.

Tag X war der folgende Freitag. Christines Geiselnehmer hatten sowohl Eddies 100 000-Euro-Offerte als auch ihn selbst als Geldboten akzeptiert. Als Übergabeort war der Bodanplatz bestimmt worden, wo Eddie sein Angebot bereits auf der Werbesäule gepostet hatte. Das Geld sollte in einem Jutebeutel um 22:30 Uhr abends deponiert werden – unter einem Fahrradhelm im Korb eines alten Damenfahrrads mit Schutzblechen im Zebramuster. Eine Geldübergabe am frühen Abend auf einem belebten Platz mitten in der Altstadt? Wahrscheinlich hatten die Täter diese Variante gewählt, weil um diese Zeit noch viele

Passanten unterwegs waren und nicht auffallen würde, wenn sich jemand an einem alten Fahrrad zu schaffen machte.

Zoffinger bot ein Dutzend Kollegen auf, die sich rechtzeitig auf ihre unterschiedlichen Posten begeben sollten. Einige meldeten sich freiwillig, weil es sich um eine dienstliche Observierungsmaßnahme handelte und die Verzehrrechnungen in den Straßenrestaurants an diesem Abend ausnahmsweise auf Staatskosten gingen. Im Hotel Goldener Sternen wurde ein Zimmer mit Blick auf den Platz reserviert. Die Abstellplätze für Fahrräder lagen direkt vor dem Haus. Um einem eventuell flüchtigen Täter folgen zu können, beorderte der Kommissar eine Kollegin und einen Kollegen mit ihrem Zivilfahrzeug auf die Bodanstraße. Zoffinger selbst hatte vor dem Hotel Hirschen einen günstigen Tisch im Freien reserviert, von dem aus er das Menschengewusel auf dem Platz im Blick behalten und telefonischen Kontakt mit seinen Mitstreitern halten konnte. Vorab hatte er seinen Leuten Vorgehensweise und Zielrichtung des nächtlichen Einsatzes erklärt.

»Wir müssen den oder die Täter möglichst unverletzt in die Hände bekommen, damit wir uns eine Spur zur Entführten nicht verbauen. Das ist oberste Priorität. Also Einsatz von Waffen nur im äußersten Notfall.«

21:30 Uhr

Der laue Abend hatte jede Menge Leute animiert, über den Bodanplatz zu flanieren oder sich in eines der Straßenlokale zu setzen. Grüppchen von Leuten standen herum. Eine angeheiterte Schar junger Frauen, die offenbar Junggesellinnenabschied feierte, hatte die Sitzbänke neben der Plakatsäule okkupiert. Zoffingers Truppe trudelte nach und nach ein und verteilte sich auf die vorab ausgewählten Beobachterposten.

22:10 Uhr
Von Eddie, der das Lösegeld im Fahrradkorb deponieren sollte, war nichts zu sehen. Zoffinger hatte ihm eingeschärft, das Paket so unauffällig wie möglich abzulegen und sich dann zurückzuziehen. Dass er beobachtet wurde, lag auf der Hand. Jemanden ausfindig zu machen, der sich besonders für das zebragestreifte Fahrrad interessierte, war in dem Gewusel so gut wie unmöglich.
22:25 Uhr
Eddie meldete sich bei Zoffinger.
»Ich bin jetzt auf der Rosgartenstraße auf Höhe der Buchhandlung Osiander. Bis zum Bodanplatz sind es nur noch ein paar Schritte. Alles wie besprochen?«
»Alles wie besprochen! Wir haben die Situation im Griff. Tu einfach so, als würdest du einen Abendspaziergang unternehmen. Sei bei der Geldablage vorsichtig, dass dir niemand zusieht.«
22:30 Uhr
Meldung der Kollegen aus dem Hotel Goldener Sternen:
»Eddie Lammer überquert gerade die Bodanstraße und biegt auf den Platz ein. Eine der angesoffenen Ladys auf den Sitzbänken springt hoch und fällt ihm um den Hals.«
»Hat er seinen Jutebeutel noch bei sich?«, erkundigte sich Zoffinger.
»Er macht sich eben von der Umarmung los. Scheint aber eine spontane Begegnung zu sein. Den Jutebeutel hat er in der linken Hand.«
»Bestens! Hätte ja auch eine bestellte Trickbetrügerin sein können.«
»So sieht es nicht aus«, urteilte der Kollege. »Eddie geht jetzt an der Plakatsäule vorbei und nähert sich den abgestellten Fahrrädern.«

»Ist er schon dabei, das Lösegeld zu deponieren?«

»Nein. Er zögert noch, weil zwei Kerle in der Nähe stehen und Selfies aufnehmen.«

»Fotografieren sie Eddie auch?«

»Sieht nicht so aus, weil sie die Smartphones in eine andere Richtung halten. Jetzt gehen die beiden weiter. Eddie steht neben dem Damenfahrrad und schaut sich um. Gut, wie er das macht. Mit einer Hand macht er die Gummispinne los, die in den Fahrradkorb eingehängt ist.«

»Und? Ist der Beutel verstaut?«

»Er hat sich jetzt so gedreht, dass er mir den Rücken zuwendet. Den Jutebeutel hat er nicht mehr in der Hand.«

»Was macht er jetzt?«

»Er steht unschlüssig herum. Die Lady von vorher hat offensichtlich ein Auge auf ihn geworfen. Sie winkt ihm zu, aber er reagiert nicht darauf. Jetzt entfernt er sich von den Fahrrädern und geht in südlicher Richtung.«

»Stimmt!«, meinte Zoffinger. »Ich kann ihn sehen.«

22:35 Uhr

Meldung eines Kollegen aus dem asiatischen Lokal auf der Westflanke des Platzes an Zoffinger:

»Der Geldbote ist in deine Richtung unterwegs. Das Damenfahrrad steht immer noch an seinem Platz. Ein paar Schritte daneben lungert ein Kerl mit Kapuzenpulli herum und telefoniert. Könnte der Geldabholer sein.«

22:40 Uhr

Ein Streifenwagen mit Blaulicht legt auf der Bodanstraße eine rasante Bremsung hin. Zoffinger hätte vor Ärger am liebsten sein Weinglas an die Wand geschmissen, weil er in dieser prekären Situation alles brauchen konnte, aber keinen Tatü-Einsatz seiner Verkehrskollegen. Er rief die beiden Beobachter im Hotel Goldener Sternen an.

»Himmel, Arsch und Zwirn! Muss das jetzt sein?! Könnt ihr sehen, was da los ist?«

»Hinter dem Kiosk auf der gegenüberliegenden Seite des Platzes scheint es zu einer Rangelei gekommen zu sein. Aber in der Dunkelheit ist nicht allzu viel zu sehen. Jedenfalls sind zwei Kollegen aus dem Streifenwagen gesprungen. Genaueres kann ich nicht sehen, weil der Kiosk so blöd im Weg steht.«

Zoffinger benachrichtigte die Zentrale und bestand darauf, dass das Problem so schnell wie möglich gelöst würde. Es dauerte auch nicht lange, bis das Spionageduo im Hotel Goldener Sternen meldete, dass sich die Beamten wieder in ihren Wagen gesetzt hatten und abgefahren waren.

22:50 Uhr

Während er telefonierte, hatte der Kommissar Eddie aus den Augen verloren. Er bezahlte und beschloss, sich auf dem Platz umzusehen. Das Lösegeld lag immer noch unangetastet im Körbchen des Damenfahrrads.

22:55 Uhr

»Meldung an alle! Passt auf das Lösegeld auf. Der Zaster muss nicht unbedingt zeitnah abgeholt werden. Zugriff, sobald sich jemand dem Depot auf verdächtige Weise nähert.«

23:10 Uhr

Die beiden Kollegen im Hotel Goldener Sternen meldeten eine Beobachtung. Ein Mann mit einer Umhängetasche über der Schulter stand schon eine Weile neben der Werbesäule und tat so, als würde er die Plakate studieren. Das zebragestreifte Damenfahrrad befand sich gerade mal fünf oder sechs Meter von ihm entfernt. Sein Gesicht war wegen der dürftigen Beleuchtung und einem Baseballcap nicht zu erkennen. Die feierwütigen Damen hatten mittlerweile die Sitzbänke geräumt. Der Rummel auf dem Platz schien in Anbetracht der vorgerückten Stunde nachzulassen. Der Mann mit der Umhängetasche machte ein paar Schritte auf die abgestellten Fahrräder zu. Zwei von Zoffingers Beamten in einem gegenüberliegenden Straßenlokal rochen Lunte. Als der Kerl sich, neben dem Damenfahrrad stehend, umsah, seine Tasche von der Schulter nahm und öffnete, hatte ihn das Duo schon am Wickel und brachte ihn zu Boden. Passanten blieben gebannt stehen, einige zückten ihre Smartphones und fotografierten, andere mischten sich protestierend ein, bis einer der Beamten seinen Dienstausweis aus der Tasche zog.

Zoffinger war über den Zugriff von seinen Kollegen aus dem Hotel benachrichtigt worden. Eine Minute später war er vor Ort. Der Mann mit der Tasche war so überrascht, dass er noch kein einziges Wort verloren hatte.

»Wer sind Sie? Was machen Sie hier?«, herrschte ihn der Kommissar an.

»Jetzt mal langsam!«, stotterte der Kerl. »Ihr seid wohl komplett meschugge. Trainiert ihr Polizeigewalt gegen rechtschaffene Bürger?«

»Was haben Sie vor? Wollten Sie sich an dem alten Damenfahrrad zu schaffen machen?«

»Schwachsinn!«, antwortete der Mann. »So einen vorsintflutlichen Göpel würde ich nicht einmal mit der Kohlenzange anfassen. Mein Rad ist das da.«

Neben dem Damenrad stand ein E-Bike, das durch ein massives Schloss mit einem zweiten Elektrorad verbunden war.

»Warum sind die beiden Räder miteinander gesichert? Gehört das zweite Rad auch Ihnen?«

»Nein, das ist das Rad meiner Freundin. Da kommt sie eben.«

Eine junge Frau bahnte sich den Weg durch die Menge.
»Was ist denn hier los?«
»Wenn das Ihre Räder sind, dann schließen Sie mal auf«, meinte Zoffinger.
Ruckzuck war das Schloss entriegelt.
Die Tasche des Mannes war bei dem Gerangel auf den Boden gefallen. Einer der Beamten hob sie auf.
»Sie wollten eben etwas in der Tasche verstauen.«
»Nein, ich wollte meine Jacke herausholen, weil es mir auf dem Heimweg bis nach Wollmatingen zu frisch geworden wäre.«

Das Team musste sich eingestehen: Das war ein Schlag ins Wasser. Zoffinger entschuldigte sich wortreich, aber ohne viel zu erklären, für die Attacke. Gefrustet bis auf die Knochen blies er den Einsatz ab. Undenkbar, dass sich ein irgendwo versteckter Entführer nach dem chaotischen Auftritt trauen würde, das Lösegeld abzuholen. Die Beamten standen noch eine Weile herum, bis sich die Menge der Schaulustigen verkrümelt hatte.

»Lasst uns das Lösegeld sichern«, schlug Zoffinger vor. »Wir können 100 000 Euro nicht unbeobachtet liegen lassen. Hat einer von euch eigentlich Eddie Lammer gesehen?«

»Als er die Kohle abgelegt hat, haben wir ihn zum letzten Mal zu Gesicht bekommen«, meinte einer der Kollegen. »Hinterher ist er in der Menschenmenge untergetaucht.«

Zoffinger kramte den Beutel unter dem Fahrradhelm hervor, warf einen Blick hinein und zuckte zusammen.

»Ich glaube, mich tritt ein Pferd!«, stammelte er.

Die von Gummibändern zusammengehaltenen Bündel

waren keine Geldscheine, sondern bestanden aus akkurat zugeschnittenem Druckerpapier. Eddie hatte sich nicht einmal die Mühe gemacht, als Deckblatt einen kopierten Euroschein zu verwenden, wie man das von Kidnapping in Kinofilmen kennt. Obenauf lag eine handschriftliche Nachricht: »Ohne überzeugendes Lebenszeichen meiner Frau gibt es keinen verdammten Cent. Meldet euch, und wir können die Transaktion abwickeln.«

Ein paar Atemzüge lang herrschte Sprachlosigkeit. Zoffinger starrte immer noch ungläubig in den Jutebeutel, holte ein Bündel nach dem anderen heraus und warf die Fake-Moneten angewidert zurück.

»Leck mich fett!«, brachte einer aus der Runde den Abend auf den Punkt. »Wegen so einer Schmierenkomödie opfern wir unseren Feierabend. Was für ein Arsch ist dieser Eddie Lammer eigentlich?«

»Dass Eddie tief in die Trickkiste gegriffen hat, ist das eine«, meinte Zoffinger. »Dass niemand versucht hat, die vermeintliche Beute abzuholen, steht auf einem anderen Blatt und hat unseren Fall nicht einfacher gemacht. Wir können nur hoffen, dass sich die Entführer in absehbarer Zeit erneut melden.«

Am Tag nach der verunglückten Geldübergabe versuchte Zoffinger den ganzen Morgen, Eddie telefonisch zu erreichen. Kurz vor Mittag tauchte der Lösegeldtrickser im Kommissariat auf. Noch bevor der Kommissar ein Wort sagen konnte, setzte er zu einem Statement an.

»Glaubst du wirklich, dass ich diesen miesen Verbrechern 100 000 Euro einfach so in den Rachen werfe? Vielleicht haben sie meine Frau schon vor Wochen massakriert. Ich lasse mich von ein paar kriminellen Idioten nicht über den Tisch ziehen.«

»Du hast mich und mein Team in eine prekäre Situation gebracht«, entgegnete Zoffinger. »Hast du auch nur einen Augenblick lang daran gedacht, was hätte passieren könnte, wenn dein fauler Zauber vor Ort aufgeflogen wäre? Für meine Leute und mich hätte das unangenehme Konsequenzen haben können. Wenn du von Anfang an nicht bereit warst, Lösegeld zu zahlen, hättest du mich über deinen Entschluss informieren müssen. Wir sind doch keine Hampelmänner.«

»Natürlich hätte ich gezahlt! Aber nur unter der Bedingung, dass mir die Entführer Christine übergeben oder einen überzeugenden Beweis liefern, dass sie am Leben ist.«

»Einverstanden! Das hättest du aber bereits im Vorfeld mit den Kidnappern abklären sollen. Soloaktionen wie dein Alleingang sind gefährlich und kontraproduktiv – für Entführungsopfer übrigens auch.«

Zoffingers Standpauke zeigte Wirkung. Eddie tigerte im Büro auf und ab, setzte sich hin und sprang dann wieder auf. Das Thema setzte ihm offenkundig zu. Allzu kritisch wollte der Kommissar mit seinem Gast aber nicht umgehen. Außerdem war ihm wieder Christines Sporttasche eingefallen, die sie bei ihrem letzten Besuch im Fitnessstudio dabeigehabt hatte.

Kurz entschlossen machte sich Zoffinger auf den Weg, um in der Muckibude nochmals nach Hinweisen zu fahnden.

»Können Sie sich an die Kundin Christine Lammer erinnern?«

»Christine? Natürlich erinnere ich mich an sie«, bestätigte die junge Dame am Empfang. »In letzter Zeit hat sie sich allerdings rar gemacht. Schon längst wollte ich mich bei ihr erkundigen, ob alles in Ordnung ist. Wir sind uns freundschaftlich verbunden und waren hin und wieder abends unterwegs.«

»Das trifft sich gut. Dann sind Sie mit ihren Angewohnheiten oder Bekannten aus dem Studio vertraut. Hat sie hier jemand näher gekannt, also außer Ihnen? Oder ist sie vielleicht nach dem Sport gelegentlich mit jemandem weggegangen?«

»Nein, das wüsste ich. Sie ist immer gleich nach Hause geradelt, um sich andere Klamotten anzuziehen. Wenn wir zusammen auf Achse waren, dann nie nach dem Sport, sondern meistens am Samstagabend. Außer ihrem ständigen Begleiter hatte sie niemanden um sich.«

Zoffinger wurde hellhörig.

»Ständiger Begleiter? Sie machen mich neugierig.«

»Na ja, es geht um keinen Begleiter aus Fleisch und Blut, wie Sie sich vielleicht vorstellen. Es geht um diesen hier.«

Sie fasste in eine Schublade und legte einen kleinen Plüschvampir auf den Tresen, den manche Leute als Schlüsselanhänger bei sich tragen.

»Sie scheint das kleine Monster bei ihrem letzten Besuch verloren zu haben. Ich kenne das Tierchen und weiß, dass sie es immer an ihrer Sporttasche hängen hatte.«

Zoffinger war sprachlos und verstand die Welt nicht mehr. Christines Plüschvampir in der Entführerpost und gleichzeitig in einer Schublade im Fitnessstudio? Das konnte nicht sein. Hatte Eddie schon wieder in die Trickkiste gegriffen?

»Haben Sie eine Idee, wo man in Konstanz solche Anhänger bekommt?«

Die Rezeptionistin hatte eine Idee und nannte zwei Läden.

»Würden Sie mir den kleinen Vampir überlassen? Ich würde ihn der Besitzerin gerne persönlich zurückgeben«, schwindelte der Kommissar.

Die Lady willigte ein, nachdem sie nochmals Zoffingers Dienstausweis geprüft hatte.

In der Stadt klapperte er die beiden erwähnten Spielzeugläden ab. Im zweiten Geschäft konnte sich die Verkäuferin an einen Herrn erinnern, der vor ein paar Tagen im Laden gewesen war und alle Plüschangebote abgelehnt hatte, weil er unbedingt einen Plüschvampir wollte. Sie konnte den Käufer sogar gut beschreiben. Zoffinger musste sich eingestehen, dass ihm Eddie zum wiederholten Mal ein X für ein U vorgemacht hatte.

Auf den neuerlichen Schwindel angesprochen, gab Eddie die Manipulation ohne Umschweife zu.

»Ich hatte den Eindruck, die Bremse in den Ermittlungen durch eine Aktion lösen zu müssen. Nichts geht voran. Es kann doch nicht wahr sein, dass es von meiner Frau seit Wochen keinerlei Spuren gibt.«

»Du bist auf dem Holzweg, wenn zu glaubst, mit falschen Hinweisen die Suche nach Christine auf Trab bringen zu können«, warnte Zoffinger. »Du bewirkst genau das Gegenteil. Wir sind gezwungen, in völlig verkehrte Richtungen zu ermitteln, was den Entführern in die Karten spielt.«

»Mittlerweile weiß ich überhaupt nicht mehr, wie ich mich verhalten soll. Hin und wieder fühle ich mich schuldig, weil ich nichts für Christine tun kann.«

»Das Beste, was du tun kannst, ist, uns unsere Arbeit machen zu lassen, ohne uns ständig Stolpersteine in den Weg zu legen. Ich sage dir auch nicht, wie du Cyberkriminellen das Handwerk legen sollst. Also hör endlich auf damit, uns mit deinen sinnlosen Solonummern an der

Nase herumzuführen. In meinem Team sind manche mittlerweile der Meinung, dass du die Aufklärung des Falles mit deinen idiotischen Aktionen absichtlich verhindern willst. Mir selbst sind auch schon Zweifel an deiner Aufrichtigkeit gekommen.«

Eddie sah zerknirscht aus.

»Tut mir echt leid, wenn du meine Initiativen in den falschen Hals bekommen hast. Dabei wollte ich nur helfen.«

Außer mit dem Entführungsfall Christine hatte es Zoffinger immer noch mit dem verzwickten Mordfall Leonie Landruth zu tun, in dem die Computerfreaks des Schwarzen Lotus um den Kneipenwirt Patty eine Rolle zu spielen schienen. Um Einblicke in deren Aktivitäten und eine eventuelle Verstrickung von Leonie in die Machenschaften zu bekommen, war Eddie als ehemaliger Hackerguru genau der richtige Mann.

Ein Kollege stürmte in das Büro und warf Zoffinger eine Akte auf den Tisch.

»Entschuldigung für die Störung. Wir durchforsten immer noch die Dokumente aus Pattys Wohnung. Was wir eben herausgefunden haben, solltest du sofort wissen.«

Zoffinger kam die Unterbrechung gerade recht, weil er damit einen Grund hatte, auf ein anderes Thema zu sprechen zu kommen. Er überflog das vorgelegte Dokument, in dem es um die Verstrickung des Schwarzen Lotus in cyberkriminelle Aktivitäten ging. Kein Licht, sondern ein ganzer Kronleuchter ging ihm auf, als er auf einen Passus stieß, in dem es um die Ausforschung einer ihm wohlbekannten Forschungseinrichtung ging. In einem früheren Fall hatte er schon einmal mit dem Biotechnologischen

Institut in Konstanz zu tun gehabt und er kannte den Chef Andy Reck persönlich. Noch signifikanter war allerdings ein anderer Fakt. Seine Lebenspartnerin Lore arbeitete seit Längerem in diesem Institut und hatte dem Kommissar schon bei früheren Ermittlungen wichtige Schützenhilfe geleistet. Was lag da näher, als diese Quelle anzuzapfen?

Eddie saß da und drehte Däumchen, während Zoffinger durch die Akte blätterte.

»Am besten, ich gehe jetzt. Dann hast du Zeit, dich um deine Arbeit zu kümmern«, schlug er vor.

Zoffinger hob die Hände.

»Könnte sein, dass ich in nächster Zeit deine Expertise in Sachen IT-Kriminalität in Anspruch nehmen muss. Wenn mich nicht alles täuscht, bekomme ich es mit einem Fall im Biotechbereich zu tun.«

Eddie wurde aufmerksam.

»Eigene Forschungsergebnisse sind der wertvollste Schatz von Unternehmen. Das gilt natürlich auch für Firmen im Biotechsektor. Geld spielt dabei immer eine Hauptrolle. Jüngsten Erhebungen zufolge hat die Chemie-, Pharma- und Biotechnologiebranche vermutlich einen der höchsten Forschungsetats sämtlicher Branchen.«

»Heißt das, dass dieser Bereich besonders spionageanfällig ist?«

»Hochsensible Informationen sind Werte, die es um jeden Preis gegen Cyberangriffe zu schützen gilt. Hinter solchen Daten sind im Wettstreit um Innovationen und Marktanteile nicht nur Geheimdienste und internationale Syndikate her. Interne Wirtschaftsspionage spielt ebenfalls eine große Rolle und kommt selbst auf tieferliegenden Unternehmensebenen vor – Retourkutschen enttäuschter Mitarbeiter oder Mitarbeiterinnen, Revanche für innerbetriebliche Herabstufungen, Rachefeldzüge geschasster Mitarbeiter ...«

Zoffinger nickte nachdenklich.

»An solche Beweggründe denkt man in Zusammenhang mit Spionage und Datenklau eigentlich weniger.«

»Genau dort liegt der Hase im Pfeffer«, fuhr Eddie fort. »Experten sind sich längst darüber einig: Gerade dem menschlichen Faktor wird bei der Bekämpfung von Cyberkriminalität viel zu wenig Beachtung geschenkt. Eine Firewall kann keinen ausreichenden Schutz bieten, wenn ein mit üppigen Berechtigungen ausgestatteter Täter das eigene Unternehmen für die Konkurrenz ausspäht.«

Eddies mahnender Appell hallte bei Zoffinger nach, nachdem der Ex-Hacker schon längst gegangen war. Was er über Rachsucht und Feindseligkeiten entlassener Angestellter und Mitarbeiterkriminalität erzählt hatte, war nachvollziehbar. Ob es auch im Biotechnologischen Institut, das in Pattys Unterlagen auftauchte, zu ähnlichen Eskalationen gekommen war, mussten die Ermittlungen ergeben. Spurensuche war angesagt. Der Kommissar hatte auch schon eine Idee, wie er an Insiderinformationen herankommen könnte.

Abends hatte er sich mit Lore in seiner Wohnung verabredet und nahm sich vor, seiner Partnerin auf den Zahn zu fühlen.

»Hat es in den letzten Monaten in eurem Institut Ärger mit Mitarbeitern gegeben? Sind Leute entlassen worden?«

Lore dachte eine Weile nach.

»Mir kommt nur ein Fall in den Sinn. Vor einigen Monaten nahm eine Doktorandin der Forschungsabteilung am Wochenende Daten mit nach Hause, weil sie ihr gestecktes Wochenziel noch nicht erreicht hatte. Damit verstieß sie gegen strikte Sicherheitsauflagen. Zwar konnte nicht nachgewiesen werden, dass sie mit den Daten Missbrauch trieb. Trotzdem hatte sie gegen ein ehernes Institutsgesetz verstoßen und wurde hochkant rausgeschmissen.«

»Würdest du mir unter dem Siegel der Verschwiegenheit ihren Namen nennen?«, pirschte sich Zoffinger an.

»Du legst es offensichtlich darauf an, dass auch ich noch auf der Straße lande«, beklagte sich Lore.

»Blödsinn! Den Namen finde ich auch auf normalem Dienstweg heraus. Nur dauert das länger und ist ein ziemlicher Aufwand.«

»Wie würde ich entschädigt, falls ich mich zu einer Weitergabe dienstlicher Informationen entscheiden würde?«

Zoffinger legte seine Denkerstirn in Falten.

»Du verlangst eine Belohnung? Wie wäre es mit einem Brillantcollier?«

Lore überlegte kurz und tippte sich mit dem Zeigefinger an die Stirn.

»Oder eine Luxusyacht mit Landeplattform für einen Helikopter?«

»Abgelehnt! Unter zwei Landeplätzen ist nichts zu machen.«

»Gut! Dann könnte ich dir noch eine zweiwöchige Mittelmeerkreuzfahrt anbieten, in einer luxuriösen Präsidentensuite mit persönlichem Butler und abendlichem Captain's Dinner.«

»Persönlicher Butler wäre überflüssig. Du würdest mich doch bestimmt begleiten und mir jeden Wunsch von den Lippen ablesen.«

»Damit hast du mein letztes Angebot ausgeschlagen«,

schloss Zoffinger den Schabernack. »Du bist und bleibst eine unverbesserliche Kratzbürste!«

»Ich hätte doch noch eine Idee«, setzte Lore nach. »Wie wäre es mit einem Hackbraten und Bandnudeln nach Art des Hauses in deiner Küche? Vielleicht am kommenden Wochenende?«

Im Hintergrund dudelte Zoffingers Dampfradio. Kultmoderator, Wetterfrosch und Beziehungsexperte Rolf Riedle hatte wieder einmal Bahnbrechendes zu verkünden. Der Kommissar war schon auf dem Sprung, um den Apparat abzudrehen, als Lore ihn stoppte.

»Lass doch mal. Hin und wieder finde ich seine Beiträge amüsant. Manchmal frage ich mich aber auch, wie krumm sein Gehirn sein muss, um auf so abstruse Ideen zu kommen.«

Wetter ist ein globales Problem. Deshalb wird es auch weltweit diskutiert, bezweifelt und widerlegt, von den Inuit im Norden bis zu den Pinguinen im antarktischen Eis. Auch mich hat das Klima auf Umwegen in eine verzwickte Situation gebracht. Auf einer Speed-Dating-Veranstaltung lernte ich eine Influencerin kennen, die als Werbehilfskraft für Weihnachtsbaumständer und Rostschutzfarbe eine gigantische Follower-Gemeinde um sich schart. Ihr privater Besuch bei mir fiel anders aus als geplant. In der Nacht vor der eingeplanten Orgie schlief ich wegen des außergewöhnlich heißen Altweibersommers unruhig wie auf einem Waffeleisen.

Als Rita – den richtigen Namen will ich aus Datenschutzgründen nicht nennen – eintraf, herrschte in meiner Bude eine Temperatur wie im hochsommerlichen Vorhof der Hölle. Trotz der klimabedingten Schwüle hatte ich meiner Etagenheizung maximale Leistung entlockt, um

Rita dazu zu bewegen, sich des einen oder anderen Kleidungsstücks zügig zu entledigen. Schon bei ihrer Ankunft stellte ich überrascht fest, dass meine neue Flamme trotz der bulligen Wetterkapriolen einen Daunenmantel mit Kunstpelzkragen trug. Auch in meinem maximal überheizten Domizil vermied sie es, sich der Winterbekleidung zu entledigen, um mich nicht zu intimeren Eskapaden zu animieren. Nach einer Viertelstunde zeigten sich auf ihrer geröteten Stirn die ersten Schweißperlen. Als sie den obersten Knopf ihrer Daunenverpackung öffnete, löste das bei mir einen turbulenten Erwartungsschub aus, der mich zu weiteren transpirationsfördernden Maßnahmen beflügelte.

Ich erinnerte mich an drei Flaschen Glühwein, die sich nach der vorletzten Nikolausfeier noch in meinem Schuhschrank versteckten. Der erste dampfend heiße Krug des Tonikums veränderte ihren Teint schon nach den ersten Schlucken von Rötlich in Kardinalslila. Nach dem zweiten Glas Seelenwärmer der Edelmarke Eismärchen kapitulierte in Ritas modischem Verteidigungswall der nächste Knopf. Bedauerlicherweise bestand ihre Knopfleiste aus vier weiteren unüberwindbar erscheinenden Barrikaden. Außerdem konnte ich nur mutmaßen, was für zusätzliche Defensivmaßnahmen sie unter ihrem Mantel noch bereithielt. Verzweiflung kroch in mir hoch wie ein böses Fieber. Glücklicherweise erinnerte ich mich an eine geräumige Spirituosensammlung, die mir ein Onkel in weiser Voraussicht zur Einschulung geschenkt hatte. Gefrustet bis in die Haarspitzen widmete ich mich ausgiebig den wiederentdeckten Altbeständen, während ich zusah, wie Rita zerlief wie eine Butterskulptur in der Sauna. Als ich am folgenden Spätnachmittag nach überstandener Bewusstseinstrübung ins Präsens zurückkehrte, war Rita samt Winterbekleidung verschwunden. Auf meinem Bett lag eine handschriftliche Notiz: ›Heißen Dank für den netten Abend. Wärmste Grüße. Rita‹

Zoffinger stimmte dem verlangten Hackbraten zu und erfuhr im Gegenzug den Namen der Doktorandin. Lore hatte im Institut hin und wieder mit Marie Schönberg zu tun gehabt und beschrieb sie als freundliche, angenehme Kollegin, deren fristlose Entlassung viele im Institut irritiert hatte. Ihr Argument, dass sie die Daten mit nach Hause genommen hatte, um in ihrer Freizeit ihre Arbeit zu erledigen, verfing beim institutseigenen Sicherheitsdienst nicht. Ein Verstoß gegen die Sicherheitsvorschriften war eben ein Verstoß gegen arbeitsvertragliche Pflichten. Basta!

10
KRIMINELLE FINGERÜBUNGEN

Zoffinger wusste, dass vorsichtiges Taktieren das Gebot der Stunde war, wenn er im Biotechnologischen Institut fündig werden wollte. Den Geschäftsführer Andy Reck auf Cyberangriffe anzusprechen, schminkte er sich von vornherein ab. Viele Firmen schwiegen sich über Attacken auf ihre Sicherheitsbarrieren aus, um keine Zweifel an ihrer Reputation aufkommen zu lassen. Der Kommissar entschied sich für einen Umweg und kaprizierte sich auf die entlassene Mitarbeiterin. Marie Schönberg sei in einem aktuellen Fall eventuell eine wichtige Zeugin, weshalb auch ihr professioneller Hintergrund beleuchtet werden müsse.

»Ein Arbeitgeber hat die Pflicht, Sicherheitsvorschriften und -anweisungen unmissverständlich zu formulieren, deren Einhaltung zu kontrollieren und bei Verstößen aktiv zu werden«, predigte Andy Reck. »Nach den Richtlinien unseres Instituts hatten wir gar keine andere Möglichkeit, als die Doktorandin zu entlassen. Mit fehlendem Engagement oder unbefriedigender Arbeit hatte der Rausschmiss absolut nichts zu tun. Null! Im Grunde genommen hätten wir sie wegen ihrer Tüchtigkeit gerne behalten.«

»Dass Forschungen speziell in Ihrem Bereich eine sensible Angelegenheit sind, ist mir durchaus bewusst«, kam der Kommissar auf sein eigentliches Anliegen zu sprechen. »Können Sie mir – ohne in Details zu gehen – sagen, woran Frau Schönberg gearbeitet hat?«

Andy Reck holte nach kurzem Überlegen aus.

»Nach vorsichtigen Schätzungen wird die Weltbevölkerung in den kommenden drei Jahrzehnten auf fast zehn Milliarden Menschen ansteigen. Der Fleischkonsum nimmt in dieser Zeitspanne voraussichtlich um 70 Prozent zu. Prognosen gehen davon aus, dass die Versorgung mit Fleisch problematisch wird, zumal die Massentierhaltung zu immer größeren Umweltbelastungen führt. Die moderne Biotechnologie nimmt sich in zunehmendem Maß dieses Problems an und sieht eine Lösung in der künstlichen Herstellung von Laborfleisch, In-vitro-Fleisch, das auch kultiviertes Fleisch genannt wird. Daran hat Marie Schönberg gearbeitet, erfolgreich gearbeitet.«

»Steaks aus dem Labor? Hähnchenschenkel aus der Retorte? Künstliche Schweinshaxe aus ich weiß nicht was?«

Andy Reck winkte ab.

»In den vergangenen Jahren wurden Dutzende Unternehmen gegründet, um das Problem der Fleischproduktion auf wissenschaftlicher Basis zu lösen und einen nachhaltigen Fleischkonsum zu erzielen. Schon vor längerer Zeit präsentierte ein Professor an der Universität Maastricht den ersten Hamburger aus in Zellkulturen gezüchtetem, kultiviertem Fleisch. Dabei wurden tierische Gewebeproben im Labor in einem hochkomplexen Gemisch aus Nährstoffen, Fetten, speziellen Proteinen, Wachstumsfaktoren, Hormonen und Signalmolekülen künstlich zum Wachsen gebracht.«

»Wie werden die Konsumenten dazu gebracht, diese künstlichen Erzeugnisse zu essen?«

»Als erstes Land der Welt erlaubte Singapur Ende 2020, im Labor produziertes Fleisch an Verbraucher zu verkaufen. Der Trend ist meiner Meinung nach nicht mehr aufzuhalten.«

»Ob ich mich nun für Laborgulasch oder In-vitro-Sauerbraten entscheiden kann oder nicht: Jede Wette, dass Sie Ihre Forschungsergebnisse hüten müssen wie Kronjuwelen.«

»Da können Sie Gift drauf nehmen«, gab ihm Andy Reck recht. »Die Konkurrenz schläft nicht. Sie lauert und nutzt jede Schwäche aus.«

Nach der Unterhaltung mit dem Institutsleiter hatte Zoffinger zumindest eine Ahnung. Er konnte sich ausmalen, um was es sich bei den geplanten Aktionen des Schwarzen Lotus auf das Biotechnologische Institut handelte. Als ihm einfiel, was Eddie über frustrierte Ex-Mitarbeiter und rachsüchtige Gefeuerte erzählt hatte, war nicht viel Fantasie gefragt, um auf Marie Schönberg zu kommen. Um einem Unternehmen eine als unrechtmäßig empfundene Kündigung heimzuzahlen, musste kein Profikiller auf den Chef angesetzt werden. Gestohlene Forschungsergebnisse waren für ein Institut der wohl empfindlichste Verlust, für Diebe unter Umständen ein lukratives Geschäft, falls sich solche Daten an konkurrierende Firmen oder wissenschaftliche Einrichtungen verkaufen ließen. Zwei Fliegen auf einen Streich!

Mit ihrer Adresse im Navi machte sich der Kommissar auf den Weg zur Wohnung von Marie Schönberg im Konstanzer Vorort Litzelstetten. Sie war nicht zu Hause, aber ein Postbote kannte sie und erzählte, dass sie auf einem

Bauernhof im benachbarten Oberdorf arbeite. Zu dem Gehöft gehörte ein großer Hofladen mit Bergen von frischem Obst und Gemüse und einer Kaffee- und Kuchentheke, für die Marie Schönberg zuständig war.

»Törtchen statt Laborfleisch«, meinte Zoffinger, nachdem er sich vorgestellt hatte.

Die Frau stutzte.

»Sie wissen, wo ich gearbeitet habe?«

»Die Polizei weiß alles«, trug der Kommissar dick auf. »Ich wollte mit Ihnen nochmals reden, weil sie meines Wissens eine Freundin von Leonie Landruth waren.«

»Schrecklich, einfach schrecklich! Ich kann es immer noch nicht fassen, dass sie umgebracht wurde. Haben Sie schon Näheres über die Horrortat herausgefunden?«

Marie Schönberg erzählte, dass sie Leonie Landruth schon gekannt hatte, bevor sie in Hongkong den Job beim deutschen Generalkonsulat annahm. Die ganze Zeit über seien sie sich verbunden geblieben. Nach ihrer Rückkehr aus Fernost habe Leonie mit dem Gedanken gespielt, ein Start-up im IT-Bereich zu gründen, und sie, Marie, einzubeziehen. Die Pläne seien am Ende aber an der Finanzierung gescheitert.

»Da können Sie eigentlich von Glück sagen«, meinte Zoffinger. »Nach der Ermordung von Leonie Landruth hätten Sie den Laden jetzt allein an der Backe.«

»Schade, sehr schade trotz alledem. Ich glaube, wir wären ein tolles Team geworden.«

Der Kommissar warf die Angel aus.

»So wie der Schwarze Lotus?«

»Schwarzer Lotus?! Dass ich nicht lache!«, tönte Marie Schönberg. »Ich glaube, die Jungs sind durch Leonies Hongkong-Geschichten auf diesen Namen gestoßen. Kinderkram! Wahrscheinlich wollten sie sich das Mäntelchen einer mysteriösen Geheimgesellschaft umhängen. Versponnene Nerds eben.«

»Bedeutet das, Sie halten die Gruppe für harmlose Spinner? Dann frage ich mich, warum die Hackergruppe das Biotechnologische Institut zu einem Zeitpunkt ins Auge fasste, als Sie Ihren Hut nehmen mussten. Für einen Zufall halte ich das nicht.«

»Leonie hatte schon vor längerer Zeit mit Patty Kontakt aufgenommen. Sie hatte ihn in seiner Karaokebar bei einem Mädelsabend kennengelernt. Ich war damals auch dabei. Sie erfuhr von seiner Expertise in IT-Angelegenheiten und hoffte auf seine Hilfe beim Knacken eines wichtigen Datenspeichers …«

»… auf dem sich ein Bitcoin-Vermögen hinter einem verloren gegangenen Passwort versteckt«, vollendete Zoffinger ihren Satz.

»Richtig. In diesem Zusammenhang habe auch ich mich mit Patty und dem Schwarzen Lotus angefreundet. Nach meiner fristlosen Entlassung war natürlich mein Rausschmiss Thema in der Gruppe. Von einer Hackerattacke gegen mein ehemaliges Institut war nie die Rede. Davon höre ich zum ersten Mal.«

»Mir geht es in erster Linie nicht um Pattys Cyberaktivitäten«, gestand Zoffinger. »Viel mehr interessiert mich, was er mit Leonie Landruth am Laufen hatte. Sie als ihre Freundin müssten doch Bescheid wissen. Ging es tatsächlich nur um die Entschlüsselung des Bitcoin-Schatzes?«

»Genau darum ging es«, bestätigte Marie Schönberg. »Hätten wir das fehlende Passwort austricksen können, hätte uns das alle reich und unabhängig gemacht. Ein paar hundert Millionen in einer versperrten Schatzkiste direkt vor uns auf dem Tisch! Stellen Sie sich mal diese

Situation vor. Sie sitzen vor so einem verdammten Speicher, den Sie ohne das beschissene Passwort nicht öffnen können. Das hat uns fix und fertig gemacht.«

»Hatte Patty das Medium in Verwahrung?«

»Nein, Leonie hatte es meines Wissens in einem Lederfutteral bei sich zu Hause. Sie hütete das Teil wie ihren Augapfel.«

Zoffinger kratzte sich den Kopf.

»Eigenartig. Wir haben ihre Wohnung auf den Kopf gestellt, den Zauberstick aber nicht gefunden. Haben Sie eine Ahnung, wo er abgeblieben sein könnte?«

Marie Schönberg hob die Schultern.

»Ich habe keinen blassen Dunst. Aber das Teil ist ja ohnehin wertlos, weil es nicht entschlüsselt werden kann. Ich glaube, Leonie hatte sich damit schon abgefunden. Falls man sich damit abfinden kann, auf zig Millionen zu verzichten, bloß weil man ein Passwort verlegt oder vergessen hat.«

»Fragt sich nur, ob sich andere, die von dem Tresor wussten, auch damit abgefunden haben«, brachte der Kommissar die Angelegenheit auf den Punkt. »Ich frage mich, ob die Bitcoin-Millionen nicht doch etwas mit der Ermordung von Leonie Landruth zu tun haben. Leute sind schon für eine Handvoll Münzgeld um die Ecke gebracht worden.«

»Tut mir leid, dass ich Ihnen nicht weiterhelfen kann«, gestand Marie Schönberg.

»Schon gut«, meinte Zoffinger. »Eines würde ich noch gerne wissen. Seit ich mich mit dem Verbrechen an Leonie Landruth beschäftige, treibt mich die Frage um, warum sie sich nach ihrem Ausscheiden aus dem diplomatischen Dienst in Hongkong zu einer Beschäftigung beim Bundesnachrichtendienst entschloss. So wie ich sie wahrnehme, war sie eigentlich kein konformistischer, angepasster Charakter, sondern eher eine Frau mit Ecken und Kanten. Wie sonst hätte sie sich mit Patty und seinen Typen vom Schwarzen Lotus einlassen können?«

»Sie hat sich nach ihrer Rückkehr aus Fernost verändert«, räumte Marie Schönberg nach einer Gedankenpause ein. »Mir ist das auch aufgefallen. Ob das mit ihrem Frust über das versperrte Bitcoin-Vermögen zu tun hatte, kann ich nur vermuten. Irgendwie ist sie in ihrer Weltsicht radikaler geworden. Ich habe Bauklötze gestaunt, als sie beim BND anheuerte. Das hätte ich ihr nie und nimmer zugetraut.«

Die KTU hatte sich bei der Zulassungsstelle kundig gemacht und über die Kennzeichen der manchmal in Pattys Nachbarschaft geparkten Motorräder herausgefunden, um welche Mitglieder es sich bei der Motorradgang handelte. Zwei arbeitslose Brüder hatten mit elektronischer Datenverarbeitung gar nichts zu tun. Im Schwarzen Lotus waren sie für die Wartung und Reparatur der Feuerstühle zuständig, wo nötig auch für gröbere Tätigkeiten. Ein weiterer Mitläufer war Zahnarzt, der seinen Job schon vor Jahren nach einer schweren Handverletzung hatte aufgeben müssen. Das restliche Trio war polizeilich schon mehrfach wegen Internetbetrugs, Cybermobbing und Urheberrechtsverletzungen aufgefallen und passte nahtlos in das Muster, dem auch Patty zuzuordnen war.

Zoffingers Team fand in Pattys Unterlagen heraus, um was es dem Schwarzen Lotus in Wahrheit ging. Patty & Co. bastelten nachweislich an einer Erpressersoftware, mit der sich attackierte Computer sperren bzw. darauf gespeicherte Daten verschlüsseln ließen. Bei dieser Ransomware handelte es sich um Verschlüsselungstrojaner, die gesperrte Daten erst nach Lösegeldzahlungen wieder freigeben. Dass der Schwarze Lotus schon eine solche Erpressung gegen das Biotechnologische Institut gestartet hatte, war aus den Unterlagen nicht ersichtlich. Dass ein solcher Versuch geplant war, stand außer Frage.

»Von dieser Art der Erpressung habe ich schon gelesen«, sagte Zoffinger, als er sich mit einem versierten Fachmann aus seinem Team darüber unterhielt. »Die damit verbundenen wirtschaftlichen Schäden müssen in die Milliarden gehen.«

»Die bösartige Verschlüsselungssoftware hat schon Krankenhäuser, Behörden und ganze Städte lahmgelegt und großen Unternehmen den Stecker gezogen.«

»Wie funktioniert so ein Schadprogramm eigentlich?«, wollte Zoffinger wissen.

»Die Erpressungen laufen im Allgemeinen auf zwei unterschiedliche Arten ab«, dozierte der Kollege. »Hacker schleusen Schadprogramme in die IT-Netzwerke von Unternehmen und öffentlichen Einrichtungen oder auch Privatpersonen, verschlüsseln deren Daten und geben sie nur wieder frei, wenn hohe Lösegelder fließen. Über einen Screenlocker wird dein Bildschirm gesperrt, oder ein File-Encrypter verschlüsselt die auf dem Computer gespeicherten Daten. Dass dich ein Erpresser in seinen Fängen hat, kriegst du häufig erst mit, wenn auf deinem Monitor eine Zahlungsaufforderung auftaucht, die sich nicht mehr schließen lässt.«

Zoffinger stöhnte.

»Und sobald ich die Kohle überwiesen habe, komme ich wieder an meine Daten?«

Sein Mitarbeiter verzog das Gesicht.

»Wenn du Glück hast – ja. Häufig – nein. Eine Garantie, mit einer Lösegeldzahlung deine Dokumente zurückzubekommen, gibt es nicht. Das Einzige, was du tun kannst: Neuinstallation des Betriebssystems, um deine Daten aus einer Datensicherung wiederherzustellen. Übrigens: Der neueste Trend wurde auf den Namen Ransomware Doxing getauft. Cyberkriminelle drohen dabei, empfindliche Unternehmensdaten zu veröffentlichen, wenn nicht bezahlt wird.«

»Mehr muss und will ich eigentlich gar nicht wissen. Wenn ich so einem Erpresser auf den Leim gehe, habe ich ein wirksames Mittel der Gegenwehr.«

Zoffingers Gesprächspartner stutzte.

»Da bin ich aber gespannt!«

»Ich schlage Alarm, trinke einen Krug Most und warte, bis du mir aus der Patsche hilfst.«

Als Zoffinger dem in Untersuchungshaft sitzenden Patty bei einer weiteren Vernehmung sein neuestes Wissen in Sachen Cyberkriminalität um die Ohren schlug, schien er unsicher zu werden.

»Das waren IT-technische Fingerübungen«, versuchte er sich herauszureden. »Bösartige Absichten? Ich bitte Sie! Zu keiner Sekunde haben wir daran gedacht, jemanden mit unseren Spielereien anzugreifen. Natürlich wissen wir über diverse Schadprogramme Bescheid und wollten testen, wie man sie in der Praxis aushebelt. Wer sich gegen einen Feind zur Wehr setzen will, muss seine Absichten kennen. Auf lange Frist gesehen dachten wir daran, aus unseren Probeläufen wirksame Abwehrprogramme zu entwickeln, mit denen man sich erfolgreich gegen Ransomware verteidigen könnte. So etwas wäre der Renner auf dem Markt.«

»Abwehrprogramme gegen Ransomware? Machen Sie Witze?«, blaffte Zoffinger ihn an. »Wir haben untrügliche Beweise dafür gefunden, dass Sie das Biotechnische Institut als Angriffsziel ausgesucht haben. Dass wahrscheinlich noch keine Institutsdaten verschlüsselt wurden und kein Lösegeld geflossen ist, wird Sie nicht vor Strafe schützen.«

Patty gab sich siegessicher.

»Mag ja sein, dass wir zum Schein das betreffende Institut ausgewählt haben, einfach um ein Ziel zu benennen. Genauso gut hätten wir den TennisClub Konstanz oder die Bodensee-Schiffsbetriebe auswählen können. Daraus werden Sie mir und meinen Freunden keinen Strick drehen können.«

»Apropos Freunde. Mich interessiert brennend, welche Rolle Leonie Landruth in Ihrem Leben bzw. bei Ihren Aktivitäten gespielt hat. Ich bin immer noch auf der Suche nach ihrem Mörder bzw. ihren Mördern.«

»Und deshalb löchern Sie mich?«

»Bislang haben Sie mir keine schlüssigen Beweise geliefert, aufgrund derer ich Sie aus der Reihe der Verdächtigen ausschließen könnte. Es liegt an Ihnen, mich von Ihrer Unschuld zu überzeugen.«

»Stochern Sie eigentlich gerne in persönlichen Beziehungen herum?«, provozierte Patty.

»Natürlich! Mit dem größten Vergnügen! Vor allem dann, wenn zu vermuten ist, dass ein Verdächtiger mit einem Mordopfer eine persönliche Beziehung pflegte. Wir haben in Ihrer Wohnung aus Hongkong stammende Reisemitbringsel gefunden, auf denen Leonies Fingerabdrücke festgestellt werden konnten. Einem weitläufig Bekannten bringt man solche besonderen Souvenirs nicht mit. Hatten Sie eine Beziehung mit Leonie Landruth?«

»O.k., o.k.! Als Leonie ihren Job in Hongkong beendete und nach Deutschland zurückkehrte, waren wir einige Male in der Kiste. Ob man das Beziehung nennt, weiß ich nicht. Nach ein paar Wochen waren wir nur noch Freunde.«

»Haben Sie sich verkracht?«

»Nein, überhaupt nicht. Wir waren uns weiterhin grün, stellten aber fest, dass wir nicht zusammenpassten beziehungsweise dass wir keine feste Bindung eingehen wollten. Weder sie noch ich. Das war glockenklar.«

Zoffinger wechselte das Thema.

»Noch etwas anderes brennt mir unter den Nägeln. Klären Sie mich auf, wer beim Schwarzen Lotus eigentlich das Sagen hat. Sie reden gerne von Ihrem Freundeskreis und gegenseitiger Hilfeleistung. Ich vermute aber, dass es in Ihrem dubiosen Triadenclub eine gewisse Hierarchie gibt.«

Patty schüttelte den Kopf.

»Es ist so, wie ich schon mehrfach gesagt habe. Wir machen alles zusammen, und wir entscheiden gemeinsam.«

»Das glaube ich Ihnen nicht! Aus Ihrem Schriftverkehr wird trotz der chaotischen Organisation ersichtlich, dass hinter den Kulissen ein gewisser Capo das letzte Wort hat. Um wen es sich dabei handelt, wissen wir nicht. Noch nicht! Sie könnten uns Arbeit ersparen und mir mitteilen, wer der Strippenzieher ist. Über kurz oder lang finden wir den Mann im Hintergrund ohnehin.«

Patty schob die Frage mit einem Grinsen weg.

»Na ja. Weil ich die Bar samt aller Räumlichkeit gepachtet habe und einen Großteil der technischen Ausrüstung besitze, sind manche meiner Freunde auf die Idee gekommen, mich scherzhaft Capo zu nennen. Allzu ernst sollte man das allerdings nicht nehmen.«

»Dann haben Sie also hin und wieder mit sich selbst korrespondiert, wenn man Ihren Unterlagen glaubt.«

»Ich weiß ja nicht, was Sie in meinen Ordnern gefunden haben und was das Capo-Thema soll. Der Schwarze Lotus ist ein kleiner Kreis von rechtschaffenen Computerfreaks. Wir haben uns nichts zuschulden kommen lassen.«

11
EIN GUT GEHÜTETES GEHEIMNIS

Zoffinger musste sich eingestehen, dass er im Fall Leonie Landruth noch nicht sehr weit vorangekommen war. Seiner Meinung nach lag das hauptsächlich daran, dass er über das Opfer immer noch zu wenig wusste. Nach dem Gespräch mit Marie Schönberg war ihm das Manko in aller Deutlichkeit bewusst geworden.

Eine neue Spur tauchte auf, als er eines Morgens den Anruf eines Mitarbeiters der Postfiliale auf der Marktstätte bekam.

»Sind Sie der Kommissar, der den Mordfall Leonie Landruth bearbeitet?«

»Bin ich. Um was geht es?«

»Leute aus der Nachbarschaft der Frau haben uns benachrichtigt, dass bei ihnen mehrere an die tote Frau gerichtete Postsendungen abgegeben wurden. Über Angehörige wissen wir nichts und haben keine Ahnung, was wir mit den Sendungen anfangen sollen. Von dem schrecklichen Verbrechen haben wir natürlich auch gehört und dachten, dass wir die Sachen nicht zurückschicken, sondern Ihnen Bescheid geben sollten.«

Zoffinger bedankte sich und machte kurzen Prozess. Ein Kollege sollte die Post einsammeln. Im Kommissariat lagen hinterher außer Werbebroschüren und Lotterieangeboten zwei Päckchen. Eines stammte von Amazon und enthielt ein Paar weiße Sneaker Größe 40, offenbar eine Bestellung, die aus unerfindlichen Gründen mit zeitlicher Verzögerung ausgeliefert worden war. Das zweite Paket war in Besançon in der französischen Region Bourgogne-Franche-Comté aufgegeben worden. Absender war das Hotel Exincourt. Offenbar hatte Leonie Landruth dort ein Wochenende verbracht und bei der Abreise einen Ohrring mit einem türkisgrünen Stein sowie einen Taschenkalender mit Adressen und Telefonnummern vergessen. Da die Hotelbetreiber Leonies Adresse von ihrer Anmeldung kannten, machten sie sich die Mühe, die liegen gebliebenen Gegenstände nachzuschicken.

Nach Dienstschluss traf sich Zoffinger mit Lore in der gewohnten Weinstube und machte ihr einen verlockenden Vorschlag.

»Wie wäre es mit einem entspannten Wochenendausflug? Ein Tapetenwechsel könnte uns beiden nicht schaden.«

»Eine kleine Luftveränderung? Ich wäre dabei. Wo soll es denn hingehen?«

»Warst du schon einmal in der Franche-Comté?«

»Wo der Käse herkommt? Vor einigen Jahren war ich im französischen Jura beim Wandern. Die Gegend hat mich beeindruckt. Warum willst du gerade dort hin? Täusche ich mich oder hat das etwas mit einem deiner Fälle zu tun?«

»Ich könnte die Angelegenheit auch telefonisch erledigen. Aber wir können das Berufliche mit dem Angenehmen verbinden. Wie gut ist dein Französisch?«

»Für einen Smalltalk reicht es allemal«, meinte Lore. »Vielleicht kannst du mich ja auch noch über den eigentlichen Grund unseres Kurzurlaubs aufklären. Auf der Fahrt haben wir Zeit genug.«

Das Hotel Exincourt in Besançon lag in einer verkehrsberuhigten Nebenstraße am Rand der Innenstadt. Die Rezeptionistin hatte das Päckchen an Leonie Landruth persönlich abgeschickt und erinnerte sich »gut an die Dame von Zimmer 11, weil ihr Begleiter ...«

»Ihr Begleiter? Frau Landruth war also nicht alleine?«, übersetzte Lore.

»Sie war in Begleitung eines Herrn, auch ein Deutscher. Er sprach ein akzentfreies Französisch.«

»Frag sie nach dem Namen ihres Begleiters«, tuschelte Zoffinger seiner Partnerin zu.

»Bei der Anmeldung der Gäste haben Sie doch bestimmt ihre Namen notiert«, machte Lore weiter.

Die Rezeptionistin rief in ihrem Computer eine Datei auf, fuhr mit dem Zeigefinger über die Liste und blieb mit der Fingerkuppe schließlich auf einem Eintrag hängen.

»Die Gäste in Zimmer 11 waren Madame Leonie Landruth und Monsieur Samuel Berkow.«

»Wissen Sie zufällig, ob sich die beiden hier im Hotel mit jemandem getroffen haben?«, griff Zoffinger radebrechend ein.

»Ich weiß nur, dass sie abends in unserem Restaurant gemeinsam gegessen haben. Ob sie dort jemanden getroffen haben, kann ich nicht sagen. Aber ich vermute eher nicht. Auf mich machten die beiden den Eindruck, als schätzten sie ihre Zweisamkeit – wenn Sie wissen, was ich meine.«

Die alte Stadt Besançon nahm die beiden Kurzurlauber

mit Kaiserwetter in die Arme. Sie flanierten um schöne Ecken und Straßenzüge vorbei an historischen Bauwerken und Denkmälern, warfen hie und da einen Blick in Innenhöfe mit wunderschönen Treppenhäusern und machten sich an den Aufstieg zur Zitadelle hoch über der Stadt. Lore fiel auf, wie unkonzentriert ihr Begleiter war, aber sie sprach ihn nicht darauf an, weil sie den Grund kannte. Im Hotel hatte er sich von der Dame an der Rezeption die Daten des Reisepasses geben lassen, mit dem sich Samuel Berkow ausgewiesen hatte. Zoffinger wäre nicht Zoffinger gewesen, hätte er sich nicht den Kopf darüber zerbrochen, wer dieser Berkow war.

Lore kannte ihren Partner gut genug, um zu wissen, wie hartnäckig er sich in einen Fall verbeißen konnte und wie schwer es ihm fiel, zumindest in seiner Freizeit loszulassen. Dass er händeringend nach Hinweisen suchte, um das Verbrechen an Leonie Landruth endlich aufzuklären, war offensichtlich.

Am Abend, als sie auf einem malerischen Platz in einem Straßenlokal saßen und das Flair der Stadt genossen, schien der Kommissar aufzutauen.

»Dein Fall treibt dich um, nicht wahr?«, streckte Lore ihre Fühler aus.

Zoffinger schaute sie überrascht an.

»Merkt man das? Tut mir leid, dass ich davon nicht loszukommen scheine.«

Er hob sein Glas und prostete seiner Partnerin zu.

»Aber lassen wir den Fall jetzt Fall sein. Genießen wir den tollen Abend. Ich verschiebe die Mörderjagd auf den nächsten Arbeitstag.«

Nach dem Frankreich-Wochenende nahm sich Zoffinger vor, die Identität von Samuel Berkow aufzuklären. Anhand der Daten aus dessen Reisepass ergab sich, dass er 31 Jahre alt war und aus Potsdam stammte. In der Polizeidatenbank tauchte er nicht auf, aber die Kollegen stellten fest, dass er Angehöriger der Bundeswehr war und zu dem in Eckernförde stationierten Kommando »Spezialkräfte der Marine« gehörte.

»Spezialkräfte der Marine? Ist der Kerl Schiffsarzt, Admiral oder U-Bootfahrer?«, wollte Zoffinger wissen. »Und was mich noch mehr interessiert: Was hat er am Bodensee zu suchen? Nur ein Techtelmechtel mit Leonie Landruth oder etwas anderes?

»Marinestandorte gibt es meines Wissens nur im nördlichen Deutschland«, antwortete ein Kollege. »In Eckernförde sind zahlreiche militärische und zivile Dienststellen der Bundeswehr stationiert, vom Sanitätsversorgungszentrum über ein hydroakustisches Analysezentrum bis zur Truppenpsychologie.«

Zoffinger scharrte mit den Hufen.

»Wahrscheinlich gibt es dort auch noch eine Kochschule und eine Babybetreuungsstation. Etwas Handfestes hast du wohl nicht?«

»Doch, habe ich. Mir ist eingefallen, dass Kampfschwimmer der Marine bei der MS Hegau während des BND-Seminars ein Training absolvierten. Vielleicht gehörte der Kerl zu den Tauchern?«

Der Kommissar ahnte, dass es nicht leicht sein würde, bei der Bundeswehr etwas über heimliche Übungseinsätze und beteiligte Soldaten zu erfahren. Aber nach Jahrzehnten im Polizeidienst hatte er Verbindungen über den Bodenseeraum hinaus geknüpft und wusste, wer ihm in welcher Angelegenheit auf die Sprünge helfen konnte. Nach einigen Telefonaten war klar: Samuel Berkow gehörte zu der Kampfschwimmereinheit, die bei der MS Hegau ein Training zur Räumung von Haftminen absolviert hatte.

Für Zoffinger stand Berkow nicht in der ersten Reihe der Mordverdächtigen. Aber er konnte eventuell Hinweise geben, die den Ermittlungen weiterhalfen. Ein Telefongespräch ergab, dass der Kampfschwimmer samt seiner Einheit schon vom Bodensee abgerückt war, als Leonie Landruth umgebracht wurde. Auch ließ sich kein Motiv erahnen, warum er seiner Partnerin nach dem Leben hätte trachten sollen. Ein neuer Ermittlungsansatz musste her.

Die einzige Möglichkeit, das Rätsel zu lösen, waren mehr Informationen über das persönliche Umfeld der Toten. Außer Leonies Bruder kam dafür niemand infrage.

Ingo Landruth arbeitete bei einer großen Straßenbaufirma, die am Ausbau der B33 zwischen Allensbach und Hegne beteiligt war. Zoffinger traf ihn in einem Bauwagen inmitten von Plänen und Entwürfen.

»Ich bin auf Ihre Hilfe angewiesen«, begann der Kommissar das Gespräch. »Sie sind meines Wissens der einzige Verwandte Ihrer Schwester und vermutlich auch der Einzige, der Auskunft über ihren familiären Hintergrund geben kann. Leben eigentlich Ihre Eltern noch?«

»Meine Mutter ist schon vor Jahren nach langer Krankheit gestorben. Sowohl Leonie als auch ich hatten ein tolles Verhältnis zu ihr. Der Verlust macht mir heute noch zu schaffen. Meine Schwester empfand das ähnlich.«

»Und Ihr Vater?«

Ingo Landruth stützte sich mit beiden Armen auf einen Schreibtisch und blickte aus dem Fenster auf die Baustelle, wo ein Radlader und ein Bagger in einer Stauborgie gegeneinander antraten.

»Meinen Vater gibt es nicht mehr. Ob er untergetaucht ist, noch lebt oder längst tot ist, weiß ich nicht. Jedenfalls hat er sich 2013 in seinem Wohn- und Arbeitsort Hongkong in Luft aufgelöst. Seit damals habe ich nichts mehr von ihm gehört. Dass sein Verschwinden mit dem Fall des untergetauchten Edward Snowden zu tun hat, ist für mich keine Frage. Wäre er nicht von der Bildfläche verschwunden, hätte man ihn garantiert in den Knast geworfen oder noch Schlimmeres.«

»Wirklich spurlos verschwunden?«

»Die Sache ist kompliziert«, erklärte Ingo Landruth. »Geradezu mysteriös! Jedes Mal, wenn ich daran denke, komme ich mir vor, als hätte ich alles in einem spannenden Thriller gelesen.«

Zoffinger erfuhr eine Geschichte, die hollywoodreifer kaum hätte sein können und den Mordfall Leonie Landruth in einem etwas anderen Licht erscheinen ließ. Werner Landruth, der Vater von Leonie und Ingo, arbeitete offenbar schon seit dem Jahr 2011 in Hongkong bei einem großen Chemiekonzern. Wahrscheinlich beeinflusste seine Tätigkeit auch Leonies Entscheidung, einige Jahre später ihre Tätigkeit in der britischen Kronkolonie aufzunehmen.

»Erinnern Sie sich an den Juni 2013? Damals gerieten streng geheime Dokumente an die Öffentlichkeit, die Edward Snowden bei seinem Arbeitgeber geklaut hatte, dem amerikanischen Auslandsgeheimdienst National Security Agency. Das Bekanntwerden von Abhörprotokollen löste einen Skandal unvorstellbaren Ausmaßes aus. Der Geheimdienstler Snowden enthüllte, dass die NSA ein geheimes globales Netzwerk aufgebaut hatte, um das Internet zu überwachen. Selbst vor der deutschen Kanzlerin machten die Späher nicht halt.«

»Logo! Ich erinnere mich an die damaligen Schlagzeilen«, nickte Zoffinger. »Die Geschichte ging ja lang und breit durch die Medien.«

»Snowden suchte im Juni 2013 sein Heil in einer abenteuerlichen Flucht, die ihn nach Hongkong brachte, wo er die geheimen Dokumente einem Journalisten des britischen Guardian übergab«, fuhr Ingo Landruth fort. »Danach brach in der Stadt die Hölle los, weil sich alle, von der Polizei über die Medien bis zu den Geheimdiensten, auf die Suche nach Snowden machten. Natürlich setzte auch die CIA alle Hebel in Bewegung, den Whistleblower in die Hände zu bekommen. Der war mithilfe eines Anwalts in einem heruntergekommenen Armenviertel mit dem Namen Pig Farm untergetaucht und von mutigen Personen geschützt worden. Einer dieser Schutzengel war mein Vater, der sich schon immer für Menschenrechte und Minderheiten einsetzte und uns in diesem Geist erzog. Vor allem bei Leonie ist diese Erziehung auf fruchtbaren Boden gefallen.«

Zoffinger fiel die Kinnlade herunter.

»Ihr Vater hat geholfen, den meistgesuchten Informanten der Welt vor seinen Häschern zu verstecken? Verschaukeln Sie mich oder erzählen Sie nur gerne spannende Geschichten?«

»Das sind keine Geschichten, sondern Tatsachen!«, fuhr der Bauingenieur fort. »Mein Vater war auch maßgeblich an der Planung und Organisation der Flucht Snowdens beteiligt, die den Whistleblower eigentlich von Hongkong nach Ecuador führen sollte, aber bekanntlich in Moskau endete.«

Zoffinger ließ sich sprachlos auf einen Hocker plumpsen. Dass er an diesem Tag in einem staubigen Bauwagen Neuigkeiten von weltpolitischer Dimension erfahren würde, hätte er nicht für möglich gehalten. Ingo Landruth unterbrach das Schweigen, das eine Minute lang zwischen Bauplänen, herumstehenden Werkzeugen und an die Wand gepinnten Nachrichten geherrscht hatte.

»In den letzten Jahren habe ich mit Leonie häufig über den Fall Snowden und das Schicksal unseres Vaters gesprochen. Wir haben Ideen entworfen, wie man vielleicht etwas über sein Schicksal herausfinden könnte, scheuten dann aber vor Maßnahmen zurück. Für uns war klar, dass er aus gutem Grund aus Hongkong verschwunden war und seine einzige Überlebenschance darin sah, unauffindbar zu sein. Leonie regte sich maßlos darüber auf, dass Snowdens Asylanträge in fast zwei Dutzend Ländern rund um den Globus abgelehnt wurden. Dabei hatte er nur auf untragbare, ja sogar kriminelle Zustände aufmerksam gemacht.«

»Wenn ich mich nicht täusche, hat auch die deutsche Regierung seinen Asylantrag abgelehnt«, erinnerte sich Zoffinger.

»Stimmt!«, gab ihm Ingo Landruth recht. »Der BND soll in der ganzen Angelegenheit seine Hände im Spiel gehabt haben. Was ja auch kein Wunder gewesen wäre. Schließlich spionierte unser Auslandsgeheimdienst jahrzehntelang einträchtig mit der NSA sogar befreundete Staaten aus. Umso mehr hat mich verblüfft, dass Leonie beim Bundesnachrichtendienst anheuerte. Irgendwie passte das überhaupt nicht zu ihr.«

»Hat sie sich Ihnen gegenüber darüber nie geäußert?«

»Sie hat sich sehr zurückgehalten. Ich erinnere mich nur an einen kryptischen Satz, der mir im Gedächtnis geblieben ist: ›Manches ist anders, als es aussieht.‹«

Als er der Baustelle den Rücken kehrte, beschlich Zoffinger die Idee, dass er möglicherweise ein Problem an der Backe hatte, das seine Kompetenzen weit überschritt. Wenn stimmte, was Ingo Landruth erzählt hatte, wäre logisch gewesen, dass Leonie den BND zum Teufel gewünscht hätte. Stattdessen ließ sie sich bei einem Seminar auf der MS Hegau zur Geheimdienstmitarbeiterin ausbilden. Entweder sie hatte ihre frühere Überzeugung über Bord geworfen oder etwas anderes steckte hinter ihrem Entschluss. Sah sie sich vielleicht in der Rolle eines weiblichen Whistleblowers und hatte sich vorgenommen, dem BND ähnlich zu schaden wie Edward Snowden der NSA? War durchgesickert, dass sich unter den Seminaristinnen und Seminaristen auf der MS Hegau eine Denunziantin befand? Falls das zutraf, musste der Mordfall Leonie Landruth unter völlig neuen Gesichtspunkten betrachtet werden. Snowden war für viele zum Helden des digitalen Zeitalters geworden. Schickte sich Leonie an, in die Fußstapfen des abtrünnigen Amerikaners zu treten, und war sie deshalb aus dem Weg geräumt worden?

Traf seine Vermutung zu, wäre Zoffinger seinen Fall an die schneidigen Schlipsträger vom BND oder andere übergeordnete Dienststellen schneller los gewesen, als er Hongkong sagen konnte. Im Augenblick war er jedoch der Einzige, der einen solchen Verdacht hegte. Er würde sein Geheimnis zunächst für sich zu behalten und weitere Indizien sammeln. Kaffeesatzleserei war bei Mordermittlungen schon immer ein denkbar schlechter Ratgeber.

12
VERRÄTERISCHES BEGRÄBNIS

Es dauerte, bis die Staatsanwaltschaft den Leichnam von Leonie Landruth freigab und ihr Bruder die Bestattung auf dem städtischen Friedhof in Petershausen vorbereiten konnte. Einige Tage später bekam Zoffinger von Ingo Landruth eine Karte mit der handschriftlichen Einladung, dass er sich freuen würde, wenn der Kommissar dem Mordopfer die letzte Ehre erweisen würde.

Etwa zwei Dutzend Gäste nahmen an der stillen Feier am Grab teil. Eine in den Boden eingelassene Tafel gab Auskunft über Namen und Lebensdaten Leonies. Ein Friedhofsbeschäftigter versenkte daneben die Urne in einem Erdloch. Zoffinger studierte die Trauergemeinde und wurde auf zwei Typen aufmerksam, die allein wegen ihrer freakigen Kleidung auffielen. Einer trug eine Patchworkjacke mit Kapuze, der andere einen Hoodie mit einer aufgedruckten Zielscheibe auf der Brust. Hätten sie um den Hals ein Schild mit der Aufschrift »Wir sind von einer anderen Fraktion« getragen, hätte man über den Grund ihres Besuches und ihre Herkunft nicht rätseln müssen. Der eine tippte die ganze Zeit auf seinem Smartphone herum, während sein Partner aus einiger Entfernung die Trauernden fotografierte. Dass die Aufnahmen nicht fürs Familienalbum bestimmt sein würden, lag auf der Hand.

Aber warum interessierten sich die komischen Vögel tatsächlich für die Leute, die Leonie das letzte Geleit gaben?

Ein weiterer Trauergast wollte ebenfalls nicht recht in den Kreis der Trauernden passen. Er lehnte an einem Grabstein und tupfte sich hin und wieder mit einem Taschentuch die Tränen aus den Augen. Sein grauer Vollbart reichte bis auf die Brust. Zoffinger hätte einen Krug Most samt Leberwurstbrot verwettet, dass er eine bis auf die Schultern reichende silberhaarige Perücke trug.

Ingo hielt eine kurze Ansprache und bedankt sich bei den Gästen für ihr Kommen. In wenigen Sätzen ging er auf seine Schwester ein, die er als liebenswerte Frau mit festem Charakter bezeichnete. Danach lud er die Trauergemeinde zu einem Leichenschmaus in ein in der Nähe liegendes Restaurant ein. Um vielleicht noch das eine oder andere über die Gäste herauszufinden, ging Zoffinger mit. Das schräge Duo hatte sich verkrümelt. Auch vom mutmaßlichen Perückenträger war nichts mehr zu sehen. Der Kommissar setzte sich zu zwei älteren Damen an den Tisch, die an ihrem Appetit gemessen offenbar zum ersten Mal in ihrem Leben den verführerischen Geschmack unterschiedlicher Obstkuchen und Cremetorten kennenlernten.

Ingo Landruth telefonierte mehrmals und verschwand schon nach einer knappen Stunde, nachdem er eine Kellnerin mit dem weiteren Prozedere beauftragt hatte. Zoffinger kam das seltsam vor, und er folgte ihm unauffällig. Die Fahrt ging Richtung Süden über die Rheinbrücke bis auf einen Parkplatz bei der Schänzle-Sporthalle, wo Ingo Landruth bereits vom mutmaßlichen Perückenträger erwartet wurde. Die beiden umarmten sich herzlich, was darauf schließen ließ, dass sie sich sehr verbunden waren. Sie unterhielten sich etwa zehn Minuten lang. Ingo Landruth ging dann zu seinem Wagen, holte eine etwa 30 Zentimeter lange Papprolle aus dem Kofferraum und übergab sie dem älteren Mann. Nach einer weiteren Umarmung stieg der in ein Auto mit Schweizer Kennzeichen und fuhr weg. Zoffinger gab das Kennzeichen an seine Kollegen durch und machte sich auf den Heimweg.

Am folgenden Tag stattete der Kommissar Ingo Landruth abends in dessen Wohnung einen Besuch ab.

»Welche Ehre! Sie habe ich nicht erwartet«, sagte der Hausherr und balancierte ein belegtes Brot in der Hand.

»Tut mir leid, dass ich Sie beim Abendessen störe, aber …«

»Absolut kein Problem. Kommen Sie herein. Für ein Gläschen Wein werden Sie wohl Zeit haben.«

»Eigentlich wollte ich mich bei Ihnen nur für die Einladung zur Trauerfeier bedanken«, sagte Zoffinger, als er am Küchentisch Platz nahm.

»Nachdem Sie dem Mörder meiner Schwester auf der Spur sind, hielt ich die Einladung für eine Selbstverständlichkeit.«

»Haben Sie eigentlich alle Trauergäste gekannt?«, streckte Zoffinger seine Fühler aus.

»Um ehrlich zu sein – nein. Einige sind nach der Beerdigung auch sofort verschwunden, sodass ich nicht einmal die Gelegenheit hatte, mit diesen Leuten zu sprechen.«

»Lange sind Sie selbst auf dem Leichenschmaus auch nicht geblieben. Hoffentlich kriegen Sie das, was ich jetzt sage, nicht in den falschen Hals.«

Der Kommissar legte eine Pause ein.

»Ich weiß, dass Sie sich nach dem Treffen im Restaurant auf einem Parkplatz bei der Schänzle-Sporthalle mit einem Herrn getroffen haben, der zu den Trauergästen an Leonies Grab gehört hatte. Er ist offenbar aus der Schweiz angereist. Darauf ließ jedenfalls das Kennzeichen seines Wagens schließen. Ich habe über einen Schweizer Kollegen mittlerweile Informationen über den mysteriösen Besucher eingeholt.«

Ingo Landruth fiel nicht nur sein belegtes Brot aus der Hand, sondern auch die Farbe aus dem Gesicht. Ungläubig starrte er seinen Gast an.

»Sie sind mir gefolgt?«

Zoffinger nickte.

»Ich bin Ihnen gefolgt, weil ich beim Leichenschmaus mitbekommen habe, dass Sie im Flur des Restaurants dreimal telefonierten und schon nach dem ersten Gespräch einen ratlosen, wenn nicht sogar geschockten Eindruck machten.«

Ingo Landruth wischte sich mit einer Serviette den Mund ab und füllte mit einem tiefen Schnaufer die Lungen.

»Es ging um etwas Persönliches. Ich möchte aber nicht darüber reden.«

»Ich möchte schon darüber reden«, insistierte der Kommissar. »Wahrscheinlich wollten sie Ihr Date nicht über den neuen Fahrbelag zwischen Hegne und Allensbach informieren. Ich habe eine Vermutung.«

Er schwieg ein paar Atemzüge lang, um die Wirkung seiner Behauptung auszutesten. Ingo Landruth war anzusehen, wie sehr ihn das Gespräch innerlich aufbrachte. Er stand auf, zog unter der Küchenspüle eine Schublade auf, kippte den Rest seines Abendessens in einen Müllbehälter und verstaute den Teller in der Spülmaschine. Dann ließ Zoffinger seinen Ballon platzen.

»Sie haben sich mit Ihrem Vater getroffen, richtig?«

Hätte sein Gesprächspartner noch den Teller in der Hand gehalten, wäre er ihm wahrscheinlich auf den Boden geknallt.

»Woher wissen Sie das?«, fuhr er Zoffinger an.

»Das war ein Schuss ins Blaue. Aber Ihre Reaktion zeigt mir, dass ich einen Treffer gelandet habe.«

Ingo Landruth ließ sich auf einen Küchenstuhl fallen.

»Sie bringen mich in eine fürchterliche Situation, Herr Kommissar. Vielleicht steht nicht nur mein eigenes, sondern in erster Linie auch das Leben meines Vaters auf dem Spiel.«

Zoffinger versuchte, seinen Gesprächspartner zu beruhigen.

»Glauben Sie mir bitte: Es wäre meine allerletzte Absicht, Sie beide in Gefahr zu bringen. Aber ich habe den Mord an Ihrer Schwester aufzuklären, was auch in Ihrem Sinn sein dürfte. Die Sachlage scheint jedoch immer verworrener zu werden. Helfen Sie mir, und ich helfe Ihnen nach besten Kräften. Versprochen!«

Es dauerte, bis Ingo Landruth über seinen Schatten sprang. Er hatte von Leonie erfahren, dass ihr Vater 2013 Hongkong Hals über Kopf verlassen hatte, weil ihm Polizei, Sicherheitsdienste und NSA-Agenten auf der Spur waren. Man wusste, dass ihm Edward Snowden brisante Dokumente über weltweite illegale Abhöraktionen anvertraut hatte, die der Whistleblower in Sicherheit wiegen wollte. Walter Landruth hatte sich zuerst in Laos und danach in Vietnam versteckt gehalten. Als Leonie ihren Job beim deutschen Generalkonsulat in Hongkong begann, half sie ihm über nicht ganz hasenreine diplomatische Kanäle, die britische Staatsbürgerschaft und den Namen Walter Landers anzunehmen. In einer Unterkunft im Hongkonger Armenviertel, in dem sich Edward Snowden versteckt gehalten hatte, waren streng geheime Unterlagen gebunkert worden, die den Sicherheitskräften keinesfalls in die Hände fallen durften. Leonie sollte sie Jahre später klammheimlich aus dem Depot holen und an ihren Bruder nach Deutschland schicken.

»Jetzt weiß ich auch, was Sie ihrem Vater auf dem Parkplatz in der Versandhülse übergeben haben«, sagte Zoffinger. »Es handelte sich garantiert um die ominösen Geheimdokumente.«

Ingo Landruth bestätigte den Verdacht.

»Mein Vater wollte die Unterlagen zurück, nachdem über die Jahre ein paar Halme Gras über die Sache gewachsen sind. Wenn ich mich nicht täusche, will er Snowdens sogenannten Geheimnisverrat nicht hinnehmen, sondern eine neue Öffentlichkeitskampagne zur Entlastung des Whistleblowers lostreten. Ich habe ihn bekniet, die Sache auf sich beruhen zu lassen. Aber Sie kennen meinen Daddy nicht. Wenn der sich mal etwas in den Kopf gesetzt hat, zieht er die Sache auch durch.«

»Glauben Sie, dass das ganze Gerangel jetzt auch Leonie eingeholt hat und dass man sie deshalb umgebracht hat?«

Ingo Landruth nickte bedächtig.

»Mein Vater äußerte einen ähnlichen Verdacht. Falls durchgesickert ist, dass sie half, ihm eine neue Identität zu verschaffen und die brandgefährlichen Schriftstücke unter Verschluss zu halten …«

Der Kommissar leerte sein Glas und stand auf.

»Was machen Sie jetzt?«, erkundigte sich Ingo Landruth mit brüchiger Stimme. »Lassen Sie nach meinem Vater fahnden und hängen den Fall an die große Glocke?«

Zoffinger hatte über Whistleblower eine einhellige Meinung. Sie balancierten auf einem schwankenden

Schwebebalken und setzten manchmal sogar ihr Leben aufs Spiel, um die Wahrheit ans Licht zu bringen. Für Leute, die sie unterstützten, galt das auch, weil sich deren Leben durch ihr Engagement häufig komplett veränderte. Hinweisgeber wie Edward Snowden waren im Pelz der Mächtigen lästige Parasiten und zahlten häufig einen hohen Preis für ihre Zivilcourage. Warum sollte man mutige Menschen, die illegale staatliche Überwachungsorgien aufdeckten und die Verletzung verfassungsmäßiger Rechte anprangerten, strafrechtlich verfolgen?

An der Haustür drehte er sich zu Ingo Landruth um.

»Ich weiß, wer Walter Landers ist. Auf dem Flugplatz Zürich–Kloten hat er einen Wagen gemietet und will von dort zurück nach Vietnam fliegen. In Hanoi lebt er seit Jahren im West-Lake-Viertel am Ufer des Tay-Ho-Sees. Ich hoffe, dass er dort in Frieden alt wird. Besten Dank für Ihre nette Einladung. Man sieht sich!«

Zoffinger hätte zu gerne gewusst, um wen es sich bei den beiden seltsamen Heiligen an der Beerdigung gehandelt hatte. Beim Wacken-Open-Air oder einem Workshop des Chaos-Computer-Clubs wären sie weniger aufgefallen als bei Leonie Landruths Begräbnis. Ein Kollege hatte eine Idee. Auf dem Parkplatz am Friedhof war vor geraumer Zeit eine Überwachungskamera installiert worden, weil sich auf dem Gräberfeld einige Male Vandalen ausgetobt hatten. Die Videoaufzeichnungen zeigten die beiden Freaks sowohl bei ihrer Ankunft als auch nach der Beerdigung. Sie fuhren ein Auto, dessen Kennzeichen lesbar war. Einen Tag später saß das Gespann im Kommissariat und musste sich Zoffingers Fragen gefallen lassen.

»Habt ihr Leonie Landruth gekannt?«

»Logo. Sonst wären wir wohl kaum zu ihrer Eingrabung gekommen.«

»Woher habt ihr sie gekannt?«

»Vor ein paar Monaten hat sie an einer Cyber-Security-Challenge in Bregenz teilgenommen. Wir sind ins Finale gekommen, sie hat es knapp verpasst.«

»Seit damals habt ihr den Kontakt mit ihr gepflegt?«

»Wir haben uns hin und wieder gesehen und über IT-Probleme und Lösungen geredet.«

Zoffinger kam das verschlüsselte Bitcoin-Vermögen in den Sinn. Er wollte aber vermeiden, die beiden direkt darauf anzusprechen.

»Hatte sie ein spezielles Problem?«

»Nö, eigentlich nicht. Wenn man seine Tage am Computer verbringt, stößt man immer auf das eine oder andere Problem.«

Es sah nicht so aus, als würde sich das Tandem Brauchbares entlocken lassen. Vorzuwerfen war den beiden auch nichts. Schließlich war es nicht verboten, an einer Beerdigung teilzunehmen.

»Ich hätte noch eine Bitte!« wandte sich der Kommissar an die beiden. »Ich arbeite an einem schwierigen Fall. Wärt ihr damit einverstanden, dass unser Polizeifotograf euch fotografiert? Ich würde euch beide gerne aus der Liste der Verdächtigen streichen.«

»Um was für einen Fall handelt es sich eigentlich?«

»Leonie Landruth ist ermordet worden. Das wisst ihr ja. Da ihr aber sicherlich ein reines Gewissen habt …«

»Mit dem Mord haben wir absolut nichts zu tun«, brach es aus dem Hoodieträger heraus. »Machen Sie meinetwegen Ihre Fotos. Wir haben nichts zu verbergen.«

Noch am selben Tag war Leonie Landruths Bestattung erneut Thema. Ein verstörtes Rentnerehepaar meldete sich vor lauter Angst, mit einem Enkeltrick konfrontiert worden zu sein.

»Heute Morgen standen zwei junge Männer vor unserer Haustür«, erzählte die Frau. »Sie stellten sich als Mitarbeiter des Finanzamtes vor und wollten wissen, ob Leonie vor ihrem Tod uns etwas zur Aufbewahrung gegeben habe. Möglicherweise seien entsprechende Gegenstände meldepflichtig. Das kam uns ausgesprochen seltsam vor. Außerdem hat Leonie bei uns nichts deponiert – außer einem Wohnungsschlüssel zum Blumengießen, falls sie ein paar Tage nicht zu Hause war.«

»Kannten Sie die beiden oder haben Sie sie schon einmal gesehen?«

»Bekannt waren uns die Männer nicht, aber wir haben sie bei Leonies Beerdigung gesehen.«

Zoffinger ließ sich vom Polizeifotografen die Fotos der beiden Computerfreaks bringen und zeigte sie dem Ehepaar.

»Ja natürlich!«, bestätigte der Rentner. »Das waren die beiden. Hundertprozentig! Sie trugen nur weniger auffällige Kleidung.«

Für den Kommissar schloss sich damit der Kreis. Zwar lag immer noch nichts Strafbares gegen die jungen Typen vor. Trotzdem ließ er sie nochmals ins Kommissariat holen, um sich Gewissheit zu verschaffen.

»Glückwunsch zu eurem neuen Job«, begrüßte er die beiden Unzertrennlichen.

»Neuer Job? Was für ein neuer Job?«

»Ihr seid jetzt doch Mitarbeiter des Finanzamtes und kümmert euch um den Nachlass von Leonie Landruth. Bei einem benachbarten Ehepaar habt ihr euch jedenfalls über entsprechende Hinterlassenschaften erkundigt. Auch bei ein paar anderen Leute, die an der Beerdigung teilgenommen haben, seid ihr vorstellig geworden. Wie habt ihr es eigentlich geschafft, an die Namen zu kommen?«

Viel zu beschönigen gab es nicht. Das mussten sich auch die beiden selbst ernannten Steuerprüfer eingestehen. Also rückten sie schließlich damit heraus, dass sie die Namen auf einer bei der Beerdigung aufgestellten Kondolenztafel abfotografiert und sich auf die Internet- und Telefonbuchsuche gemacht hatten.

»Bleibt jetzt nur noch die entscheidende Frage«, kam Zoffinger zum Schluss. »Auf was hattet ihr es eigentlich abgesehen?«

Der Kontakt der beiden mit Leonie Landruth war ursprünglich zustande gekommen, weil sich die Frau im Internet nach Hilfe umgesehen hatte, um ihren Datenträger mit dem Bitcoin-Vermögen zu entschlüsseln. Ihr den Speicher schon zu Lebzeiten abzuluchsen, hatten die Typen zwar versucht, waren aber gescheitert. Die lokale Presse hatte berichtet, dass die Polizei ihre Wohnung nach ihrem gewaltsamen Tod auf den Kopf gestellt und zahlreiche Beweisstücke sichergestellt hatte. Über den Bitcoin-Schatz war nie auch nur ein einziges Wort publiziert worden. Das Duo spekulierte folglich nicht ganz grundlos, dass die Besitzerin ihren Kryptotresor möglicherweise bei unauffälligen Nachbarn oder Freunden zur Verwahrung gegeben hatte.

»Mit dem Datenspeicher hättet ihr ohne Passwort überhaupt nichts anfangen können«, argumentierte Zoffinger.

»Im IT-Bereich geht es heute so, morgen so«, meinte der Hoodieträger. »Wovon man jetzt nur träumt, ist morgen schon Realität.«

»Wäre euch der Datenspeicher tatsächlich in die Hände gefallen, hätte ich euch wegen Diebstahls eingebuchtet, ihr Experten.«

Die beiden grinsten.

»Wäre es uns gelungen, den Speicher zu knacken und die Kronjuwelen abzuräumen, hätten Sie weltweit lange nach uns suchen müssen.«

Zoffinger zog eine Schnute. An manchen Wahrheiten führte kein Weg vorbei.

Der Beschluss der Staatsanwaltschaft kam für Zoffinger überraschend. Patrick Patty Melzer war aus der Untersuchungshaft entlassen worden, weil kein weiterer Haftgrund wie Flucht, Fluchtgefahr oder Verdunkelungsgefahr in Betracht kam und die Schwere seiner Tat nach Auffassung des Staatsanwalts eine weitere U-Haft nicht rechtfertigte. Der Kommissar stattete ihm nachmittags in seiner Karaokebar einen Besuch ab, weil er herausfinden wollte, ob er die beiden schrägen Trauergäste von Leonie Landruths Beerdigung kannte oder eventuell sogar Geschäfte mit ihnen machte.

Die Eingangstür war verschlossen. Drinnen dudelte Musik. Auf das Klopfen reagierte niemand, bis sich Zoffinger einen großen Stein holte und ihn gegen die Holztür donnerte. Eine Putzfrau öffnete und löste bei dem Besucher einen spontanen Lachanfall aus, weil die Frau einen Kopfputz mit Schlupf trug, der an Wilhelm Buschs Witwe Bolte erinnerte.

Patty werkelte hinter dem Tresen herum und sortierte Schnapspullen. Zoffinger erzählte, dass er beim Begräbnis von Leonie Landruth zwei Kerle kennengelernt habe, die sich als Steuerprüfer eine raffinierte, geradezu filmreife

Suche nach dem Bitcoin-Datenspeicher der Ermordeten hatten einfallen lassen.

»Unter uns sind sie nur unter dem Namen Tom & Jerry bekannt«, lachte Patty. »Sie treten ausschließlich im Doppelpack auf und haben sich in der Vergangenheit schon manchen komischen Auftritt geleistet. Irgendwie passt ihre neueste Aktion in dieses Muster.«

»Wissen Sie Genaueres über ihre Beziehung zu Leonie Landruth?«

Patty schüttelte den Kopf.

»Meines Wissens hatten die drei nicht viel miteinander zu tun.«

»Im Gegensatz zu Ihnen«, sagte Zoffinger. »Sie haben am Tag vor ihrem Tod noch nachweislich mit Leonie telefoniert. Um was ging es bei diesem Gespräch?«

»Wenn ich mich recht erinnere, ausnahmsweise mal nicht um Computerkram. Als Frau vom Fach war sie durchaus in der Lage, sich diesbezüglich selbst zu helfen. Sie plante, ihre Seminarkolleginnen und -kollegen zu einem Umtrunk einzuladen, und wollte wissen, ob ich die Fete für sie ausrichten könnte.«

Zoffinger wollte gerade weiterbohren, als die Tür aufflog und Rolf Riedle mit einem Ghettoblaster unter dem Arm hereinstürmte.

»Hallo Commissario, grüß dich, Patty! Wie sagt der Volksmund? Das Glück ist mit den Tüchtigen.«

Er stellte seinen Rekorder auf den Boden und schwang sich auf einen Barhocker.

»Für den Karaokewettbewerb am übernächsten Samstag bin ich bestens gerüstet.«

Er wandte sich an Zoffinger.

»Gut, dass ich dich hier treffe. Ich wollte ohnehin noch mit dir sprechen, weil ich dich für einen unbestechlichen

Kritiker halte. Für das Felchenquintett habe ich einen neuen Hit ausgewählt, der das Publikum garantiert wieder von den Sitzen reißt.«

»Kenne ich den Song?«, erkundigte sich der Kommissar vorsichtig.

»Mit Sicherheit nicht, weil ich den Text meiner hawaiianischen Ballade selbst verfasst habe, alle 14 Strophen.«

Patty schob Riedle ein Bier über den Tresen.

»Du hast einen hawaiianischen Song komponiert? Verstehe ich das richtig?«

Riedle winkte ab.

»Komponiert habe ich die Ballade nicht. Die Melodie fehlt noch. Nur den Text habe ich geschrieben.«

Zoffinger wusste, wie Riedle tickte. Man musste bei ihm auf alles gefasst sein.

»Du hast einen hawaiianischen Songtext gedichtet? Hast du plötzlich dein Sprachtalent entdeckt?«

»Na ja, komplett neu ist der Text nicht. Ich habe im Internet zufällig die hawaiianische Betriebsanleitung für einen Elektroscooter entdeckt, daraus Strophen geformt und die Wörter am Ende der Verse so manipuliert, dass sie sich reimen.«

Stille. Die sporadischen Tropfen, die hinter dem Tresen in ein Spülbecken fielen, waren das einzig störende Geräusch in der nach Bier und Putzmittel riechenden Lautlosigkeit. Zoffinger starrte Riedle an, Patty starrte Zoffinger an. Beide hockten da wie vom Affen gebissen. Erst ein Geschepper katapultierte die beiden Männer in die Gegenwart zurück, als hinten im Raum die Putzfrau eine Bürste in einen Blecheimer fallen ließ.

»Sag, dass das nicht wahr ist!«, keuchte Zoffinger. »Du willst mit dem Felchenquintett die in Strophen gefasste Betriebsanleitung für einen E-Scooter vortragen?«

»Richtig! Insgesamt 14 Strophen, die alle gleich sind. Mit dem Text wollte ich mir keine allzu große Arbeit machen. Hawaiianisch versteht ohnehin kein Schwein.«

Er griff nach seinem Ghettoblaster.

»Ich habe die Lyrics auf CD gebrannt. Wollt ihr eine Kostprobe hören?«

Zoffinger sprang vom Barhocker.

»Sorry, du Genie! Ich habe noch einen wichtigen Termin. Den Songtext kann ich mir zu einem späteren Zeitpunkt anhören. Macht's gut, ihr beiden.«

Auf dem Weg ins Büro rief Zoffinger seinen Freund Florian an, der beim letzten Auftritt des Felchenquintetts als Ersatzmann eingesprungen war.

»Riedle plant einen neuen Auftritt in der Karaokebar. Ich wollte dich nur vorwarnen, falls er dich bittet, beim nächsten Wettbewerb mitzumachen.«

»Warum vorwarnen? Hat er den falschen Song ausgewählt?«

»Er hat eine Ballade auf Hawaiianisch verfasst.«

Florian verstummte.

»Eine hawaiianische Ballade? Ist der Typ jetzt völlig verblödet?«

»Das ist noch nicht die ganze Wahrheit. Alle 14 Strophen sind identisch. Sein Argument: Hawaiianisch versteht ohnehin niemand.«

»Wo hat er den Text eigentlich her?«

»Halte dich fest: vom Beipackzettel für einen Elektroroller.«

Florian prustete los.

»Mann! Das finde ich ja schon wieder witzig. Aber es besteht natürlich die Gefahr, dass er von den speziell gepolten Bargästen die Hucke voll bekommt, falls sie sich verarscht fühlen.«

13
FALSCHE FÄHRTE

Seit sich die Lösegeldübergabe auf dem Bodanplatz als derbkomische Posse entpuppt hatte, war Eddie auf Tauchstation gegangen. Offensichtlich war ihm nicht entgangen, dass Zoffinger auf seine Trickserei ziemlich ungehalten reagiert hatte. Als sich die beiden in der Stadt über den Weg liefen, spürte der Kommissar instinktiv, dass das zufällige Treffen nicht wie früher von freundschaftlicher Nähe, sondern von einer gewissen Distanz geprägt war. Sie setzten sich in ein Straßencafé und stellten nach einer Weile fest, wie sich ihr Umgang mit jedem ausgetauschten Satz wieder normalisierte.

»Hast du von den Entführern eine neue Nachricht bekommen?«, erkundigte sich Zoffinger.

Eddie schüttelte den Kopf.

»Nicht die Bohne! Ich war sogar nochmals an der Plakatsäule und habe mit einem kurzen Satz um neue Kontaktaufnahme gebeten. Reaktion: null. Es ist zum Verzweifeln.«

»Die Sache läuft nicht so ab, wie ich es erwartet hätte. Warum lassen sich die Entführer so viel Zeit? In der Regel werden Geldforderungen so rasch wie möglich durchgezogen, weil Kidnapper ihre Opfer nicht wochenlang versteckt halten, sondern sie so schnell wie möglich loswerden wollen.«

Zoffinger nahm einen Schluck und stellte die Tasse mit einer bedächtigen Bewegung zurück, weil er seine nächste Bemerkung lieber vermieden hätte.

»Es ist schon mehr als einmal vorgekommen, dass Vermisste nach Wochen plötzlich wieder aufgetaucht sind. Da wir bislang jedoch keinerlei Hinweise gefunden haben, tut es mir leid, dir das sagen zu müssen: Meine Hoffnung schwindet, deine Frau lebend zu finden.«

Eddie schlug die Hände vors Gesicht.

»Mit diesem Gedanken habe ich mich auch schon beschäftigt. Aber jedes Mal, wenn ich daran denke, schiebe ich die Horrorvorstellung mit aller Macht weg, weil sie mich in Panik versetzt. In unserer Beziehung war nicht alles Zuckerwatte. Aber die Vorstellung, sie für immer verloren zu haben, frisst mich innerlich auf wie ein tödliches Geschwür.«

»Ist Christine eigentlich auf Medikamente angewiesen?«

»Sie ist sportlich und kerngesund. Wie wir wissen, beschert uns der Föhn am See nicht nur eine großartige Fernsicht, sondern ruft bei manchen wetterfühligen Leuten Kopfschmerzen hervor. Christine gehörte auch dazu und nahm an solchen Tagen eine Schmerztablette. Das war es dann aber auch mit Medikamentenkonsum.«

»Hattest du jemals Grund, an ihrer Treue zu zweifeln? Es hat schon Fälle gegeben, dass Personen plötzlich verschwunden sind, weil sie ein Doppelleben führten.«

»Christine und ein Doppelleben? Völlig ausgeschlossen. Ich habe schon davon gehört, dass Männer eine zweite Ehefrau samt Kindern haben. Aber in unserer Ehe hätte ich das mitbekommen. Wie gesagt: Hin und wieder gab es Meinungsverschiedenheiten. Gelegentlich hat es auch gescheppert, aber unsere Ehe wurde nie infrage gestellt.

Nie und nimmer! Grundsätzlich waren wir uns sehr verbunden.«

»Auf einer Internetseite fand ich vor Kurzem ein Foto des ehemaligen australischen Premierministers Harold Holt«, erzählte Zoffinger. »Er ging zum Schwimmen ins Meer und war nie wieder gesehen. Gerüchte behaupteten, er habe seinen Tod nur vorgetäuscht und sei mit einer Geliebten durchgebrannt. Andere schworen Stein und Bein, er sei chinesischer Agent gewesen und von einem U-Boot abgeholt worden.«

»Jetzt wird es aber mysteriös«, funkte Eddie dazwischen. »Für einen ausländischen Geheimdienst hat meine Frau meines Wissens nicht gearbeitet. Und mit einem unbekannten Hausfreund hat sie sich auch nicht abgesetzt, per U-Boot schon gar nicht.«

»Hatte deine Frau mit Drogen zu tun?«

»Garantiert nicht. Sie machte schon einen Zirkus, wenn sie bei Föhn eine Kopfwehtablette nehmen musste.«

Zoffinger grübelte.

»Würdest du kategorisch ausschließen, dass sie sich das Leben genommen hat?«

Eddie atmete tief durch.

»Ich weiß ja nicht, wie potenzielle Suizidkandidaten ticken. Aber ich kann mir vorstellen, dass sie bestimmte Signale an ihr Umfeld schicken. Wenn das stimmt, hätte ich Vorboten oder Vorzeichen wahrnehmen müssen. Aber da gab es definitiv nichts, absolut nichts, was darauf hingewiesen hätte, dass sie ihres Lebens überdrüssig geworden wäre.«

»War auch nur so ein Gedanke«, meinte Zoffinger. »Ich wollte dich noch auf etwas anderes ansprechen. Sagt dir der Begriff Stockholm-Syndrom etwas?«

»Tut mir leid. Davon habe ich noch nie gehört.«

Zoffinger holte aus.

»Der Begriff geht auf eine Geiselnahme in den 1970er-Jahren in der schwedischen Hauptstadt zurück. Damals identifizierten sich die Opfer im Laufe der Tat mit den Tätern und bauten eine positive emotionale Bindung zu ihnen auf. Wäre so etwas auch im Falle deiner Frau möglich?«

»Du denkst, dass Christine noch am Leben ist, weil sie freiwillig mit den Entführern kooperiert oder sich sogar mit ihnen solidarisiert hat?«

Eddie riss die Augen auf.

»Gütiger Himmel! Das klingt verheerend und höchst unwahrscheinlich. Aber wie heißt es so schön: Man hat schon Pferde kotzen sehen.«

»Übrigens!«, setzte Eddie nach einer Gedankenpause neu an. »Vor ein paar Tagen war ich auf dem Bodanrück beim Wandern, um den Kopf leer zu bekommen vom ständigen Grübeln. Tag für Tag zermartere ich mir den Schädel darüber, was passiert sein könnte. Zufällig habe ich einen Förster getroffen, der mir erzählte, dass sich auf dem alten Bauernhof, dem wir gemeinsam einen Besuch abstatteten, in letzter Zeit seltsame Leute getroffen haben. Also bin ich nochmals hingefahren, um mich umzusehen.«

»Das hätte ich an deiner Stelle nicht riskiert«, entgegnete Zoffinger. »Du hättest auf dieselben Ganoven treffen können, die deine Frau entführt und dir beinahe einen Finger gekappt haben.«

»Ist ja nichts passiert. Als ich dort ankam, war niemand zu sehen. Was die Typen dort getrieben haben, weiß ich nicht.«

Nach dem Treffen kam Zoffinger die Idee, den von Eddie erwähnten Förster zu kontaktieren, um mehr über die erwähnten Umtriebe auf dem alten Gehöft zu erfahren. Beim Kreisforstamt machte er das betreffende Forstrevier auf dem Bodanrück ausfindig und ließ sich nach einem telefonischen Ritt durch Instanzen und Amtsstuben mit dem zuständigen Waldhüter verbinden.

»Tut mir leid, aber am von Ihnen erwähnten Tag war ich gar nicht in meinem Revier unterwegs. Innendienst, Akten wälzen, organisatorische Aufgaben – ich nehme an, Sie als Beamter wissen, wovon ich rede.«

»Sie haben in letzter Zeit nicht festgestellt, dass auf dem alten Bauernhof jemand herumlungert, und Sie haben sich mit niemandem über eine solche Beobachtung unterhalten?«

»Ganz sicher nicht«, antwortete der Förster. »Daran könnte ich mich erinnern. Einen Herrn wie diesen von Ihnen beschriebenen Eddie Lammer kenne ich nicht und habe ich noch nie getroffen.«

Zoffinger wollte der Angelegenheit auf den Grund gehen. Warum sollte ihm Eddie ein solches Märchen erzählen? Er rief ihn kurzerhand an und bat um Aufklärung.

Eddie tat sich schwer, mit der Wahrheit herauszurücken.

»Du hast mich erwischt«, gestand er. »Das Treffen mit dem Förster entspricht nicht ganz der Wahrheit.«

»Was soll das heißen – entspricht nicht ganz der Wahrheit? Hast du mich angelogen oder nicht? Und falls du mich angelogen hast, frage ich mich warum. Was hast du damit bezweckt?«

Eddie wollte nicht so recht mit der Sprache heraus und begann zu jammern.

»Vielleicht kannst du meine Qual verstehen. Christines

Schmerzensschreie im alten Bauernhof habe ich heute noch in den Ohren. Wird sie vielleicht immer noch von den Verbrechern misshandelt? Seit Wochen fehlt von ihr jede Spur. Nichts tut sich. Das macht mich krank. Ich dachte, wenn ich dir von neuen Aktivitäten auf dem Bauernhof erzähle, nehmen deine Ermittlungen Fahrt auf. Tut mir leid. Das hätte ich nicht machen sollen. Aber verstehe bitte meine Verzweiflung.«

»Deine Seelennot kann ich nachvollziehen«, setzte der Kommissar zu einer Gardinenpredigt an. »Aber wir sollten ehrlich miteinander umgehen. Du hast mich jetzt zum zweiten Mal übers Ohr gehauen. Das untergräbt unser Vertrauensverhältnis. Ich bitte dich eindringlich, in Zukunft nicht mehr mit gezinkten Karten zu spielen. Ich werde die Entführung deiner Frau aufklären, bin dabei jedoch auf deine Kooperation angewiesen. Ich muss mich unbedingt auf dich verlassen können. Verstanden?«

Natürlich konnte Zoffinger als empathischer Mensch nachfühlen, wie sehr das Verschwinden seiner Frau an Eddies Psyche nagte. Aber einen Vermisstenfall ohne auch nur einen einzigen Hinweis voranzutreiben, war so gut wie unmöglich. Die Entführer waren nach der gescheiterten Lösegeldübergabe offenbar auf Tauchstation gegangen. Das war unüblich und passte nicht in den Fall, weil Lösegeldübergaben normalerweise so schnell wie möglich abgewickelt wurden. Christine war seit Wochen verschwunden, was Zoffinger und seinem Team nicht nur Rätsel aufgab, sondern auch die Befürchtung wachsen ließ, dass sie gar nicht mehr am Leben war.

Die schon vor Wochen in Gang gesetzte Öffentlichkeitsfahndung führte auch Wochen später noch zu Meldungen in den sozialen Netzwerken, die nicht alle seriös waren, aber zeitaufwändig vom Team überprüft werden mussten. Zu den skurrilsten Hinweisgebern zählte ein Druide. Er behauptete, an einer sandigen Uferstelle des Bodensees einen Fußabdruck gefunden zu haben, der sich eindeutig der Vermissten zuordnen ließ. Als Beweis schickte er ein unscharfes Foto, das auf ein Stachelschwein genauso hätte hindeuten können wie auf einen Yeti.

Aus heiterem Himmel kam an einem späten Vormittag Bewegung in den Fall. Über den Polizeinotruf 110 meldete sich in der Einsatzzentrale eine weibliche Stimme auf so hysterische Weise, dass sie kaum zu verstehen war. Trotz mehrfacher Nachfragen konnte die diensthabende Polizeiobermeisterin weder den Namen der Frau noch den Grund des Anrufs herausfinden. An kuriose Gespräche und schräge Inhalte gewöhnt, blieb der Beamtin nach geraumer Zeit nichts anderes übrig, als das Telefonat zu beenden, um den Notruf nicht unnötig zu blockieren. Minuten später meldete sich die Frau wieder und war dieses Mal in der Lage, sich verständlich zu machen.

Sie war mit ihrem Labrador Gassi gegangen und hatte vor dem Nachbarhaus hinter einem Müllcontainer zufällig die nackten Beine eines Menschen entdeckt. Als die alarmierte Streifenwagenbesatzung den Fundort erfuhr, kamen die Beamten ins Grübeln, weil ihnen die Adresse bekannt war. Zoffinger hatte sie in der Vergangenheit wiederholt zum Domizil von Eddie Lammer geschickt, um dort nachzusehen, ob alles in Ordnung war. Unverzüglich benachrichtigten sie den Kommissar, weil der Leichenfund mit seinen laufenden Ermittlungen hätte zusammenhängen können.

Die Nachricht schlug im Präsidium ein wie eine Bombe. Eine entkleidete Leiche vor Eddies Haus! Erster Gedanke des Kommissars: das umgebrachte Entführungsopfer. Falls das zutraf, hätte es schlimmer nicht kommen können. Was für ein Horror! Konfuse Gedankenblitze, die er nicht kontrollieren konnte, schossen Zoffinger durch den Kopf. Wer kam auf eine so abgrundtief widerwärtige und übergeschnappte Idee, dem Ehemann seine ermordete Gemahlin vor die Haustür zu legen?! Der Kommissar machte sich Vorwürfe, obwohl er nichts dafürkonnte. So hätte der Kidnapping-Fall nicht enden dürfen.

Vor Eddies Haus standen aufgeschreckte Nachbarn und zufällige Passanten in gebührendem Abstand zum Müllcontainer herum. Auf einem Mäuerchen hockte zusammengesunken die Frau, die den Notruf abgesetzt hatte. Zoffinger bahnte sich den Weg durch die Gaffer, schlüpfte unter dem von den Kollegen gespannten Absperrband hindurch und näherte sich der Leiche. Entweder wurden die ohnehin schon schwierigen Ermittlungen durch das neue Verbrechen noch komplizierter oder es ergaben sich daraus hilfreiche Hinweise.

Als Erstes fiel Zoffingers Blick auf schlanke, nackte Unterschenkel, die unter einer Decke herausragten und offenbar einer Frau gehörten. Sein Blutdruck pochte in den Ohren, weil er die schlimmsten Befürchtungen hatte. Der Oberkörper und der größte Teil des Kopfes waren in eine Decke mit Karomuster gehüllt. Um beide Fußknöchel zogen sich dünne, dunkle Stellen wie Spuren von Fesselungen. Als er genauer hinschaute, traute er seinen Augen nicht. Bei den abgeblichenen Verletzungen handelte es sich um keine blutunterlaufenen Hämatome, sondern um Trennstellen, an denen die Füße an die Unterschenkel angeschraubt waren. Um sich letzte Gewissheit zu verschaffen, schlug er die Decke zurück, in die der nackte Körper gewickelt war. Eine Riesenlast wich von seinen Schultern. Erleichtert kehrte er auf die Straße zurück und pflanzte sich mit in die Hüften gestemmten Armen vor der Meute Schaulustiger auf.

»Leute! Ende der Vorstellung! Geht nach Hause. Es gibt nichts zu glotzen. Wir haben es hier mit illegaler Müllentsorgung zu tun.«

Nach ein paar Schrecksekunden ereiferten sich manche in der Zuschauerrunde. Buhrufe wurden laut.

»Ist das die neue Sprachregelung, wenn es die Polizei mit Gewaltopfern zu tun bekommt?«

»Der Begriff Respekt kommt bei Ihnen offenbar nicht vor!«

»Etwas mehr Pietät könnte man schon erwarten.«

Zoffinger hörte sich das Geschwafel eine Weile an.

»Jetzt aber mal langsam«, wehrte er sich. »Ich sehe vor mir nur sensationsgeile Schaulustige, die sich beim Anblick einer nackten Leiche einen Kick verschaffen wollen. Das ist doch der einzige Grund, warum ihr euch hier geifernd zusammenrottet, filmt und fotografiert, um die Aufnahmen in die sozialen Netzwerke zu stellen. Von mir fordert ihr mehr Pietät?«

Er warf einen letzten giftigen Blick in die Runde.

»Das ist kein Tatort, und es gibt keine Leiche. Wir haben es nicht mit einem toten Menschen aus Fleisch und Blut zu tun. Hinter dem Müllcontainer wurde ein Sexspielzeug aus Silikon, Gummi oder sonst etwas abgelegt. Anstatt Maulaffen feilzuhalten wäre hilfreicher, mit Informationen rüberzukommen, falls jemand beobachtet hat, wer die künstliche Sexarbeiterin abgelegt hat.«

Nach der Wutrede zerstreute sich das Spannerkränzchen widerstrebend. Zoffinger wunderte sich, warum der Hausbewohner noch nicht auf der Bildfläche erschienen war. Immerhin fand der Menschenauflauf direkt vor seinem Haus statt. Als er gerade in seinen klapprigen Oldtimer steigen wollte, kam Eddie vom Einkaufen zurück.

»Was ist denn hier los?«, wollte er wissen. »Hat jemand versucht, meinen Müll zu klauen?«

»Im Gegenteil!«, antwortete Zoffinger. »Jemand hat eine Sexpuppe hinter dem Container abgelegt. Eine Nachbarin hielt die für eine Leiche und hat uns alarmiert. Stammt die Gummilady vielleicht aus deinem Arsenal?«

»Herr Kommissar! Manchmal zeigst du ein Feingefühl wie ein Kampfhund«, entgegnete Eddie.

Zoffinger winkte ab.

»Ich bin kein Verfechter von Softtalk. Das würde auch nicht zu meinem Job passen. Darf ich also davon ausgehen, dass du mit dem Spielzeug nichts zu tun hast?«

»Natürlich habe ich nichts damit zu tun. Wer ist so bescheuert und wirft so etwas vor sein Haus? Ich habe keine Ahnung, wer die Lady hier abgelegt hat. Bist du jetzt eigentlich auch für Müllentsorgung zuständig?«

»So herablassend würde ich das nicht ausdrücken«, meinte Zoffinger. »Ich bin eher dafür zuständig, in unserem Miteinander die Spreu vom Weizen zu trennen.«

14
EIN MYSTERIÖSER ANSCHLAG

In Meersburg wollte sich Eddie eines Abends mit einem alten Bekannten treffen. Fast hätte er die Abfahrt der Fähre versäumt, weil ihn jemand vor einem Laden, in dem er noch beim Shoppen war, zugeparkt hatte. Nach dem Ablegen hatte er Bock auf einen Kaffee, wurde auf der Treppe zum Bistro aber von einem Mann aufgehalten.

»Entschuldigen Sie! Mit Ihrem Wagen scheint etwas nicht in Ordnung zu sein. Ich an Ihrer Stelle würde lieber mal nachsehen«, empfahl der Fremde.

Eddie drehte um.

Sein Auto stand weit hinten in der Kolonne. Er drehte eine Runde um seinen fahrbaren Untersatz, konnte jedoch nichts Verdächtiges erkennen. Aus einem Wagen nebenan stiegen drei Männer, die er erst bemerkte, als es zu spät war. Einer nahm ihn von hinten in einen Würgegriff, die beiden anderen hielten seine Beine fest. Statt einem Schrei kam nur ein Geröchel aus seiner Kehle. Verzweifelt versuchte er, die Umklammerung zu lockern, was ihm nicht gelang. Mit vereinten Kräften schleppte ihn das Trio an die nur wenige Meter entfernte Schiffswand und schmiss ihn in hohem Bogen über Bord. Der Kerl, der ihn auf der Treppe angesprochen hatte, warf einen Rettungsring hinterher, den er von irgendwo organisiert haben musste. Eddie war kaum wieder aufgetaucht und schnappte nach Luft, als ihn die Fähre schon hinter sich gelassen hatte. Die ganze Aktion dauerte höchstens eine Minute. Weil es schon dunkel geworden war, hatte weder von der Crew noch von den Passagieren jemand etwas von dem hinterhältigen Angriff mitbekommen.

Die Richtung Meersburg aufbrechende Fähre war zu diesem Zeitpunkt noch nicht weiter als etwa einen Kilometer vom Hafen entfernt. Eddie war ein sportlicher Typ und ein guter Schwimmer, der auch ohne den Rettungsring die relativ kurze Distanz bis zum Ufer hätte bewältigen können. Umständlich streifte er seine Jacke ab, die vollgesogen an ihm zog und überlegte, ob er sich auch seiner Schuhe und seiner Hose entledigen sollte. In seinem Kopf herrschte Chaos über den hinterhältigen Angriff. Wollten die Typen seinen Wagen klauen? Aber dann hätten sie ihm auch die Autoschlüssel abgenommen, die er in der Jackentasche verstaut hatte. Aber Autoklau auf der Fähre? Ein ziemlich bizarres Unterfangen.

Er legte die Unterarme auf den Ring, hängte seine Jacke darüber und trieb sich mit ständigem Beinschlag vorwärts in Richtung Fährhafen Staad. Angst zu ertrinken hatte er zu keiner Sekunde. Aber die glitschige Kleidung, die sich immer mehr mit Wasser füllte, behinderte seine Bewegungsfreiheit und zog ihn nach unten. Zum Glück kamen die erleuchteten Straßen und Häusern von Staad langsam, aber stetig näher.

Am Fährhafen kletterte er aus dem See und setzte sich zum Verschnaufen erst einmal auf den Boden. Die Fähre war über dem dunklen See längst verschwunden. Er zog sich bis auf die Unterhose aus, um seine Klamotten auszuwinden. Zwei Autos warteten bereits auf die nächste Fährenabfahrt. Als sich Eddie einem der Fahrer mit dem Rettungsring in der einen und seiner nassen Kleidung in der anderen Hand näherte, starrte der ihn konsterniert an. Die Situation entspannte sich erst, als ihm Eddie durch das halb geöffnete Seitenfenster seine Situation kurz schilderte und ihn um sein Smartphone für einen kurzen Anruf über die Notrufnummer bat.

Es dauerte nur ein paar Minuten, bis auf quietschenden Reifen ein Streifenwagen zum Stehen kam. Das klatschnasse Opfer wurde samt Rettungsring auf die nächste Polizeistation gebracht, mit Trainingsanzug und Decke ausgestattet und zu einem ersten Gespräch gebeten. Keine Chance, die Täter an der Anlegestelle in Meersburg abzufangen, weil die Fähre mittlerweile angekommen und die meisten Fahrzeuge bereits von Bord gefahren waren. Ein Abschleppwagen hatte Eddies Auto bereits auf den Haken genommen.

Noch in der Nacht war der Pechvogel nach Hause gebracht worden, hatte aber darauf bestanden, die Schreckensnachricht dem leitenden Kommissar so schnell wie möglich zu überbringen. Zoffinger erfuhr am folgenden Morgen von dem seltsamen Vorfall, rief Eddie sofort an und bestellte ihn zu sich ins Büro. Das Opfer hatte dunkle Ringe unter den Augen und sah übernächtigt aus wie nach einer mittelschweren Sause. Nach dem unfreiwilligen Termin im Bodensee hatte er vor lauter Aufregung kein Auge zugetan.

»Kannst du die Angreifer beschreiben? Erinnerst du dich an das Fahrzeug, in dem sie vor dem Angriff gesessen hatten? Wie sah der Kerl aus, der dich auf der Treppe ins Bistro ansprach?«

Fragen über Fragen, von denen Eddie die meisten nicht beantworten konnte, weil die Attacke auf dem nur schwach beleuchteten Fahrzeugdeck stattgefunden und der Würgegriff ihm fast die Sinne geraubt hatte.

Zoffinger grübelte.

»Bist du in letzter Zeit bedroht worden? Sind dir irgendwelche schrägen Typen aufgefallen?«

»Keine Spur. Ich wüsste auch nicht weshalb.«

»Ich glaube nicht, dass der Überfall etwas mit der Entführungsgeschichte zu tun hat. Die Kidnapper kommen nach meiner Überzeugung dafür nicht infrage. Warum sollten sie die Kuh umbringen, die sie melken wollen?«

»Danke für die klare Wortwahl«, maulte Eddie, dem das nächtliche Abenteuer immer noch in den Knochen steckte.

»Es muss andere Gründe für die Tat geben«, schätzte Zoffinger.

»Wer sollte mir warum an den Kragen? Das war doch ein vollkommen sinnloser Überfall. Ich habe niemandem etwas getan. Gut, ich habe Christines Kidnapper vor den Kopf gestoßen. Aber dass der Fährenhorror etwas damit zu tun haben könnte, schließe ich genauso wie du auch aus.«

Der Kommissar zeichnete mit dem Zeigefinger Fantasiegebilde auf den Schreibtisch, wie er es immer tat, wenn er angestrengt nachdachte.

»Ein anderes Szenario drängt sich mir auf«, überlegte er. »Hat der Überfall vielleicht etwas mit deinem Job zu tun? Cyberkrimelle, denen du mit deinen Enthüllungen im Weg stehst, weil du deine Kundenfirmen vor ihren Cyberangriffen abschirmst? Schutzengel wie du sind in solchen Kreisen doch eher lästig wie Schmeißfliegen, kann ich mir vorstellen.«

»Das trifft mit Sicherheit zu, obwohl Cyberkriminelle ihre Waffen in der Regel im Netz aussuchen und selten auf körperliche Gewalt setzen. Aber wahrscheinlich gibt es auch da Ausnahmen.«

Eine am Fährhafen in Meersburg installierte Webcam, die automatisch alle 45 Sekunden aktualisierte, war eingerichtet worden, um das Verkehrsaufkommen zu kontrollieren und auf der Internetseite der Stadtwerke Konstanz sichtbar zu machen. Zoffingers Team besorgte die Aufnahmen des betreffenden Abends und legte bei der Überprüfung vor allem Wert auf die zuletzt von der Fähre gefahrenen Autos, weil das Fahrzeug mit den drei Angreifern ebenso wie Eddie am Ende der Kolonne gestanden hatte. Ein wahrscheinlich mit vier Personen besetzter Wagen weckte die Aufmerksamkeit der Beamten. Die Videoaufzeichnung besaß nicht die Qualität, verlässliche Schlüsse zu ziehen. Es handelte sich um einen silbergrauen Fünfer-BMW, dessen Kennzeichen nicht zu identifizieren war. Kurz nach Verlassen der Fähre fuhr der Wagen rechts ran und einer der Insassen stieg vor einem Imbiss aus, um vier Becher Kaffee zu holen.

»Diese Blödmänner werfen einen Mann kurzerhand über Bord, bringen sein Leben in Gefahr und holen sich hinterher seelenruhig einen Kaffee«, brachte Zoffinger den jüngsten Fall auf den Punkt. »Was für eine Kaltschnäuzigkeit. Wir müssen herausfinden, wer die Kerle sind und warum sie Eddie angegriffen haben.«

Ein Kollege hatte eine Idee.

»Leonie Landruth ist von der MS Hegau auch über Bord geworfen worden, fast so wie Eddie. Ist der Gleichlauf der beiden Angriffe purer Zufall oder sollte uns die

Übereinstimmung zu denken geben? Könnte es sich um dieselben Täter handeln?«

Die Vermutung des Beamten löste im Team Diskussionen aus. Träfe der Verdacht zu, hätte es nach Adam Riese ein gemeinsames Motiv für die beiden Gewalttaten geben müssen. Außerdem wäre naheliegend gewesen, dass Eddie etwas mit Leonie Landruth verband, was bislang niemandem aufgefallen war. Zoffinger bremste die Spintisiererei und empfahl den Kollegen, auf den Boden der Tatsachen zurückzukehren. Wilde Spekulationen halfen nicht weiter, sondern bargen eher die Gefahr, sich zu verrennen und das eigentliche Ziel aus den Augen zu verlieren. In erster Linie galt es, Eddies Angreifer ausfindig zu machen.

Dass die Täter ihrem Opfer auf der Fähre zufällig begegneten, war auszuschließen. Es sah eher danach aus, dass Eddie observiert worden war. Ohne entsprechende Planung hätten es die Typen nicht geschafft, bei der Überfahrt ihr eigenes Fahrzeug in direkter Nachbarschaft von Eddies Wagen zu parken. Auf der Fähre ließen sich keine weiterführenden Hinweise auf die Brutalos finden. Also konzentrierte sich Zoffinger auf die Situation nach Ankunft der Fähre in Meersburg. In der Stadt verteilten sich zwar mehrere öffentliche Webcams, die aber alle nicht geeignet waren, die Fahrtroute der Gewalttäter nachzuvollziehen. Da anzunehmen war, dass die Kerle aus Konstanz stammten, lag auf der Hand, dass sie nach ihrem Ausflug die Heimreise wieder per Fähre antreten würden. Tatsächlich tauchte das Fahrzeug am späteren Abend wieder auf den Aufnahmen der Webcam am Hafen auf. Dieses

Mal stand der BMW so günstig, dass das Kennzeichen zu erkennen war.

Zugelassen war das Fahrzeug auf einen Adam Orlow, der in Allensbach gemeldet war und auf einem Wertstoffhof in Konstanz arbeitete. Zoffinger schickte zwei Kollegen zu seiner Arbeitsstelle, die ihn unter dem Vorwand, eine Zeugenaussage machen zu müssen, ins Präsidium brachten. Der Kommissar ließ ihn eine Weile warten, ehe er sich zu ihm an den Tisch setzte.

»Herr Orlow! Danke, dass Sie gekommen sind. Ich wüsste von Ihnen gerne, wo Sie vorgestern Abend gewesen sind. Wir müssen eine Reihe von Daten abgleichen und wären auf Ihre Unterstützung angewiesen. Also: Würden Sie mir bitte sagen, wie Sie besagten Abend verbracht haben?«

»Vorgestern Abend?«

Er tat so, als müsste er nachdenken, aber der Kommissar sah ihm an, dass er nur schauspielerte.

»Wenn ich mich recht erinnere, war ich zu Hause vor dem Fernseher, weil ich einen anstrengenden Arbeitstag hinter mir hatte.«

»Vielleicht nützt es Ihnen, wenn ich ein bisschen nachhelfe. Meine Kollegen haben gerade das Navi Ihres BMW ausgelesen und festgestellt, dass Sie einen Ausflug nach Meersburg unternommen haben. Könnte das zutreffen?«

Orlow spielte den Überraschten.

»Ach ja, da muss ich wohl den Tag verwechselt haben. Ich bin tatsächlich mit der Fähre rüber nach Meersburg gefahren.«

»Den abendlichen Ausflug haben Sie doch sicher nicht alleine, sondern in Gesellschaft von Freunden unternommen.«

Orlow muckte auf.

»Sagen Sie mal! Was wollen Sie eigentlich von mir? Hätte ich den privaten Abstecher nach Meersburg bei der Polizei anmelden müssen?«

Zoffinger stimmte ihm zu.

»Eine schlechte Idee wäre das nicht gewesen. Dann hätten wir es erheblich leichter, einen versuchten Mordanschlag aufzuklären.«

Wie von der Tarantel gebissen, sprang Orlow auf. Sein Stuhl kippte um und schlitterte über den Büroboden.

»Mordanschlag?«, keuchte er. »Was für ein Mordanschlag? Was wollen Sie damit sagen? Ich habe mit einem Mordanschlag absolut nichts zu tun.«

»Setzen Sie sich wieder hin! Ihre künstliche Aufregung nützt Ihnen nichts.«

»Sie trauen sich, mir einen Mordanschlag in die Schuhe zu schieben! Muss ich mir das eigentlich gefallen lassen?«

»Müssen Sie, weil wir verlässliche Tatzeugen haben und Ihr Opfer überlebt hat, nachdem Sie den Mann über die Bordwand der Fähre ins Wasser geworfen haben. Ich kann Ihnen den Vorgang minutiös nachweisen. Um ein Geständnis kommen Sie nicht herum.«

Orlow ließ die Schultern hängen und puhlte das Schwarze unter seinen Fingernägeln hervor.

»Den Anschlag haben Sie nicht alleine ausgeführt, sondern zusammen mit drei Komplizen. Wir haben Ihre Mittäter längst identifiziert«, schwindelte der Kommissar. »Es gibt Bilder einer Videoüberwachung. Die Zeugen habe ich ja schon erwähnt. Leugnen ist zwecklos und wird Ihre zu erwartende Strafe nicht unbedingt günstiger gestalten. Also los jetzt. Aus der Sache kommen Sie ohnehin nicht mehr heraus.«

Adam Orlow hatte den Anschlag auf Eddie zusammen mit zwei polizeilich noch nicht bekannten Kumpanen und einem weiteren Gehilfen unternommen, den Zoffinger bereits kannte: Holger Tischler alias Sherpa. Vom prinzipiell schon bekannten Tathergang abgesehen, war hauptsächlich das Motiv des Überfalls von Bedeutung.

»Der Kerl, der auf der Fähre neben uns stand, hat beim Aussteigen seine Tür gegen unseren Wagen geknallt. Wir haben ihn gebeten, doch etwas vorsichtiger zu sein. Er wurde pampig und meinte, für eine ältere Karre wie unsere wäre das bestimmt kein Wertverlust. Ein Wort gab das andere. Als er uns an den Kragen wollte, haben wir uns gewehrt und ihn zur Abkühlung in den See geschmissen. Damit ihm nichts Ernstes passiert, haben wir ihm sogar noch einen Rettungsring gespendet.«

»Den Zeugenaussagen nach hat sich der Verfall ganz anders abgespielt«, behauptete Zoffinger. »Einer Ihrer Helfershelfer hat den Passagier aus fadenscheinigen Gründen zu seinem Wagen gelockt, wo Sie ihn offenbar grundlos und ohne Vorwarnung angriffen. Ihre Geschichte stimmt hinten und vorne nicht.«

»An Ihrer Stelle würde ich den Zeugen nicht zu sehr vertrauen.«

»Das lassen Sie mal meine Sorge sein. Ihre Begründung, warum es zu der Auseinandersetzung gekommen ist, ist lächerlich. Warum hätte sich Ihr Opfer mit drei kraftstrotzenden Männern anlegen sollen? Größenwahn oder ein eklatanter Fall von Selbstüberschätzung?«

Nach der Vernehmung von Adam Orlow schickte Zoffinger zwei Streifenbeamte los, um Holger Sherpa Tischler zur Vernehmung ins Präsidium zu holen. Die größte Chance, ihn anzutreffen, bestand auf dem Campingplatz in Hegne, seinem früheren Geschäftssitz und Lebensmittelpunkt.

»Sie suchen Sherpa? Den habe ich vor einer Stunde auf der Terrasse vor dem Restaurant gesehen«, meinte ein Angestellter am Empfang. »Versuchen Sie es dort einmal. Ist etwas passiert?«

»Nix passiert«, antwortete der Beamte. »Wir brauchen nur seine Aussage zu einem Sachverhalt.«

Weder im modernen Restaurant noch auf der Terrasse war von dem Kerl etwas zu sehen. Die Beamten bummelten über das von hohen Laubbäumen bestandene Wiesengelände und nahmen jede einzelne Parzelle in Augenschein. Ein Dauercamper meinte, er hätte den Mann, den jeder auf dem Platz kannte, vor nicht allzu langer Zeit bei den Chalets herumstreunen sehen. Nur zwei der Miethütten waren belegt, alle anderen frei. Die Überprüfung war erfolglos.

»Von diesem Sherpa ist weit und breit nichts zu sehen«, meldete einer der Polizisten telefonisch an Zoffinger. »Er muss vor etwa einer Stunde noch hier gewesen sein. Wir treten den Rückzug an.«

Auf der Zufahrt Richtung Bundesstraße 33 wurden die Beamten zufällig auf einen Wanderer aufmerksam, der auf der östlichen Seite der Straße hastig in einem Wäldchen verschwand.

»Hast du gesehen, was ich gesehen habe?«

»So wie Zoffinger den Gesuchten beschrieben hat, kann es sich nur um unseren Kandidaten handeln. Was machen wir? Ihm im Wald hinterherzuhetzen bringt vermutlich nicht viel.«

»Mein Vorschlag«, empfahl sein Kollege: »Wir fahren auf den Parkplatz bei der Bahnstation gleich hinter den Gleisen und legen uns auf die Lauer. Dass der Kerl im

Wald Pilze sucht, glaube ich nicht. Ich rechne eher damit, dass er den nächsten Zug nehmen will. Kann ja sein, dass er Wind davon bekommen hat, dass er gesucht wird.«

Der Plan war angenommen.

»Der Zug fährt alle halbe Stunde. Parken wir unser Fahrzeug möglichst unauffällig. Sobald sich der Kerl der Bahnstation nähert, nehmen wir ihn hoch.«

Es dauerte zehn Minuten, ehe Sherpa jenseits der Bahnlinie aus dem Wäldchen auftauchte, vorsichtig nach links und rechts spähte, hinter einem Holzstapel in Deckung ging und nach ein paar Augenblicken im Laufschritt auf die Haltestelle zu rannte. Er überquerte gerade die Bahngleise, als ihm die beiden Beamten den Weg versperrten.

»Nicht so eilig, Herr Tischler. Warum laufen Sie eigentlich vor uns weg? Haben Sie etwas zu verbergen?«

»Ich laufe nicht weg. Ich wollte nur den nächsten Zug nicht verpassen«, antwortete Sherpa. »Was liegt eigentlich an?«

»Kommen Sie mit«, meinte einer der Sheriffs. »Sie können sich das Fahrgeld sparen. Kommissar Zoffinger will mit Ihnen reden.«

»Immer hereinspaziert«, flötete Zoffinger jovial, als der Bergstiefelträger sein Büro betrat. »Wie laufen die Inkassogeschäfte? Mir scheint, Sie sind mittlerweile auf ein anderes Geschäftsfeld umgestiegen.«

Sherpa rubbelte mit der flachen Hand über seinen blanken Schädel.

»Ich weiß nicht, was Sie meinen.«

»Natürlich wissen Sie nicht, was die Veranstaltung hier überhaupt soll«, kasperte der Kommissar herum. »Vor ein paar Minuten saß noch Ihr Kumpel Adam Orlow auf Ihrem Stuhl. Lang und breit hat er mir erzählt, was vorgestern Abend auf der Fähre nach Meersburg vorgefallen ist. Die gute Nachricht: Der von Ihnen angegriffene Eddie Lammer hat die Notwasserung im Bodensee ohne bleibende Schäden überstanden. Die schlechte Nachricht: Wir wissen aufgrund von Zeugenaussagen über die Attacke in allen Einzelheiten Bescheid. Sie können sich also Ihren Eiertanz sparen. Wir haben Sie und Ihre Mitstreiter an der Angel. Das Einzige, was mich jetzt noch interessiert, ist Ihr Motiv, warum Sie so brutal gegen Eddie Lammer vorgegangen sind. Adam Orlow hat uns zwar schon aufgeklärt. Aber ich würde gerne Ihre Version hören.«

Es hätte keiner Bestätigung durch einen Dentalhygieniker bedurft, dass Sherpa in Anbetracht der geballten Vorwürfe die Spucke wegblieb. In Schweigen gehüllt hockte er da und massierte sich verlegen die Handgelenke. Zoffingers Treffer zeigten Wirkung.

»Der Kerl hat uns provoziert«, meinte er nach einer Weile. »Blöde Faxen wie im Kindergarten hat er gemacht und mir den Vogel gezeigt. Einfach so. Vollkommen grundlos.«

»Interessant! Ihr streitbarer Kollege hat behauptet, er habe seine Autotür gegen euren Wagen geschlagen. Daraus habe sich das Handgemenge entwickelt. Was stimmt nun eigentlich? Seine Darstellung oder Ihre?«

»Kann auch so gewesen sein, wie Adam sagte. An Nebensächlichkeiten kann man sich hinterher kaum mehr erinnern.«

»Nebensächlichkeiten? Sie und Ihr Schlägertrupp haben Leib und Leben von Eddie Lammer in Gefahr gebracht. Also noch einmal meine Frage. Was hat Sie zu dieser Straftat bewogen?«

»Die Situation ist einfach aus dem Ruder gelaufen«, wiegelte Sherpa ab.

»Papperlapapp! Gar nichts ist aus dem Ruder gelaufen. Die Tatumstände beweisen, dass es sich um eine geplante Attacke handelte. Dass Sie dieselbe Fähre genommen haben wie Ihr Opfer, lässt darauf schließen, dass Sie Eddie Lammer am betreffenden Abend beobachteten und ihm auf die Fähre gefolgt sind. Sie müssen auch Wert daraufgelegt haben, Ihren Wagen direkt neben seinem zu parken, was den Angriff erleichterte. Alles deutet auf eine wohlüberlegte Tat hin.«

Sherpa hüllte sich wieder in Schweigen und bot Zoffinger die Gelegenheit, den Druck nochmals zu erhöhen.

»Reden wir Tacheles! Für versuchten Totschlag droht Ihnen eine Freiheitsstrafe nicht unter fünf Jahren. Ist ein Gericht davon überzeugt, dass es sich um versuchten Mord handelte, könnten Sie und Ihre Handlanger sogar lebenslänglich hinter schwedischen Gardinen verschwinden. Lebenslänglich! Können Sie sich das vorstellen?«

Von Sherpas Ich-weiß-von-nix-Haltung war nach Zoffingers Rundumschlag nicht mehr viel übrig. Er sah plötzlich älter aus als noch vor einer Viertelstunde. Der Generalangriff des Kommissars hatte ihm sichtlich zugesetzt. Aber Zoffinger war noch nicht am Ende. Nach der Peitsche folgte das Zuckerbrot.

»Allerdings bietet das Gesetz sowohl bei versuchtem Totschlag als auch bei versuchtem Mord die Möglichkeit einer milderen Bestrafung. Aber nur unter bestimmten Umständen.«

Das Leckerli verfehlte seine Wirkung nicht. Sherpa war anzusehen, dass er mit sich rang und versuchte, seine Chancen einzuordnen. Der Kommissar ahnte, dass er jetzt den letzten Köder auslegen musste.

»Eine kürzere Strafe hängt auch davon ab, ob Sie sich kooperativ verhalten oder weiter mauern wie einer vom Bau. Die Wahl liegt bei Ihnen. Sie entscheiden über die Dauer Ihrer Einsamkeit hinter Gefängnismauern. Warum haben Sie und Ihre Komplizen Eddie Lammer angegriffen? Umbringen wollten Sie ihn offenbar nicht. Sonst hätten Sie ihm keinen Rettungsring hinterhergeworfen.«

Zoffinger stand auf und öffnete das Fenster. Unten im Hof versuchte jemand auszuparken, als habe er den Führerschein nicht auf einem Pkw, sondern auf einem Ochsenkarren gemacht.

»Alles fing mit einem Zeitungsartikel an«, begann Sherpa plötzlich und verstummte gleich wieder.

»Was war das für ein Artikel? Lassen Sie sich doch nicht jedes Wort aus der Nase ziehen.«

»In einer überregionalen Zeitung bin ich zufällig auf einen Bericht unter einer reißerischen Überschrift gestoßen. Wie sie lautete, weiß ich nicht mehr. Aber in dem Artikel ging es um einen riesigen, aber unerreichbaren Bitcoin-Schatz«, erzählte Sherpa. »Unerreichbar, weil die Besitzerin das Passwort zum Datenspeicher verloren hatte, auf dem die Kryptojuwelen gesichert waren.«

»Darf ich raten?«, warf Zoffinger ein. »Der Name der Bitcoin-Millionärin war Leonie Landruth.«

Sherpa nickte.

»Wie die Journalisten auf sie und ihre Geschichte gestoßen waren, weiß ich nicht. Aber dass jemand mit einem vergessenen Passwort einen Riesenberg Zaster verspielt, war natürlich ein Hammerthema und für die Medien ein gefundenes Fressen. Auch wir redeten darüber. Jeder konnte sich vorstellen, was für eine irre Situation das sein musste, vor einem verschlüsselten Memorystick zu sitzen, der das Leben in eine andere Galaxie katapultieren könnte.

Ständig haben wir uns gefragt, wie man der Schatztruhe beikommen könnte.«

»Sind Sie auf eine Idee gestoßen?«

»Nein, natürlich nicht. Aber uns war klar: Was heute nicht ist, kann eventuell schon morgen möglich sein. Wir sind keine Computerfreaks und kennen uns zu wenig aus. Aber es ist kein Geheimnis, dass sich die digitale Welt in rasantem Tempo verändert. Wer sagt, dass nicht in naher Zukunft ein Verfahren entwickelt wird, um verschlüsselte Datenspeicher auch ohne Passwort zu knacken?«

Zoffinger wunderte sich.

»Warum haben Sie sich überhaupt so intensiv mit diesem Thema beschäftigt? Der Datenspeicher war doch gar nicht in Ihrem Besitz. Oder wollten Sie ihn klauen?«

»Um Himmels willen!«, jammerte Sherpa. »Davon war nie die Rede. Aber wir wussten, dass Leonie Landruth alle Hebel in Bewegung gesetzt hatte, Hilfe bei der Entschlüsselung des verdammten Speichers zu finden.«

»Wie haben Sie eigentlich die potenzielle Bitcoin-Millionärin ausfindig gemacht?«

»In allen Zeitungen stand, dass sie auf der MS Hegau umgebracht worden war. Bekannt war auch, dass sie an Bord des Schiffes an einem IT-Lehrgang teilgenommen hatte, zu dem quasi als Superleuchte ein gewisser Eddie Lammer als Referent geladen war. Im Internet fanden wir heraus, dass Eddie Lammer zu den klügsten IT-Köpfen im Land zählt. Leonie Landruth und Eddie Lammer bei einer gemeinsamen Veranstaltung: Was lag näher als die Vermutung, dass die Seminaristin den Hackerguru bei ihrem Bitcoin-Problem um Hilfe gebeten hat? Es hätte ja mit dem Teufel zugehen müssen, wenn sie die Bekanntschaft mit der zweibeinigen IT-Wunderwaffe nicht genutzt hätte.«

»Bis hierhin handelte es sich, wie Sie zugeben müssen, um reine Spekulation. Hatten Sie Hinweise, dass es zwischen den beiden tatsächlich zu einer Zusammenarbeit gekommen war?«

»Nicht zu 100 Prozent. Leonie hatte sich schon Wochen zuvor im Internet schlaugemacht, wer ihr mit ihrem Verschlüsselungsproblem aus der Patsche helfen könnte. Während ihres Seminars auf der MS Hegau löschte sie den Aufruf von einem Tag auf den anderen und postete, die Suche nach einer Problemlösung habe sich erledigt. Daraus schlossen wir messerscharf, dass sich Eddie Lammer der Sache angenommen hatte.«

»Mir ist immer noch nicht einleuchtend, warum Sie ihn von der Fähre in den Bodensee geworfen haben. Sollte das eine Drohung sein?«

»Wir haben die Nachrichten in den Medien nach der Ermordung von Leonie genau verfolgt. Hätte die Polizei bei der Durchsuchung ihrer Wohnung den ominösen Bitcoin-Speicher gefunden, wäre das garantiert publik geworden. Darüber wurde aber nichts bekannt. Folglich gingen wir davon aus, dass sie den Speicher bereits ihrem Helfer Eddie übergeben hatte.«

Zoffinger seufzte.

»Ich kann mich nur wiederholen. Was wildes Stochern im Nebel anbelangt, haben Sie nichts ausgelassen. Bleibt noch die Frage, was Sie mit der Attacke auf Eddie eigentlich bezweckten?«

Sherpa polterte mit seinen Bergstiefeln unter dem Tisch herum.

»Am Tag zuvor riefen wir ihn an und schlugen ihm einen Deal vor. Er sollte uns nach der Entschlüsselung des Datenspeichers an den Bitcoin-Millionen beteiligen und wir würden ihn in dieser Sache nicht mehr behelligen und den Mantel des Schweigens darüber ausbreiten.«

Zoffinger konnte einen Lachanfall nicht unterdrücken.

»Was für ein grandioser Vorschlag! Mein Eindruck ist eher, dass Sie Eddie den Speicher abluchsen wollten, falls er ihn überhaupt hatte. Hat er euch eigentlich empfohlen, in einer geschlossenen Psychiatrie um spontane Einweisung zu bitten?«

»So drastisch hat er sich nicht ausgedrückt«, gestand Sherpa. »Aber sehr ungehalten war er über unser Angebot schon.«

»Deshalb habt ihr eurer Offerte auf der Fähre Nachdruck verliehen, schätze ich. Aus diesem Grund auch die grandiose Idee mit dem Rettungsring. Ein ertrunkener Eddie Lammer hätte euch gar nichts genützt.«

Nachdem Sherpa abgeführt worden war, ließ sich Zoffinger die vorausgegangene Vernehmung noch mal durch den Kopf gehen. Man musste schon einen weichen Keks haben, um einen derartigen Plan auszuhecken. Was der Bergstiefelträger erzählt hatte, gab dem Kommissar auch jenseits der unfreiwilligen Komik zu denken. Hatten Eddies Angreifer eventuell sogar mit dem Tod von Leonie Landruth zu tun? Immerhin hatten Sherpa & Co. ohne Zweifel ein begehrliches Auge auf ihren Schatz geworfen. Ob die Angelegenheit tatsächlich so abgelaufen war, wie vom Blankpolierten behauptet, war nicht erwiesen. Wie so vieles andere auch.

15
KOMMISSAR UNTER DRUCK

Zoffinger liebäugelte an einem nebelgrauen Morgen bereits mit seiner Leberwurstpause, als unerwartet die beiden BND-Mitarbeiter in sein Büro stürmten, die er bei einer Unterredung in der Privatwohnung des Staatsanwalts kennen- und schätzen gelernt hatte. Ohne Umschweife kamen sie auf ihr Anliegen zu sprechen.

»Der Mordanschlag auf Leonie Landruth ist ein Fall von tiefgreifender Tragweite«, begann einer der Schlipsträger. »Nicht erst seit gestern beschäftigen wir uns mit dem Gewaltverbrechen an der Seminaristin. Die Tat wirft Fragen auf, die eventuell mit unserem Auftrag zu tun haben, die Sicherheit der Bundesrepublik Deutschland im Auge zu behalten.«

»Die habe ich auch im Auge«, antwortete Zoffinger, »allerdings auf einer nachgeordneten Ebene.«

»Nach Auskunft der Staatsanwaltschaft haben Ihre bisherigen Ermittlungen in der Causa Landruth bislang keinen Durchbruch gebracht.«

»Mein Team und ich arbeiten mit Hochdruck an diesem Fall. Aus dem Ärmel schütteln können wir Ergebnisse leider nicht. Wir sind aber zuversichtlich …«

»Zuversicht reicht nicht aus«, platzte der eine dazwischen. »Gibt es mittlerweile eigentlich ein Mordmotiv?«

Zoffinger schluckte zweimal, um dem arroganten Heini nicht sein Vesperbrot an den Kopf werfen zu müssen.

»Leonie Landruth war Bitcoin-Millionärin. Allerdings war der Zugang zu ihrem Vermögen verschlüsselt und mit einem Passwort versperrt. Mehrere Individuen und Gruppen wussten davon. Naheliegend ist, dass einige ihr den Schatz abjagen wollten.«

Das BND-Duo schien sich für die Erklärung des Kommissars nicht zu interessieren. Wahrscheinlich hörten sie gar nicht hin, weil sie ihr eigenes Ding im Kopf hatten.

»Haben Sie sich eigentlich mit ihrem persönlichen Hintergrund befasst?

»Selbstverständlich. Wir sind schließlich nicht auf der Brennsuppe dahergeschwommen. Nur haben sich daraus bis zur Stunde keine tatrelevanten Erkenntnisse ergeben. Ich würde mich wundern, wenn auch Sie nicht alles über Ihre Mitarbeiterin ausgekundschaftet hätten – von Körbchengröße und Zahnstatus einmal abgesehen.«

Das BND-Duo war sich einig.

»Lücken bleiben immer. Wir checken Bewerberinnen und Bewerber im Rahmen einer Sicherheitsüberprüfung sogfältig auf Herz und Nieren. Aber selbst der BND ist nicht allwissend. Wir wussten, dass Leonies Vater Jahre vor seiner Tochter in Hongkong tätig war, ehe er 2013 von heute auf morgen von der Bildfläche verschwand und nie wieder auftauchte. Bis jetzt.«

Zoffinger tat überrascht.

»Haben Sie neue Erkenntnisse?«

»Es gibt Anlass zu Vermutungen, dass er unter seinem neuen Namen Walter Landers zur Beerdigung seiner Tochter nach Konstanz gekommen ist und sich mit seinem Sohn Ingo getroffen hat. Man hängt sich wahrscheinlich nicht zu weit aus dem Fenster, wenn man behauptet, dass es dabei nicht nur um den Austausch von Familienerinnerungen gegangen ist. Wir könnten uns übrigens auch vorstellen, dass Sie von seinem Aufenthalt am Bodensee erfahren haben.«

»Wenn ja, was dann? Meines Wissens hat sich Leonies Vater nichts zuschulden kommen lassen. Er steht auf keiner Fahndungsliste und kann sich frei bewegen. Dass er sich vor Nachstellung mancher Kreise in Acht nehmen muss, ist seine Angelegenheit, nicht die der deutschen Polizei.«

»Darüber kann man anderer Meinung sein. Immerhin ist er 2013 in den Untergrund gegangen, nachdem ihm in Hongkong ganze Völkerscharen wegen seiner Unterstützung für Edward Snowden auf der Spur waren.«

Zoffingers Ton wurde schärfer.

»Deshalb hätte ich mich zum Handlanger der Sicherheitsbehörden machen sollen?«

Die BND-Beamten druckten herum und wussten offenbar nicht, wie sie auf die Frage reagieren sollten.

»Aufgrund Ihrer Kenntnis von Leonie Landruths Familiengeschichte hätten Sie doch ahnen können, dass die Ermordete bestimmte Erfahrungen und Einstellungen aus der Snowden-Geschichte mitgenommen hat.«

»Ahaaa! Daher weht der Wind!«, posaunte Zoffinger. »Ich vermute mal, dass Sie heute damit hadern, bei Leonies Bewerbung in Ihrem Laden nicht herausgefunden zu haben, wes Geistes Kind sie tatsächlich war. Das ist aber Ihr Problem, nicht meines.«

Die Männer vom BND sahen sich kurz an. Einer nickte und ergriff das Wort.

»Die Anzeichen verdichten sich, dass Leonie Landruth ein faules Ei in unserer Behörde war. Von humanitärer

Gefühlsduselei beseelt, machte sie offenbar die halbe Welt dafür verantwortlich, dass ihr Vater im Zuge der Snowden-Affäre untertauchen und sich jahrelang verstecken musste.«

Zoffinger trommelte mit den Fingern auf die Tischplatte.

»Ich nehme an, dass auch der Bundesnachrichtendienst zu dieser halben Welt gehört. Haben Sie Ihre Seminaristin deshalb auf dem Kieker? Haben Sie Beweise dafür, dass Snowdens Ausspähungen Leonie quasi motiviert haben, beim BND heimlich unter die Zudecke zu spähen? Hatten Sie Bammel, dass sie versuchen würde, die dubiose Rolle des BND in der NSA-Abhöraffäre an die Öffentlichkeit zu zerren?«

»Wir reden im Augenblick über ein Thema, das eindeutig in den geheimdienstlichen Aufgabenbereich gehört und nicht Sache der Konstanzer Kriminalpolizei ist.«

»Absolut einverstanden!«, antwortete Zoffinger. »Sie machen Ihr Ding, ich mache meines. Lassen Sie mich jedoch noch das eine sagen. Wir haben bei unseren Ermittlungen keine einzige noch so geringe Spur gefunden, dass die Ermordung von Leonie Landruth etwas mit einem getrübten Loyalitätsverhältnis gegenüber ihrem Arbeitgeber zu tun haben könnte. Deshalb ist auch Ihr deutlicher Hinweis, mich aus BND-Angelegenheiten herauszuhalten, unnötig wie ein Kropf. Das Motiv für die Ermordung Ihrer Seminaristin hat meiner Einschätzung nach nichts mit ihrer BND-Tätigkeit oder mit subversiven Aktivitäten zu tun. Ob sie sich staatsfeindlicher Umtriebe schuldig gemacht hat, müssen Sie herausfinden. Das ist Ihr Bier. Ich frage mich allerdings, worauf Sie Ihre Verdächtigungen stützen. Haben Ihnen Ihre Schnüffler Hinweise gegeben?«

»Ich verrate sicherlich kein Geheimnis, wenn ich gestehe, dass sich der BND in seiner Informationsbeschaffung auf ganz unterschiedliche Quellen verlassen muss. Nennen Sie diese Quellen wie Sie wollen.«

»Hört sich so an, als hätten Sie im Umfeld von Leonie Landruth einen Informanten oder V-Mann sitzen, der Sie mit Infos versorgt. Für meine Ermittlungen wäre natürlich zielführend, wenn ich wüsste, um wen es sich handelt. Aber ich werde Sie erst gar nicht nach dem Namen fragen, weil Sie mir die Antwort hundertprozentig schuldig bleiben.«

Der Entführungsfall Christine Lammer beschäftigte das Kriminalkommissariat nach wie vor. Nach der vergeblichen Öffentlichkeitsfahndung hatten mitfühlende Einwohner auf dem Bodanplatz eine Erinnerungsstätte mit Kerzen, Stofftieren und einer Pinwand eingerichtet, an der man persönliche Botschaften und Aufrufe anbringen konnte. Auch die danebenstehende Werbesäule, die für den Informationsaustausch zwischen Eddie und den Entführern bereits eine Rolle gespielt hatte, war mittlerweile mit großflächigen Suchplakaten beklebt worden. Weil der Platz durch den Kidnapping-Fall in den letzten Wochen quasi zu einem Hotspot geworden war, ließ der Kommissar das Areal sporadisch von Streifenwagenbesatzungen und Beamten in Zivil überprüfen.

Eines Abends erreichte Zoffinger ein Telefonanruf seiner Kollegen, dass auf dem Bodanplatz Eddie Lammer aufgetaucht war, der sich dort allem Anschein nach mit jemandem treffen wolle.

»Bleibt am Ball!«, ordnete er an, »aber haltet euch so gut

wie möglich bedeckt. Falls er tatsächlich ein Rendezvous hat, möchte ich wissen, mit wem.«

»Es könnte sich natürlich auch um ein rein privates Treffen handeln«, gab der Anrufer zu bedenken«.

»Privat gibt es bei unseren Ermittlungen nicht. Alles ist wichtig.«

Zoffinger ließ sich am nächsten Morgen über die nächtliche Observation informieren. Eddie hatte eine ganze Weile herumgestanden, bis ihn ein junger Kerl ansprach und ihm einen Zettel zusteckte. Eddie faltete das Papier auseinander, warf einen Blick darauf und marschierte zielsicher auf die südliche Ecke des Platzes zu, wo ihn zwei Männer in einem Hauseingang erwarteten.

»Habt ihr die beiden erkannt?«

»Natürlich. Du hast mit ihnen dieser Tage zu tun gehabt. Es handelte sich um die beiden Komiker vom BND. Dass sie sich mit Eddie zu einem flotten Dreier verabredeten, glauben wir nicht.«

»Das glaube ich auch nicht!«, gab der Kommissar den Kollegen recht. »Ich werde mir Gewissheit verschaffen.«

Als Eddie auf Bitten Zoffingers im Kommissariat auftauchte, fiel er gleich mit der Tür ins Haus.

»Nichts Neues von den Entführern? Ich weiß nicht, was ich von der ganzen Sache halten soll. Sind die Kerle am Lösegeld nicht mehr interessiert oder haben sie kalte Füße bekommen?«

Zoffinger winkte ab.

»Ich habe dich nicht wegen Christine um deinen Besuch gebeten. Ein Zufall hat mir eine interessante Information in die Hände gespielt. Ich wüsste gerne mehr darüber.«

»Du machst es aber spannend. Was liegt an?«

»Meine Kollegen haben dich gestern Abend bei einem

Treffen mit zwei BND-Mitarbeitern beobachtet. Dass dich der Nachrichtendienst als Referent für das Seminar auf der MS Hegau angeheuert hat, ist Schnee von gestern. Gibt es vielleicht aus Geheimdienstkreisen neue Hinweise, die für meine Ermittlungen im Mordfall Leonie Landruth von Bedeutung sein könnten?«

Eddie blieb der Mund offenstehen.

»Werde ich neuerdings von dir und deinen Leuten überwacht?«

Zoffinger wischte die Frage mit einer Handbewegung weg.

»Du solltest mir reinen Wein einschenken«, empfahl er. »Ich vermute, dass du mit dem BND mehr zu tun hast, als dein Vortragshonorar auszuhandeln. Ob du V-Mann für den Verein bist, ist mir vollkommen schnuppe. Das ist deine Angelegenheit. Aber wenn deine Kooperation auf irgendeine Art und Weise meine Arbeit im Fall deiner Frau und in der Causa Leonie Landruth tangiert, würde mich das stark interessieren.«

Das Gespräch zog sich ziemlich zähflüssig hin, weil sich Eddie zierte, mit der Wahrheit herauszurücken. Zoffinger redete mit Engelszungen auf ihn ein und schwor bei allem, was ihm heilig war, brisante Informationen für sich zu behalten. Am Ende gab sein Gesprächspartner nach.

»Ich bin kein V-Mann des BND. Aus unserer oberflächlichen Teamarbeit beim Seminar auf der MS Hegau hat sich ein Jobangebot ergeben. Der Dienst plant den Aufbau einer schlagkräftigen Taskforce zur Abwehr von Cyberangriffen aus dem Ausland. Dreimal darfst du raten, wem die Leitung der geheimen Einsatzgruppe angeboten wurde.«

»Herzlichen Glückwunsch zur Beförderung!«, gratulierte der Kommissar. »Ich spielte schon mit dem Gedanken, dass dein zukünftiger Arbeitgeber vielleicht die Hände im Spiel hatte, um Leonie als vermeintlich undichte BND-Stelle aus dem Verkehr zu ziehen.«

»Noch habe ich mich nicht entschieden, die Offerte anzunehmen. Aber der angebotene Job wäre eine interessante Herausforderung. Dass der BND irgendetwas mit dem gewaltsamen Tod von Leonie Landruth zu hat, kann ich mir nicht vorstellen. Ich glaube, du musst das Tatmotiv irgendwo anders suchen.«

Unter den Postsendungen, die nach ihrem gewaltsamen Tod in Leonies Wohnung noch eingetrudelt waren, entdeckte Zoffingers Team unter Bergen von Werbepostillen, Reklameblättchen und Gratiszeitungen einen Brief. Die Bodenseewerft Wallhausen mahnte eine noch ausstehende Zahlung für den Liegeplatz eines Segelbootes an. Ein Kollege machte sich auf den Weg, um der Sache auf den Grund zu gehen. Dass Leonie ein Boot besaß, war im Team Zoffinger bislang niemandem aufgefallen. Offenbar hatte die Hobbyseglerin schon bald nach ihrer Rückkehr aus Hongkong eine kleine Yacht gekauft, die am Ufer des Überlinger Sees vor Anker lag.

Ein Blaumannträger werkelte auf einem Bootssteg herum.

»Frau Leonie Landruth ist Kundin bei Ihnen und hat ihr Boot irgendwo im Yachthafen liegen«, sprach der Beamte den Mann an. »Kennen Sie ihr Boot vielleicht?«

Der Mann legte eine Schlauchrolle aus der Hand.

»Ach du dickes Ei! Die Leonie. Fürchterlich, was ihr zugestoßen ist. Als ich die Nachricht in der Zeitung las, hat es mich fast vom Stuhl gehauen. Was passiert denn jetzt mit ihrem Boot?«

»Das kann ich nicht sagen. Bis vor Kurzem wussten wir noch gar nicht, dass sie ein Boot besaß. Haben Sie sie näher gekannt?«

»Nein, kann man so nicht sagen. Aber sie war ein sonniges Gemüt, immer gut aufgelegt und jederzeit zu einem Späßchen bereit. Mehr weiß ich nicht über sie.«

»Wo liegt eigentlich ihr Boot?«

Keinen Steinwurf entfernt dümpelte die Yacht im Wasser. In schwungvollen Buchstaben hatte ein Maler den seltsamen Namen Bauhinia auf den Rumpf gepinselt. Der Polizist kritzelte den Namen in sein Notizbuch.

»Hat sie ihr Boot oft genutzt?«

Der Angestellte warf die Schlauchrolle auf den Boden.

»Sie ließ sich häufig sehen. In den letzten Wochen eher seltener.«

»Unternahm sie ihre Segeltörns alleine oder in Begleitung?«

»Alleine macht Segeln keinen Spaß. Meistens waren sie zu zweit.«

»Immer dieselbe Begleitung?«

Der Mann wunderte sich.

»Sie wollen es aber genau wissen.«

Der Polizist deutete auf das Polizeiabzeichen an seiner Uniform.

»Wir versuchen herauszubekommen, wer die Frau umgebracht hat. Jeder Hinweis ist wichtig. Handelte es sich immer um dieselbe Begleitung?«

»Nicht immer, aber meistens. Aber glauben Sie bloß nicht, dass ich hier ständig auf der Lauer liege und kontrolliere, wer mit wem!«

»Nein. Natürlich nicht«, beschwichtigte ihn der Beamte. »Um wen es sich bei dem häufiger auftauchenden Begleiter handelte, können Sie mir wohl nicht sagen?«

»Keine Ahnung. Aber gehen Sie rüber ins Restaurant. Dort habe ich sie ziemlich häufig sitzen sehen. Vielleicht wissen die Kolleginnen und Kollegen mehr. Leonies Begleiter ist hier übrigens in letzter Zeit zwei- oder dreimal auch alleine erschienen, um das Boot für den nächsten Ausflug startklar zu machen oder Ausrüstung an Bord zu bringen.«

Im Restaurant Orangerie auf dem Werftgelände ging es zu dieser Tageszeit noch gemächlich zu. Leonie Landruth war beim Personal bekannt. Häufig hatte sie nach ihren Törns zusammen mit ihrem Partner auf der Terrasse gespeist oder sich für ihre Segelausflüge Picknickkörbe packen lassen. Manchmal waren die beiden im Hotel am Yachthafen für eine Nacht abgestiegen – immer im selben Doppelzimmer mit Blick auf den See und Überlingen am gegenüberliegenden Ufer. Wer ihr Begleiter war, wusste niemand, weder in der Orangerie noch im Hotel.

Als Zoffinger von den Ergebnissen der Recherche in Wallhausen erfuhr, ärgerte er sich, dass über die Existenz von Leonie Landruths Segelboot niemand Bescheid gewusst hatte. Sein Unmut verflog schnell, als er sich vergegenwärtigte, was für Mengen an Material die Kollegen sichten mussten, das im Zusammenhang mit dem Mordfall in letzter Zeit ins Kommissariat geschleppt worden war. Wer war der mysteriöse Kerl, mit dem Leonie ihr schwimmendes Liebesnest vorzugsweise geteilt hatte? Er erinnerte sich an ein Gespräch mit Ingo Landruth, in dem er ihn nach engen Freunden bzw. Lebensgefährten seiner Schwester gefragt, aber nur Fragezeichen geerntet hatte.

Der Bootsname Bauhinia klang ungewöhnlich und wäre Zoffinger eher in Zusammenhang mit einer Bausparkasse eingefallen. Im Internet wurde er rasch fündig. Es handelte sich um die Blüte eines Orchideenbaumes, die stilisiert im Wappen von Hongkong dargestellt wird. Einen versteckten Hinweis konnte er hinter der Namensgebung für das Boot nicht entdecken. Wahrscheinlich handelte es sich nur um ein Andenken an einen lieb gewonnenen Lebensabschnitt. Er ließ die Bauhinia von der Spurensicherung auf den Kopf stellen, weil nicht auszuschließen war, dass der verschwundene Bitcoin-Datenspeicher an Bord versteckt war. Am Ende standen die Kollegen jedoch mit leeren Händen da.

Wer war Leonies geheimnisvoller Segelpartner? Zoffinger hatte eine Aufnahme auf seinem Smartphone, die er von der Schauwand in der Karaokebar Freispruch abfotografiert hatte und die Leonie zusammen mit Patty zeigte. Das Personal im Restaurant Orangerie hatte den Mann noch nie gesehen. Auch der Angestellte am Yachthafen schüttelte nur den Kopf. Der Kommissar besorgte sich ein Foto von Samuel Berkow, mit dem Leonie ein Wochenende in Besançon verbracht hatte. Ebenfalls negativ. Auch Ingo Landruth konnte nicht weiterhelfen, der vom Boot seiner Schwester zwar gewusst, sich aber nie um ihre Segelausflüge gekümmert hatte.

16
VERSCHWIEGENE LIAISON

Eddie hatte in Sachen Lösegeldübergabe auf dem Bodanplatz tief in die Trickkiste gegriffen. Zoffinger beschlichen immer größere Zweifel an dem Kidnapping-Fall, weil vieles nicht zusammenpassen wollte. Es gab keinen einzigen Beweis dafür, dass sich die Entführer jemals gemeldet oder Lösegeld gefordert hatten. Eddie hielt sich in der Sache auffällig bedeckt, immer unter dem Hinweis darauf, dass er seine Frau unter keinen Umständen einer Gefahr aussetzen wolle.

Zoffinger rief ihn an, um sich nach der neuesten Entwicklung zu erkundigen.

»Haben sich die Entführer wieder bei dir gemeldet? Mir kommt die ganze Sache immer sonderbarer vor.«

»Geht mir genauso«, meinte Eddie. »Ich habe schon überlegt, für sachdienliche Hinweise zur Ergreifung der Täter eine hohe Belohnung auszusetzen. Dass nichts vorangeht, macht mich fertig.«

»Ich muss gestehen, dass mich in letzter Zeit Zweifel beschleichen, ob deine Frau überhaupt entführt wurde. Bis zur Stunde existiert kein einziger Beweis dafür. Dass sie verschwunden ist, könnte ein Dutzend andere Gründe haben. Darüber haben wir uns auch schon unterhalten.«

»Bei einem Schlaganfall oder einem Herzinfarkt wäre

sie längst gefunden worden. Hätte sie einen Unfall gehabt, wäre das garantiert jemandem aufgefallen.«

»Nicht, wenn sie unbemerkt ins Wasser gefallen wäre. Bis Ertrunkene wieder auftauchen, können Monate vergehen.«

Zoffinger blieb nicht verborgen, dass Eddie das Gespräch zusetzte. Unter dem Vorwand, noch etwas Dringendes erledigen zu müssen, brach er den Anruf ab, setzte sich mit einem Getränk seiner Wahl auf den heimischen Balkon und sah dem Gras auf der Pferdekoppel hinter dem Haus beim Wachsen zu.

Die Suche nach einem Strohhalm im Entführungsfall brachte ihn dazu, sich mit zwei Kollegen von der Spurensicherung nochmals auf dem alten Bauernhof auf dem Bodanrück umzusehen.

»Ich kann nicht genau sagen warum«, meinte der Kommissar, »aber der ganze Entführungsfall Christine Lammer kommt mir undurchsichtig wie ein Risotto vor. Vielleicht finden wir einen Hinweis, der bei der ersten Durchsuchung übersehen wurde.«

Ziemlich frustriert kehrte der Schnüffeltrupp nach Stunden vom Bodanrück ins Kommissariat zurück. Zoffinger schlich sich mit hängenden Ohren an seinen Schreibtisch, als ein fürchterlicher Schrei durch die heiligen Hallen des Präsidiums schallte. Entsetzte Kollegen stürzten erschrocken aus ihren Büros. Niemand wusste, was los war.

»Mein Gott! Das klang ja schauderhaft«, stöhnte eine Sekretärin. »Hat jemand eine Ahnung, wo dieser Hilferuf herkam?«

Ein zweiter Schrei ließ der Schar der Ratlosen das Blut

in den Adern gefrieren. Sekunden später flog hinten auf der Etage bei der KTU eine Tür auf. Mit einem Satz stand ein Kriminaltechniker auf dem Flur, riss beide Hände mit dem Victoryzeichen in die Höhe und drehte ein paar Pirouetten.

»Hammermäßig! Einfach hammermäßig. Ich hab's geschafft.«

»Dürfen wir uns vielleicht an deinem Affentanz beteiligen oder handelt es sich um eine private Vorstellung?«, erkundigte sich Zoffinger.

»Du wirst es nicht glauben. Ich habe mir die Kassette vorgenommen, die du vor geraumer Zeit vom alten Bauernhof auf dem Bodanrück mitgebracht hast. Mir sind die darauf aufgenommenen Schmerzensschreie schon immer seltsam vorgekommen. Ich habe das Band fein säuberlich analysiert und herausgefunden, dass die Schreie nicht über ein Mikrofon von einer gefolterten Frau aufgenommen wurden, sondern einen anderen Ursprung haben.«

Er zappelte wieder herum wie ein Kasper, bis der Kommissar dem Tanz ein Ende machte.

»Also! Was macht dich so happy? Vielleicht kannst du uns an deiner Begeisterung teilhaben lassen.«

Der Kollege hielt die Beine still.

»Meine Spürnase hat mich nicht getäuscht. Das durch Mark und Bein gehende Geschrei wurde auf das Band kopiert – und zwar vom Soundtrack eines bekannten Horrorfilms. Auf gut Deutsch: eine perfide Mogelpackung. Da hat sich jemand große Mühe gemacht, uns auf eine falsche Fährte zu locken.«

Zoffinger verursachten die neuen Erkenntnisse Bauchschmerzen. Warum täuschten Christines Entführer ihre Misshandlung auf so melodramatische Weise vor? Hatten sie die Frau eventuell gar nicht in ihrer Gewalt, sondern taten nur so? Sie hätten einen viel einfacheren Weg gehen können, um Opfer und Ehemann miteinander zu konfrontieren und Eddie in Angst und Schrecken zu versetzen.

Eine weitere Variante spukte durch Zoffingers Kopf. Hatte sich Christine Lammer doch mit dem Stockholm-Syndrom infiziert und arbeitete mit den Entführern zusammen? Aber warum? Welchen Zweck hätten die Kidnapper da samt ihrem willfährigen Opfer verfolgt?

Eddies falsche Fährten hatten Zweifel an der Unschuld und Rechtschaffenheit des Hackergurus nicht nur im Team geweckt, sondern auch bei Zoffinger selbst.

»Wir alle haben mitbekommen, dass du Eddie gut leiden kannst und für einen sympathischen Menschen hältst«, brachte es einer der Kollegen auf den Punkt. »Aber deine Sympathie für ihn hat offenbar dazu geführt, dass du den klaren Blick verloren hast. Der Typ verarscht uns nach Strich und Faden. Vielleicht müsstest du deine Beißhemmungen überwinden und ihn wie einen normalen Tatverdächtigen behandeln.«

Zoffinger musste sich eingestehen, dass die Kritik an seinem Verhalten Eddie gegenüber nicht aus der Luft gegriffen war. In dem ständigen Auf und Ab der Ermittlungen hatte sich zwischen ihm und dem Hackerguru ein geradezu kumpelhaftes Verhältnis entwickelt. Hatte er seinen ansonsten nüchternen Blick und sein unbestechliches Urteilsvermögen verloren? Er war erfahren genug, um zu wissen, wann man gelegentlich über seinen Schatten springen musste.

»O. k., o. k., Kollegen. Ihr habt recht«, räumte er ein.

»Ich habe den Kerl in letzter Zeit mit Samthandschuhen angefasst. Jedem anderen hätte ich schon längst die Pistole auf die Brust gesetzt. Aber Eddies Schicksal ist mir an die Nieren gegangen. Erst sein folgenschwerer Gedächtnisverlust, dann die Traumatisierung durch die Entführung seiner Frau. Kein Mensch steckt solche Nackenschläge ohne seelische Blessuren weg.«

Im Raum herrschte Schweigen. Unter den Kollegen war keiner, der die Seelennot des Kommissars nicht nachvollziehen konnte. Jeder kannte und schätzte Zoffinger als Menschen mit Empathie und Verständnis anderen gegenüber. Das waren die Charaktermerkmale, die ihn unter seinen Kollegen zum respektierten und wertgeschätzten Teamplayer machten.

»Ziehen wir die Sache durch«, beschloss er nach kurzem Überlegen. »Eddies Wohnung wird von unten bis oben auf den Kopf gestellt. Ich will wissen, was es mit der mysteriösen Entführung seiner Frau auf sich hat. Da passt einfach vieles nicht zusammen. Außerdem, Kollegen! Jedem von euch, der einen Hinweis auf Leonie Landruth findet, winkt nächstes Weihnachten ein Gummibärchen.«

»Unser Meister hat heute seine übergroße Spendierhose an«, klang es aus dem Team.

»Übertreibe es bloß nicht mit deiner Freigebigkeit und deinem Edelmut«, meinte ein anderer. »Das könnte dich am Ende noch ruinieren.«

»Wäre es dir lieber, wenn wir die Durchsuchung ohne dich durchziehen würden?«, bot einer an, dem die zwiespältige Befindlichkeit seines Chefs nicht verborgen geblieben war.

Zoffinger lehnte ab.

»Kommt nicht infrage! Feigheit vor dem Freund war noch nie eine gute Option.«

Eddie fiel aus allen Wolken, als eine Horde wissbegieriger Spurenschnüffler vor seiner Tür stand. Zoffinger wedelte ihm mit einem richterlichen Durchsuchungsbeschluss vor der Nase herum.

»Wir sind weder eingeladen noch wollen wir einen Tee«, scherzte der Kommissar.

»Dann seid ihr wohl der Putztrupp, der bei mir aufräumen soll«, nahm Eddie die Flachserei auf. »Oder warten um die Ecke noch ein paar Blauhelmtruppen?«

Der Kommissar bemühte sich um einen sachlicheren Ton.

»So leid es mir tut, dir das sagen zu müssen: Du hast es mit den Prügeln, die du unseren Ermittlungen in letzter Zeit in den Weg geworfen hast, maßlos übertrieben. Wir müssen uns bei dir umsehen und wären froh über deine Kooperation. In Beamtendeutsch ausgedrückt: Diese Hausdurchsuchung ist ein Mittel zur Beschaffung von Beweismitteln. Der Rest steht im Beschluss.«

»Mann, Zoffinger! Was sind denn das für Faxen?«, stotterte der perplexe Hausherr. »Ich hätte dich auch ohne den richterlichen Wisch in meine Bude gelassen. Was sucht ihr eigentlich?«

Zoffinger räusperte sich.

»Du wirst verdächtigt, die Entführung deiner Frau erfunden zu haben oder am Kidnapping beteiligt zu sein. Außerdem ist nicht auszuschließen, dass du etwas mit dem gewaltsamen Tod von Leonie Landruth zu tun hast. Wir suchen nach Hinweisen, die unseren Verdacht bestätigen oder widerlegen.«

»Ich soll die Entführung meiner Frau erfunden haben? Bist du eigentlich noch bei Trost? Warum hätte ich mir diese Kidnapping-Scheiße ausdenken sollen? Kannst du mir das sagen? Weil mir langweilig war und ich gerade nichts Besseres zu tun hatte, habe ich meine Frau entführt?«

Er schlug die Hände vors Gesicht und schüttelte den Kopf. Zoffinger trat vom einen Beim auf das andere.

»Dürfen wir jetzt vielleicht reinkommen?«

Der Hausherr trat zur Seite und machte den Eingang frei.

»Natürlich dürft ihr reinkommen«, erwiderte er sarkastisch. »Ihr seid ja schon einmal da gewesen und kennt euch aus. Essen liegt im Kühlschrank, Bier und Wein gibt es im Keller. Falls ihr euch ein paar Pizzen aufbacken wollt ...«

Zoffinger machte dem Ulk ein Ende.

»Lass gut sein. Wir könnten uns auch etwas Vergnüglicheres vorstellen, als in deinen Privatsachen herumzukramen.«

Eddie legte sich wie ein unbeteiligter Zaungast auf das Sofa und starrte hadernd mit sich und der Welt an die Zimmerdecke, während die Männer in weißen Schutzanzügen wie Plastikaliens aus einer fremden Galaxie durch die Wohnung krabbelten, in jede Kommode und jede Schublade linsten, in Schränken wühlten und die Taschen von Hosen und Jacketts umdrehten.

»Danke übrigens für das Chaos, das ihr anrichtet«, höhnte der unfreiwillige Gastgeber. »Ich wollte ohnehin die Hälfte meines Hausstandes wegschmeißen. Eure Razzia macht mir die Entscheidung leichter. Draußen im Geräteschuppen gibt es übrigens Hacken, Spaten und Schaufeln, falls ihr den Garten auch noch umgraben wollt.«

Zoffinger war schon am Gehen, um seine Leute in Ruhe arbeiten lassen, als ihm einer aus dem Team aus dem Garten hinterherrief.

»Wir sind eben auf einen interessanten Fund gestoßen: einen Ledger Nano.«

»Was habt ihr gefunden?«

»Einen Ledger Nano.«

»Ist das eine seltene Hunderasse?«

Der Beamte kicherte.

»Erinnere dich. Die gleiche Hardware-Wallet haben wir bei Patty gefunden. Quasi eine Brieftasche für Kryptowährungen wie Bitcoins & Co. Das Teil steckte im Sitzpolster einer Hollywoodschaukel. Kein schlechtes Versteck.«

»Aha, jetzt hat es bei mir gefunkt«, antwortete Zoffinger seinem jungen Kollegen. »Bei älteren Leuten dauert das eine und andere etwas länger.«

Er machte kehrt und ging in die Wohnung zurück. Eddie lag immer noch auf dem Sofa und hatte die Zimmerdecke mittlerweile auswendig gelernt.

»Wir haben eben einen Datenspeicher für Kryptowährungen in deiner Hollywoodschaukel gefunden. Gehört er dir?«

Eddie nickte.

»Erzählst du mir, warum du dieses außergewöhnliche Versteck gewählt hast?«

Eddie setzte sich auf.

»Ein PIN-Code sichert die Hardware zwar vor unautorisiertem Zugriff, aber nicht vor Entwendung. Es soll schon solche Fälle gegeben haben, bei denen die Diebe mit einem Speicher nichts anfangen konnten – außer vom Besitzer Cash zu erpressen.«

»Gehört die digitale Geldbörse dir?«

»Natürlich gehört sie mir. Was soll die Frage?«

»Leonie soll den gleichen Ledger besessen haben. Seit geraumer Zeit ist er aber verschwunden.«

»Jetzt mach aber mal einen Punkt!«, protestierte Eddie. »Willst du etwa behaupten, ich hätte dieser Leonie ihre Bitcoin-Brieftasche geklaut?«

»Ich will nur wissen, ob dir das Ding tatsächlich gehört. Kannst du mir einen Kaufbeleg oder eine Rechnung zeigen?«

Eddie sprang auf.

»Gar nichts zeige ich dir, weil ich keine Krämerseele und auch kein verstaubter Buchhalter bin und Belege genauso wenig sammle wie Bierdeckel oder Überraschungseier.«

»Eine andere Möglichkeit wäre, uns den PIN-Code für die Ledger-Hardware zu nennen. Das käme einem Eigentumsnachweis gleich«, schlug Zoffinger vor.

Eddie bekam einen Lachkrampf und schlug sich auf die Schenkel.

»Da kannst du lange drauf warten. Den PIN gebe ich euch nie und nimmer. Es ist schließlich schon mehr als einmal vorgekommen, dass im Polizeiapparat schräge Vögel Kasse gemacht haben.«

»Mach mal halblang!«, wehrte sich Zoffinger. »Haltlose Verdächtigungen müssen wir uns nicht gefallen lassen. Was ist denn plötzlich los mit dir? Ich dachte bis zur Stunde, dass du uns bei unserer Arbeit nach besten Kräften behilflich bist.«

»Wenn ich richtig informiert bin, darf ich euch bei den Ermittlungen zwar nicht behindern, was ich nicht mache. Ich bin aber auch nicht verpflichtet, euch dabei zu helfen, in meinen Sachen herumzuwühlen.«

Auf dem Ledger aus der Hollywoodschaukel entdeckte die KTU Fingerabdrücke, die nicht nur von Eddie, sondern auch von Leonie stammten. Wortreich versuchte er sich herauszureden.

»Nachdem die Planung des BND-Seminars auf der MS Hegau beendet war und man mich als Experten für das abschließende Referat eingeladen hatte, kontaktierte mich Leonie und bat um Hilfe bei ihrem Bitcoin-Problem. Wir haben uns danach mehrfach getroffen und nach Möglichkeiten gesucht, ihren Speicher zu entschlüsseln. Mein eigener Ledger kam dabei auch gelegentlich zum Einsatz, also ist verständlich, dass die Fingerabdrücke von uns beiden drauf sind.«

Der Kommissar nahm einen Zettel in die Hand, den ihm die Kollegen von der KTU zugesteckt hatten.

»Die Sache hat einen Haken. Wie dir sicherlich bekannt ist, kann jedes Produkt durch die sogenannte EAN-Nummer identifiziert werden. Für deinen eigenen Ledger hast du offenbar keinen Kaufbeleg mehr. Leonie war in dieser Hinsicht ordentlicher. Wir haben in ihren Unterlagen eine Rechnung für ihre Hardware-Wallet gefunden, die exakt dieselbe EAN-Nummer aufweist wie der Speicher aus der Hollywoodschaukel. Fazit: Es handelt sich nachweislich nicht um dein, sondern um Leonies Gerät.«

Eddie gab sich noch immer nicht geschlagen und hampelte herum, er habe die Speicher eventuell vertauscht, weil sie äußerlich kaum zu unterscheiden seien. Zoffinger war mit seiner Geduld am Ende. Er verabschiedete sich und ließ die Kollegen ihre Arbeit machen.

Auf der Fahrt ins Präsidium schoss ihm plötzlich eine Idee durch den Kopf. Er hielt kurz an, rief in seinem Smartphone seine gespeicherten Fotos auf, weil er ein ganz bestimmtes Bild suchte und schließlich auch fand. Bis nach Wallhausen war es nicht weit. Im Restaurant Orangerie waren zwei Kellnerinnen zugange, mit denen Zoffinger schon bei seinem ersten Besuch gesprochen hatte.

»Der Herr Kommissar ist wahrscheinlich schon wieder auf der Suche nach jemandem«, hänselte ihn eine der Frauen. »Wer darf es dieses Mal sein?«

Zoffinger hielt ihr sein Smartphone hin.

»War das der Begleiter von Leonie Landruth auf ihren Segeltörns?«

»Hundertprozentig!«, bestätigte sie nach einem kurzen Blick. »Kein Zweifel. An den Herrn erinnere ich mich gut«.

»Hat das einen bestimmten Grund?«

Sie nickte.

»Weil er jedes Mal unseren Dauerbrenner bestellte – Geschnetzeltes Züricher Art, nicht mit Röstitalern, sondern mit Spätzle. Ich kann mich nicht erinnern, dass er jemals etwas anderes gegessen hätte. Er muss an dem Gericht einen Narren gefressen haben – wenn man das so sagen kann.«

Auf dem Weg zurück in die Stadt überlegte Zoffinger seinen nächsten Schritt. Kurz entschlossen fuhr er wieder zu Eddies Wohnung, wo die Kollegen immer noch am Sichten und Sammeln waren. Der Hausherr hatte sich zusammen mit zwei Gummienten zu einem Entspannungsbad in die Wanne gelegt.

»Ach, du schon wieder! Gibt es noch etwas, was du mir anhängen willst?«

»Reg dich nicht schon wieder auf«, versuchte Zoffinger ihn zu beruhigen. »Ich wollte nur wissen, ob ich dich demnächst in der Orangerie in Wallhausen zu einem Geschnetzelten Züricher Art mit Spätzle einladen darf.«

Durch Eddie ging ein Ruck, als hätte ihn ein Wannenmonster gebissen. Stocksteif hockte er da und ließ mit einer fahrigen Handbewegung die Gummienten tanzen.

»Den Witz musst du mir erklären«, bat er nach einer Schrecksekunde.

Zoffinger war nicht entgangen, dass Eddie die Erwähnung der Schweizer Spezialität gehörig in die Knochen gefahren war. Augenblicklich musste ihm klar geworden sein, dass seine heimliche Beziehung mit Leonie Knall auf Fall aufgeflogen war. Die Sachlage war klar. Er hatte seine Geliebte nicht nur IT-technisch beraten, sondern mit ihr ein Verhältnis gepflegt, von dem offenbar niemand etwas wusste. Gebetsmühlenhaft hatte er in der Vergangenheit betont, eine funktionierende Ehe mit Christine zu führen. Warum hatte er trotzdem ein Techtelmechtel mit Leonie angefangen? Seine Geheimniskrämerei ließ sich erklären. Wer würde einen dauerhaften Seitensprung schon an die große Glocke hängen?

»Mein Team hat schon vor ein paar Tagen herausgefunden, dass Leonie im Yachthafen in Wallhausen ein Segelboot liegen hatte. Mehrere Zeugen berichteten, dass sie ihre Törns meist mit derselben Person unternommen hat – mit dir. Eben habe ich einen Abstecher ins Restaurant Orangerie am Yachthafen gemacht. Man hat mir dort bestätigt, dass ihr nach den Segelausflügen dort häufig gespeist habt. Eine Kellnerin hat dich identifiziert, als ich ihr dein Foto zeigte. Sie hat mir auch von deinem Leibgericht erzählt. Was du zu dir genommen hast, ist mir schnuppe. Über deine Beziehung mit Leonie würde ich gerne mehr erfahren.«

Die beiden Gummienten waren am unteren Wannenrand vor Anker gegangen.

»Könntest du mir bitte ein Handtuch reichen?«

Eddies Stimme hatte ihren forschen Klang verloren.

»Was gibt es da schon groß zu erzählen? Wir haben uns gut verstanden und hatten ein gemeinsames Hobby: Computer und alles, was damit zusammenhängt.«

»Hat deine Ehefrau von deiner Außer-Haus-Beziehung gewusst?«

»Nein, natürlich nicht. Deshalb haben wir auch niemandem davon erzählt. Warum hätten wir mit unserer Zweierkiste hausieren gehen sollen?«

Eine übliche Vorgehensweise bei Gewaltverbrechen war, sich in allererster Linie auf das persönliche Umfeld von Opfern zu konzentrieren. Mit Leonies Liebhaber war unversehens eine neue Komponente ins Spiel gekommen, was nicht heißen sollte, dass Eddie plötzlich als Mordverdächtiger galt. Indizien für seine Verstrickung in die Gewalttat gab es nicht. Aber seit Zoffinger von der Affäre erfahren hatte, erschien der Fall plötzlich in einem anderen Licht.

Nachhaken war das Gebot der Stunde.

»Wir haben uns in letzter Zeit ziemlich häufig getroffen oder gesprochen. Nach dem Verbrechen an Leonie wäre schon hilfreich gewesen, wenn du mir von deiner Beziehung mit ihr erzählt hättest. Jetzt kommt es mir vor, als hättest du deine Romanze absichtlich vor mir verheimlicht.«

»Verstehe ich dich richtig, dass ich ab sofort als Verdächtiger gelte?«

»Nein, das heißt es nicht. Aber du könntest dich von jedem Verdacht mit einem Alibi befreien. Wo bist du zur Tatzeit gewesen?«

Eddie legte die Stirn in Falten und schloss die Augen.

»Kannst du dich erinnern, wo du vor fünf Wochen am Donnerstagabend zwischen 19 und 22 Uhr gewesen bist? Mann, das merkt sich doch kein Mensch! Außer er hat am betreffenden Tag sein Auto zu Schrott gefahren oder einen sechsstelligen Lottogewinn abgeholt. Tagebuchschreiben wäre eine Lösung für solche Probleme. Das habe ich allerdings schon als Neunjähriger aufgegeben. Meinen Tagesablauf in Facebook global aufzudröseln, ist auch nicht mein Ding. Das Ende vom Lied: kein Alibi!«

Er machte eine Pause, um Atem zu holen.

»Warum in aller Welt hätte ich Leonie umbringen sollen? Ein Alibi kann ich zwar nicht vorweisen, aber einen Grund, ihr etwas anzutun, hatte ich auch nicht. Das ist doch irrsinnig! Nur weil ich dir über unsere Beziehung mein Herz nicht ausgeschüttet habe, kannst du mich doch nicht zum Verdächtigen machen.«

Zoffinger blieb ruhig.

»Ich verdächtige dich nicht. Ich will nur herausfinden, ob deine Affäre mit Leonie irgendetwas mit ihrem Tod zu tun hat. Ich stimme dir zu: Ein Motiv für deine Schuld kann ich nicht erkennen.«

17
PASSWORT INS BLÜTENMEER

Bei der Durchsuchung von Eddies Wohnung und Garten stießen die Spürnasen außer auf den Kryptospeicher im Polster der Hollywoodschaukel noch auf einen weiteren Fund, der den Ermittlungen eine Wende geben sollte. Eines Morgens tauchte in Zoffingers Büro ein Kollege auf, der eine große Plastiktasche bei sich hatte.

»Wenn wir mit unseren Wohnungsdurchsuchungen so weitermachen, müssen wir demnächst anbauen oder eine Lagerhalle mieten«, kündigte er an.

Der Kommissar zeigte Verständnis.

»Ich weiß, dass ihr euch durch Berge an Material graben müsst. Aber ohne Beweise kommen die Ermittlungen nun mal nicht voran.«

»Ich beklage mich ja nicht«, meinte der Schnüffler, griff in seine Tasche und zog ein paar Gummistiefel heraus.

»Wir haben die Galoschen in Eddies Gartenhäuschen gefunden. Die Stiefel an sich sind uninteressant. Anders verhält es sich mit den Bodenanhaftungen an den Sohlen.«

»Lass die Katze aus dem Sack! Was ist so besonders daran?«

»Wir haben Hinweise gefunden, dass sich der Träger in einem Gebiet mit sonnigem, trockenem und kalkhaltigem Boden aufgehalten haben muss. Aus Eddies Garten stammt die Erde definitiv nicht. Also die Frage: Woher stammt der Dreck?«

»Sonnig und trocken? Ich tippe auf die Wüste Gobi oder das australische Outback.«

Der Kollege überhörte den Scherz.

»Die Bodenqualität ist nicht das allein Entscheidende. In den Erdanhaftungen wurden Spuren gefunden, die auf eine besondere Pflanze hindeuten, die nicht an jeder Hausecke wächst. Sie trägt den seltsamen Namen Diptam.«

»Und wo kommt dieser Diptam vor?«

»In Wikipedia steht, dass die Naturstandorte von Südeuropa und Nordafrika bis China und Korea reichen. Das bringt uns aber nicht weiter. Wir haben bereits Fachleute kontaktiert, von denen wir Auskunft über Diptam-Standorte in unserer Region erwarten. Ich dachte nur, ich informiere dich schon einmal vorab.«

»Habt ihr gecheckt, wer die Stiefel getragen hat?«

»Natürlich. Eddie Lammer hat bestätigt, dass sie ihm gehören. Größe 44. Seine Frau hat Schuhgröße 39. Ihr passten sie also nicht. Zugang zum Gartenhäuschen hatte nur er. Die Bodenanhaftungen haben wir dem Hausherrn gegenüber übrigens nicht erwähnt. Von Diptam weiß er nichts.«

Eddie war – soweit Zoffinger wusste – weder Hobbygärtner noch Nebenerwerbsbauer. Also war die Frage, wo er die Gummitreter zu welchem Zweck benutzt hatte. Der Kommissar wäre kein ausgebuffter Profi gewesen, hätte er in Zusammenhang mit den Stiefeln nicht sofort an die verschwundene Christine gedacht. Nicht zum ersten Mal bohrte sich der Gedanke in seinen Kopf, dass sie vielleicht schon längst nicht mehr am Leben war. Im Prinzip sprach vieles dafür. Dass Ehemänner ihre Frauen umbrachten, in

Kellern oder Garagen einmauerten oder irgendwo verbuddelten, kam häufiger vor. Eddie war eine solche Tat eigentlich nicht zuzutrauen. Aber was hieß das schon?

Zwei Tage nach der ersten Unterhaltung hatte der KTU-Kollege neue Informationen.

»Vor einer Stunde habe ich Bescheid bekommen. In Mitteleuropa ist Diptam eine Rarität und wächst in der freien Natur an nur wenigen Standorten. Auch in der Bodenseeregion kommt das Rautengewächs vor – im Naturschutzgebiet Schoren südöstlich von Engen im Hegau.«

Zoffinger kaute versonnen auf der Unterlippe.

»Was fangen wir mit dieser Information an? Vielleicht hat Eddie mal wieder eine kleine Wanderung unternommen und sich das Naturschutzgebiet als Ziel ausgesucht.«

»Vielleicht hat er dort aber auch seine umgebrachte Frau vergraben«, gab der Kollege zu bedenken.

Zoffinger war anderer Meinung.

»Dass Christine Lammer nicht mehr lebt, ist reine Spekulation. Dass sie umgebracht wurde, können wir vermuten, aber nicht beweisen. Dass ihr Ehemann sie ermordet hat, ist eine Hypothese. Indizien existieren nicht.«

»Dieser Eddie hat Dreck am Stecken. Das sagt mir mein Bauchgefühl. Dass er im Schutzgebiet Schoren gewandert ist, glaube ich nicht. Schon gar nicht in Gummistiefeln. Könnte man dort nicht nach Spuren suchen lassen?«

»Dieses Naturreservat soll ich umgraben lassen, weil Eddie dort vielleicht die Leiche seiner Frau verbuddelt hat? Wie groß ist das Schutzgebiet?«

»Nur 64 Hektar.«

Der Kommissar bekam einen Lachanfall.

»Dann könnt ihr ja schon mal ein paar Dutzend Bagger, Radlader und Raupen auffahren lassen und mir außerdem einen Transport in die geschlossene Psychiatrie organisieren. Der Staatsanwalt wird mich nämlich lebenslang einweisen lassen, wenn ich ihm mit diesem Vorschlag komme.«

Der Kollege winkte ab.

»Klar, dass wir mit dieser dünnen Indizienlage nicht suchen lassen können. Aber wie wäre es mit einem Trick? Du erwähnst Eddie gegenüber unseren Gummistiefelfund und das Naturschutzgebiet Schoren. Vielleicht knickt er ein, verplappert sich und führt uns zu den Überresten von Christine.«

Hilfe kam von unerwarteter Seite. Im Naturschutzgebiet Schoren war ein Wanderer am frühen Morgen mit seinem Hund durch den Morgennebel gestiefelt. Zum Ausruhen hatte er sich eine Weile auf einen umgestürzten Baumstamm gesetzt und plötzlich bemerkt, dass sein Begleiter wie vom Erdboden verschluckt war. Als er ihn nach einer Weile wiederfand, wunderte er sich über das seltsame Verhalten des Vierbeiners. Er hatte an einer Stelle wie wild zu buddeln angefangen und ließ sich von seinem Herrchen nur mit Nachdruck vom Graben abhalten. Der Mann fotografierte die Stelle mit seinem Smartphone, speicherte die Bilder inklusive GPS-Koordinaten ab und schickte die Fotos samt einer entsprechenden Erklärung an die Polizei. Es dauerte, bis die Nachricht gelesen wurde und eine Entscheidung getroffen war. Am Ende ließ man aber die genau definierte Stelle überprüfen. In nur 60 Zentimetern Tiefe war eine bekleidete Frauenleiche einschließlich ihrer Pumps verbuddelt worden.

Zoffinger erkannte die Tote sofort, als er in die Rechtsmedizin gerufen wurde. Der Verwesungsprozess war noch nicht weit fortgeschritten, sodass sie gut zu erkennen war. Bei Eddie hatte er schon mehrfach Fotos von dessen Frau gesehen. Kein Zweifel: Es handelte sich um Christine Lammer.

»Nach meiner ersten Einschätzung wurde sie erwürgt«, befand Dr. Herrlinger. »Die klassischen Würgemale infolge einer Halskompression wären selbst für Amateure erkennbar. Wir müssen uns allerdings noch eingehender mit der Toten beschäftigen.«

»Lässt sich abschätzen, vor wie langer Zeit sie umgebracht und verscharrt wurde?«, erkundigte sich der Kommissar.

Der Herr über das Totenreich wischte der Leiche eine Haarsträhne aus der Stirn.

»Der Verwesungsprozess wird durch äußere Faktoren wie Klima, Bodenbeschaffenheit, Tiere und Pflanzen beeinflusst. Wir wissen auch, dass Leichen mit offenen Wunden schneller verwesen als intakte. Aber das ist hier nicht der Fall. Nach vorsichtiger Einschätzung wurde die Frau erst vor wenigen Wochen unter die Erde gebracht. Auf keinen Fall vor Monaten. Aber Genaueres später.«

Zoffinger verließ die Rechtsmedizin in der traurigen Gewissheit, dass die nächste halbe Stunde für ihn eine Gratwanderung bedeuten würde. Er hatte in seiner beruflichen Laufbahn schon Dutzende von Todesnachrichten überbracht und jedes Mal die Erfahrung gemacht, dass solche Einsätze nicht nur das Leben von Betroffenen aus den Fugen hoben, sondern auch Spuren bei ihm selbst hinterließen. Das galt umso mehr, wenn es sich um näher bekannte Personen handelte. Eddie telefonisch vom Tod seiner Frau zu benachrichtigen, kam nicht infrage.

»Du siehst aus wie ein Bote mit schlechten Nachrichten«, meinte Eddie, als er dem Kommissar die Tür öffnete.

Zoffinger nickte.

»Ja, sehr schlechte Nachrichten. Wir haben den Leichnam deiner Frau gefunden. Im Augenblick liegt sie in der Rechtsmedizin. Herzliches Beileid.«

Eddie drehte sich wortlos um und schlurfte mit hängenden Schultern in die Wohnung zurück, ließ sich im Wohnzimmer auf eine Couch fallen und schlug die Hände vors Gesicht. Zoffinger war hin- und hergerissen zwischen echtem Mitgefühl und rationaler Perspektive, weil er sich einerseits an vergnügliche Stunden mit Eddie erinnerte, ihn andererseits aber als Mörder seiner Frau nicht ausschließen konnte. Ein, zwei Minuten lang stand das Schweigen wie bleierne Lautlosigkeit im Raum, bis Zoffinger die Stille kaum mehr ertragen konnte.

»Soll ich jemanden anrufen? Vielleicht die Notfallseelsorge?«

Eddie schüttelte den Kopf.

»Wo habt ihr sie gefunden?«

»Im Hegau nicht weit von Engen entfernt.«

»Weiß man schon, wie sie zu Tode gekommen ist? Habt ihr die Entführer geschnappt?«

»Wir müssen abwarten, was die Rechtsmedizin herausfindet und was unsere Ermittlungen ergeben. Aber ich bin sehr, sehr zuversichtlich, dass wir das Rätsel bald lösen.«

Als sich Zoffinger verabschiedete, drehte er sich in der Tür nochmals um. Eddie hockte wie versteinert da und starrte vor sich hin. Sah so ein Mörder aus?

Mit einem mutmaßlichen Gewaltverbrecher schonend

umzugehen, war nicht Zoffingers Ansinnen. Einige Indizien wiesen zwar auf Eddie hin, handfeste Beweise fehlten jedoch. Nach der Durchsuchung seiner Wohnung hatten sich die Spurensicherer auch sein Auto vorgenommen. Mit eingeschaltetem Navi war er schon längere Zeit nicht mehr unterwegs gewesen. Lohnender war die Überprüfung des Kofferraums. Unter der Abdeckung für das Ersatzrad lag ein Plastikbeutel mit einem Paar Arbeitshandschuhen und einer Rolle Klebeband, womit nicht viel anzufangen war. Das änderte sich schlagartig, als aus der Rechtsmedizin die Nachricht kam, dass Dr. Herrlinger auf der Mundpartie der Leiche aus dem Naturschutzgebiet Schoren Spuren von Kleber festgestellt hatte. Ein Abgleich mit der Klebebandrolle ließ keine Zweifel offen. Christine Lammer war der Mund mit diesem Band verklebt worden, bevor der Täter sie erwürgt und verscharrt hatte.

»Machen wir den Deckel drauf!«, beschloss Zoffinger und schickte eine Streife zu Eddies Wohnung. Der Vogel war ausgeflogen. Die Situation änderte sich durch einen Telefonanruf des Revierförsters, mit dem der Kommissar schon zu tun gehabt hatte.

»Sie haben mich seinerzeit auf seltsame Umtriebe auf dem alten Bauernhof auf dem Bodanrück angesprochen. Damals wusste ich von solchen Machenschaften nichts. Heute Morgen hat sich das geändert. Deshalb rufe ich an.«

»Was ist denn los?«

»Ich war vor einer Viertelstunde routinemäßig in der Gegend und habe mich über drei Autos gewundert, die im Innenhof des Gehöfts geparkt waren. Ich bin ausgestiegen, um zu Fuß nachzusehen. Da ging es ganz schön zur Sache.«

»Sie machen mich neugierig«, versuchte Zoffinger mehr herauszufinden.

»Drei oder vier Kerle hatten einen Mann in der Mangel. Worum es ging, kann ich nicht sagen, weil ich zu weit entfernt war. Und in die Schlägerei wollte ich mich angesichts der Übermacht nicht einmischen.«

Der Kommissar wollte das Gespräch bereits beenden, als dem Förster noch etwas einfiel.

»Ich weiß ja nicht, ob Sie das interessiert. Aber in Sachen Bauernhof hat sich in letzter Zeit einiges getan. Das Anwesen ist verkauft worden.«

Zoffinger stutzte.

»Wer kauft schon so ein marodes Gemäuer. Um etwas Vernünftiges draus zu machen, müsste ein Investor schätzungsweise Millionen verbraten. Wer ist denn der glückliche Käufer?«

»Es soll sich um einen superreichen Krösus aus Konstanz handeln.«

»Wie viele Millionäre es in der Bodenseemetropole gibt, weiß ich nicht. Ich kenne auch keinen persönlich. Wer der Käufer ist, kann ich natürlich herausfinden lassen. Aber Sie könnten unsere Recherchen überflüssig machen, falls Sie sich noch an irgendeine Käuferinformation erinnern können.«

»Sein Name ist mir leider entfallen. Aber es soll sich um einen Mann handeln, der wegen der Entführung seiner Frau in den letzten Wochen häufig in den Medien präsent war.«

Zoffinger schnappte nach Luft.

»Heißt der Käufer vielleicht Eddie Lammer?«

»Richtig, Eddie Lammer«, bestätigte der Waldhüter. »Jetzt fällt mir der Name wieder ein. Kennen Sie ihn?«

Zoffinger hatte keine Zeit für Diskussionen. Er trommelte zwei Kollegen zusammen und preschte los auf den Bodanrück, um sich von der Situation auf dem alten Bauernhof selbst zu überzeugen. Ein ausgiebiger Regen in der vorangegangenen Nacht hatte das letzte Stück Waldweg in einen wahren Sumpf verwandelt, was dem Chauffeur alle Offroadkunst abverlangte. Im Innenhof des Guts parkte nur noch ein Fahrzeug. Eine hintere Seitentür stand offen. Auf der Rückbank lag Eddie und drückte sich einen Ballen Papiertaschentücher gegen seine blutende Nase.

»Wie kommst denn du hierher?«, nuschelte er.

»Lass dich mal anschauen. Brauchst du einen Notarzt?«

Eddie setzte sich auf.

»Das kannst du vergessen. Kümmere dich lieber um die Vollidioten, die mich zusammengelegt haben.«

»Konntest du die Angreifer identifizieren?«

»Der Drahtzieher heißt Patrick Melzer. Alle kennen ihn unter dem Namen Patty. Er betreibt die Karaokebar ›Freispruch‹.«

»Um was ging es bei der Auseinandersetzung eigentlich?«

»Das weiß ich auch nicht«, schniefte Eddie. »Ein Wort gab das andere. Aus einer Mücke wird dann plötzlich ein Elefant.«

»So genau wollte ich es allerdings nicht wissen«, höhnte Zoffinger. »Kann es sein, dass ihr aneinandergeraten seid, weil sich herumgesprochen hat, dass du zu Geld gekommen bist, zu viel Geld, und dass sich die Besitzverhältnisse des Hofes geändert haben?«

Eddie glotzte den Kommissar verblüfft an.

«Ahaaa! Daher weht der Wind. Der Konstanzer Buschfunk hat gemeldet, dass ich das Anwesen gekauft habe.«
»Das hat mich schon einigermaßen überrascht. Ich frage mich natürlich, wie du plötzlich zu so viel Knete gekommen bist, um dir das Anwesen unter den Nagel reißen zu können. Ich weiß nicht, wie viel du für die Bruchbude gelöhnt hast. Wenn meine Infos stimmen, wirst du Millionen investieren müssen, um die Ruine nutzbar zu machen. Hast du im Lotto gewonnen oder eine Bank überfallen?«

»Wer hat, der hat!«, maulte Eddie.

Zoffinger wollte sich damit nicht zufriedengeben.

»Für mich ist es ein Klacks herauszufinden, woher du die Finanzen für dein neues Eigenheim nimmst. Von Banküberfällen habe ich in letzter Zeit nichts gehört. Woher hast du also plötzlich den sagenhaften Berg Kohle?«

»Entschuldige bitte«, nuschelte Eddie und ließ sich auf die Rückbank fallen. »Man hat mir eben gnadenlos die Schnauze poliert. Mein Schädel dröhnt, und nach Debattieren steht mir im Augenblick nicht der Sinn. Können wir dein Verhör vielleicht auf später verschieben?«

Einer der Beamten setzte sich an das Steuer von Eddies Wagen und karrte das angeschlagene Opfer zurück in die Stadt. Zoffinger spendierte ihm und seiner tropfenden Nase eine Rolle Küchenpapier aus dem Krempel in seinem Kofferraum.

»Gute Besserung!«, wünschte er ihm zum Abschied. »Wir sehen uns.«

Jeder im Kommissariat war scharf darauf zu erfahren, wo Eddie plötzlich einen Haufen Zaster herhatte, um das alte Hofgut kaufen zu können. Man munkelte, dass das Anwesen trotz seines maroden Zustandes inklusive Grund und Boden mindestens eine halbe Million Euro wert war. Zoffinger ließ Eddies Vermögensverhältnisse überprüfen, was zu einem eindrucksvollen Ergebnis führte. Um etliche Ecken herum fand er heraus, dass vor Kurzem ein Betrag in Höhe von 400 000 Euro auf Eddies Privatkonto gebucht worden war. Vom Hocker haute den Kommissar nicht nur die satte Summe, sondern auch ihre Herkunft. Sie rührte aus dem teilweisen Verkauf eines Bitcoin-Depots.

Zoffinger erinnerte sich, dass bei der kürzlichen Hausdurchsuchung in Eddies Hollywoodschaukel ein Bitcoin-Speicher gefunden worden war, der nachweislich Leonie Landruth gehört hatte und den Eddie zusammen mit ihr zu knacken versucht hatte. Hatte der ausgekochte IT-Guru tatsächlich Mittel und Wege gefunden, den Kryptospeicher trotz des verschwundenen Passworts zu entschlüsseln? Eine andere Möglichkeit für seinen plötzlichen Reichtum gab es nach menschlichem Ermessen nicht. Zoffinger ließ sich bei den IT-Experten im eigenen Haus beraten und keiner hatte jemals von einer Möglichkeit gehört, einen Ledger Nano auszutricksen.

»Wenn dir der Zugang zu einem solchen Kryptospeicher nicht möglich ist, hast du die Arschkarte gezogen. Vermutlich ist es schon Dutzenden Besitzern von Kryptowährungen passiert, dass sie ihre Passwörter verlegt, verloren, verbrannt oder vergessen haben. Dass es alternative Zugriffsmöglichkeiten gibt, ist mir unbekannt.«

»Wie könnte Eddie dann an das riesige Vermögen gekommen sein?«, wollte der Kommissar wissen.

Der Kollege musste nicht lange überlegen.

»Wenn er es geschafft hat, den Zugang zu den Bitcoins

freizuschalten und die digitale Währung zu verkaufen, ging das meiner Meinung nach nur über eine Methode: Er hat das Passwort gefunden.«

Eddie kurierte sich nach der Rauferei auf dem Bodanrück zu Hause von seinen Blessuren aus. Zoffinger stattete ihm einen Besuch ab, um die auf dem alten Bauernhof begonnene Unterhaltung über seinen Immobilienerwerb und seinen plötzlichen Wohlstand fortzuführen.

»Wir haben recherchiert und herausgefunden, dass du Bitcoins im Wert von 400 000 Euro verkauft hast. Sie können nur von Leonies Hardware-Wallet stammen, die wir in deiner Hollywoodschaukel gefunden haben.«

»Zugegeben! Der Ledger gehörte zwar Leonie, aber ich war in erster Linie derjenige, der an einem Entschlüsselungsverfahren herumtüftelte. Aus diesem Grund trafen wir eine Vereinbarung. Sollten wir es je schaffen, an das Riesenvermögen heranzukommen, würden wir es fair fifty-fifty teilen. Den Vertrag haben wir schriftlich abgefasst und bei einem Notar hinterlegt. Schließlich handelte es sich um keine Peanuts. Es steht dir frei, unsere Absprache zu überprüfen. Namen und Adresse des Notars schreibe ich dir auf.«

Zoffinger blieb am Ball.

»Beichtest du mir noch, wie du an die Bitcoin-Millionen herangekommen bist? Auf technische Details kannst du gerne verzichten. Die begreife ich ohnehin nicht.«

Eddies Story war atemberaubend und aberwitzig zugleich.

»Leonies Kryptospeicher hatte ich längst in meinem Büro. Schließlich musste ich damit arbeiten. Hätte ich einen technischen Weg gefunden, das blöde Ding zu knacken, wäre ich auf die Bitcoin-Millionen nicht mehr angewiesen gewesen. Ein funktionierendes Entschlüsselungsverfahren hätte mir die IT-Welt aus den Händen gerissen.«

»Also hast du eine Hintertür gefunden?«

»Noch zu Leonies Lebzeiten haben wir uns in ihrer Wohnung einen Wolf gesucht, um ihr verdammtes Passwort zu finden. Aber sie konnte sich nicht einmal erinnern, ob sie es auf einen Zettel geschrieben oder sonst irgendwo notiert hatte. Es war zum Verzweifeln. Man muss sich mal vorstellen, dass man nur eine verdammte Zahlen- und Buchstabenkolonne von einem sagenhaften Batzen Geld entfernt sitzt. Das bringt dich an den Rand. Man stellt sich vor, was man alles machen könnte. Ein solcher Millionenschatz kann dein ganzes Leben verändern.«

»Besser oder glücklicher wird es dadurch nicht zwangsläufig«, mäkelte der Kommissar.

»Da wir also Leonies Wohnung mehrfach umgedreht hatten, war mir nach ihrem Tod klar, dass das Passwort irgendwo anders liegen musste. Ihr Segelboot kam mir in den Sinn. Also fuhr ich ein paarmal hin und stöberte herum. Aber wenn du keinerlei Anhaltspunkt hast, wo du überhaupt suchen könntest und wie so ein doofes Passwort überhaupt notiert wurde, hast du schlechte Karten.«

Zoffinger nickte mitfühlend.

»Bei einer meiner Suchaktionen fiel mir hinter einer Sitzbank eine Art Bücherbord auf, auf dem Leonies Lesestoff stand. Ich erinnerte mich, dass wir uns vor einigen Wochen bei einem Abendspaziergang durch den Stadtgarten über Musik und Literatur unterhalten hatten. Leonie erzählte von einem ihrer Lieblingsbücher, das sie schon dreimal gelesen hatte: »Der Fänger im Roggen« von J. D. Salinger. Ich kannte den Roman nicht und hatte noch nie davon gehört. Bei meiner Suchaktion auf dem Boot entdeckte ich den Titel zufällig auf dem Bücherbord und beschloss, das Buch in Erinnerung an Leonie zu lesen. Um mir einen ersten Eindruck zu verschaffen, setzte ich mich hin und blätterte durch die Seiten. Eine Seite fiel mir auf, weil die untere Ecke geknickt worden war, wie das manche machen, wenn sie kein Lesezeichen zur Hand haben.«

»Das mache ich manchmal auch so«, meinte Zoffinger.

»Auf der betreffenden Seite war aber nicht nur die untere Ecke geknickt«, fuhr Eddie fort. »Fünf Wörter und zwei Zahlen in aufeinanderfolgenden Sätzen hatte jemand mit einem Kugelschreiber anscheinend wahllos unterstrichen. Ich schaute mir die markierten Stellen eine Weile an, konnte darin jedoch keinen Sinn erkennen. Falls Leonie die Satzteile selbst kenntlich gemacht hatte, musste sie sich etwas dabei gedacht haben. Aber was? Ich nahm den Roman mit nach Hause, weil ich ihn lesen wollte, und vergaß die hervorgehobenen Textstellen. Bis ich das Buch das nächste Mal in die Hand nahm und mir nach ein paar gelesenen Seiten schlagartig ein Gedanke wie ein Blitz durchs Gehirn fuhr. Ergaben die fünf Wörter und zwei Zahlen eventuell das gesuchte Passwort?«

»Und? Sag schon!«, drängelte Zoffinger. »War das tatsächlich das Passwort?«

Eddie kostete genüsslich aus, dass er den Kommissar auf die Folter spannen konnte.

»Ich wusste, dass Leonie von den insgesamt zehn möglichen Versuchen, das Passwort einzugeben, bereits sieben geopfert hatte. Einen weiteren Anlauf hatten wir bei einem gemeinsamen Test in den Sand gesetzt. Mir blieben also noch ganze zwei Möglichkeiten, nach den Sternen zu greifen. Danach würde es definitiv stockdunkel werden.«

»Mann, mach es doch nicht so spannend!«, jammerte der Kommissar.

»Es war schon spät am Abend«, fuhr Eddie fort. »Ich hole den Ledger, ging in mein Büro und schloss das Teil mit dem passenden USB-Kabel an meinen Computer an, auf dem es bereits installiert war. In Leonies Lieblingsbuch schlug ich die magische Seite auf und starrte auf die Markierungen. Jetzt bloß keinen Fehler machen, dachte ich mir beim weiteren Prozedere. Ich bekam so feuchte Hände, dass ich sie auf meinen Oberschenkeln trocken reiben musste. Ich konnte keinen Finger rühren, ohne an das im Ledger versteckte Fort Knox zu denken.«

Zoffinger saß mit durchgedrücktem Rücken neben Eddie.

»Alles oder nichts!«, hauchte Zoffinger. »Was für ein glorioses Drecksgefühl! Ich kann das gnadenlose Nervengezerre nachempfinden.«

»Es war schlimmer, als ich erzählen kann. Viel schlimmer«, gestand Eddie. »Zwischenzeitlich wurde es mir regelrecht mulmig. Ich fühlte mich richtig beschissen und spielte mit dem Gedanken, Leonies digitales Pulverfass in Ruhe zu lassen. Nach einem nächtlichen Spaziergang um die Häuserzeilen hatte ich mich wieder so weit im Griff, dass ich die letzten Buchstaben eingeben konnte.«

Eddie hätte nicht mehr erzählen müssen, weil das breiteste Grinsen, das jemals ein menschliches Gesicht geprägt hat, mehr als Worte aussagte. Er sprang auf, ging hin und her und streckte sich, wie um Spannungen zu lösen, und schlug Zoffinger auf die Schulter.

»Meine Fresse, war das ein Stress«, gab er zu. »Ich bin in dieser Nacht garantiert um Jahre gealtert.«

»Und um ein paar Milliönchen reicher geworden«, fügte der Kommissar hinzu.

»Milliönchen ist gut! Der Bitcoin-Kurs steht im Augenblick so hoch wie noch nie. Ich habe grob überschlagen, dass die Währung momentan etwa 143 Millionen Euro wert ist. Ein ganz schöner Hammer!«

»Schnöder Mammon«, dachte Zoffinger, der gegen Neid und Geiz fast so immun war wie gegen Blauäugigkeit. »Aber was heißt da schon schnöd, wenn es sich um zig Millionen handelt!«

Etwas anderes beschäftigte ihn auch noch.

»Ob es tatsächlich eine notariell beglaubigte Abmachung zwischen Leonie und dir gibt, müssen wir natürlich nachprüfen. Und ob dir der gesamte Zaster in den Schoß fällt oder du eventuell mit Leonies Bruder als einzigem Erben teilen musst, weiß ich als juristischer Laie nicht. Das müssen andere entscheiden. Zunächst einmal herzlichen Glückwunsch zu dem Geldsegen. Davon hast du bislang mit den 400 000 Euro für den Bauernhof nur einen Bruchteil angelegt. Verkaufst du die restlichen Bitcoins auch noch?«

Eddie zuckte mit den Schultern.

»Ich habe keine Eile. Zunächst werde ich mich um ein anständiges Begräbnis für Christine kümmern, sobald sie von der Rechtsmedizin freigegeben wird. Was ich mit den restlichen Bitcoins mache, weiß ich noch nicht. Als Erstes steht die Sanierung des alten Gutes auf dem Programm. Die Arbeiten werden schon in den nächsten Tagen beginnen.«

»Was willst du eigentlich daraus machen?«

»Schuster, bleib bei deinem Leisten! Ich mache ein Zentrum zur Bekämpfung von Cyberkriminalität daraus. Davon verstehe ich etwas, und damit hatte ich schon in der Vergangenheit zu tun. Davon abgesehen nehmen die Bedrohungen im und aus dem Cyberraum immer stärker zu.«

»War das nicht auch Thema deines Referats beim BND-Lehrgang auf der MS Hegau?«

»Du sagst es. Ich will die in unserer Region vorhandenen Kräfte bündeln. Es gibt Dutzende Individuen und Gruppen, Black Hats und White Hats, also böse und gute Hacker, die man mit zugkräftigen Argumenten an einen Tisch bringen könnte. Wenn ich das schaffe, habe ich mit dem BND einen renommierten Großkunden an meiner Seite. Mit einem Wort: Es geht um die Gründung einer schlagkräftigen Taskforce für Cybersecurity.«

»Apropos schlagkräftig! Du bist mir noch eine Erklärung schuldig, wer dich auf deinem neuen Besitz krankenhausreif geprügelt hat. Haben sich bereits Gegner deiner neuen Geschäftsidee formiert?«

»Noch nicht«, gestand Eddie. »Aber damit muss ich natürlich rechnen. Aus diesem Grund will ich um jeden Preis vermeiden, dass meine finanzielle Blitzkarriere zum Multimillionär Stadtgespräch wird. Auf Neider, Habsüchtige und eine missgünstige Kryptogemeinde verzichte ich wegen eventueller unerwünschter ›Nebeneffekte‹ gerne.«

Mit dem ausgestreckten Zeigefinger deutete er auf seine Nasenspitze, die immer noch von der schmerzhaften Begegnung mit aggressiven Männerfäusten zeugte.

Zoffinger ließ sich zu einer Vermutung hinreißen.

»Waren bei der Prügelorgie eventuell Mitglieder des Schwarzen Lotus im Spiel? Man geht davon aus, dass du in dieser Gruppe im Hintergrund bei manchen Projekten die Strippen gezogen hast. Gelegentlich fiel die Bezeichnung ›graue Eminenz‹, wenn von dir die Rede war. Was du mit diesem Verein bisher verdeckt betrieben hast, könntest du mit deinem neuen Cyberzentrum ganz offiziell machen und müsstest dich nicht mehr verstecken.«

»Graue Eminenz? So ein Blödsinn!«, ärgerte sich Eddie. »Ab und zu habe ich den Schwachmaten vom Schwarzen Lotus ein paar Tipps gegeben. Mehr aber auch nicht. Dass sie mich auf meinem Hof in die Mangel nahmen, hatte einen anderen Grund.«

»Der da wäre?«

»Habgier, nackte Habgier. Wie die Typen um diesen Karaokefritzen Patty überhaupt erfahren haben, dass ich Leonies Bitcoin-Depot entschlüsselt habe, weiß ich nicht. Jedenfalls sind diese Neidhammel auf die gloriose Idee gekommen, einen Obolus für die bisherige Zusammenarbeit einzufordern. Zusammenarbeit! Dass ich nicht lache! Wir haben einige Male bei unseren Treffen über Möglichkeiten der Entschlüsselung gesprochen. Mehr nicht. Auf gut Deutsch hieß das, ›Alter, lass mal etwas Kohle rüberwachsen! Du hast jetzt ja genug davon‹. Aber auf Erpressung reagiere ich nicht. Das habe ich bereits bei der Lösegeldübergabe für meine Frau auf dem Bodanplatz bewiesen.«

»Haben die schwarzen Lotusblüten deine Weigerung akzeptiert?«

»Zunächst nicht. Deshalb dachten sie auch, mich weichklopfen zu müssen. Bis ich ihnen ein Angebot gemacht habe, das sie nicht ausschlagen konnten: Mitarbeit in meinem neuen Cyberzentrum an einem bahnbrechenden Projekt – Entwicklung einer Software, mit der TV-Nutzer Werbung abschalten oder umgehen können. Sie wollten darüber nachdenken. Seither habe ich nichts mehr von den Pfeifen gehört.«

»Keine neuen Drohungen mehr? Keine Geldforderungen?«

»Zwei Anrufe von diesem Patty. Er meinte, eine zukünftige Zusammenarbeit wäre zwar möglich, aber fürs Erste müsse Kohle fließen – quasi als Zeichen meines guten Willens und meiner Bereitschaft zur Kooperation. Im Falle einer Weigerung müsse ich mit Konsequenzen rechnen.«

Zoffinger hatte zum Schluss noch einen gut gemeinten Ratschlag parat.

»Egal, wie es mit deinen neuen Plänen läuft. Auf eine Meldung des Bitcoin-Verkaufs beim Finanzamt solltest du besser nicht verzichten. Das könnte dich sonst teuer zu stehen kommen.«

Er hatte den Tipp noch kaum abgegeben, als ihm bewusst wurde, wie absurd seine Empfehlung eigentlich war. Dass Eddie seine Frau umgebracht hatte, war so gut wie bewiesen. Ein Schuldspruch würde seine hochfliegenden Pläne auf Jahrzehnte zerbröseln. Im besten Fall könnte er das alte Hofgut nach Verbüßung seiner Strafe als Altersruhesitz nutzen, um über sein verkorkstes Leben nachzudenken.

Bei Eddie schien ein Schuldbewusstsein nicht zu existieren. Zoffinger konnte sich nicht erinnern, dass der Kerl jemals auch nur den geringsten Gedanken an eine mögliche Verurteilung verschwendet oder Gewissensbisse gehabt hätte. Schon mehrfach hatte er ihm Indizien um die Ohren gehauen, die ihn als Gattenmörder schwer belasteten. In Selbstzweifel war Eddie dadurch nie geraten. War der Typ unfähig, über sich selbst nachzudenken, oder hatte sich Zoffinger bei seinen Ermittlungen so optimal verheddert, dass er einen Unschuldigen verfolgte?

18
SCHIESSEREI IM NEBEL

Dichter hätte der Nebel nicht sein können. Grau und undurchdringlich lag der feuchte Schleier in den Straßenzeilen; Fenster und Türen in den Fassaden konnte man nur schemenhaft als geometrische Muster erkennen. Dächer gab es an diesem Morgen in ganz Konstanz nicht, weil diese Waschküche die oberen Teile der Häuser unsichtbar machte.

Eddie verließ sein Domizil wie fast jeden Morgen gegen zehn Uhr, um in einem in der Nähe liegenden italienischen Café einen Latte Macchiato zu trinken und im Seekurier nach Neuigkeiten zu stöbern. Die tägliche Routine war anscheinend nicht nur dem Personal des Cafés bekannt. Als Eddie das kleine Lokal nach etwa einer halben Stunde verließ, trat ihm aus einem Hauseingang plötzlich ein mit Sturmhaube maskierter Mann mit einem Gewehr in den Händen entgegen. Reflexartig stürzte sich Eddie auf ihn und konnte ihm bei einem heftigen Gerangel die Waffe entreißen. Der Vermummte flüchtete Richtung Schnetztor, Eddie folgte ihm laut schreiend und gestikulierend.

Haargenau in diesem Augenblick kam ein Streifenwagen um die Ecke. Die Beamten legten eine Vollbremsung hin, als sie den bewaffneten Mann wahrnahmen, sprangen aus dem Wagen und gingen in Deckung, als Eddie mit dem Gewehr vor der Brust auf sie zustürmte. Einer der Beamten verschanzte sich hinter seinem Fahrzeug, der andere zog reaktionsschnell seine Waffe, als der vermeintliche Angreifer keine Anstalten machte, auf das »Halt, stehen bleiben!« der Polizisten zu reagieren. Im nächsten Augenblick fiel ein Schuss. Eddie zuckte zusammen, kippte nach vorne und schlug der Länge nach auf den Asphalt. Das Gewehr schlitterte meterweit über den Straßenbelag und blieb neben dem Streifenwagen liegen.

»Verdammte Idioten!«, fluchte Eddie, als er sich auf dem Boden vor Schmerzen krümmte. »Ihr habt den Falschen erwischt.«

Einer der Beamten durchsuchte ihn nach weiteren Waffen, drehte ihn auf den Bauch und legte ihm Handschellen an. Der andere laberte aufgeregt in sein Handy. Im Nu rottete sich eine Menschenmenge zusammen. Im zweiten Stock eines Hauses riss ein junger Kerl das Fenster auf und wetterte lautstark gegen Polizeigewalt und übergriffige Beamte. Als Zoffinger am Ort des Geschehens eintraf, wurde der Verletzte eben in einen Ambulanzwagen geschoben.

»Gratulation!«, spottete er. »Deine Kollegen haben mich wie einen tollwütigen Hund über den Haufen geschossen. Dabei bin ich Opfer und nicht Täter. OPFER!«

»Wo hat es dich erwischt?«

»Sauberer Schuss in die Hüfte. Zwei Handbreit weiter links und ich hätte meine Familienplanung an den Nagel hängen können.«

»Glücklicherweise hast du deinen Humor nicht verloren«, meinte der Kommissar anerkennend. »Ich besuche dich, sobald du das Schlimmste überstanden hast. Gute Besserung!«

Auf dem Kommissariat ließ sich Zoffinger den Ablauf des Geschehens von den Streifenbeamten genau schildern. Sie waren auf zwei Männer aufmerksam geworden, wobei einer mit einem Gewehr einen Flüchtigen verfolgte. Die Situation hätte eindeutiger nicht sein können.

»Wir haben den Bewaffneten für den Täter gehalten. Brüllend wie ein Irrer ist er auf uns zu gerannt und hat uns keine Wahl gelassen. Eigensicherung war oberste Priorität. Für andere Maßnahmen blieb absolut keine Zeit. Wir mussten handeln.«

Einen Tag, nachdem die Chirurgen das Projektil aus Eddies Hüfte entfernt hatten, stattete Zoffinger dem Patienten einen Besuch ab.

»Auf Blumen habe ich verzichtet«, meinte er. »Das hier passt vielleicht besser zu den Vorkommnissen.«

Er legte ein Buch auf den Beistelltisch. Der Titel des Comicromans: Von Idioten umzingelt.

»Wie geht es dir? Hoffentlich haben die Docs nicht zu viel aus deiner unteren Hälfte entfernt. Erzähl mal, was eigentlich vorgefallen ist.«

Eddies Version unterschied sich von der Aussage der Streifenpolizisten grundsätzlich, klang aber durchaus glaubhaft. Das Tragische an der Sache: Beide Seiten hatten den Vorfall aus ihrem Blickwinkel wahrgenommen und entsprechende Schlüsse gezogen.

»Jetzt die entscheidende Frage: Hast du den maskierten Angreifer erkannt?«

»Die Hohlbirne hatte sich zwar einen löchrigen Strumpf über die Rübe gezogen, aber ich habe ihn an seiner Stimme und an seinem viertklassigen Aftershave erkannt. Das

Zeug stinkt wie Bodenputzmittel in einem Amateurpuff. Das ist mir schon bei früheren Treffen unangenehm aufgefallen. Der Schwarze Lotus hat seine Drohungen wahrgemacht, und Patty ist zur Tat geschritten. Was für eine blödsinnige Aktion, an Dämlichkeit nicht zu überbieten!«

Die Tatermittlungen liefen auf Hochtouren. Patty werkelte in seiner Bar herum und schwor Stein und Bein, dass er den ganzen Morgen beim Aufräumen gewesen war. Das ließ sich schnell widerlegen, weil ein Paketbote zur fraglichen Zeit vor verschlossener Tür gestanden hatte und die Sendung bei Nachbarn abgeben musste.

»Wollten Sie Eddie umbringen?«, wollte Zoffinger wissen.

»Umbringen? Natürlich wollte ich ihm nicht das Licht auslöschen. Ich bin doch kein Mörder. Wäre das mein Plan gewesen, hätte ich eine richtige Knarre und kein Kleinkalibergewehr genommen. Ich wollte ihm nur eine Warnung verpassen.«

»Aus welchem Grund eigentlich?«

Patty geriet in Rage.

»Die Ratte hat uns ausgenutzt und beschissen. Wir haben ihm geholfen, seinen Bitcoin-Speicher zu entschlüsseln, mit dem er zum Multimillionär geworden ist. Er hat uns schamlos ausgenutzt. Von der versprochenen Kohle haben wir bis heute keinen Cent gesehen.«

»Da muss ich Sie korrigieren«, funkte Zoffinger dazwischen. »Niemand hat den Bitcoin-Speicher entschlüsselt. Sie nicht und Eddie auch nicht. Er hat das Passwort gefunden. Sie haben ihn also grundlos mit der Waffe bedroht.«

»Bedroht habe ich ihn nicht. Dazu ist es ja gar nicht gekommen. Er hat mir den Schießprügel so schnell aus der Hand gerissen, dass ich mich gar nicht wehren konnte. Ich wollte ihn lediglich einschüchtern, völlig gewaltfrei.«

»Ihre hirnlose Aktion ist gründlich danebengegangen. Trotzdem werden Sie sich verantworten müssen. Dem Anschein nach sind Sie schnell dabei, Ihre Probleme mit Gewalt zu lösen. Haben Sie schon früher versucht, Eddie Lammer den einen oder anderen Denkzettel zu verpassen?«

»Jetzt machen Sie aber mal halblang!«, protestierte das Unschuldslamm. »Ich habe ihm noch nie ein Haar gekrümmt.«

»Sie müssen ihn nicht persönlich bedroht haben. Vielleicht haben Sie zu ganz anderen Mitteln gegriffen, um sich an ihm zu rächen oder ihm zu schaden. Haben Sie seine Frau gekannt?«

Patty brauchte einen Moment, um zu verstehen, mit was ihn der Kommissar konfrontierte.

»Moment mal! Im Seekurier stand schon vor einiger Zeit, dass seine Frau gekidnappt wurde. Wollen Sie mir eine Entführung anhängen? Das ist doch wohl nicht Ihr Ernst?«

»Gar nichts hänge ich Ihnen an. Aber die Beschäftigung mit Ihnen hat mir gezeigt, dass Sie in der Wahl Ihrer Mittel nicht gerade mäkelig sind. Stoße ich in meinen Kidnapping-Ermittlungen auf die geringste Spur, die zu Ihnen führt, werde ich Sie unnachgiebig verfolgen.«

»Langsam habe ich von Ärzten und Krankenhäusern die Schnauze gestrichen voll«, machte sich Eddie Luft, als

Zoffinger ihn am Tag der Entlassung abholte. »Wieder mal in ruhigerem Fahrwasser, käme mir extrem gelegen.«

»Da muss ich dich enttäuschen«, entgegnete der Kommissar. »In nächster Zeit wird einiges auf dich zukommen. Du stehst als Mörder deiner Frau nach wie vor auf der Liste meiner Verdächtigen ganz oben. Neue Indizien belasten dich schwer.«

»Was wirfst du mir dieses Mal vor?«

»Mir sind vor nicht allzu langer Zeit kleine Verletzungen auf deinen Händen aufgefallen«, sagte Zoffinger. »Was wie Minibrandwunden aussah, kann man an einigen Stellen sogar jetzt noch erkennen. Damals hast du erzählt, du hättest versehentlich Wasser in eine Pfanne mit Öl gegossen und heiße Spritzer auf die Hände bekommen. Heute weiß ich, dass das gelogen war.«

Eddie kniff die Augen zusammen und sah den Kommissar zweifelnd an.

»Kleine Wunden auf den Händen? Ich kann mich daran erinnern. Dass sich dafür die Kriminalpolizei interessiert, macht mich platt.«

»Noch mehr überraschen wird dich, was die Klinikärzte zusammen mit Kriminaltechnikern herausgefunden haben. Im Hegau wächst eine seltene Pflanze mit dem Namen Diptam. Sie wird auch als Brennender Busch oder Feuerpflanze bezeichnet. Der Grund: Ihre ätherischen Blütenöle sind bei schwülem Wetter sogar brennbar. Bestimmte Pflanzenteile sondern Alkaloide ab, die Hautreizungen auslösen können, die wie kleine Verbrennungen aussehen.«

»Besten Dank für dein Kurzseminar über die botanische Vielfalt am Bodensee«, meine Eddie. »Will sich das Kommissariat einen Garten mit Raritäten anlegen oder was soll das Gelaber?«

»Kein Garten, keine Raritäten! Im Zuge deiner Hüftoperation habe ich die verbrannten Stellen auf deinen Händen untersuchen lassen. Sie sind mit fast 100-prozentiger Sicherheit auf Verletzungen durch Blütenöle der Diptam-Pflanze zurückzuführen. Ein weiteres Teilchen in der Indizienkette, dass du im Naturschutzgebiet Schoren gewesen bist und deine getötete Frau verbuddelt hast. Leugnen ist zwecklos. Sollte es zu einem Indizienprozess gegen dich kommen, stehst du auf verlorenem Posten. Adieu, neues Zentrum gegen Cyberkriminalität; mach's gut, luxuriöses Millionärsdasein. Deine Lebensplanung wird in den nächsten Jahrzehnten durch öden Knastalltag bestimmt.«

Eddie saß emotionslos wie ein Roboter auf dem Beifahrersitz, bis Zoffinger vor seinem Haus anhielt.

»Dir sind noch ein paar Tage zur Rekonvaleszenz in deinen eigenen vier Wänden gegeben. Hausarrest sozusagen. In dieser Zeit werde ich deine Wohnung überwachen lassen, damit du auf keine dummen Gedanken kommst. Deinen Reisepass haben wir schon bei der Hausdurchsuchung eingezogen. Vielleicht lässt du dir in der verbleibenden Zeit dein Schicksal noch mal durch den Kopf gehen. Ein umfassendes Geständnis könnte das Gericht vielleicht gnädiger stimmen. Aus dieser Nummer kommst du nicht mehr heraus. Da gebe ich dir Brief und Siegel darauf.«

Zoffinger wäre froh gewesen, hätte Eddie angesichts der überwältigenden Indizien endlich ein Geständnis abgelegt. Aber offenbar dachte er noch immer, dass er aus der Entführungsgeschichte unbeschadet herauskommen würde. Ein letzter unumstößlicher Beweis musste her.

Bei der Hausdurchsuchung war einem wachsamen Kollegen in Eddies Büro eine Stelle an der Wand aufgefallen, an der die Tapete aussah, als sei sie über etwas Flaches wie eine ausgebesserte Mauerstelle geklebt worden. Bei genauerem Hinsehen stellte sich heraus, dass zwei Blätter Papier unter die Tapete geschoben worden waren. Im Rummel der Durchsuchung waren die Papiere in einer Kiste verschwunden und ins Kommissariat transportiert worden. Eine findige Spürnase entdeckte das Dokument und legte es Zoffinger kommentarlos auf den Schreibtisch.

»Darf ich die Blätter ohne Handschuhe anfassen?«

»Kein Problem«, antwortete der Kollege. »Wir haben sämtliche Fingerabdrücke bereits abgenommen und identifiziert. Sie stammen nur von Leonie Landruth und Eddie Lammer.«

Zoffinger nahm den handgeschriebenen Brief in die Hand. Das Datum bewies, dass er drei Tage vor Leonies Tod verfasst worden war. Auf dem zweiten Blatt hatte sie das Schreiben ohne Grußformel mit ihrer Unterschrift wie die Kündigung einer Versicherung beendet. Im Wesentlichen beklagte sie sich bitter darüber, dass er mit ihr nur eine Beziehung eingegangen war, um an ihre Bitcoins zu kommen. Sie nahm kein Blatt vor den Mund, schrieb davon, dass er in ihren Augen vollkommen seine Glaubwürdigkeit verloren habe, weil es ihm nur ums Geld ging. Im Endeffekt kündigte sie ihm die Freundschaft auf und deutete an, die beim Notar hinterlegte Vereinbarung einseitig für null und nichtig erklären zu lassen.

Zoffinger rief im Notariat an, wo Leonie die mit Eddie getroffene Vereinbarung über die Teilung des Bitcoin-Vermögens im Fall einer Entschlüsselung hinterlegt hatte.

»Tut mir leid, dass ich Ihnen nicht helfen kann«, meinte die Mitarbeiterin. »Notare sind auch gegenüber der Polizei und der Staatsanwaltschaft zu strikter Verschwiegenheit verpflichtet. Über den Vorgang kann ich Ihnen nichts sagen.«

Zoffingers Stimme wurde eindringlicher.

»Hören Sie. Ich muss einen Mordfall aufklären und eine knappe Information Ihrerseits wäre für mich außerordentlich wichtig.«

»Ich kann mich nur wiederholen: Wir unterliegen einer strikten Schweigepflicht. Verstoßen wir dagegen, müssen wir mit strafrechtlicher Verfolgung rechnen. Disziplinarische Konsequenzen können sogar dazu führen, dass ein Notar sein Amt verliert.«

»Ich bin ja nicht Hinz und Kunz, sondern Chef der Konstanzer Kriminalpolizei. Gibt es da keine Ausnahmen?«

»Doch, die gibt es. Legen Sie mir einen richterlichen Durchsuchungsbeschluss vor. Damit können Sie Informationen aus unseren Notariatsunterlagen erhalten. Das wäre der einzig gangbare Weg.«

Zoffinger fluchte, weil er sich wieder einmal im Dickicht der Zuständigkeiten verheddert hatte. Am Ende blieb ihm nichts anderes übrig, als den Gang nach Canossa anzutreten und um einen selten ausgestellten richterlichen Durchsuchungsbeschluss zu bitten. Lang und breit erklärte er dem Richter, um was es bei der notariellen Vereinbarung überhaupt ging und welche Rolle sie für die Ermittlungen spielte. Als er den Wisch in Händen hielt, düste er auf heißen Reifen ins Notariat und überreichte der Mitarbeiterin das Dokument genüsslich wie ein Testat über Salmonellenfreiheit.

»Ich habe mich mittlerweile schlaugemacht«, säuselte die Frau. »Die Vereinbarung wurde einerseits von Frau Leonie Landruth und andererseits von Herrn Eddie Lammer abgeschlossen. Gegenstand: die gleichberechtigte Aufteilung eines Bitcoin-Vermögens.«

Zoffinger schluckte trocken, weil er über diese Aufteilung bereits Bescheid wusste. Er war schon am Gehen, als der Angestellten noch etwas einfiel.

»Das hätte ich fast vergessen. Vor ein paar Tagen rief uns Frau Landruth an und kündigte an, bei uns vorbeizukommen, um die Vereinbarung abzuändern.«

Der Kommissar wirbelte herum und glotzte die Dame irritiert an.

»Sie wollte die Übereinkunft abändern? Sie glauben ja nicht, wie froh ich bin, dass Ihnen das eben noch eingefallen ist. Hat sie erwähnt, was sie ändern wollte?«

»Ich erinnere mich, weil sie sich erkundigte, ob die Änderung ohne großen Aufwand über die Bühne gehen würde. Sie wollte den Co-Nutznießer, also Herrn Eddie Lammer, aus der Vereinbarung streichen und dafür ihren leiblichen Bruder Ingo Landruth einsetzen.«

Zoffinger strahlte.

»Mein Fall erscheint dadurch in neuem Licht. Herzlichen Dank für Ihre tatkräftige Unterstützung. Sie haben mir sehr geholfen.«

Im Notariat hüpfte er die Treppen hinunter wie ein aufgedrehter Welpe. Endlich ein entscheidendes Puzzleteil, um Eddie den Mord an Leonie Landruth nachweisen zu können. Der hinter der Tapete versteckte Brief ließ darauf schließen, dass es zwischen den beiden zu einem giftigen Streit gekommen war. Die Konsequenz: Leonie hatte sich entschlossen, ihrem Freund und Helfer die Chancen auf ein riesiges Vermögen zu verwehren. Eddie hatte in Leonies Brief von ihrer Absicht erfahren, ihn auszubooten. Rasches Handeln war das Gebot der Stunde. Schließlich stand für ihn ein goldener Handschlag auf dem Spiel.

So wie es aussah, hatte Leonie mit ihrem Brief ihr Todesurteil unterzeichnet.

19
UNFREIWILLIGE BEICHTE

Begeistert war Eddie über seinen Hausarrest nicht. Über die Beamten auch nicht, die vor seinem Haus Wache schoben und dafür sorgten, dass der Hausherr sich an seine Auflagen hielt. Kein Tag verging, ohne dass er bei Zoffinger anrief, um sich darüber zu beschweren, dass ihn seine Aufpasser morgens nicht in sein Lieblingscafé gehen ließen, dass ihm die letzte Pizza des Lieferanten nicht geschmeckt hatte und er bei der Sanierung seines Bauernhofs auf dem Bodanrück die ersten Bauarbeiten nicht persönlich überwachen konnte. Dem Kommissar ging das Gezeter ziemlich auf den Wecker.

»Wäre dir ein Aufenthalt in Untersuchungshaft lieber? Das lässt sich problemlos machen. Auf deinen Morgenkaffee von deinem Lieblingsitaliener müsstest du dann aber auch verzichten.«

»Sorry, wenn ich dich mit meinem Geplärr behellige. Ich bin ja froh, dass ich mich in meinen eigenen vier Wänden von der Polizeikugel erholen kann. Aber gelegentlich fällt mir die Decke auf den Kopf.«

An einem späten Vormittag kam Eddie in einem Schlafanzug mit großen, bunten Karos wie ein Clown bei einem Kindergartenfest aus dem Haus und steuerte auf seinen Briefkasten zu, der am Eingangstor zu seinem

Grundstück am Gartentor befestigt war. Die beiden von Zoffinger abgestellten Bewacher amüsierten sich über den kauzigen Auftritt des Hausherrn, ahnten aber noch nicht, dass die Situation noch grotesker werden würde.

Eddie öffnete das Türchen des Briefkastens und nahm zwei identische dickere Umschläge heraus. Gespannt sahen ihm die beiden Beamten zu, wie er einen Umschlag öffnete, ein Bündel Geldscheine herausnahm und die Banknoten wie ein Skatblatt auseinanderfächerte. Dann steckte er den Zaster in den Umschlag zurück und verfuhr mit dem zweiten auf die gleiche Weise. Eine Weile überlegte er und ging dann auf die beiden Beamten in ihrem Zivilfahrzeug zu.

»Hallo Freunde! Ihr seid doch bestimmt schon eine ganze Weile auf Observation. Habt ihr gesehen, wer mir die beiden Umschläge in den Briefkasten gesteckt hat?«

Die beiden Aufpasser schüttelten den Kopf.

»Keine Ahnung. Den Briefträger haben wir auch noch nicht zu Gesicht bekommen. Die Post muss jemand in einem Augenblick eingeworfen haben, als wir gerade weggeschaut haben.«

»Oder ein Nickerchen gemacht haben«, spottete Eddie. »Aber keine Sorge. Ich unterstelle euch nichts. Ich kann mir vorstellen, dass ihr nur einen Scheißjob zu erledigen habt.«

Er wedelte mit den Geldumschlägen herum.

»Da ist eine Menge Kohle drin. Wie ich zu diesem unverhofften Geldsegen gekommen bin, weiß ich nicht. Ich habe schon von Leuten gehört, die genug davon haben und Zaster einfach verschenken. Richtige Menschenfreunde. Ich selbst bin in letzter Zeit auch zu einem Riesenvermögen gekommen und würde andere gerne an meiner Glückssträhne teilhaben lassen. Auf die geschenkten

Scheinchen in den beiden Umschlägen bin ich nicht angewiesen. Ich möchte sie gerne euch beiden spendieren, quasi als Dank und Anerkennung dafür, dass ihr auf mich aufpasst.«

Die Wachmänner sahen sich entgeistert an.

»Sie wollen uns diesen Berg Kohle schenken? Einfach so?«

»Raffgier ist eine ziemlich miese menschliche Eigenschaft. Ich habe mich davon schon längst befreit. Ohne Habsucht lebt es sich besser. Ihr könnt die Kohle gerne haben.«

Einer der Wachposten hakte nach.

»Sie würden doch sicher eine Gegenleistung verlangen. Was müssten wir für Sie tun?«

»Nein, nein! Keine Gegenleistung. Vielleicht eine kleine Gefälligkeit, mehr nicht.«

»Was wäre eine kleine Gefälligkeit?«

Eddie zierte sich nicht lange.

»Na ja, ich würde mal gerne wieder einen Latte Macchiato bei meinem Lieblingsitaliener vorne an der Straße trinken. Eine halbe Stunde Auszeit aus meinem Gefängnis. Wäre doch nicht zu viel verlangt, ab und zu mal für ein paar Minuten wegzuschauen!«

Die Aufpasser saßen wie geplättet in ihrem Fahrzeug. Eddie sah ihnen an, dass es in ihren Köpfen rumorte.

»Überlegt es euch. Mein Angebot steht. Ihr wisst ja, wo ich zu finden bin.«

Sprach's und verschwand in seinem Haus. Die Beamten saßen wie gelähmt in ihrem Wagen.

»Wollte uns der Partyclown allen Ernstes ein paar tausend Euro zum Geschenk machen, oder hatte ich gerade einen schrägen Traum?«, meinte der Beifahrer.

»Ich glaube eher, dass er uns auf raffinierte Weise bestechen wollte«, antwortete der Kollege am Steuer. »Ein ziemlich schlitzohriges Bestechungsangebot. Vermutlich würde sich der Tunichtgut gerne verdünnisieren, wäre aber auf unsere Hilfe angewiesen.«

»Verdammt, verdammt!«, fluchte sein Partner. »Die Kohle könnte ich gut gebrauchen. Wenn das aber herauskäme, wären wir unsere Jobs los.«

Auf der zweiten Etage des Hauses ging ein Fenster auf. Eddie lehnte sich auf die Fensterbank und schwenkte grinsend die beiden Geldumschläge wie ein Fähnchen hin und her.

»Der Typ hat doch nicht alle Tassen im Schrank«, kommentierte der Beamte hinter dem Steuer Eddies skurrilen Auftritt. »Am besten, wir geben Zoffinger Bescheid, bevor uns die Überwachung noch um die Ohren fliegt.«

Als der Kommissar von Eddies Spendenfreudigkeit erfuhr, kam er ins Grübeln. Schon mehrfach war ihm in letzter Zeit das sonderbare Verhalten des Hackergurus aufgefallen, der mehr und mehr die Bodenhaftung zu verlieren schien. Handelte es sich um Anzeichen zunehmender Panik angesichts des ständig erhöhten Verfolgungsdrucks? Oder trieb Eddie in seiner Isoliertheit mal wieder ein spleeniges Spiel?

Die Antworten auf seine selbst gestellten Fragen musste er auf Eis legen, weil eine neue Situation seine Aufmerksamkeit verlangte. Die Wachmannschaft, die am Vorabend bis zum Morgen ihren Dienst vor Eddies Haus angetreten hatte, stand sichtbar geknickt vor Zoffingers Schreibtisch.

»Glaub bloß nicht, dass wir gepennt haben. Bis kurz

nach 23 Uhr brannte im Wohnzimmer Licht. Dann wurde es dort dunkel, und im Schlafzimmer gingen gleich darauf die Lampen an. Etwa zehn Minuten später war es im ganzen Haus stockfinster. Wie jeden Abend, wenn der Hausherr sich hingelegt hat.«

»Dann tat sich nichts mehr?«

»Um halb drei wurde das Fenster an der Toilette hell, weil er zum Pinkeln musste. Das war's.«

Normalerweise stand Eddie zwischen halb neun und neun Uhr auf, riss in der Küche das Fenster auf und prüfte, ob seine Aufpasser die Nacht auch gut überstanden hatten. An diesem Morgen tat sich nichts. Die Beamten warteten bis Viertel nach neun und klingelten dann an der Haustür. Keine Antwort. Zoffinger hatte dem Hausherrn die Hausschlüssel abgenommen und dem Überwachungsteam gegeben. Die beiden Beamten durchsuchten das ganze Haus, konnten den Mieter aber nirgends finden. Auf der Rückseite waren die Fenster im Erdgeschoss vergittert. Im oberen Geschoss stand die Balkontür offen und am Geländer hing ein breiter Spanngurt, an dem sich Eddie, noch bevor die Hühner aufgestanden waren, in den Garten abgeseilt hatte. Im Schlafzimmer hing der zirkusreife Nachtdress an einem Bügel. Auf der Brustseite der Jacke war mit Stecknadeln ein Stück Karton befestigt:

»Ich entziehe mich nicht der Justiz. Ich fliehe vor Ungerechtigkeit und Vorverurteilung. Gegen mich laufen finstere Machenschaften.«

Mit seinem Auto hatte sich Eddie nicht aus dem Staub gemacht. Es war wie fast immer vor dem Haus geparkt, obwohl er eine Garage besaß. Wäre er damit weggefahren, hätte das die Aufpasser alarmiert.

In der Wohnung fanden die Spurensicherer Kredit- und Bankkarten, die er offenbar nicht vergessen, sondern absichtlich liegen gelassen hatte.

»Würde ich mich absetzen, hätte ich in erster Linie meine Bankkarten dabei«, meinte einer.

»Die Karten hat er aus gutem Grund nicht mitgenommen«, antwortete Zoffinger. »Hätte er damit irgendwo bezahlt, wäre es ein Leichtes gewesen, seine Spuren zu verfolgen. Wenn mich nicht alles täuscht, setzt er auf Barzahlung.«

Eine Nachfrage bei seiner Hausbank bestätigte diese Vermutung.

»Herr Lammer hat in letzter Zeit mehrere große Überweisungen bekommen. Einen Teil hat er auf andere Banken transferiert. Außerdem hat er eine stattliche Menge Bargeld abgehoben. Im hohen fünfstelligen Bereich.«

Zoffinger war es ein Rätsel, warum sich Eddie verdrückt hatte. Ohne Reisepass war die Chance gleich null, sich ins Ausland abzusetzen. Wo wollte er unterkommen, ohne entdeckt zu werden? Handelte es sich bei dem neuesten Winkelzug wieder einmal um eine seiner verschrobenen Ideen? Dass er sich aus Angst vor einer Vorverurteilung in die Büsche geschlagen hatte, wertete der Kommissar als Schutzbehauptung. Ihm kam die Flucht eher wie ein Schuldeingeständnis vor.

Mit seinem stümperhaften Bestechungsversuch war Eddie nicht nur gescheitert, sondern hatte sich eine Anzeige eingehandelt. Für Zoffinger war das gönnerhafte Geldangebot an die Aufpasser ein weiterer Beweis dafür, dass er sein Leben im Augenblick nicht mehr im Griff hatte und sein Verhalten aus dem Ruder zu laufen schien.

Allein die Botschaft auf seiner Clownsjacke, sich vor einem Komplott in Sicherheit zu bringen, bewies, dass seine Nerven blank lagen. Zu Gewalttaten hatte er sich bislang nicht hinreißen lassen. Was jedoch noch nicht war, konnte noch kommen.

Im Mülleimer seines Badezimmers hatte man Pflaster und Kompressen mit Blutspuren darauf gefunden, die von seiner Operation nach dem Schuss in die Hüfte stammen konnten. War die Wunde aufgeplatzt, würde er sich über kurz oder lang darum kümmern müssen, eine Entzündung zu verhindern.

Eddie war wie vom Erdboden verschluckt. Die Spurensicherer konnten nachweisen, dass er nach seiner Abseilaktion über einen Zaun in ein angrenzendes Grundstück geklettert war, wo sich seine Spur verlor. Die Polizei klapperte im Wohnviertel sämtliche Nachbarn ab, aber niemand hatte etwas von seinem nächtlichen Abenteuer mitbekommen.

Zoffinger war ziemlich zerknirscht, weil ihm sein Hauptverdächtiger trotz Überwachung durch die Lappen gegangen war. Den Abend verbrachte er mit Lore in deren Wohnung. Einziges Thema: die Eskapaden des Eddie Lammer.

»Mich würde interessieren, was sich der Kerl bei seiner Flucht gedacht hat«, meinte Lore. »Der muss doch damit rechnen, dass seine Häscher jeden Stein umdrehen, um ihn festzunehmen und in den Knast zu werfen. Ich kann mir nicht vorstellen, dass du ihm ein zweites Mal Hausarrest anbietest.«

Für die Vermutung erntete sie nur einen verächtlichen Blick.

»Mir steht der Eiertanz des Blödmanns bis hier!«

Mit der flachen Hand markierte Zoffinger ein hoch über seinem Kopf liegendes Limit.

Ein Lebenszeichen von Eddie tauchte zwei Tage nach seiner Flucht im Seekurier auf. In einer E-Mail, die von den Redakteuren ans Kommissariat weitergeleitetet worden war, ließ er das erste Mal durchscheinen, dass er sich »gewisser Verfehlungen« durchaus bewusst sei, sich aber persönlich nicht zum Objekt einer Hexenjagd machen wolle. Seine Flucht begründete er damit, eine Zeitlang Gras über seinen Fall wachsen lassen zu wollen, um den Blick für das Wesentliche zu klären.

»Meinte er damit seine eigene Sichtweise der Dinge?«, fragte sich Zoffinger.

Davon abgesehen rätselte er darüber, wie Eddie die E-Mail an den Seekurier überhaupt abgesetzt hatte. Beamte fragten in Internetcafés nach, ob er dort gesehen worden war. Fehlanzeige. Also musste der Kerl bei seiner Flucht einen Laptop, ein Tablet oder ein Smartphone mitgenommen haben. Entweder er hatte auf seinen Geräten über einen entsprechenden Vertrag Zugang zum Netz oder er hatte sich an einem öffentlichen Hotspot eingewählt.

Einer aus Zoffingers Team hatte noch eine andere Idee. Während der Hausdurchsuchung hatte er mit dem Hausherrn über dessen Arbeit gefachsimpelt und erfahren, dass Eddie einem Nachbarn drei oder vier Häuser weiter einen neuen Router installiert hatte. Logisch war, dass er deshalb auch über den Netzwerkschlüssel und das Kennwort des Nachbarn Bescheid wusste. Der Kollege fuhr hin, um mit dem Nachbarn zu reden, aber niemand öffnete. Eine Frau, die gerade vom Einkaufen kam, wusste, dass der Anlagenbauer für längere Zeit auf Montage im Ausland war.

Aus einem unbestimmten Gefühl heraus drehte der

Kollege eine Runde um das Haus und entdeckte im hintersten Winkel des Gartens ein aufgebocktes und mit einer Plane abgedecktes Boot. Am hinteren Teil war die Verschnürung der Abdeckung ca. zwei Meter weit gelöst, sodass man darunter hindurchschlüpfen konnte.

Weil dem Beamten die Situation einerseits verdächtig, andererseits riskant vorkam, alarmierte er die Besatzung eines Streifenwagens. Vorsichtig schlichen die Beamten auf das Boot zu, sicherten es und warfen einen Blick unter die Abdeckung. Eine aufgepumpte Luftmatratze, ein kleiner Campingkocher, Wasser in einem Kanister und mehrere Konserven ließen darauf schließen, dass jemand das Boot als Behelfsunterkunft nutzte.

Zoffinger reagierte auf die Nachricht sofort.

»Lasst die Finger von dem Boot. Niemand darf ahnen, dass wir das Versteck gefunden haben. Sollten Nachbarn eure Anwesenheit mitbekommen haben, verdonnert sie zu absolutem Schweigen. Sie sollen in ihren Wohnungen bleiben. Sagt ihnen meinetwegen, dass wir einen hundsgemeinen Terroristen oder einen aus dem Zoo ausgebrochenen Königstiger suchen. Legt euch auf die Lauer und bleibt unsichtbar. Den Streifenwagen parkt ihr natürlich in einer anderen Straße. Nichts darf darauf hindeuten, dass wir das geheime Lager gefunden haben. Wir dürfen uns von diesem Blödmann nicht länger auf der Nase herumtanzen lassen.«

Am späten Nachmittag war der geheime Unterschlupf identifiziert worden. Bis in die Abenddämmerung tat sich nichts – bis auf das nervige Gezeter einer Amsel, die sich durch zwei in ihrem Gebüsch versteckte Beamte in ihrer Privatsphäre gestört fühlte. In den umliegenden Häusern brannte bereits Licht, als eine auf der Straße positionierte Zivilstreife einen Fußgänger mit zwei großen Plastiktaschen meldete.

»Eine genaue Beschreibung können wir nicht geben«, nuschelte einer in sein Funkgerät. »Schätzungsweise handelt es sich um einen Mann. Er trägt einen Ostfriesennerz und hat die Kapuze über den Kopf gezogen.«

»Ist sein Gesicht zu erkennen?«, wollte Zoffinger im Kommissariat wissen.

»Keine Chance wegen der blöden Kapuze. Aber so, wie er sich bewegt, handelt es sich um keine alte oder gebrechliche Person.«

»Hat er schon das fragliche Haus erreicht?«

»Er ist nur noch ein paar Schritte entfernt. Einen Moment noch. Jetzt bleibt er vor dem Grundstück stehen, stellt seine Tüten ab und schaut sich um. Sieht so aus, als wollte er sichergehen, dass er nicht beobachtet wird.«

»Und? Geht er auf das Haus zu?«

»Verdammt und zugenäht! Er hat seinen Einkauf wieder hochgehoben und geht weiter. Falscher Alarm!«

Zoffinger konnte und wollte seinen Frust nicht verbergen.

»Bleibt trotzdem dran. Wenn wir unserem Flüchtigen tatsächlich auf der Spur sind, dann …«

»Halt! Stopp! Alles retour!«, unterbrach der Kollege den Kommissar. »In diesem Augenblick dreht der Kerl um. Ich glaube, er geht auf das Gartentor zu. Ja, richtig. Jetzt stößt er es auf und schaut sich wieder um. Leck mich fett! Das muss unser Mann sein.«

Beim Boot angekommen, zog der Kerl seine Jacke aus, hob die Bootsplane ein Stückchen hoch und spähte darunter, nahm die beiden Taschen hoch und wuchtete sie ins Innere. Als er sich daran machte, selbst hineinzuklettern, stürmten die beiden Beamten aus dem Gebüsch, stürzten sich auf den aus allen Wolken fallenden Heimkehrer und warfen ihn auf den Boden.

»Seid ihr noch ganz dicht?«, stammelte Eddie. »Was wollt ihr eigentlich von mir?«

»Wir wollen Sie festnehmen, Herr Lammer! Ihre Spritztour endet hier. Ihre Einkäufe können Sie im Boot lassen. Die holen wir später.«

»Seid ihr ein Killerkommando oder schickt euch der Fiskus?«

»Weder noch«, antwortete einer der Beamten. »Wir sollen verbindliche Grüße von Kommissar Paul Zoffinger ausrichten. Er freut sich, Sie möglichst schnell zu einer Tasse Tee einladen zu dürfen.«

Die Beamten stellten Eddie auf die Beine und klopften den Dreck von seiner Kleidung.

»Machen wir uns auf den Weg!«

»Stopp!«, bremste Eddie. »Ich muss unbedingt noch etwas aus dem Boot holen. Lasst mich einen Moment los. Das dauert nicht lange.«

»Sie holen gar nichts aus dem Boot«, kam postwendend die Antwort. »Glauben Sie, wir schauen Ihnen zu, wie Sie eine Knarre aus Ihrem Behelfsheim holen? Das können Sie getrost vergessen.«

»Quatsch! Ich besitze keine Waffe«, wehrte sich Eddie. »Wenn ihr mich nicht in das Boot lasst, könnte einer von euch reinklettern. Was ich brauche, liegt unter dem Kopfteil meiner Luftmatratze. Ich kann das auf keinen Fall hier liegen lassen.«

Einer der Beamten kletterte in das Boot und kam mit zwei Umschlägen zurück. Eddie öffnete einen und hielt den Beamten den Inhalt hin: lauter Eurobanknoten in unterschiedlichen Stückelungen.

»Sieht nach viel Kohle aus«, meinte einer.

»Das ist viel Kohle. Genau genommen 10 000 Euro. Könnte ja sein, dass ihr an dieser Vergütung interessiert seid. Ich bin kürzlich zu viel Zaster gekommen und könnte euch die beiden Umschläge quasi als Spende überreichen. Ich bin auf das Geld nicht angewiesen.«

»Was soll das heißen? Spende?«

»Na ja, ihr nehmt die beiden Umschläge an euch und lasst mich in Frieden. Dass ihr mein Refugium gefunden habt, braucht niemand zu erfahren. Wie wäre es mit einem Deal unter uns dreien?«

Er streckte dem Beamtenduo die rechte Hand zum Abklatschen hin.

»Sie sind wohl nicht ganz gesund!«, kam die Reaktion. »Wollen Sie uns bestechen?«

»Das ist doch keine Bestechung, sondern nur ein wohlgemeintes Angebot. In eurem Kommissariat haben schon andere die Hand aufgehalten.«

»Sie meinen hoffentlich nicht Paul Zoffinger damit.«

Eddie kullerte mit den Augen, steckte die Geldumschläge in seinen Ostfriesennerz und ließ sich von den Beamten abführen.

Zoffinger wartete im Kommissariat ungeduldig auf seinen Gast, gespannt darauf, was Eddie dieses Mal zu erzählen hatte.

»Macht die Handschellen los!«, bat er die Kollegen. »Ich bezweifle, dass unser Verdächtiger schon seinen nächsten Fluchtversuch plant.«

Eddie hielt sich mit keiner Begrüßung auf, sondern platzte mit einem Statement heraus, noch bevor er sich hingesetzt hatte.

»Ich halte es für absolut unnötig, dass ich schon wieder vernommen werde. Es gibt offensichtlich Elemente, die mich wegen meiner Tätigkeit gegen Cyberkriminalität auf dem Kieker haben und mich aus dem Weg räumen wollen.«

»Mann, Eddie! Verschone mich mit deinen dämlichen Verschwörungsgeschichten. Oder willst du behaupten, dass ich dunklen Elementen unverbrüchliche Treue geschworen und mich mit Verbrechersyndikaten gegen dich verbündet habe?«

Eddie winkte ab.

»Dir persönlich traue ich. Aber in deinen Entscheidungen bist auch du nicht unabhängig, sondern von amtlichen Strukturen geleitet.«

Zoffinger hatte null Bock auf sinnlose Diskussionen.

»Reden wir Tacheles! Wie ist es dir überhaupt gelungen, das Wachpersonal zu überlisten?«, wollte Zoffinger wissen.

»Ich hatte den ganzen Tag nichts anderes zu tun, als die Dienstabläufe deiner Leute zu studieren, wusste, wann die neuen Bewacher anrücken und wann sich die Leute einen Happen zu essen besorgen. Ihre Runden um mein Haus und durch den Garten drehten sie immer zu den gleichen Zeiten.«

»Wie lange wolltest du dich auf dem Nachbargrundstück eigentlich verstecken? So richtig bequem wirst du es in dem Boot nicht gehabt haben.«

Eddie winkte ab.

»Ich konnte mich schon immer mit wenig zufriedengeben. Einfaches Leben hat mir noch nie Probleme bereitet.«

Zoffinger wechselte das Thema.

»Ich will nochmals über den gewaltsamen Tod deiner Frau mit dir reden. Schlüssige Indizien, wer dafür verantwortlich ist, haben wir in Hülle und Fülle gefunden.«

Der Kommissar vermied es, Eddie ausdrücklich für den Mord verantwortlich zu machen, obwohl er das am liebsten getan hätte. Aber er wusste, dass er mit einer einfühligeren Vernehmung weiter vorankommen würde.

»Die Art und Weise, wie deine Frau unter die Erde gebracht wurde, spricht Bände. Sie war vollkommen bekleidet, trug sogar noch ihre Schuhe und war geradezu umsichtig beigesetzt worden. Das lässt darauf schließen, dass das Mordmotiv nicht Hass oder abgrundtiefe Abneigung war. Kein gefühlloses Verbuddeln, eher eine primitive Bestattung, allerdings pietätlos und ohne jegliches Niveau.«

Eddie ließ sich Zeit.

»Ich habe Christine nicht gehasst. Zugegeben: Wir haben uns auseinandergelebt, hatten unterschiedliche Pläne, was wir mit unserem Leben anfangen wollten. Aber Hass? Wir haben uns nicht gehasst!«

»Dann muss es andere Gründe für ihren gewaltsamen Tod geben. Eine Strangulation schließt einen Unfall aus, außer es waren riskante Erotikpraktiken im Spiel, und davon gehen wir nicht aus. Ein Beziehungsdrama scheint mir eher wahrscheinlich.«

Eddie blieb stumm. Zoffinger fuhr fort.

»Du hast vor einiger Zeit behauptet, Christine hätte von deiner Affäre mit Leonie Landruth nichts geahnt. Ermittlungen in ihrem Umfeld ergaben etwas anderes. Deine Frau wusste von deiner Affäre und hat dir deshalb mehr als einmal Vorwürfe gemacht. Das haben uns mehrere Zeugen bestätigt.«

»Mag ja sein«, versuchte Eddie sich herauszureden. »Zugegeben: Mir ging ihr Gekeife auf die Nerven. Wir hatten uns nichts mehr zu sagen und hatten uns entschlossen, getrennte Wege zu gehen.«

Zoffinger wollte den Beschuldigten aus der Reserve locken.

»Wie bist du überhaupt auf das Naturschutzgebiet Schoren gekommen? Das Ökosystem liegt von Konstanz aus gesehen ja nicht gerade um die Ecke.«

»Man weiß nie, ob ein Flecken Land nicht mal bearbeitet wird. Die Gefahr wäre groß …«

Urplötzlich schien es Eddie die Sprache verschlagen zu haben. Sichtlich konsterniert starrte er auf die Tischplatte, als sei ihm blitzartig ein böser Schrecken in die Glieder gefahren. Im Bruchteil einer Sekunde realisierte er, dass er sich in einem kleinen Moment der Unachtsamkeit um Kopf und Kragen geredet hatte. Seine unbedachte Antwort auf Zoffingers Frage war nicht mehr rückgängig zu machen. Die Hoffnung, dass dem Kommissar der Patzer nicht aufgefallen war, erfüllte sich nicht.

»Ich bringe deinen Satz zu Ende. Die Gefahr wäre groß gewesen, dass man die Tote zufällig findet. Nicht so in einem Naturschutzgebiet. Im Schoren war das Risiko am geringsten, weil dort nichts umgepflügt oder bearbeitet wird, sondern alles so bleiben darf, wie es ist.«

Der Kommissar las eine Weile Eddies Körperhaltung und seine Bestürzung über die unbedachte Äußerung. Dann stand er auf und sah ihn von der Seite an.

»Ich hätte von dir in Anbetracht deiner aussichtslosen Situation eine Beichte aus Überzeugung oder Reue erwartet, kein versehentliches Eingeständnis. Aber im Prinzip musst du die Hosen ohnehin nicht mehr herunterlassen. Die Indizien und Hinweise auf dich als Täter sind felsenfest.«

Zoffinger setzte sich wieder.

»Seit wir die Tonkassette mit den Folterschreien deiner Frau als billige Fälschung identifiziert haben, hast du uns ein Ablenkungsmanöver nach dem anderen präsentiert. Auch die Behauptung, deine Frau sei von einer fernöstlichen Triade entführt worden, war reine Augenwischerei. Soll ich noch weitere Instrumente aus deiner Trickkiste aufführen? Lug und Trug ohne Ende. Jetzt wäre eine günstige Gelegenheit, dein Gewissen zu erleichtern, falls du überhaupt über eine solche Einrichtung verfügst. Warum musste Christine ihr Leben lassen?«

Eddie war ein Sturkopf, aber er war nicht bescheuert. Schnell musste ihm bewusst geworden sein, dass seine Felle wegschwammen und Leugnen ein hoffnungsloses Unterfangen gewesen wäre.

»Ich sagte ja schon, dass unsere Ehe einfach nicht mehr funktionierte. Ständig gab es Ärger über dies und das, häufig über Lappalien. Es klappte einfach nicht mehr.«

»Man hat mir zugetragen, dass sich deine Frau von dir trennen wollte. Sie war offenbar nicht bereit, deine Eskapaden mit Leonie Landruth noch länger zu tolerieren. Eine Zeugin hat erwähnt, dass sie die Ehe mit dir mehr und mehr als ein emotionales Gefängnis begriff.«

»Emotionales Gefängnis? So ein Blödsinn! Wer ihr solche idiotischen Flausen in den Kopf gesetzt hat, weiß ich nicht.«

»Das weiß ich auch nicht«, entgegnete Zoffinger. »Aber es gab offenbar gute Beweggründe, die sie in ihrem Entschluss zur Trennung von dir bestärkten.«

»Das glaube ich nicht. Nie und nimmer hätte sie sich von mir getrennt.«

Zoffinger hatte schon Hunderte Verdächtige vernommen und wusste aus langjähriger Erfahrung, dass Männer gelegentlich ungehalten auf die Behauptung reagierten, ihre Frauen hätten sie verlassen wollen. Gekränkte Eitelkeit, verletzter Stolz – bei manchen narzisstischen Zeitgenossen schlugen solche Befindlichkeiten kräftig zu Buche. Aber er hatte nicht vor, in Gemütszuständen und emotionalen Verfassungen herumzustochern, sondern wollte sich auf überprüfbare Fakten konzentrieren.

»Deine Frau stammte aus einer sehr vermögenden Familie, die in Konstanz und in Meersburg mehrere Häuser in Toplagen besaß. Als ihre Eltern in diesem Jahr starben, erbte Christine als Einzelkind und einzige Verwandte sämtliche Immobilien. In deinen Unterlagen haben wir bei der Hausdurchsuchung etwas gefunden, was sich erst im Nachhinein als außergewöhnlich aufschlussreich herausstellte. In einer Art Album waren Fotos von Villen und Häusern abgeheftet, die wir am Ende als Eigentum der Familie identifizieren konnten. Interessanterweise hatte jemand die Bilder mit handschriftlichen Anmerkungen zu Lage und Schätzpreisen versehen. Ein grafologisches Gutachten hat bestätigt, dass die Kommentare nicht von deiner Frau, sondern von dir stammen.«

Eddie breitete die Arme aus.

»Und? Was soll das heißen? Willst du mir einen Strick daraus drehen, dass ich die Immobilien meiner Frau fotografiert habe?«

»Wir haben uns bei den bekanntesten Maklern der Stadt erkundigt. Du hast dich noch zu Lebzeiten deiner Frau hinter ihrem Rücken über die Modalitäten eines Verkaufs dieser Objekte erkundigt, wohlgemerkt eines Verkaufs von Immobilien, die dir nicht gehörten und auf die du nach einer Trennung von deiner Frau auch keinerlei Anrechte gehabt hättest.«

Der Treffer saß. Eddie war sprachlos. Von Gegenwehr keine Spur. Der Kommissar setzte noch einen drauf.

»Man muss kein Genie sein, um auf ein sonnenklares Mordmotiv zu kommen: blanke Habgier. Du musstest Christine vor eurer Trennung aus dem Weg räumen, um dir die Chance auf das Erbe diverser Anwesen zu erhalten. Das Groteske an deinem Verbrechen ist die zeitliche Komponente. Hättest du das Passwort zu Leonies Bitcoin-Vermögen früher gefunden, hätte sich der Mord erübrigt, weil die Kryptowährung dich zum Multimillionär gemacht hat. Auf Christines Erbe hättest du mit zig Millionen auf dem Konto nicht mehr spekulieren müssen.«

Zoffinger schickte sich an, die Vernehmung zu beenden.

»Lass mich eines noch sagen. Niedrige Beweggründe liegen bei einem Mord vor, wenn das Tatmotiv auf der untersten Stufe steht und allgemein als besonders verachtenswert gilt. Habgier fällt in diese Kategorie. Viel kannst du dir darauf nicht einbilden. Ich hoffe, du kannst dich in Anbetracht der Faktenlage bei unserem nächsten Treffen zu einem Geständnis durchringen.«

20
UNVERMUTETES FINALE

Das letzte Treffen des Freundeskreises um Paul Zoffinger lag schon Wochen zurück. Also höchste Zeit für ein Update. An einem Freitagabend verabredete sich die Runde im Biergarten am Hafen. Das schöne Wetter machte die Wahl des Treffpunktes leicht.

Florian hatte während seines Sabbatjahres schon dutzendweise Sinnkrisen überstanden, weil er mit seinem angepeilten Romanprojekt einfach nicht vorankam. Seine Partnerin, die Tierärztin Karin Maiwald, war mit Plänen beschäftigt, sich eine eigene Praxis einzurichten. Und nach einem Studienaufenthalt in England war auch die Geschichtsstudentin Vera Hanning endlich wieder einmal mit von der Partie.

»Glückwunsch an das Schweizer Taschenmesser unter den Konstanzer Kripobeamten!«, jubelte Florian. »Ein Parasit weniger im Pelz der gutbürgerlichen Konstanzer Gesellschaft. Prima, dass du diesem Eddie Lammer endlich das Handwerk gelegt hast.«

»Woher weißt du, dass dieser Fall gelöst ist?«, wunderte sich der Kommissar. »Ich habe dir in letzter Zeit nichts darüber erzählt.«

»Darf ich dich daran erinnern, dass ich das Reportergeschäft von der Pike auf gelernt habe? Im Übrigen hat der urbane Buschfunk die Neuigkeit längst auf allen Kanälen unter die Leute gebracht. Mich würde nicht wundern, wenn selbst bei Radio Vatikan die Meldung über den Äther gegangen wäre.«

Natürlich war Zoffingers Ermittlungserfolg Hauptthema des Abends. Aber auch der Rest der Gemeinde kam zum Zug. Rolf Riedle beklagte sich bitter über ein Knöllchen, das er auf dem Weg zu einem brandeiligen Date wegen überhöhter Geschwindigkeit bekommen hatte.

»Nichts gegen dich!«, meinte er an den Kommissar gewandt. »Aber es gibt herzlose Polizisten, die sich jedem logischen Argument verschließen. Ich habe den Beamten lang und breit erklärt, dass ich für die Tempoüberschreitung überhaupt nichts kann. Mein Wagen wurde offenbar von einem böigen Rückenwind dermaßen geschoben, dass ich statt 50 stattliche 82 Stundenkilometer schnell unterwegs war.«

»Da gibt es mit Verkehrshütern in der Regel nichts zu diskutieren«, meinte Zoffinger.

Riedle sah das anders.

»Ich bot an, mich beim Wetterdienst nach der Windgeschwindigkeit zu erkundigen, die man dann von meinem Fahrtempo hätte abziehen können. Eine, meiner Meinung nach, faire Lösung des Problems.

»Falls du im Augenblick arbeitslos bist, nachdem du den jüngsten Mordfall gelöst hast, hätte ich für dich an freien Wochenenden ein verlockendes Angebot«, meinte Vera. »Ich kenne die städtischen Fremdenverkehrsleute und habe schon mehrere historische Stadtführungen übernommen. Ich erinnere mich an mehrere Kapitalverbrechen, die du aufgeklärt hast. Überlege doch mal, ob du nicht interessierte Besucher zu richtigen Schauplätzen von Verbrechen führen willst. Stadtführungen auf den Spuren der TV-

Tatort-Kommissarin Klara Blum gibt es schon. Ein vom Chef der Kriminalpolizei geführter Rundgang zu tatsächlichen Lokalitäten von Verbrechen hätte einen unschlagbar authentischen Charakter. Schauplätze berühmter Verbrechen!«

»Mit der Nummer eins der Konstanzer Kripo auf Verbrecherjagd«, dichtete Florian. »Folgen Sie dem Konstanzer Kripochef durch die dunkelsten und gefährlichsten Straßen der Bodenseemetropole. Seite an Seite mit dem legendären Kommissar Paul Zoffinger in aussichtslosen Situationen, die sogar Ihre schlimmsten Albträume übertreffen.«

Zoffinger nahm einen großen Schluck aus seinem Glas und tippte sich an die Stirn.

»Macht mal langsam, Leute. Tagtäglich muss ich mich mit Individuen beschäftigen, die vom Pfad der Tugend abgewichen sind. Glaubt ihr wirklich, dass ich mich dann auch noch in meiner knappen Freizeit mit Mord und Totschlag beschäftige? Davon abgesehen, muss ich noch den Mord an der BND-Spionin in spe Leonie Landruth aufklären. Nächste Woche hoffe ich, die Sache zu Ende bringen zu können.«

Zoffinger war es nicht vergönnt, sich auf seinen Lorbeeren auszuruhen. Aus seiner Sicht war der Mordfall Christine so gut wie gelöst, wenngleich sich Eddie noch zu keinem hundertprozentigen Geständnis hatte hinreißen lassen. Nach wie vor stand außerdem das ungelöste Verbrechen an Leonie Landruth auf der Agenda. Allerdings hatte Zoffinger in diesem Fall neue Indizien an der Hand, nachdem er von Leonies Plan erfahren hatte, ihre früher getroffene notarielle Vereinbarung zu ändern und als Nutznießer des Bitcoin-Vermögens statt Eddie ihren Bruder Ingo einzusetzen. Dazu sollte es aber nicht kommen, weil sie vorher umgebracht worden war.

Bereits im Mordfall Christine zeichnete sich Eddies unverblümte Raffgier und sein hemmungsloser Egoismus als Tatmotiv ab. Hatte er auch Leonie aus ähnlich niedrigen Beweggründen umgebracht?

Montagmorgen im Kommissariat. Zoffinger war schon vor dem offiziellen Dienstbeginn in seinem Büro erschienen, um sich auf Eddies Vernehmung vorzubereiten. Es gab ein paar neue Ermittlungsergebnisse, mit denen er seinen Kandidaten konfrontieren und aus der Reserve locken wollte.

Gegen neun Uhr erschien Eddie in Begleitung von zwei Beamten.

»Lasst uns bitte allein, aber wartet vor der Tür. Ich will jetzt auf gar keinen Fall gestört werden. Von niemandem!«

»Auch nicht, wenn der Pizzabote kommt?«, witzelte einer und merkte im nächsten Augenblick, dass der Chef nicht zu Scherzen aufgelegt war.

Eddie blieb das unterkühlte, eher pampige Klima nicht verborgen. Zoffinger wollte ihm damit ganz bewusst signalisieren, dass die Stunde der Wahrheit unaufhaltsam näherrückte, in der sich sein Schicksal entscheiden würde. Er verzichtete auf seinen jovialen Ton und die früher üblichen Hänseleien und kam gleich zur Sache.

»Bei der letzten Hausdurchsuchung haben sich meine Kollegen nicht nur in deiner Wohnung und deinem Garten, sondern auch in deiner Mülldeponie umgesehen. Ich meine damit deine Garage, in der du nicht einmal mehr

Platz für dein Auto findest. Wirklich keine leichte Aufgabe für meine Leute, sich durch das gesammelte Gerümpel zu wühlen. Aber der Aufwand hat sich am Ende gelohnt.«

Eddie konnte sein Lästermaul nicht halten.

»Wahrscheinlich habt ihr einen Radmutternschlüssel oder eine Kurbel für den Wagenheber gefunden – praktische Werkzeuge, die im Arsenal von Mördern und Totschlägern nicht fehlen dürfen. Manche Perverslinge halten diese Tools allerdings für Bestandteile einer üblichen Pannenausrüstung.«

Zoffinger ließ ihn ausreden und behielt die Ruhe, obwohl ihm Eddies Geschwafel auf die Nerven ging.

»Nein, kein Radmutternschlüssel und auch keine Wagenheberkurbel. Etwas ganz anderes und etwas viel Aufschlussreicheres. In einer kleinen Holzkiste mit Schiebedeckel haben wir eine Reihe von Gerätschaften gefunden, die unsere KTU erst auf den zweiten Blick identifizieren konnte: einfache Tattoowerkzeuge von schwarzer Tinte über Farbkappen bis zu Nadeln und Stiften, um Vorlagen für Tattoos zu erstellen. Geringe Arbeitsspuren beweisen, dass die Werkzeuge vermutlich nur ein einziges Mal benutzt wurden. Eine Schablone lag auch dabei – und zwar für ein Triadensymbol wie auf deinem Oberarm. Von einer solchen Schablone DNA zu isolieren, ist kein Hexenwerk. Auch Fingerabdrücke haben wir festgestellt. Willst du raten, wem wir die Spuren zuordnen konnten?«

Eddie schüttelte den Kopf.

»Eigentlich entstand die Idee mit dem Schwarzen Lotus und dem Triadentattoo aus einer Laune heraus. Ich wusste, dass in Europa aktive fernöstliche Geheimgesellschaften nicht nur mit Schutzgelderpressungen und der Herstellung von Glückskeksen beschäftigt waren, sondern auch bei der Softwarepiraterie mitmischten. Als ich den Pächter der Karaokebar ›Freispruch‹ zufällig kennenlernte und wir uns über Informationstechnologie austauschten, entstand der Plan, gemeinsame Projekte zu verwirklichen. Da sich asiatische Triaden seltsame Namen geben und in exotisches Flair hüllen, wollten auch wir uns auf eine mysteriöse Bezeichnung taufen. Wer den Einfall Schwarzer Lotus hatte, weiß ich nicht mehr.«

»Hört sich eigentlich wie Kinderkram an«, meinte Zoffinger.

Eddie nickte heftig.

»Da muss ich dir rechtgeben. Infantile Sperenzchen, Erwachsenen eigentlich unwürdig.«

»Aber in deinem Fall ein Etikettenschwindel, eine funktionierende Irreführung, weil ich ziemlich lange der Überzeugung war, dass die Entführung deiner Frau und dein Gedächtnisverlust auf das Konto einer gewalttätigen Triade gehen.«

Eddie konnte ein Grinsen nicht vermeiden.

»Dann hat mein Tattoo sozusagen seinen Zweck erfüllt.«

Zoffinger wollte noch auf einen anderen Punkt zu sprechen kommen.

»Wir haben einen Mitarbeiter des Cateringservice ausfindig gemacht, der für die Firma Transporte abwickelte und für die Lieferungen zur MS Hegau zuständig war. Dieser David Rosenstein hat dich am Todestag von Leonie Landruth auf die MS Hegau mitgenommen und dir zur Tarnung eine Arbeitsjacke mit dem Emblem seiner Firma ausgeliehen.«

Er blätterte in seinen Papieren und zog ein paar Blätter aus einem Ordner.

»Die Sicherheitsleute auf der MS Hegau waren über die

routinemäßige Anlieferung von Snacks, Süßigkeiten, Grillgut und Getränken informiert. Außerdem wurde nachts die Bewachung des Schiffes heruntergefahren, weil die Kursteilnehmer nicht mehr an Bord waren, sondern die Nacht im Inselhotel verbrachten. Mit einem Beiboot seid ihr zum Seminarschiff gefahren, um die mitgebrachten Waren auszuladen und zu bunkern, wo sie hingehörten. Das lief während des gesamten Seminars nach dem gleichen Muster ab, sodass sich nach mehreren Tagen niemand mehr um das abendliche Prozedere kümmerte.«

Der Kommissar legte eine kleine Pause ein. Eddie hockte da und stützte das Kinn auf die geballte Faust.

»Leonie war am betreffenden Abend ausnahmsweise noch an Bord. Sie hatte sich bereit erklärt, nach Seminarende PowerPoint-Präsentationen für den nächsten Tag vorzubereiten. Das war Teil des Lehrgangs und musste im freiwilligen Wechsel von den Studierenden selbst geleistet werden. Hast du gewusst, dass sie am besagten Abend an Bord war?«

Eddie nickte.

»Leonie hatte sich in den Wochen zuvor verändert. Sie hing nur noch mit Patty und den anderen Armleuchtern in seinem Dunstkreis herum. Nach Seminarende war auf dem Schiff regelmäßig ein Kommen und Gehen – Crewmitglieder, Putzkolonnen, Handwerker und eben auch Zulieferer. Ich fiel an Bord nicht auf, weil der Cateringservice immer um die gleiche Zeit anlieferte.«

»Aus welchem Grund wolltest du dich überhaupt von diesem David Rosenstein an Bord schmuggeln lassen?«

»Leonie und ich hatten uns am Tag zuvor ziemlich heftig gestritten. Mir war mehrfach aufgefallen, dass sie mit dem Kerl vom Cateringservice herummachte. Dass er sich für sie interessierte, war unübersehbar. Einmal hat sie mir gestanden, dass er ihr gegenüber in einer Auseinandersetzung handgreiflich geworden war – für sie ein absolutes No-Go. Ich habe ihr deutlich gemacht, dass sie sich entscheiden müsse: der Grobian oder ich. Wir einigten uns darauf, die Angelegenheit an Bord der MS Hegau unter uns dreien zu regeln.«

»Wie ging es an Bord weiter?«

»Wir haben die Ware vom Beiboot auf die MS Hegau geladen und den ganzen Kram dort verstaut, wo er hinsollte. Dann sind wir zu Leonie auf das Konferenzdeck gegangen, um mit ihr zu reden. Bevor wir anfingen, bat der Caterer sie um eine kurze Unterredung unter vier Augen.«

»Hat sie eingewilligt?«

»Ja, hat sie. Danach habe ich sie nie wieder gesehen.«

»Sie ist einfach verschwunden?«

»Ich weiß nicht, was mit ihr geschehen ist. Sie war einfach nicht mehr da. Ich habe nach einer Weile auf allen Decks nach ihr gesucht. Erfolglos.«

»Und der Zulieferer?«

»Der Arsch mit Ohren ist mit dem Beiboot einfach abgehauen und hat mich auf der MS Hegau sitzen lassen.«

»Wie bist du vom Schiff überhaupt heruntergekommen?«

»Die Sicherheitsbeamten hatten gerade Schichtwechsel. Ich habe ihnen erzählt, dass mich mein Kollege vergessen hat, weil er so schnell wie möglich zu einem Rendezvous wollte. Mein Schicksal hat sie amüsiert. Sie haben mich an der Anlegestelle im Hafen abgesetzt.«

Zoffinger dachte über Eddies Geschichte nach, die noch überprüft werden musste.

»Du bist sicher, dass du sie an Bord nicht körperlich angegriffen hast?«

»Natürlich nicht. Ich habe ihr kein Haar gekrümmt. Was hätte ich denn für einen Grund gehabt?«

Da saß einer, der nachweislich seine Ehefrau umgebracht und in einem Erdloch verscharrt hatte und nun versuchte, Zoffinger weiszumachen, dass er keiner Fliege etwas zuleide tun konnte. Eine geradezu absurde Situation.

Vordringlichste Aufgabe war, diesen David Rosenstein zu einem Gespräch ins Kommissariat zu bitten. Er sollte bei einem gemeinnützigen Event eine Kindertombola mit einem kleinen Buffet ausstatten, nahm sich aber die Zeit, um bei Zoffinger anzuklopfen.

»Ich hoffe, dass der Schokoladenpudding nicht schlecht wird, wenn ich Sie aufhalte«, meinte der Kommissar.

»Kein Problem!«, winkte der Lieferant ab. »Ich habe noch keine Ware dabei, weil ich mir die Örtlichkeit erst einmal ansehen wollte.«

Zoffinger ließ sich von seinem Besucher in allen Einzelheiten schildern, wie er am fraglichen Abend in einem Beiboot zur MS Hegau gefahren war, um Verpflegung anzuliefern und anschließend mit Leonie und Eddie über den Beziehungskuddelmuddel zu reden. Was David erzählte, deckte sich im Großen und Ganzen mit dem, was der Kommissar bereits von Eddie erfahren hatte. Bei genauerem Hinhören stellten sich am Ende aber doch gravierende Unterschiede heraus.

»Stimmt nicht, dass ich mit Leonie noch ein Gespräch unter vier Augen führen wollte. Für sie und mich war die Sache klar. Wir wollten zusammenziehen und hatten sogar schon eine Wohnung gefunden. Nur Eddie wollte ihre Entscheidung partout nicht akzeptieren.«

Zoffinger staunte Bauklötze.

»Nachdem, was Eddie mir erzählte, hatte Leonie sich für ihn und nicht für Sie entschieden.«

David tippte sich an die Stirn.

»Ich weiß, dass dieser Überflieger Probleme hatte, Leonies Entscheidung zu akzeptieren. Als Alphatier konnte und wollte er sich nicht eingestehen, dass er in diesem Fall den Kürzeren gezogen hatte.«

»So ganz eindeutig scheint mir die Beziehungskiste nicht gewesen zu sein. Ich weiß, dass Leonie noch vor einigen Wochen Segeltörns mit Eddie unternahm. Waren das keine Rendezvous mit intimerem Charakter?«

David ließ keine Zweifel aufkommen.

»Ganz bestimmt nicht! Ich wusste von den Ausflügen. Leonie hat mir jedes Mal erzählt, dass er sie anzubaggern versuchte. Aber ihr ging es nur ums Geschäft und um nichts Persönliches.«

»Ums Geschäft? Was für ein Geschäft?«

»Sie sind bei Ihren Ermittlungen doch bestimmt schon darauf gestoßen, dass Leonie ein gewaltiges Bitcoin-Vermögen besaß. Eddie hatte sich angeboten, ihr bei der Entschlüsselung des Datenträgers zu helfen, weil sie das Passwort vergessen hatte. Er machte keinen Hehl daraus, dass er den Schatz mit allen zur Verfügung stehenden Mitteln heben wollte. Ich will mich nicht zu weit aus dem Fenster hängen, aber seine Habgier konnte er nur schlecht verbergen. Das nahm auch Leonie so wahr. Deshalb wollte sie auch eine Vereinbarung mit ihm hinsichtlich der Bitcoins rückgängig machen.«

»Sprechen Sie über die beim Notar hinterlegte Vereinbarung zur Teilung des Vermögens im Falle der Entschlüsselung des Datenträgers?«

»Ja. Sie traute Eddie nicht mehr und wollte nicht nur

ihre private Beziehung mit ihm, sondern auch ihre geschäftliche Kooperation beenden.«

Zoffinger war baff. David Rosenstein hatte ihm eben ein glasklares Motiv geliefert, warum Eddie seine „Ex-Geliebte" aus dem Weg räumen wollte. Hätte Leonie die notarielle Vereinbarung widerrufen, wäre er im Bitcoin-Rennen aus der Kurve getragen worden.

»Wie endete Ihr Abend auf der MS Hegau eigentlich?«

»Leonie musste noch arbeiten, ich auch. Deshalb machte ich mich gegen 20 Uhr vom Acker und fuhr mit dem Beiboot zurück in den Hafen.«

»Sie haben sich nicht einfach aus dem Staub gemacht und Eddie auf dem Schiff sitzen lassen?«

David wirkte überrascht.

»Nein, natürlich nicht. Eddie sollte bei dem Seminar das Abschlussreferat halten und wollte sich noch vorbereiten. Er meinte, er könne mit den Sicherheitsbeamten nach deren Schichtende zurückfahren. In den zwei Stunden bis dahin wollte er an seinem Vortrag tüfteln.«

»Er wusste also über den Ablauf des Wachwechsels der Sicherheitsleute Bescheid?«

»Natürlich. Die Beamten kannten mich. Ich erzählte ihnen, mein Assistent müsse sich noch um die Waren kümmern, und bat sie, ihn nach ihrem Dienstende mit in den Hafen zu nehmen.«

David Rosenstein hatte sich kaum verabschiedet, als Zoffinger seine Aussage beim Sicherheitsdienst überprüfen ließ. Tatsächlich war alles so abgelaufen, wie von ihm dargestellt. Der Sicherheitsdienst veranstaltete den erwarteten Zirkus, weil über Abläufe und Dienstpläne natürlich nichts nach außen dringen durfte. Aber am Ende rückte der Security-Chef dann doch heraus, dass seine Kollegen den Caterer-Azubi an Land mitgenommen hatten. Der

Kommissar konnte daraufhin ein mögliches Tatszenario entwerfen. Eddie war aus fadenscheinigen Gründen auf der MS Hegau geblieben. Entweder er hatte den Anschlag auf Leonie von langer Hand vorbereitet oder er war mit ihr in Streit geraten – beides Alternativen mit tödlichem Ausgang für sie.

»Tu uns beiden einen letzten Gefallen«, bat Zoffinger inständig. »Leg endlich ein umfassendes Geständnis ab. Die beiden Morde kannst du ohnehin nicht mehr abstreiten. Unsere Hinweise, Indizien und Beweise sind wasserdicht wie Seehundshaut. Ein Richter wird dich natürlich auch ohne Geständnis verknacken. Aber ich bin mir sicher, du würdest dir persönlich einen Gefallen erweisen, endlich reinen Tisch zu machen. Pack endlich aus!«

Schon zu Beginn der Vernehmung war dem Kommissar aufgefallen, dass Eddie irgendwie erleichtert wirkte. Keine innere Anspannung mehr, als sei ihm ein riesiger Stein von der Seele gerollt.

»Du legst Wert auf mein Geständnis? Das kannst du haben. Nicht heute, aber morgen.«

»Warum morgen? Hat das einen bestimmten Grund?«

»Morgen bekommst du alles. Lassen wir es dabei.«

Eddie war nicht umzustimmen. Zoffinger rätselte, was er für den nächsten Tag ausgeheckt hatte. Der Kommissar kannte ihn mittlerweile so gut, dass er bei ihm jederzeit mit irgendwelchen taktischen Spielchen, Winkelzügen und krummen Touren rechnen musste.

Als Eddie am nächsten Morgen ins Kommissariat gebracht wurde, wirkte er nicht so hibbelig wie früher, weniger angriffslustig, eher ausgeglichen und aufgeräumt. Zoffinger entging sein verändertes Verhalten nicht, aber er verzichtete darauf, ihn deshalb anzusprechen. Als er zu Eddies Vernehmung antrat, hatte er ein Geschenk für seinen Gast dabei: eine aus weißem Karton herausgeschnittene Figur.

»Bist du unter die Bastler und Heimwerker gegangen? Was ist das für ein Männchen?«, erkundigte sich Eddie.

»Ein stilisierter Ritter mit Schwert, der begehrteste Filmpreis der Welt. Diesen Oscar hast du mehr als verdient«, meinte Zoffinger anerkennend. »Als bester Hauptdarsteller, für die beste Regie und das beste Drehbuch. Respekt!«

Er schob den selbst gebastelten Pappkameraden mit einer bedächtigen Handbewegung über den Tisch.

»Zugegeben! Während meiner gesamten beruflichen Laufbahn hat mich noch kein Verdächtiger so gekonnt hinters Licht geführt wie du. Du hast mir, meinem Team, deinen Ärzten und Psychotherapeuten, deinen Nachbarn und jedem, mit dem du es zu tun bekommen hast, Wagenladungen voller Sand in die Augen gestreut, um deine abscheulichen Taten zu verschleiern. Ich bin dir und deiner leutseligen Art lange, zu lange auf den Leim gegangen.«

Er machte eine Pause und fuhr dann fort.

»Ich weiß nicht, ob ich dir böse sein oder dich ob deines Trickreichtums bewundern soll. Deine schauspielerischen Leistungen waren jedenfalls oscarreif.«

»Na ja«, räumte Eddie lächelnd ein, »so ganz hat mein Tarnen und Täuschen am Ende nicht geklappt. Sonst wäre ich dir nicht ins Netz gegangen. Dass du dich durch meine leutselige Art hast lange täuschen lassen, spricht eher für als gegen dich. Du bist ein netter, empathischer Mensch, Paul Zoffinger. Diesen Charakterzug solltest du dir erhalten.«

Zoffinger konnte sich nicht erinnern, dass ihm ein überführter Doppelmörder jemals ein solches Kompliment gemacht hätte.

»Reden wir Klartext!«, schlug er vor, um den Fall endlich zu Ende zu bringen. »Du hast mir gestern ein Geständnis versprochen. Stehst du noch dazu?«

»Von meinem Vater kenne ich den scherzhaften Spruch: ›Ich habe es doch versprochen, dann werde ich es nicht auch noch halten müssen‹. Natürlich löse ich mein Versprechen ein. Läuft dein Computer?«

»Er ist eingeschaltet. Willst du noch deine Kontobewegungen abfragen, bevor du dich endgültig von der Freiheit verabschiedest?«

Im selben Augenblick klopfte es. Ein Kollege steckte den Kopf herein.

»Sorry für die Unterbrechung, Paul! Aber du musst dir unbedingt etwas ansehen.«

Zoffinger reagierte ungehalten und polterte los, nachdem er die Tür zum Vernehmungsraum hinter sich geschlossen hatte.

»Menschenskind! Das war der unpassendste Augenblick für eine Störung. Mein Kandidat wollte eben zu einem Geständnis ansetzen. Hättest du nicht noch ein paar Minuten warten können?«

Der Kollege antwortete nicht, als er die Tür zur Kriminaltechnik aufstieß. Ein halbes Dutzend Leute aus dem Team stand um einen Tisch und starrte auf einen Monitor.

Auf einem Videoclip war Eddie in seinem karierten Clownspyjama zu sehen. Mit Sonnenbrille auf der Nase und einer dicken Zigarre zwischen den Lippen fläzte er sich wie ein Mafiaboss auf das Sofa in seiner Wohnung und ließ sich von einem Smartphone oder einer Videokamera filmen, die er offenbar auf einem Stativ vor sich aufgebaut hatte. Geplättet verfolgten Zoffinger und seine Kollegen Eddies Botschaft, in der er den Mord an seiner Frau und Leonie Landruth ohne Umschweife gestand. Wie ein reumütiger Sünder sah er nicht aus, eher wie einer, der seinen Auftritt für drei Minuten Berühmtheit nutzen wollte.

»Ich bin ja schon lange bei der Kriminalpolizei«, meinte einer der Beamten. »Aber dass einer einen Doppelmord per Youtube beichtet, ist mir bis heute noch nicht untergekommen. Ich frage mich, was der Kerl mit dieser Inszenierung bewirken will.«

»Das frage ich mich allerdings auch«, bekannte Zoffinger, als er sich auf den Weg zurück in den Vernehmungsraum machte.

Eddie saß auf seinem Stuhl und massierte seine Nackenmuskeln.

»Hast du eigentlich eine Karriere als krimineller Medienstar im Auge?«, erkundigte sich der Kommissar. »Ich habe eben deine Performance auf Youtube gesehen. Ein ziemlich schräger Auftritt. Ein Geständnis hättest du auch hier und jetzt ablegen können. Warum dieses kuriose Theater?«

»Du wolltest doch mein Geständnis. Jetzt hast du es. Punktum!«

»In dem Video hast du dich über den Hergang deiner Taten gar nicht geäußert. Mich würde schon interessieren, wie es dazu gekommen ist.«

Eddie ließ sich mit der Antwort Zeit. Er drehte seinen Papp-Oscar hin und her, legte ihn vor sich auf den Tisch und nahm ihn wieder in die Hand. Nach reichlicher Bedenkzeit kam er endlich zu Potte.

»Der Tod meiner Frau war ein Unfall. Der von Leonie

auch. Das mag sich in deinen Ohren wie eine Schutzbehauptung anhören, aber es stimmt. Mit Christine bin ich an besagtem Tag über unsere Beziehung fürchterlich in Streit geraten. Ein Wort gab das andere. Die Auseinandersetzung eskalierte dermaßen, dass es nur noch um Vorwürfe und Beleidigungen ging. Sie brüllte in unserer Wohnung herum, bis ich das Geschrei einfach nicht mehr ertragen konnte. Ich packte sie am Hals und schüttelte sie, um ihr Gekeife nicht mehr hören zu müssen, und hatte sie plötzlich leblos in meinen Händen.«

»Mag sein, dass Christine tatsächlich auf diese Weise zu Tode gekommen ist. Aber eines stimmt definitiv nicht: das Motiv. Du versuchst, deiner Tat das Mäntelchen eines aus dem Ruder gelaufenen Rosenkriegs umzuhängen. In Wahrheit hast du deine Frau mit Vorsatz umgebracht, um dir ihr stattliches Immobilienerbe unter den Nagel zu reißen. Kein Ehedrama, sondern eine abscheuliche Gewalttat aus purer Raffgier. Wie der Mord an Leonie Landruth übrigens auch. Oder willst du auch in diesem Fall eine außer Kontrolle geratene Beziehung verantwortlich machen?«

Eddie zog die Stirn kraus.

»An dem Abend, als mich dieser David Rosenstein mit auf die MS Hegau nahm, wollte ich mich mit Leonie aus einem ganz speziellen Grund treffen. Ich wollte ihr die frohe Botschaft überbringen, dass ich an Bord ihres Segelbootes ihr untergegangenes Passwort für den Bitcoin-Ledger gefunden hatte. Sie reagierte wie vom Blitz getroffen. Kaum hatte ich ihr Lieblingsbuch ›Der Fänger im Roggen‹ erwähnt, starrte sie mich mit offenem Mund und weit aufgerissenen Augen an, weil sie sich mit einem Schlag an das verklausulierte Passwort erinnerte. Sie wurde bleich wie eine Wand, dass ich glaubte, ihr einen

Arzt holen zu müssen. In meinem ganzen Leben habe ich noch keinen Menschen erlebt, den eine Nachricht so aus den Schuhen kippte.«

»Ich nehme an, sie hat sich von dem Schock schnell erholt«, vermutete der Kommissar.

»Richtig. Kaum hatte sie die frohe Botschaft einigermaßen verdaut, fragte sie mich nach dem Buch, das ich zu Hause liegen hatte. Sie packte hoppladihopp ihre Seminarvorbereitung zusammen und forderte mich auf, mit ihr sofort in meine Wohnung zu fahren, um den Schmöker zu holen.«

»Euer Treff hat aber auf der MS Hegau stattgefunden. Wie wollte sie an Land kommen?«

»Sie war so verwirrt, dass sie ihre Situation in diesem Augenblick wohl nicht auf die Reihe bekam. Ich machte ihr klar, dass der nächste Transport runter vom Schiff erst mit dem Schichtende der Sicherheitsleute möglich war.«

»Was ihr wahrscheinlich nicht gepasst hat.«

»Sie war so von der Rolle, dass sie mir vorwarf, sie hinhalten zu wollen. Sie war wie besessen von der Idee, nach der wochen- und monatelangen Sucherei ihren Bitcoin-Speicher und ihr Passwort augenblicklich wieder in ihrem Besitz zu haben. Während unserer Unterhaltung wurde sie immer giftiger und aggressiver, bis sie drohte, unsere notarielle Vereinbarung über die Teilung des Bitcoin-Vermögens aufzukündigen.«

Zoffinger überlegte nicht lange.

»Damit hast du mir eben ein klassisches Mordmotiv geliefert. Diese Abmachung war schließlich deine einzige Möglichkeit, an die Hälfte des Millionenschatzes heranzukommen. Ohne die Vereinbarung wärst du leer ausgegangen und deine hochfliegenden Pläne wären wie angestochene Luftballons zerplatzt.«

Eddie war anderer Meinung.

»Unsere Meinungsverschiedenheit hätte ich reparieren können. Aber Leonie ging es plötzlich nicht mehr nur um die Kryptomillionen. Sie warf mir in ihrer Raserei vor, mich zum BND-Knecht und Handlanger staatlicher Überwachung zu machen. Erst zu diesem Zeitpunkt wurde mir klar, dass sie das Seminar auf der MS Hegau nicht belegt hatte, um für den Bundesnachrichtendienst zu arbeiten, sondern sich über Mittel und Wege schlauzumachen, den Auslandsnachrichtendienst zu unterminieren.«

Zoffinger begleitete Eddie bis auf den Parkplatz, als er von zwei Beamten zurück in die U-Haft gebracht wurde.

»Ich bin mal gespannt, was jetzt aus meinem Cyberzentrum auf dem Bodanrück wird«, meinte er beim Einsteigen in die grüne Minna.

»Vielleicht solltest du mit deinem Anwalt darüber reden«, empfahl Zoffinger. »Wie mit deinem neu erworbenen Reichtum verfahren wird, weiß ich auch nicht. Aber ich bin mir nicht sicher, ob du die Millionen behalten darfst. Das müssen Juristen klären.«

Lore hatte am folgenden Tag Geburtstag und Zoffinger wollte sich als alter Charmeur nicht lumpen lassen. Kurz vor Dienstschluss rief er sie an ihrem Arbeitsplatz an.

»Mein Vorschlag: Wir feiern in deinen morgigen Geburtstag hinein. Ich habe auch schon eine Idee.«

»Einverstanden! Holst du mich ab? Ich fahre in fünf Minuten meinen PC herunter.«

Der Kommissar war pünktlich am Institut für Biotechnologie. Lore konnte ihre Neugier nicht bremsen.

»Was hast du eigentlich vor?«

»Lass dich überraschen«, schlug er vor. »Heute Abend ist nur Vorprogramm. Die richtige Überraschung folgt natürlich erst morgen.«

Im Restaurant Orangerie im Yachthafen in Wallhausen hatte er einen Tisch reserviert und festlich eindecken lassen. Auf speziellen Wunsch hatte die Küche ein viergängiges Menü zubereitet, an dem die beiden Gäste ihr helles Vergnügen hatten.

Nach dem opulenten Gaumenschmaus entschloss sich das Pärchen zu einem Spaziergang durch den Hafen und lief dem Blaumannträger über den Weg, mit dem sich Zoffinger vor Tagen unterhalten hatte.

»So spät noch bei der Arbeit?«

»Egal wann und wo«, antwortete der Angestellte. »In einem Hafen legt man nie die Hände in den Schoß. Vor allem nicht an einem Tag wie heute, wenn es drunter und drüber geht.«

»Was war denn so Besonderes los?«

»Reparieren, Instandhalten, Kundenkontakt ... Herz, was willst du mehr. Wenn dann auch noch ein spezieller Bootstransfer ansteht wie heute ... Aber das wissen Sie vermutlich bereits.«

Zoffinger wunderte sich.

»Von was für einem Bootstransfer reden Sie?«

»Ich rede von Leonie Landruths Segelboot, für das Sie sich bei Ihrem letzten Besuch interessierten. Heute Vormittag ist das gute Stück auf Veranlassung ihres Partners abgeholt worden.«

Zoffinger starrte seinen Gesprächspartner fassungslos an.

»Wollen Sie damit sagen, dass jeder Hinz und Kunz ein im Hafen liegendes Boot abholen lassen kann? Das darf doch wohl nicht wahr sein.«

»Langsam, langsam!«, bremste der Angestellte. »Bootsbesitzer können mit ihren Nussschalen anfangen, was sie wollen. Wer seinen Liegeplatz räumen will, räumt eben.«

»Moment mal!«, unterbrach ihn Zoffinger. »Wir reden über kein x-beliebiges Boot, sondern über die Yacht der ermordeten Frau Landruth.«

»Richtig. Ihr Partner, dieser Eddie Lammer, hat die Yacht nach ihrem Tod vor nicht allzu langer Zeit gekauft. Die Papiere müssten in unserem Büro liegen. Ein bisschen außergewöhnlich war die Transaktion schon, weil das Boot bar bezahlt wurde.«

»Wissen Sie, wohin das Boot gebracht wurde?«

»Der Mann hob die Schultern.

»Keine Ahnung. Die Leute im Büro können Ihnen Auskunft geben. Aber heute Abend sind die schon alle weg.«

Wieder einmal hatte Eddie einen Coup gelandet. Den Bootskauf musste er noch vor seiner Verhaftung telefonisch oder online eingefädelt haben. Der Kaufvertrag musste natürlich überprüft werden, sobald das Büro im Yachthafen wieder besetzt war.

»Gehen wir zu mir«, schlug Zoffinger vor.

»Kannst du mir jetzt schon einen kleinen Tipp geben?«, versuchte Lore zuckersüß, ihm einen Hinweis zu entlocken.

Zoffinger ließ sich nicht herumkriegen. Vor seinem

Haus stellte er sein Auto ab und wunderte sich über lose Erde, die ein größeres Transportfahrzeug offenbar auf der Straße verloren hatte.

Um stilecht in Lores Geburtstag hineinzufeiern, ging er in den Keller, ließ nach kurzem Nachdenken seinen Mostkrug stehen und entschied sich stattdessen zur Feier des Tages für eine Flasche Schampus. Den Gutschein für ein Wellnesswochenende würde er ihr am nächsten Morgen beim Frühstück überreichen. Ursprünglich hatte er mit dem Gedanken gespielt, ihr eine ganze Woche in einem Spa-Hotel zu schenken. Aber alleine ohne ihn wäre ihr das erfahrungsgemäß zu langweilig geworden. Und für ihn wären sieben Tage Sauna, Massage und Schlammbäder etwa so attraktiv wie ein Kaffeekränzchen in der Rechtsmedizin bei Dr. Herrlinger.

Zurück in der Wohnung war er eben dabei, den Schampus zu entkorken, als ihm ein spitzer Schrei in die Glieder fuhr. Erschrocken stürzte er ins Wohnzimmer. Lore war nicht da. Auch im Schlafzimmer war sie nicht, im Bad auch nicht. Um die laue Nacht zu genießen, war sie auf den Balkon gegangen und stand plötzlich wie versteinert an das Geländer gelehnt und starrte in die Nacht.

»Paul Zoffinger! Hast du völlig den Verstand verloren?«

Entgeistert zeigte sie in den Garten hinunter, wo er wegen der Dunkelheit nichts sehen konnte. Als sich seine Augen nach und nach an die Nacht gewöhnt hatten, erkannte er unten auf der Wiese schemenhafte Umrisse, die er mit jeder Sekunde besser identifizieren konnte. Ein paar Atemzüge lang traute er seinen Sinnen nicht. Lore rüttelte ihn aus seinem Schock wach.

»Bist du eigentlich völlig irre geworden? Mit diesem Geschenk ist dir deine Geburtstagsüberraschung tatsächlich gelungen. Ich weiß gar nicht, was ich dazu sagen soll. Eine wahrhaft schöne Bescherung! Ein, zwei Nummern kleiner wären wohl nicht drin gewesen?«

Zoffinger rang um Fassung und starrte immer noch auf das Segelboot in seinem Garten.

»Das schlägt dem Fass den Boden aus! Glaubst du allen Ernstes, dass ich dir eine Yacht schenke? Ich habe keine Ahnung, was das Ding in meinem Garten zu suchen hat. Sorry, aber um dein Geburtstagsgeschenk handelt es sich nicht. Lass uns mal nachsehen.«

Mit einer Taschenlampe bewaffnet machten sich die beiden auf den Weg in den Garten. Radspuren hatten sich in den Rasen gedrückt, als das Boot auf das Grundstück manövriert worden war. Auf der Steuerbordseite entdeckte Zoffinger ein großes Stück Papier, das mit Klebestreifen provisorisch am Rumpf befestigt worden war. Der Lichtkegel der Taschenlampe strich über eine Botschaft, die eine schwungvolle Hand mit dickem Filzstift hinterlassen hatte:

»Ein Geschenk als kleine Wiedergutmachung für meine Mauscheleien. Der Hollywoodschauspieler Eddie.«

»Meine Vermutung hat sich bestätigt«, stammelte Zoffinger. »Der Kerl hat einen Sprung in der Schüssel! Der schenkt mir ein Segelboot, das ihm mit ziemlicher Sicherheit gar nicht gehört. Dass Leonie ihm den Pott vermacht hat, kann ich mir nach den Differenzen zwischen den beiden nicht vorstellen.«

»Du willst das Geschenk also nicht annehmen?«

»Ich bekomme von einem Doppelmörder, den ich gerade hinter Gitter gebracht habe, ein Segelboot geschenkt, das sich der Kerl aller Vermutung nach widerrechtlich gekrallt hat. Was glaubst du wohl, was passieren würde, falls ich die Yacht annähme? Die Medien würden mich zum

Kripokomiker des Jahrhunderts ernennen. Und meinen Job könnte ich an den Nagel hängen.«

Es hatte angefangen zu regnen, aber die beiden nächtlichen Sprachlosen bekamen das in ihrer Schockstarre erst mit, als Lore in der feuchten Kühle zu bibbern anfing. In der Wohnung wartete immer noch die entkorkte Flasche Schampus. Die beiden setzten sich ratlos an den Küchentisch. Zoffinger schenkte wie in Trance ein, weil er Eddies letztes Kabinettstückchen immer noch nicht begreifen konnte.

»Was passiert jetzt mit dem Boot?«, brach Lore nach einer Weile das Schweigen.

Zoffinger schaute durch seine Partnerin hindurch, weil ihm das eben Erlebte nicht aus dem Kopf gehen wollte. Auf seinem langen Berufsweg waren ihm schon viele seltsame Situationen begegnet. Aber Eddies Knaller setzte allem die Krone auf.

»Paul, was passiert mit dem Boot?«, wiederholte Lore ihre Frage.

»Frag mich morgen«, antwortete er und nahm einen tiefen Schluck Prickelbrause.

Aus Liebe zur Region

Kommissar Zoffingers erster Fall

Manfred Braunger
Blutroter Bodensee

ISBN 978-3-7977-0751-2
15,00 EURO (D)

Der Konstanzer Kommissar Paul Zoffinger wollte eigentlich seinen Feierabend bei einem Krug Most genießen. Doch das muss warten. Der grausige Fund einer erhängten Frauenleiche im Strandbad Eriskirch zwingt ihn auf die andere Seeseite.
Wenige Tage später wird im klösterlichen Kräutergarten auf der Reichenau ein erstochener Mönch aufgefunden. Ein Mord zwischen Salatköpfen und Gewächshäusern – undenkbar! Wer sollte auf so brutale Weise die Idylle des Bodensees stören?
Zoffinger geht kompromisslos und eigenwillig auf die Jagd nach den Mördern und stürzt dabei in einen Strudel unglaublicher Verbrechen.

Aus Liebe zur Region

Kommissar Zoffingers zweiter Fall

Manfred Braunger
Eiskalter Bodensee

ISBN 978-3-7977-0756-7
15,00 EURO (D)

Der äußerst rätselhafte Tod einer jungen Urlauberin auf der Reichenau raubt an diesem Tag dem Konstanzer Kommissar Paul Zoffinger endgültig den Appetit.
Damit nicht genug! Spurlos verschwindet der Fahrer eines Kleinlasters mit verdächtiger Fischladung auf der Fähre von Meersburg nach Konstanz.
Richtig mysteriös wird es, als Zoffinger auf der Höri einem Ring von eiskalten Medikamentenfälschern auf die Spur kommt. Der skrupellose Kopf der Bande sucht nach dem sogenannten magischen Stein der Weisen, der den teuren Mittelchen unendliches Leben einhauchen soll.

Aus Liebe zur Region

Kommissar Zoffingers dritter Fall

Manfred Braunger
Giftgrüner Bodensee

ISBN 978-3-7977-0762-8
15,00 EURO (D)

In der Schnapsstube eines Apfelhofs bei Bodman wird ein Mitarbeiter des Biotechnologischen Instituts erschlagen aufgefunden. Schnell findet Kommissar Zoffinger heraus, dass der Wissenschaftler an der Entwicklung einer neuen, revolutionären Apfelsorte forschte. Musste er deshalb sterben?
Als vor dem Konstanzer Casino ein weiterer brutaler Mord geschieht, traut Zoffinger seinen Sinnen nicht: Das Verbrechen gleicht dem eines inzwischen verstorbenen Killers bis ins Detail. Woher hat der Mörder dieses Täterwissen, das so nie an die Öffentlichkeit drang?
Mit scharfsinniger Kombinationsgabe, genialer Gewitztheit und untrüglicher Spürnase gelingt es Zoffinger, die kriminellen Fäden zusammenzuführen.